MCL 主编：褚潇白
中世纪经典文学译丛

崔斯坦和伊索爾德

中世纪传奇文学亚瑟王系列精选

余友辉　罗斯年　编译

浙江大学出版社
ZHEJIANG UNIVERSITY PRESS

本丛书出版承郑明君先生慷慨资助，谨致谢忱。

编译者序

亚瑟王传奇自诞生之日起就一直被各种文学、艺术体裁重述、改写、吸纳和颠覆，它不仅是西方文学史上浓墨重彩的一笔，更对近现代西方文学产生了深远的影响。本书虽是选本（除却《高文爵士与绿衣骑士》是全诗收录），编者却匠心独具，囊括了欧洲各中古语言版本和亚瑟王传奇的开端、流变、成熟与集大成之作，正所谓窥一斑而知全貌。

关于中世纪欧洲人心目中“九圣贤”（Nine Worthies）[①]之一的亚瑟王的记载，最早见于八世纪末的编年史《不列颠史》，其中提到亚瑟王率领不列颠诸王一起反抗撒克逊人，并因此被称为“战争之王”。这部编年史列举了亚瑟王取得的十二场胜利，不仅特别渲染亚瑟王在贝东山独自消灭了九百六十名敌人的壮举，而且还提及在南威尔士的一块石头上印有亚瑟王爱犬卡巴尔的爪印。九世纪，有关亚瑟王的传说流传到法国，而1066年的诺曼征服又把亚瑟王传说带回了英国。十二世纪以前的文学再没有其他的亚瑟王传奇故事出现。

1137年，蒙默思的杰弗里以拉丁文写成十二册《不列颠诸王史》，其中五册是用以记载亚瑟王的事迹。当然，杰弗里是根据历史上许多有名的国王的传说，虚构了亚瑟王的身世，这些国王包括特洛伊王室、埃涅阿斯、李尔和辛白林等。亚瑟王开始被当作类似亚历山

---

① 详见244页注释①。

大、尤里乌斯·恺撒和查理大帝这样非凡的征服者。但是就是在杰弗里的故事里，亚瑟王传奇的主要内容得以定型。

由于杰弗里的《不列颠诸王史》大受欢迎，1155 年，诺曼诗人瓦斯参考杰弗里的作品用八音节对句创作了一万五千行的长诗《布鲁图传奇》，也叫作《布列塔尼人的故事》，并首次提出了圆桌的概念。瓦斯将这部作品献给了亨利的王后——阿基坦的埃莉诺。

十三世纪初，英国僧侣莱亚蒙完全保留瓦斯的故事，用英语转写成三万两千行的头韵体诗歌《布鲁图》，叙述了从特洛伊王子埃涅阿斯的曾孙布鲁图抵达不列颠直至公元 689 年的历史，最后三分之一记述了亚瑟王的故事，标志着亚瑟王传奇进入中古英语文学。

自莱亚蒙之后，亚瑟王传奇以布列塔尼叙事歌谣的形式在法国盛行：法兰西的玛丽受到了法国浪漫故事的启发，讲述亚瑟王和他的骑士们生活在一个百姓与仙女、精灵们共存的世界中；特鲁瓦的克雷蒂安则坚持吟游诗人风格，突出爱与勇气的事迹。他们的故事都避免大量的人物及战争场面，与杰弗里和瓦斯的风格形成了鲜明对比。

另一方面，随着亚瑟王传奇传入德国、奥地利、挪威、冰岛、瑞典、荷兰、意大利、西班牙等国家，各种异域文化因素也不断融入亚瑟王传奇之中。典型的如，在十三世纪宫廷恋歌创作顶峰之时，因戈特弗里德的诗歌而成为私奔故事里的中心人物的崔斯坦，在亚瑟王传奇中，其名加入了圆桌骑士的行列，其事演化为莫德雷德和桂妮薇的私通。而圣杯故事的加入，则产生了埃申巴赫的沃尔弗拉姆的宏大史诗——两万五千行的《帕齐伐尔》。

十四世纪中叶，被誉为中世纪文学瑰宝的头韵诗行与尾韵诗节相混合的《高文爵士与绿衣骑士》诞生，这是公认的描写亚瑟王传奇故事中有关高文爵士的最佳诗作。全诗长两千五百三十行，分为四个部分：第一部分按中古传奇传统，从特洛伊灭亡、埃涅阿斯流亡、布鲁图定居不列颠说起，引出亚瑟王，然后便是新年伊始绿衣骑士的不期而至，以及高文爵士和绿衣骑士定下绿色教堂的斩首之约；第二部分写四季交替，冬季到来之时亚瑟王设宴为高文送行，高文一路翻山涉水、历经磨难，在圣诞前夕到达一座城堡受到盛情款待，主人承诺会在约定之时带他前往绿色教堂，并与高文定下了每晚互换白天所得的约定；第三部分描写主人白天打猎和女主人在城堡引诱高文的场景，以及夜晚他们交换所得的情形：前两晚高文守信，以女主人给他的香吻换取了主人捕获的雌鹿和野猪，第三晚却没有交出女主人赠予的据称可以让他保命的绿色腰带；第四部分便是高文赶赴斩首之约的情形，原来绿衣骑士就是城堡主人，第三斧伤了高文是因为第三夜他没有交出腰带，并揭示一切都是亚瑟王的姐姐摩根为了考验圆桌骑士而设计的。最后高文回到亚瑟王宫廷，如实叙述了经过，亚瑟王建议圆桌骑士和宫中妇女都佩绿色绶带用以表达敬意。

此诗丰富的想象力、鲜明的形象和真实的细节在中古文学中是罕见的。故事的结构也完整而集中，形成一个有机整体，特别是第三部分故事双线推进，形成对比，故而三天的情节虽类似却不显重复。而且作者善于烘托气氛，描写四季的景色、奇异的冒险、华丽的城堡时都富于浪漫主义色彩。此外，高文与城堡夫妇的对话，有攻有守，饶有趣味；诗中对高文保命和保荣誉的矛盾心理的刻画，既有人情味又不乏夸张，表现了高文由不完美向完美的转变过程。总之，译者觉得无论是从结构、叙事还是心理描写、对话等方面看，本诗都已经初具近代小说的雏形。

当然，诗中不厌其烦地反复描写人物的服饰的材质、纹样和配饰，以及在第三部分里几次对杀戮和宰卸猎物赤裸而细致的描写，让经历了先秦、魏晋、唐、宋文学洗礼的国人阅读之时不禁生出何其野蛮的感叹。然而，我们不得不在欣赏文学之余反思，为何恰是这种被纳入了文明体系的野蛮之后日渐显现非凡活力，不断推动文明进程；反倒是过早进入了文明状态的我们现今重返野蛮状态。

十五世纪后半叶，托马斯·马洛礼参考凯尔特人的传说，并从古拉丁语和法语诗歌中受到启迪，将此前的英语和法语传奇加以汇集、选译和编排，用散文体写成《亚瑟王之死》。这是中古英语亚瑟王传奇和中世纪英语叙事文学的集大成者，相关论述甚多，其重要性便不在此赘言。

由此，亚瑟王的形象随着传奇的演进而不断地变化，最终成为佩戴着拥有精灵魔力的王者之剑，将兰斯洛、崔斯坦等传说中的骑士收于麾下的圆桌骑士的首领——拥有至高荣誉的不列颠之王。王者之剑与石中剑是亚瑟王至尊的王权象征，不仅确立了他的王位，而且使他在众多的战役中凯旋。

此后，亚瑟王的故事不断为历代诗人采用，其中最著名的当属斯宾塞的《仙后》以及十九世纪桂冠诗人丁尼生所著的《国王之歌》。除了文学之外，亚瑟王传奇在绘画、戏剧、电影等艺术领域，也具有深远的影响。

本书是合作的产物：余友辉翻译了《不列颠诸王史》、《亚瑟王的故事》、《朗福尔骑士》、《崔斯坦和伊索尔德》、《亚瑟王和他的骑士》，罗斯年翻译了《布鲁图》、《帕齐伐尔》、《头韵体亚瑟王之死》、《高文爵士与绿衣骑士》，余友辉统校了全部译文。当我们尚在书斋里纠结于亚瑟王传奇的中古语言版本、译本以及流变和影响之时，少年们早已通过光怪陆离的游戏世界和花样美男的影像世界，对亚瑟王传奇中的人物、情节甚至武器都耳熟能详，并在仿佛无所不能的网络世界里津津乐道着相关经验和体会。读书的意义无须赘言，译者感慨当下读书饱受冲击之余，不禁希冀：此书若是能激发起少年们一丝一缕欲窥亚瑟王传奇和中世纪原貌的兴趣,便可聊以自慰了。

译者才疏学浅,译文和注释存在错误与疏漏在所难免,还望读者不吝赐教。

亚瑟王系列

关于"有史以来最著名骑士间的黄金友情"的亚瑟王故事,一直就是现代诗人创作的灵感源泉,其受欢迎程度超过了奥维德诗体,仅次于《旧约》故事。似乎是由于蒙默思的杰弗里(Geoffrey of Monmouth)的《不列颠诸王史》(*Histories of the Kings of Britain*)于1137年出版并迅速流行,在十二世纪后半叶,原本沉淀在西欧历史洪流下的这些故事突如其来地被推上了浪尖。虽然从早期起就很少有能够证明亚瑟王和他的骑士们存在的证据,但是现在学术界仍旧在讨论是否是十二世纪亚瑟王故事的流行摧毁了原有的证据。

一直以来就没有确切的证据表明亚瑟王和他的骑士们在历史上确实存在过。公元500年左右开始有移民从欧洲大陆来到不列颠岛,实际上直到公元600年,这些人才从不列颠人转变为我们现代意义上的英国人。现存唯一与亚瑟王同时代的文献——英国僧侣吉尔达斯(Gildas)的书信中也没有提到亚瑟王。但是吉尔达斯也没有提及他同时代的其他人——他的注意力都用在使用《圣经》文句来鞭笞那些有罪同胞身上了。那时候的英国尚未有正史。三百年后,一部名为《不列颠史》(*Historia Brittonum*)的编年史的编者之一声称:在亨吉斯特(Hengist)死后,亚瑟王率领不列颠诸王一起反抗撒克逊人,被称为"战争之王"(dux bellorum),并列举了亚瑟王取得的十二场胜利;还声称亚瑟王在贝东山(Baton Hill)独自消灭了九百六十名敌人。此外，这部编年史还提及，在南威尔士的一块石头上印有亚瑟王爱犬卡巴尔(Cabal)的爪印，并解释说这传奇故事的印记也出现在后高尔弗里德(post-Galfridian)的威尔士故事《库尔维奇和奥尔温》(*Kulhwch and Olwen*)中。显而易见，早在九世纪的时候，亚瑟王故事就已经成为不列颠吟游诗人们的传奇主题。

十二世纪以前的文学再没有其他的亚瑟王传奇故事出现。根据现今的编年史家的说法，在1113年的时候，一位法国僧侣的仆人曾与康沃尔人(Cornishman)就亚瑟王是否还健在的问题发生争论。这位编年史家说道："这就像英国人和法国人争论亚瑟王的问题。"同时期的一位康沃尔圣徒提及亚瑟王在康沃尔为王并杀死了一条龙。1125年，以严谨闻名的历史学家马姆斯伯里的威廉(William of Malmesbury)不无轻蔑地评价道：与其说不列颠的这些关于亚瑟王的无稽之谈是在颂扬英雄，倒不如说是在中伤英雄。他补充了关于亚瑟王外甥高文(Gawain)之死的文献。十二世纪上半叶，在意大利摩德纳大教堂的正门，石匠们用石头雕刻出了亚瑟王和他的骑士们围攻古堡的群像。还有很多现存的类似资料有可能也是创作于那一时期，但是现今对这些资料的具体创作时间及其创作意图仍有争论。

不过，无论如何，还没有任何前辈在亚瑟王故事的处理上超过杰弗里平生所著的十二本史书中的五本对亚瑟王故事的阐述。这些著作无论是其主旨还是文笔都被后世低估了，甚至连读者也都认为杰弗里的历史故事是假托的——亚瑟王开始被当作类似亚历山大、尤里乌斯·恺撒和查理大帝这样非凡的征服者——一个与威尔士传奇中神化了的国王截然不同的形象。瓦斯(Wace)和莱亚蒙(Layamon)这类作者致力于在小说里揭开历史的神秘面纱；而另一类则将亚瑟王改编为布列塔尼叙事歌谣(Breton lays)的形式。但无论是来自欧洲大陆的布列塔尼人，还是岛内的康沃尔人或威尔士人(Welsh)，大家都是凯尔特人(Celtic),而且在整个中世纪都是血脉相连的同族。法兰西的玛丽(Marie de France)用布列塔尼人的方式创作了相对较短的歌谣集,讲述亚瑟王和他的骑士们生活在一个百姓与仙女、精灵们共存的世界中,这就与威尔士人的想象和创作迥然不同。以法国诗人特鲁瓦的克雷蒂安(Chrétien de Troyes)为代表的另一类型则坚持吟游诗人风格,满怀诗意地突出一系列爱与勇气的事迹,将亚瑟王塑造成谦和、威严的领袖。克雷蒂安诗歌的凌乱布局以及前后不一可能会让今天的读者提不起阅读的兴致,但在当时可是启发了一大批文学创作者。无论是笃信宗教还是倾向神秘主义的诗人,都从克雷蒂安及其前辈那里汲取了神话学的圣杯故事并将其紧缚于基督教,从而产生了像埃申巴赫的沃尔弗拉姆(Wolfram von Eschenbach)的《帕齐伐尔》(*Parzival*)那样的宏大史诗。其他人又通过民谣的形式创造或重述这些事件。

为何亚瑟王故事如此具有可塑性?其原因显而易见:历史真实不允许渲染恺撒或查理大帝的风流韵事,但作家就不一定要将亚瑟王与历史真实联系,即使在杰弗里的历史里,关于亚瑟王的史实也是按需撷取。再者,亚瑟王是受了数百年压迫的百姓心目中的国王,广袤大地之上并未真正留下他奋战的遗迹,但只要不伤害百姓们真挚的感情,他们很容易接受对亚瑟王的泛化与颂扬。此外,杰弗里向一直顾忌英国人的诺曼人介绍了自己的作品,以期获得诺曼人对后来好不容易才征服的英国人的支持,这些诺曼人是真正的文学流通者,他们不仅将文学作品在英格兰的贵族阶层中传播,更将其传遍了大半个法国甚至是意大利和西西里岛。当时的统治者亨利二世和他的王后——阿基坦的埃莉诺(Eleanor of Aquitaine)钟爱文学、鼓励创作,其统治期间成为西方文化史上文学最多产和繁荣的时期之一。最终,亚瑟王和他的骑士们,在富于堂吉诃德式幻想的吟游诗人们口头传诵的传奇中诞生，并作为封建制度(当时最有力的社会体系)的语言被推荐到业已接纳诗意的清晰与磅礴的宫廷。在以上诸多条件下，诗歌获得了无限的灵感空间与素材。

目　录

不列颠诸王史

蒙默思的杰弗里(公元1100? —1154年) 著

(第一卷,3)特洛伊战争之后,埃涅阿斯(Aeneas)与儿子(Aeneas)阿斯卡尼俄斯(Ascanius)一道从城市的废墟中登船驶向意大利。意大利拉提努斯国王(King Latinus)将埃涅阿斯奉若上宾,这使得卢土兰(Rutulains)国王特纳斯(Turnus)好胜之心陡增,向埃涅阿斯鲁莽宣战。战事一起,埃涅阿斯势如破竹,特纳斯战死沙场;随后埃涅阿斯不仅得到了意大利王国,还俘获了拉提努斯国王的女儿拉薇妮娅(Lavinia)公主的芳心。当埃涅阿斯大限到来之后,其长子阿斯卡尼俄斯顺理成章即位为国王,建立了阿尔巴(Alba)和褆巴(Tiber)城,并育有一子西尔维厄斯(Silvius)。西尔维厄斯背着父亲爱上了拉薇妮娅的某位侄女，两人私订终身且将为人父母。当阿斯卡尼俄斯得知以后，便命令手下巫师们预测即将出生的是男孩还是女孩。诸多仪式之后，巫师们告诉国王阿斯卡尼俄斯：他将因降生的孙子失去儿子儿媳，此孙惨遭流放后周游四方，依旧将成就大业。谁料一语成谶，母亲临盆那日死于难产，男婴便被交与保姆抚养，并起名布鲁图(Brute)。十五年转瞬即逝。一日，少年布鲁图与父亲一同打猎，当护林官将鹿群逐到他们面前时，本欲瞄准鹿群的布鲁图，却失手射中了父亲的胸膛。王族无法容忍他的弑父之举，在其父死后就将他驱逐出意大利。被流放到希腊的布鲁图偶遇为希腊国王潘德拉苏(Pandrasus)所奴役的普里阿姆(Priam)之子[①]——预言家赫勒诺斯(Helenus)的后裔。原来，阿基琉斯(Achilles)之子皮拉斯(Pyrrhus)[②]在特洛伊倾覆之后，将赫勒诺斯以及其他许多特洛伊人一并用脚镣带走，以替其父报仇。当布鲁图了解到他们的家世后，便与他们并肩作战。布鲁图凭借骁勇善战和过人胆略声名鹊起，并深得王公贵族和年轻一辈的器重和爱戴。他不仅有勇有谋，而且重义轻利，每逢战胜归来总是将金银器皿等战利品尽数赠予同袍。当布鲁图的声名传遍各城邦后，特洛伊人从四面八方汇集过来拥戴他为国王，恳请他将大家从希腊人的奴役中解救出来。此时的特洛伊人经过繁衍，不计妇孺已经达到了七千人，他们坚信起义必能成功。

(4)于是布鲁图向希腊国王呈递请愿书："潘德拉苏陛下垂鉴，今存特洛伊人之公爵布鲁图，叩请金安：鉴于特洛伊一族乃出于显赫的达尔达努(Dardanus)[③]之血脉，纯正高贵不堪贵国如此凌辱，欲归林

① 普里阿姆，特洛伊末代国君。

② 皮拉斯(前318—前272)，古代希腊的伊庇鲁斯王。

③ 达尔达努，特洛伊的建立者。

深之处。宁为与野兽为伍、茹毛饮血的自由人，不愿为锦衣玉食、鲜车怒马的奴隶。此举如若触犯君威，恳请陛下宽宏大量，体恤我辈身陷囹圄只为恢复先辈尊严。陛下乃有道明君，恳乞纡尊赐予我族自由身，准许居于林中；如若陛下不允，还乞赐福任全族迁移他国。”

(5)潘德拉苏国王阅读请愿书后大为震惊，简直无法相信自己的奴隶竟敢公然提出如此大胆的要求。他立即召集议会，并下令军队要不惜一切代价镇压。他料想特洛伊人会聚集在荒野，便在荒野大肆搜索。不料在斯巴拉提难(Sparatinum)要塞，布鲁图聚集三千将士突袭了希腊军队。原来，听闻他们即将到达要塞，布鲁图便提前一晚埋伏，趁希腊军队盔甲不整、行军懈怠之时发起突袭。特洛伊人大获全胜。希腊军队溃不成军，四散逃跑；国王惊慌失措奔向附近的阿卡龙(Akalon)江，但时值洪水季节，穿过激流旋涡危险重重。在他们涉江过程中，布鲁图乘胜追来，奔走于希腊残兵中，一时间江中与江岸遍是希腊军队尸体——布鲁图对于二度重创希腊军队甚为得意。

(10)现在布鲁图俘虏了希腊国王，顺理成章入驻大帐。布鲁图力保潘德拉苏国王的人身安全，因为他知道留着国王的命远比杀了国王更能让他们拥有更多主动权。但是随行的将士却没有停止杀戮，很多帐篷都惨遭清洗屠杀，一夜狂欢后屠杀方才结束，当夜色隐去、晨曦初现之时，真是尸横遍野。布鲁图下令将士可随意处置一切后，便与国王一同进入要塞，等待国王交出财宝。待财宝分配完毕，布鲁图便安排驻军并下令掩埋阵亡将士尸身。诸事完毕后便重整军容，欢天喜地返回森林。胜利的消息令特洛伊人欢欣鼓舞，在召集部族长者后，这位勇猛的公爵征询大家的意见。他认为以潘德拉苏国王当下的处境，只要他们许诺释放他，他应该会答应他们的任何要求，有一部分人立刻提出了要求；另一部分又有其他的想法。有人敦促布鲁图要希腊国王划出部分国土供特洛伊人定居，有人又想离开希腊去另觅乐土，争论僵持不

下。这时孟普利修(Mempricius)挺身而出,待四下安静后说道:

"诸位长老,以我浅见,为何要为了什么是我们的最大福祉而争论呢?如果我们希望自己和子孙后代安享太平,我们唯一能要求的就是离开希腊。请试想,就算我们如愿以偿能在达内(Danai)居住,每当潘德拉苏想起他是以牺牲部分希腊领土换得自己苟活时,我们还能得享太平吗?再想想昨晚冲突流血死去的希腊人的同胞、子孙将日日与我们为邻,只要他们还记得族人的逝去,这血海深仇就长埋心底,哪怕是最微不足道的小事也将成为他们向我们复仇的最好借口。就为了这小小生存空间要一直抵抗希腊人的进攻,我们谁也不愿看见吧?一旦他们挑衅之心滋生便会与日俱增,势不可挡;倘若我们他朝衰落,后果便不堪设想!以我之见,我们应该要求潘德拉苏将长女爱依茛(Ignogen)嫁给我们的公爵为妻,以金银珠宝、谷物粮食、舰船等一切我们将来的必需品为陪嫁。一旦获得许可,我们就可以踏上寻找我们乐土的征程。"

(11)当孟普利修言毕,群情激涌,族人一致同意并要求将潘德拉苏带来,如果他同意了特洛伊人的请愿就可以得救,否则将被以最残酷的刑罚处死。潘德拉苏被带来并安置在对面的高座之上,他可以清楚地看到如果拒绝他将遭受怎样的处置。于是他很明智地作出以下回答:

"鉴于神明也未保佑,才致使我的兄弟安那克勒图(Anacletus)和我落于你们之手,现今你们掌握着我等的生杀予夺大权。为免遭鱼肉,我必须应允你们的请求。世上再无比生命更为美好和可贵之物,我愿奉上任何身外之物以换取。虽然有违我意,但我悉听吩咐。然而,我不得不承认,你们的公爵不仅出身于显赫的普里阿姆和安奇塞斯(Anchises)[①]家族,更凭一己之力建功立业、声名鹊起,将女儿的

① 为罗马国父埃涅阿斯的父亲。——译者注。

终身托付于如此非凡的年轻人也算些许安慰吧。虽然他是被流放到特洛伊，然而，就是他将众多奴隶与王孙收于麾下；就是他带领你们挣脱枷锁，成功反抗我希腊国民；就是他以少胜多、直捣黄龙，一击便使我成为池鱼笼鸟。如此高贵如此英勇的年轻人战胜了我，我愿赐予他我的女儿爱依莨；我还要赐予他金银、舰船、粮食、美酒和膏腴，以及你们旅程中一切必需物。如果你们改变了主意，又决意留在希腊，我也将划国土三分之一供特洛伊人居住。但是如果你们坚持另觅乐土，我绝对兑现诺言。我以君主的名义保证，你们可以一直扣留我直至我将所有诺言兑现。”

协约定下后，希腊使节便从全国征集舰船。最终共征集了三百二十四艘满载着各种必需物资的舰船。布鲁图已与爱依莨结为夫妇，对每位勇士也已论功行赏。所有承诺都完全兑现，潘德拉苏国王重获自由；与此同时特洛伊人乘风扬帆驶离希腊。爱依莨因去国怀乡，站在高高的船尾，感极而悲，泪如雨下，几度昏厥在布鲁图怀中，唯有依依不舍眺望，直到希腊海岸线消失在汪洋白浪间。布鲁图将爱依莨紧拥于怀中，轻语细吻，尽力安抚，才终于使哭得力竭的爱依莨沉沉睡去。

乘风破浪三十天后，他们到达了非洲海岸，却依然不知应该驶向何方。于是先去了煮盐之地(the place of Salt-pans)和费乐力祭坛(Altars of the Phileni)，再从路西卡达(Ruscicada)和阿扎伊山脉(Azarae)之间起航，其间还遭遇了海盗的攻击。虽然如此，特洛伊人还是取得了胜利，并且获得了更为丰富的物资。

(12)从那之后，他们又穿越马尔瓦(Malva)河口到达毛里塔尼亚，食物和饮水短缺迫使他们上岸，他们分成数组四处劫掠。当再次补给充足后，他们驶向赫拉克勒斯(Hercules)之柱，在那里他们又遭遇许多塞壬(Siren)女妖围绕，险些被击败。然而，他们还是成功逃脱并到达了伊特鲁里亚[①](Tyrrhene)海。在邻近的海岸又遇见了在此已经生活了四代的从特洛伊流放的族人,其船队中有安忒诺尔(Antenor)一族。他们的公爵名叫科林诺斯(Corineus),其人头脑冷静、富于谋略、身强力壮、勇猛坚毅,哪怕要与巨人一战,他也能像和小男孩掰手腕一样轻而易举地将巨人打倒。当双方了解渊源之后,这批人也加入到特洛伊人的行列中来,后来这批人就随了首领科林诺斯之名被叫作康沃尔人。而科林诺斯算是这一路对布鲁图最有帮助的人了。

他们继续前行,到达阿基坦(Aquitaine),进入卢瓦尔河(Loire)河口暂时停靠。他们停留了七天寻找安身之所。当时阿基坦的国王是乔法琉斯·皮卡图斯(Goffarius Pictus),当他听闻有外族舰队停靠在他的国土边境,就立即派遣使团询问他们意欲何为、是否开战。使团前去的途中恰巧遇上了带领两百人正在森林中猎鹿的科林诺斯。于是他们立即上前招呼,询问是谁许其擅入国王的森林并猎杀国王的鹿群。当科林诺斯应答说但凡有切实需要无须任何许可时,使团中一名为英伯特(Imbert)的青年冲出来,拉弓瞄准了他。科林诺斯避过了这一箭,并以迅雷不及掩耳之势近到英伯特身旁,用英伯特自己的弓弩将其头打得四分五裂。使团其余之人俱被震慑,登时四下逃散,将英伯特之死回禀国王乔法琉斯。普瓦图(Poitevins)公爵愤恨难平,聚集了军队准备为死去的信使复仇。当布鲁图收到消息后,立即让舰队加强防备,将妇孺保护起来,而他自己则带领军队精英正面迎敌。两军一相遇,战况便异常惨烈。经过一整日激战,科林诺斯发现阿基坦人牢牢守着战地,特洛伊人无法推进取得胜利,于是他灵机一动,召集他的人马组成一个小队从右翼速攻,在这一小队

① 意大利中西部古国。

的全力配合下，科林诺斯全力地进攻打破了敌军前线队形，最终敌军溃不成军，全面败逃。

(15)特洛伊人乘胜追击，舞刀挥斧痛斩敌军直至大获全胜。布鲁图虽然对取得的重大胜利深感欣慰，却同时为特洛伊人感到悲痛和焦虑，因为伤亡，特洛伊人日渐减少，而高卢人却与日俱增。布鲁图思量是否能抵挡得住高卢人后续的进攻，最终他选择了撤退，因为眼下战况辉煌且主力犹存，况且还需去寻求预言中上帝许与他的岛屿。事情紧急，不可迟疑。在征得部下的同意后，大家将财宝等战利品和必需品装船，再次乘风起航去寻觅乐土，终于安全到达托特尼斯(Totnes)。

(16)那时这个岛屿名叫奥比宏(Albion)，除了少数巨人外尚无人居住。虽然从好的方面看来，这里鱼潜水底、鹿驰林中、林广水美，布鲁图和他的族人一开始却并未想过于此定居。然而，当他们深入岛屿的各个角落后，他们便驱逐了巨人，在山上的岩洞中落脚，并开始划分区域。他们先是开始垦荒种地，然后兴建住宅，当然他们在这块土地定居的确切时间现已无法考据。最终，布鲁图以自己的名字为词源，将此岛命名为不列颠(Britain)，他的同伴顺理成章地叫作不列颠人(Britons)，布鲁图的英名就此永久流传。从此在这个国家的语言里，从前被称作特洛伊人或者希腊罪犯的他们正式被称作不列颠人(British)。

科林诺斯亦效仿公爵布鲁图的做法，以自己的名字为所辖领土命名，称为康沃尔(Cornwall)，称自己的族人为康沃尔人，也不知是否因为从方位上它是不列颠的一隅(cornu)，抑或是因为这是他自己名字科林诺斯的变体。虽然科林诺斯也有机会选择其他地区，甚至就是现今康沃尔对面的土地，科林诺斯还是选择了现在的康沃尔。科林诺斯的领地比其他战友的都更广阔，这是自从与巨人较量后，最令他志得意满的事了。

曾经有个令人望而生畏的巨人名叫戈亿马戈特(Goemagot),身长十二肘尺(Gubits),力大无比,将一棵橡树连根拔起轻松挥舞着就犹如晃着根榛树棍儿似的。有一日,布鲁图正在港口为初次靠岸举行盛大的祭祀活动,戈亿马戈特就和一伙巨人大肆屠杀了不列颠人。但不列颠人从四面八方汇集而来,最终占据上风大败巨人,唯独留下戈亿马戈特。布鲁图下令留他一命是因为想看看唯一能与自己匹敌的科林诺斯和自己究竟谁能打败这个怪物。能够棋逢对手,科林诺斯大喜过望,立即甩开膀子迎接挑战。比赛开始,科林诺斯和巨人,用胳臂死死地抱住对方,力图使对方接不上气。戈亿马戈特抢占先机全力攻击,打断了科林诺斯三根肋骨,右边两根,左边一根。此举令科林诺斯勃然大怒,竭尽全力一举击败了巨人,然后将巨人高举过肩扛在肩头,奔向最近的海岸,攀上峭壁顶端,将扛在肩上的巨人远远地扔进海里——峭壁下乱石丛生,戈亿马戈特被摔成碎片,鲜血染红了这一片的海浪,从此这里就被叫作"戈亿马戈特之跃"(Goemagot's Leap),一直沿用至今。

(17)眼见王国业已建立,布鲁图决定完全按照自己的意图来建立自己的都城,他巡视全国寻找最合适的地点。当布鲁图来到泰晤士河边时,他沿着两岸步行终于找到了理想之所,便决定在此建城并命名为新特洛伊城(New Troy)。此名沿用许多年后,由于词语的流变,被叫作泰诺旺吞(Trinovantum)①。此后,卡斯布劳努斯(Cassi-

① 泰诺旺吞(Trinovantum)/ 泰诺旺(Trinovant)是伦敦在中世纪传奇中的早期名称。按照杰弗里的说法,布鲁图建立新特洛伊城,随着时间的推移变化为泰诺旺吞、泰诺旺,后又被路德王(King Lud)重建,再以其名命名为路德城(Kaerlud),"Kaer"一意为城堡。随后因发音模糊等缘故逐渐演变为伦定(Lundin)、伦登(Lundene)等,直至伦敦(London)。事实上,伦敦城是源于"Londinium"之称,早在罗马入侵后,罗马皇帝克劳狄斯时就已建立。

belaunus)的兄弟,曾与尤里乌斯·恺撒战斗过的路德(Lud)登上王位,在城外修筑了宏伟城墙,在城内修建了层台累榭,并下令将此地更名为"卡伊尔路德"(Kaerlud),即以他的名字命名——"路德之城"的意思。这也是后来路德和他的兄弟南尼厄斯(Nennius)争执的原因,后者认为废弃特洛伊之名有违建国先祖。然而历史学家吉尔达斯对此争论早有连篇之述,我就不再赘言。前辈大作如春葩丽藻,粲于齿牙,唯恐遭吾辈刍荛之言玷污。

(18)是以,当公爵布鲁图建城之际,就已向定居的公民承诺:在律法之下皆被平等对待。那时,犹太(Judaea)[①]在士师以利(Eli)统治之下,而约柜(Ark of Covenant)亦被腓力斯丁人(Philistines)[②]所占有。赫克托耳(Hector)的子孙统治着特洛伊,他们驱逐了安忒诺尔的后裔。而意大利的统治者是绪尔维乌斯(Sylvius),他是第三任拉丁国王,也就是埃涅阿斯的儿子、布鲁图的叔公。

(第二卷,1)当下,布鲁图的妻子爱侬莨已为其育有三子:洛克林(Locrine)、坎伯(Camber)和阿尔巴纳科特(Albanact)。布鲁图在位二十四年后去世,三子便将父亲葬于他自己建立的城市之内,然后将国土三分,各据其一。长子洛克林占据中部,那里后来以他的名字命名被称作洛克里亚(Loegria)。坎伯则占据位于如今塞文河(Severn)上游、今天被称作威尔士的地方,过去很长一段时间被叫作坎伯里亚(Cambria),也是以坎伯的名字命名;时至今日仍有当地人用当地话自称为坎伯人。最年幼的阿尔巴纳科特占据的地方就是我们今天称作苏格兰的地方,当然也是以他自己的名字来命名其为阿尔巴尼

① 古巴勒斯坦的南部地区,包括今巴勒斯坦的南部地区和约旦的西南部地区。

② 腓力斯丁人是居住在地中海东南沿岸的古代居民,被称为"海上民族"。公元前十二世纪在巴勒斯坦南部沿海一带建立加沙、阿什杜德等小城。

(Albany)。很长一段时间,各国和平共处,百姓安享太平。这种局面一直维持到匈奴(Huns)国王亨伯(Humber)入侵阿尔巴尼,打败阿尔巴纳科特,并将阿尔巴尼国民驱逐到洛克林的国土为止。

(2)当洛克林得知后,一方面寻求坎伯与自己并肩作战;另一方面征召全国的青年,然后便前往现在的亨伯河附近向匈奴国王宣战。两军遭遇,洛克林大败亨伯。当亨伯逃至现在的亨伯河之时不巧溺水而亡,亨伯河也就因此而得名。当洛克林大胜之后,他将从敌人战舰上缴获的金银财宝尽数犒赏给将士们,自己分毫未取。仅仅留下了三位绝色美人,其中之一是位日耳曼公主,三人是亨伯之前占领某位日耳曼国王领土的时候掳来的。这位日耳曼公主名叫爱莎特丽尔蒂(Estrildis),她真乃绝代之佳人,一肌一容,尽态极妍,就算是最完美的象牙、刚飘落的雪花抑或是最娇嫩的百合都无法与她白皙的肌肤媲美。洛克林不可自拔地爱上了爱莎特丽尔蒂公主,为了能够尽早与她尽享鱼水之欢,洛克林立即点燃婚礼的火炬举行结婚庆典。当科林诺斯得知这一消息,不禁怒火中烧——因为洛克林早已与他的女儿定有婚约。

(3)科林诺斯挥舞着战斧冲到了洛克林那儿,用仅存的理智发话:“洛克林,你若宁愿纡尊降贵娶个蛮夷女子都不肯娶我的女儿,我将会让你付出代价,连同当年我和你父亲出生入死、并肩作战所受的累累伤痕一同讨回来!你若无视我的报复而执意为之,只要我还剩一口气,我也会报复的!要知道,当年我可是凭着手上的战斧在伊特鲁里亚海岸砍杀了无数巨人!”科林诺斯一遍又一遍地咆哮着,挥舞着战斧作势要攻击洛克林,众人连忙阻挡在二人中间。在安抚了科林诺斯以后,众人又连忙游说洛克林要信守诺言,迎娶科林诺斯的女儿。

(4)随后,洛克林自然只有娶了科林诺斯的女儿格温德伦

(Gwendolen)为妻;然而,他却无法忘怀爱莎特丽尔蒂。因此,为了保持与爱莎特丽尔蒂的秘密恋情,他便在泰诺旺城地下修建了豪华的宫殿作为藏娇之所,又让家族中值得信赖之人为其侍从。如前所述,洛克林毕竟忌惮孔武有力的科林诺斯,所以不敢公开。他藏娇长达七年,唯有最亲近的几人才知道爱莎特丽尔蒂的存在。每次洛克林去私会爱莎特丽尔蒂时,就假托要秘密祭神,总是捏造些莫须有的事情让周围的人相信确有必要。在这七年间,爱莎特丽尔蒂为洛克林孕育了一位国色天香的公主,起名叫萨布琳娜(Sabrina)。而王后格温德伦也怀孕诞下一位王子,起名叫马登(Madden)——马登被交由外祖父科林诺斯教养。

(5)数年后,科林诺斯一去世,洛克林立即废了王后格温德伦,改立爱莎特丽尔蒂为后。格温德伦悲愤填膺,前往康沃尔召集青年俊杰,在洛克里亚各地展开突袭,向洛克林实施报复。最终,双方聚集军队在斯陶尔河(Stour)决战。随着洛克林中箭而亡,纠结于他的爱恨情仇也就此终结。在这以后,格温德伦掌握了国家实权,她像父亲科林诺斯一样因报复而成狂,盛怒之下将爱莎特丽尔蒂和她的女儿萨布琳娜一起投进了我们今日称作塞文河的水中,事后,她还下令用萨布琳娜的名字为此河命名,毕竟这也是自己丈夫的亲生女儿,她想以此名纪念她。确实,时至今日在英语里此河仍被称为萨布琳(Sabren)河,只不过由于发音的流变在其他的语言里被叫作赛文(Severn)河。

(11)在布拉杜(Bladud)大限到来之后,他的儿子李尔(Lear)继承大统,强力统治这个国家长达六十年之久。李尔在苏尔河(Soar)建城,取名卡伊尔李尔(Kaerleir),在撒克逊的语言里意思就是"李尔之城"(Leirchester)。可惜李尔却没有育有男性继承人,唯有三个女儿:高娜尔(Goneril)、丽根(Regan)和考蒂雅(Cordelia)。对三个女儿他都备加疼爱，但是最宠爱的还是最聪明的小女儿考蒂雅。当李尔年事已高，他决定把国土分给三个女儿，再为她们觅得佳婿共享荣华。但是他难以决断哪个女儿应该分得最大的一块国土，于是他想知道究竟哪个女儿最爱自己。李尔首先问大女儿高娜尔有多爱他这个父亲。大女儿以诸神为证，说她爱父王胜过自己的性命。李尔非常感动："我最亲爱的女儿，既然你爱为父这把老骨头胜过自己的生命，你就尽管选位青年才俊为夫，与他一起共享不列颠的三分之一吧。"然后，二女儿丽根也效仿她的姐姐，以甜言蜜语哄骗父亲。她一脸深情，庄严起誓：她对父王的爱难以言表，非要说出来那便是胜过世间万物。轻信的父亲便也许诺她出嫁的排场绝对和大姐一样，也同样得到国土的三分之一。最后轮到三女儿考蒂雅的时候，她虽早已看出父王已被两个姐姐巧言令色所迷惑，却仍不想对父亲有任何夸大或欺瞒，于是上前对父亲回答道："我的父亲，请试想世上是否有女儿爱父亲爱得超出应当？我相信绝没有，除非她是企图用谎言掩盖事实。就我自己而言，我一直将您当作父亲来爱，不离不弃。虽然此刻您决意要我衡量对您爱的深浅，但是请不要再问了，我的回答就是：您是我的父亲，我就像女儿爱父亲那样爱着您。"李尔满心期待，等来的小女儿的肺腑之言竟然就是这样，不禁怒从心来，脱口而出："既然你这么看不起你老迈的父亲，不能像你的姐姐们那样爱你的父亲，就别怪父亲不能让你像姐姐们一样共享父亲的国土了！不过，你毕竟还是我的女儿，我还是会帮你找个异乡的夫婿的，但是绝不是我们不列颠的；嫁妆也还是有点的，但是绝不要指望能像你的姐姐们嫁得那样风光！此刻之前你还是我最宠爱的女儿，可惜你却是最不爱我这个父亲的女儿！"

于是李尔立刻召集了全国贵族中的贤才俊彦，经过挑选，将大女儿和二女儿分别嫁给了阿尔巴尼（也就是今日的苏格兰）公爵和康沃尔公爵，每对夫妇各分得一半国土；待李尔百年之后，整个不列颠岛就是他们的了。恰在此时，早已听闻考蒂雅美名的法兰克国王阿格尼普(Aganippus)，派遣使者向李尔表示欲结秦晋之好，将三媒六证迎娶考蒂雅。仍在盛怒中的李尔回复使者：我非常愿意将三女儿嫁给贵国国王，但是由于我已将财富与国土分赐给了大女儿高娜尔和二女儿丽根，所以无法再为三女儿提供嫁奁。李尔如此答复根本没能动摇早已心仪考蒂雅的阿格尼普，他回复李尔：嫁妆算什么，三分之一的高卢都属于我，我的宝库堆金叠玉，应有尽有；我缺的不过是能为我孕育继承人的美娇娘罢了。最终当然是考蒂雅漂洋过海远嫁高卢，成为阿格尼普的新娘。

(12)不久之后，当李尔老态龙钟之时，瓜分了他的国土的一双女儿女婿美其名曰颐养天年，实际夺走了昔日属于他的荣耀与实权。好在女婿之一——阿尔巴尼公爵玛古拉(Maglaunus)同意他保留六十名武士，省得大家面子上都过不去。但是当李尔旅居在大女儿女婿这里两年后，大女儿高娜尔对父亲拥有如此之多的武士甚为不满，因为武士们总是向她的奴仆抱怨供给不足。终于，她跟夫君商量以后就直接命令解散李尔的三十名武士，认为有三十名武士侍奉他就足够了。李尔一气之下就离开公爵玛古拉，转而去黑文(Hevin)投奔二女婿康沃尔公爵了。起初，女儿女婿自然也是礼数周全，可是一年以后翁婿之间矛盾再起。二女儿丽根颐指气使，让老父解散所有随从，仅保留了五位武士。可怜的父亲痛心入骨，只好再跑回大女儿那里，心想念在多年父女情分上，大女儿应该会收留他和他的随从。哪曾想到大女儿还记恨着他上次的做法，她又以天地诸神起誓，李尔想留下可以，但是仅能保留一名随从；若不肯解散其他武士，她绝不收留李尔。更甚的是，她还对老父恶语相向，冷嘲热讽；可怜一无所依的李尔，见大女儿这儿完全没有转圜的余地，唯有依言解散了其他武士，留下一名最信任的随从。日日忍受着这凄凉的晚景，再回想昔日荣华富贵，他不禁想投奔远隔重洋的小女儿，但是一阵酸楚涌上心头。当年他让小女儿寒酸远嫁，如今很是怀疑她是否还会接纳孑然一身的老父。虽然如此，但李尔实在无法忍受现在这种毫无尊严的生活，还是决定越过海峡去高卢。上船后，眼见船上的其他两位王子被奉若上宾，自己却无人问津，李尔不禁老泪纵横，仰天长叹："命运的罗网，我已无处可逃，你为何要将我推上幸福的顶端又将我重重摔下？你可知失去幸福远比处祸待福悲惨得多。想当年，我统率千军万马，攻城略地，莫不降下，何等风光；眼下沦落至此，岂不是让当日匍匐于我脚下的仇者快意？狂暴的命运，你夺走我的权力与财富，你对我的折磨究竟何时方休？噢，考蒂雅，我的女儿，当日问你爱我有多深的时候，你的回答句句是实啊！还记得你说：'您是我的父亲，我就像女儿爱父亲那样爱着您。'当时我大权在握，坐拥宝山，她们当然爱我，爱的是我拥有的一切而不是我这个人。她们有时是爱我，但是她们更爱我赐予她们的一切。现在我再也没有什么可以给予她们，她们就不再爱我了。哦，我最亲爱的女儿，我现在有何颜面再去见你？你的两个姐姐出嫁的时候，珠环翠绕、结驷连骑，她们却让我无家可归，沦为乞丐；我今日来投奔你这个饱受斥责、孤身远嫁的女儿，我该如何去面对你？"

船靠岸后，李尔思虑万千，最终还是前往女儿居住的卡里提亚(Karitia)。他派遣一位使者向考蒂雅去面见小女儿，自己在城外等候。使者坦言李尔现在身无长物、贫困交加，恳请考蒂雅能够怜悯她的父亲。听到这些，考蒂雅哭得肝肠寸断，哭罢问起父王现在身边有多少武士保护。使者答道现在只有一名武士陪着李尔等在城外。考蒂雅立即取出万贯金银交与使者，嘱咐使者将父王带到另一个地方，先让他沐浴更衣，好生休养，要像侍奉病重之人那样尽心尽力；然后再给他配备四十个全副武装的随从。待一切准备妥当之后再向国王阿格尼普和王后宣布李尔的到来。使者悉数照办，将李尔带到另一个城市秘密照顾，直到考蒂雅嘱咐他做的一切皆已完成。

(13)之后，李尔带着往日的威仪，在高举国王仪仗的大队随从的护卫下正式出现。李尔派遣使者传话给女婿阿格尼普和女儿：他被大女婿和二女婿篡位逐出不列颠，他此行是希望三女婿和女儿能够帮助他复国。国王阿格尼普和王后携贵族和众臣迎接李尔，然后承诺：在恢复父王往日荣耀前，整个高卢都将是父王的坚强后盾。

(14)与此同时，阿格尼普征召全高卢的武士，命令武士们带上武器和他一起帮助泰山大人——李尔收复不列颠王国。军队集结完毕后，李尔与阿格尼普、考蒂雅一起返回不列颠，与大女婿和二女婿大战，最终将他们赶回他们自己的领地，取得了战争的胜利。过了三年，李尔驾鹤西去，阿格尼普也撒手人寰，考蒂雅就成为不列颠的女主人。她在李尔之城的苏尔河底，为父亲建筑了长眠的地下宫殿。这一地下宫殿还用以纪念双面神(Janus)，每年的胜利日，城里的工匠们都会放下手中的工作尽情庆祝，因为一年中其他的时间大家都忙碌不堪。

(16)之后，郭布达克(Gorbodug)继位。他育有两子，大儿子叫费雷克斯(Ferrex)，小儿子叫博雷克斯(Porrex)。当父亲年迈力衰，兄弟俩就开始为继承王位而争执了。博雷克斯一时利欲熏心，竟企图杀死兄长；可是费雷克斯早有觉察，越过海峡向法兰克国王斯华(Suard)求援。兄弟开战后，费雷克斯全军覆没，本人也战死沙场。他们的母亲薇登(Widen)听闻长子的死讯，心如刀绞，对小儿子恨之入骨，因为她本就偏爱长子。仇恨之火在她的胸膛熊熊燃烧，她决定为长子之死报复小儿子。于是她潜入大帐，当博雷克斯熟睡之际，与她的两名侍女一起将他砍成了碎片。整个国家就此陷入了长期内战，最终分裂成为五个王国，各国之间不断冲突，血流成河。

(第四卷，1)与此同时，历史进入罗马时代，尤里乌斯·恺撒在征服了高卢以后，来到鲁特尼(Ruteni)海岸。当他看到不列颠岛时，他问手下这个岛叫什么，是些什么人住在这里。当他弄清楚不列颠岛名和人民的来历后，久久隔海凝望。“赫拉克勒斯在上，”他感慨，“我们罗马人和不列颠人有着共同的祖先，都是源自特洛伊人血统。当年特洛伊城陷落后，我们的始祖埃涅阿斯便离开了。他们的始祖布鲁图是西尔维厄斯的儿子，西尔维厄斯又是阿斯卡尼俄斯的儿子，而阿斯卡尼俄斯是我们始祖埃涅阿斯的儿子。你看他们住在这与世隔绝的海上一隅，如果我没想错的话，他们早已退化，根本不知道战争为何物了。我们只要小小教训一下，他们就会乖乖进贡，永久臣服于我们罗马光荣之下。不过，首先我们还是知会他们一声，让从未拜会和接触过罗马人的他们，也和其他民族一样，向我们纳税、进贡，向我们的元老院致敬吧！毕竟，大体说来，他们也与我们同宗同源，我们也不应冒犯我们共同的先祖普里阿姆啊。”然后他递交国书给不列颠国王卡斯贝罗努斯(Cassibelaunus)。卡斯贝罗努斯阅后勃然大怒，给恺撒回信如下：

(2)不列颠特国王卡斯贝罗努斯致书盖乌斯·尤里乌斯·恺撒：

了不起的恺撒，真不愧为罗马民族的饕餮之徒，规求无度，坐拥无数金银却连我们这等方外之地都不放过。此前，我族一直在此过着清静的生活，就为了攫取我们的区区税收，你们竟然不惜漂洋过海。我们不仅要捍卫我们自己尚不足够的税金，我们更要捍卫我族的自由——绝不能为你们所控制，背负永久的枷锁。恺撒，向我们宣战你将自取其辱！我们不列颠人和你们罗马人一样，血管里都流淌着埃涅阿斯高贵的血液，心性都一样好战；可惜这等荣耀的血缘关系却没能够将我们紧紧联系结为世代盟友。你们本应该与我们结为盟友，而不是奴役我们。我们只知自由择友之道，从不知如何背负枷锁。我们世代习惯了无拘无束，还真不知如何俯首为奴。就算诸神决意要夺走我们的自由，不管有多艰辛，我们也会奋力拼搏到最后一口气。恺撒，我想我已经说得非常明确了，只要你胆敢来到我们不列颠岛，我们就时刻准备着为我们的自由、为我们的国家而战！

(3)盖乌斯·尤里乌斯·恺撒读完此信后，让战舰集结待命，等待顺风之时便向不列颠进发以实现他在给卡斯贝罗努斯的国书中所言。只要劲风吹起，他便率领军队乘风破浪直捣泰晤士河口。当卡斯贝罗努斯集举国之力迎战之时，恺撒和他的军队已经登陆。卡斯贝罗努斯与诸男爵在多若贝鲁姆城(Dorobellum)共同商议最佳御敌之术。

与卡斯贝罗努斯一同出席的有他的总指挥贝利努斯(Belinus)——仰仗贝利努斯的建议，整个国家一直被治理得井井有条；还有他的两个侄儿，泰诺旺公爵安卓吉斯(Androgeus)和康沃尔公爵忒努安提乌(Tenuantius)。此外还有三个诸侯王：阿尔巴尼国王克里蒂厄斯(Cridious)、文尼多西亚国王贵尔缇昰(Guerthaeth of Venedotia)和迪米希亚国王布利提尔(Britael of Demetia)，他们是急切要求开战的主战派，建议应抢占先机，在恺撒尚未夺取任何要塞和城池之前，就直捣恺撒驻地，一鼓作气将他驱逐出境；因为一旦恺撒和他的卫戍部队驻扎下来，他们肯定会就弱点驻防，到时候想再将他们打败赶走就难上加难了。

这一提议得到大家的一致赞同，于是不列颠人朝恺撒和他的军队驻扎的海滩开进。一到海滩，双方整军经武，严阵以待；结果自是短兵相接，一时间金鼓齐鸣，四下只见刀光剑影。待到西南方潮汐落下之时，海滩上层层叠叠凝固着双方将士阵亡时流淌的鲜血。白刃战中最为胶着的，当属领导着肯特人和泰诺旺公民的南尼厄斯和安卓吉斯了，他们直接与恺撒及其禁卫军展开战斗。当彼此遭遇，不列颠人尚在思量应当如何应战之时，恺撒的禁卫军便已四散将他们团团围住，这却给了南尼厄斯一个和恺撒正面交锋的绝好机会。想到有机会能够与恺撒这样的人物一决雌雄，南尼厄斯觉得就算死也不足惜，于是他提剑猛扑向恺撒。恺撒见他来势凶猛，连忙用盾牌挡住他的攻势，同时使出浑身气力拔剑刺向南尼厄斯的铠甲；然后再度举剑，想顺势给他致命一击。南尼厄斯识破了恺撒的意图，举起盾牌横在两人中间，恺撒的剑锋从他的铠甲上滑落，却因为强大的力道而卡在盾牌上；此时双方军队蜂拥而至，两人都无法大展拳脚，恺撒便不再恋战。然而，躺在地上的南尼厄斯一边揪住恺撒的佩剑，一边扔掉手中原本握住的剑，捡起身边的另一柄利剑迅速朝恺撒刺去。在刺向对方的同时，他自己也遭到重创，危在旦夕。但他在与敌人厮杀之际，又杀死了朝自己攻击的罗马护民官拉比厄努斯（Labienus）。得神之庇佑，日暮之际，不列颠人经过英勇战斗终于大获全胜。恺撒带着残兵败将，撤回大海和营帐之间的战船之上。趁着夜幕笼罩，恺撒和剩余的将士隐入深海。当部下规劝他放弃继续攻打不列颠时，恺撒顺势接受，扬帆回到高卢。

(4)一方面，卡斯贝罗努斯深受胜利鼓舞，先是酬谢神恩，然后召集所有勇士齐聚一堂，论功行赏；但是另一方面，他又深为痛心，因为他的兄弟南尼厄斯伤重难愈，正在死亡的边缘。就在与尤里乌斯·恺撒那一役后十四日，南尼厄斯因伤重不治英年早逝，葬于泰诺旺城北门附近。卡斯贝罗努斯以国王之礼厚葬南尼厄斯，并将恺撒卡在他的盾牌上的佩剑放在他的身旁作为陪葬，随他一同入棺。恺撒的佩剑可是大有来历，被称作"死亡藏红花"(Saffron Death)，因为从未有人在此剑之下幸存。

(5)当尤里乌斯·恺撒离开不列颠抵达高卢时，却发现高卢人也在起义以反抗他的统治。高卢人见恺撒在不列颠岛吃了败仗便不再畏惧他的权威了。在高卢人中流传着同样一个消息：整个大海上都满是卡斯贝罗努斯的战舰，时刻准备追击恺撒和他的军队。在这一消息的鼓舞下，高卢人群情激昂，组织起来准备将恺撒逐出高卢。面对士气高涨的高卢人，恺撒也有所忌惮，不敢立即镇压，毕竟战事一起又胜负难定，于是他选择了怀柔手段——他打开宝库用金银珠宝收买当地贵族，以重获他们的支持；对普通平民就许以自由；对产业被侵占的居民，承诺物归原主；甚至连奴隶，他都同意恢复他们的人身自由。新政一下，局势迅速得到控制：之前张牙舞爪、雄狮般咆哮的高卢人顿时变成了无比温顺的小绵羊，谦卑地匍匐于恺撒宝座前称颂他的丰功伟绩——恺撒就这样轻而易举地恢复了昔日大权。但恺撒没有一日不在思量：应该如何重新跨过海峡征服不列颠人。

(6)时隔两年，为了一雪前耻，恺撒再度准备跨越海峡进军不列颠。卡斯贝罗努斯一收到消息，立即聚集军队重修城墙，并在所有港口重新布防。更是在恺撒攻击泰诺旺城的必经之地——泰晤士河重重布局：为了摧毁恺撒战舰的船头，河面密布如同强壮男子的大腿般粗细的木桩，水下还设有铁砣铅块。此外，全岛的青壮年都被征召，在海岸沿线建立军营蓄势待发,只等敌人出现。

(7)与此同时,尤里乌斯·恺撒正积极为远征准备:每艘战舰上都满是斗志昂扬、骁勇善战的战士。毫无疑问,只要他的战舰能够完好无损地将战士们载到陆地,入州入县定如入无人之境。无奈当恺撒沿着泰晤士河朝泰诺旺城进军之时,卡斯贝罗努斯的布防令恺撒大军损失惨重:除了成千上万的将士溺水身亡外,无数舰船也由于受创进水沉没。恺撒意识到局势的严重性,立即下令全员调头,准备强行登陆。幸亏这及时转向才使大军侥幸避过全军覆没的危险,恺撒和剩余的将士徐缓而行总算登陆。

卡斯贝罗努斯一直站在岸边关注战况,当看到恺撒的军队大批溺毙时喜上眉梢,可是看到恺撒并未一败涂地又欢喜不起来了。于是他又下令手下乘胜追击,绝不给罗马人以喘息的机会。罗马人虽然在水上遭到重创,但是他们一到陆地上就显现出锐不可当的气势,双方自是免不了一场鏖战。尽管罗马人不避斧钺,但无奈方才水上损失惨重,再骁勇善战终有力竭之时,而不列颠人的增援又源源不断,在数量上已是罗马人的三倍了。双方力量悬殊,战局胜负自然不言自明。当恺撒看到败局已经无法挽回,就带着残兵返回战舰再次退回海洋,幸而顺风顺水,最终安全返回莫里尼(Morini)海岸。一回来,恺撒就自己一个人进了欧德尼(Odnea)塔——在此番进军不列颠之前,他就修建了此塔。起因是他对高卢人的忠诚甚为怀疑,担心再次出现暴乱——就像他第一次被不列颠人打败时一样——正如诗人的描述,“他只给不列颠人留下他的背影”。据说恺撒很可能是将此塔作为避难所,这样即使发生暴动他也能安然无恙。

(8)取得第二次胜利后,卡斯贝罗努斯心潮澎湃,下令全国的贵族携带家眷一起到泰诺旺城参加祭典——酬谢诸神保佑他们战败了非凡的恺撒大帝。一呼百应,群贤纷至,并且献上了大量祭品。此次祭典共献祭了四万头母牛，十万只绵羊，各种家禽更是难以计数，此外捕自森林的麋、鹿等各类鹿也超过三万。当隆重的祭典完成后，大家就尽情享用剩余的祭品，再日夜戏水娱乐。

正当大家兴高采烈戏水之际，两个年轻人——国王的侄儿和安卓吉斯公爵的侄儿，却为了孰优孰劣而争执不休。国王的侄儿名叫海尔格拉斯(Hireglas)，安卓吉斯公爵的侄儿叫艾福林(Evelin)。两人的口头争执升温，艾福林一怒之下夺过一把利剑刺入了海尔格拉斯的脑袋，立即在广场引起一阵骚动。侄儿被谋杀的消息迅速传到了国王卡斯贝罗努斯的耳中。侄儿的悲惨命运自是让卡斯贝罗努斯痛心不已，于是他命令安卓吉斯将他的侄儿艾福林带到自己面前，艾福林必须要像个贵族一样接受他应得的判决；假如海尔格拉斯全然无辜，绝不可让他含冤死不瞑目。然而安卓吉斯却对国王处理此事的方法深表怀疑，便回答说他们有自己的法庭，如果起诉他们的族人，就必须在他自己的宫廷进行审判。如果卡斯贝罗努斯坚持要处理艾福林，那就应该遵循远古的习俗，在泰诺旺城中安卓吉斯的宫廷寻求解决之道。卡斯贝罗努斯发现自己无法得到满意的答复，便郑重警告安卓吉斯：除非按照他说的做，否则大家就兵戎相见。然而，安卓吉斯也正在气头上，就是不肯听命于他；卡斯贝罗努斯怒不可遏，决定立刻向安卓吉斯展开报复。此时安卓吉斯正积极通过在宫廷的亲友，力图找到解决办法使国王放下怨恨，结果却发现完全无法减轻国王的怒火。于是安卓吉斯开始考虑是否应该转变战略。最终，他对其他的办法也完全绝望了，决定向恺撒寻求帮助。他给恺撒写了如下书信：

泰诺旺公爵安卓吉斯敬致盖乌斯·尤里乌斯·恺撒，之前愿您赍志而殁，现在祈您福寿绵长。我为曾经帮助卡

> 斯贝罗努斯国王与您作战而深感懊悔；我本应回避的，也许那样的话您早就征服了卡斯贝罗努斯，他也就不会像现在这样扬扬自得、妄自尊大了——现在他决意要将我逐到边界——我曾经全力帮他取得胜利，这就是他对我的回报。我曾经保护他的领土和财产；现在他却要剥夺我的领土和财产。我曾经一再帮他重建王国，现在他却要夺走我自己的王国。这就是我帮助他抵御您所得到的。皇天在上，即使我拒绝将我那年少冲动铸成大错的侄儿呈交给他，也绝不该遭此对待……鉴于以上原因，恳乞怜悯，请您无论如何助我一臂之力，我将来就认定您是不列颠岛的主宰。您无须对我有所怀疑，因为这无所谓什么不忠与背叛。识时务者为俊杰，原本就没有永远的朋友也没有永远的敌人，而有时，在逃跑之后依然能获得胜利。

(9)读完此信后，尤里乌斯·恺撒召集亲信征求意见，是否应该仅凭公爵的一面之词就再度征战不列颠。最后恺撒回复安卓吉斯：在远征之前，你应当送个人质过来以显示诚意。于是安卓吉斯就把自己的儿子斯开瓦(Scaeva)和与自己有亲属关系的三十名年轻贵族送给恺撒做人质。当人质到达以后，恺撒的疑虑完全打消，于是立即召集军队，扬帆出海到达卢图匹(Rutupi)港口。与此同时，卡斯贝罗努斯正忙于围攻泰诺旺城和洗劫周边村镇的庄园。当他一听说尤里乌斯·恺撒登陆了，就立即集结围城之军赶去迎战恺撒。当他们行军至多罗伯尔尼亚(Dorobernia)附近的山谷时，正巧看见罗马军队在安营扎寨，原来安卓吉斯正在那儿领着罗马军队设伏，准备出其不意攻其无备。罗马军队明白不列颠人已经觉察，于是迅速恢复武装，摆起了对仗的队形。不列颠人也披上战甲以中队为单位继续前进。

不过，安卓吉斯还另外率领五千人藏身于森林伺机帮助恺撒偷袭卡斯贝罗努斯。当两军都摆好阵势正面相对时，电光火石间只见万箭齐发，登时倒下大片；接着伤者又是被一通刀砍斧斫。双方将士都奋不顾身，结果自是血流成河——双方倒下的将士就如同深秋的落叶一般。当战争进行到白热化的阶段时，安卓吉斯从森林中杀出，从背后插入卡斯贝罗努斯主力——对此战的成败起到了决定性作用。卡斯贝罗努斯因此处于腹背受敌的状况：先头部队已经被罗马军队切断围攻，后方又被同宗安卓吉斯侵扰，实在是孤掌难鸣——只见队形大乱，将士们四分五裂。危急时刻，卡斯贝罗努斯瞅见山谷一边的山顶有片密林，便立刻率领剩余将士逃入密林，途中还英勇阻击截杀了一批追击他们的敌人——因为罗马人和安卓吉斯也瞧出了他们的意图，穷追不舍，为了阻止他们上山，自是免不了厮杀一番。山上的岩石和陡峭的山脊实在是天然的武器和屏障，地势的优势使他们得以继续顽强抗敌。天色渐暗，为了避免不必要的伤亡，恺撒决定暂停攻击，先将整座山围起来，切断不列颠人的补给与后援——这样就可以不费一兵一卒将他们困在山上活活饿死。

被围困在山上的时间里，不列颠人在艰苦卓绝的条件下仍然两次击退了罗马人的进攻——征服了除自己以外整个世界的恺撒，从未遭遇到如此顽强的抵抗——不列颠人随时准备着为他们的国家和自由献身！不列颠人以行动赢得了所有人的尊敬，就正如罗马诗人卢肯(Lucan)在诗中歌颂的：

> 二龙征战决雌雄，恺撒寻觅始得踪，
>
> 战战兢兢失心魄，唯留转影于长空。

被围困的第二天，饥肠辘辘的卡斯贝罗努斯开始担心最后自己可能因为饥饿而向恺撒屈服，成为恺撒的俘虏。于是他派出信使给安卓吉斯传话，请他出面与恺撒议和，以免自己被俘而使全族蒙羞。当信使传话之后，安卓吉斯对信使说道：

“和平时期犹如凶猛雄狮，一到战时却成温顺绵羊，这样的国王叫我们如何爱戴？天地诸神啊！之前还对我呼来喝去，现在却转而恳求我：他终于不再一意孤行打算与恺撒议和。早知今日何必当初呐。他终于明白无法将战无不胜的恺撒赶出不列颠：一次驱逐只会招来下一次进攻。为何我无论是对他还是对其他任何人的报效总是得不到公正的对待呢？他被自己的愚蠢蒙蔽就罢了，还要为了他所谓的胜利，让那么多同胞流血搏命。从来也没有哪场战争的胜利是靠指挥官一人之力，靠的都是将士们抛头颅洒热血啊！就算为了这些战争中的伤者，我也应该抛下个人恩怨，尽我一切所能为他谋个和平解决之道。”

(10)于是安卓吉斯径直走向尤里乌斯·恺撒，俯首对他说道：

“您看，卡斯贝罗努斯已经遭到足够的报复了。请您对他手下留情吧！他现在已经别无选择，唯有向您致敬，向光荣罗马帝国进贡。”

见恺撒沉默不语，安卓吉斯又补充道：

“恺撒，我唯一向您承诺过的事，就是说我保证将尽我一切努力让卡斯贝罗努斯对您俯首称臣，让不列颠归于您的统治之下。瞧，现在，在我的协助下，卡斯贝罗努斯被征服了，不列颠也在您掌控下了。我还有什么没有兑现？现在的情形也许是上天的意思，卡斯贝罗努斯毕竟是国王也有恩于我，眼下他又恳请我的怜悯，我怎么能因为他曾经对不住我就将他投入监狱负枷带镣呢？只要我活着，就绝不可能让他遭遇不测，否则我自己都会为自己感到羞愧。请您接受我的建议吧！”

尤里乌斯·恺撒听了安卓吉斯一番话，再战之心也就此打消，接受了卡斯贝罗努斯的议和，条件是卡斯贝罗努斯要支付三千磅银子的贡金。从那以后，尤里乌斯·恺撒和卡斯贝罗努斯就结为盟友，并按照礼节互换礼品。然后尤里乌斯·恺撒在不列颠岛过冬，春天到来以后方才渡海回到高卢。再不久以后，他又集结各国军队开往罗马与庞培(Pompey)作战。

(19)卢修斯(Lucius)决意让生命的终结胜过生命的开始，于是修书给教宗埃留提利乌斯(Pope Eleutherius)请求皈依基督教——因为基督的军队中年轻军士们在行走各地所创造的神迹，拨开了他心中的云雾，在他心中烙下了真正信仰之爱。如此虔诚的请愿书深深打动了教宗，教宗见他如此虔心向道，便给他派遣了两位最虔诚谨慎的神学博士，佩根(Pagan)和杜维安(Duvian)。两位博士向卢修斯宣讲《圣经》教义，然后为他施洗礼。终于，他正式皈依基督教。很快，举国上下都学着国王的样子争相在同样的圣水池中接受洗礼，皈依基督教，都希望死后能够魂归天国。在几乎驱逐了全岛的异教徒后，志得意满的两位博士就致力于将供奉众神的神庙改建为供奉唯一的神和圣徒们的地方，并开始对不列颠岛进行教区分区和任命。以前不列颠岛共有二十八个祭司和三个大祭司，他们主导大众道德判断以及代表神庙官方的意见。现在既然遵循教宗的规诫，自然要取缔偶像崇拜；原先设祭司的地方现在就设主教，设大祭司的地方就设大主教。大主教的席位设在了历史最悠久、地位最崇高的三个城市，也就是伦敦(London)、约克(York)和卡利昂(Caerleon)，迄今为止，卡利昂的那些古老的城墙和建筑仍然屹立在格拉摩根郡(Glamorgan)的乌斯克(Usk)河畔，见证着当年的荣耀。这三个大主教区首先清除了以往的迷信，接着就是二十八个主教区，它们又下辖数个主教管区……

(第五卷,9)最终,日薄西山的奥克塔维厄斯(Octavius)急于安排好身后之事,于是召集重臣们征询意见:一旦他寿终正寝,他们觉得王族中的谁最适合继承大统?因为奥克塔维厄斯没有可传位的男性继承人,唯有一个独生女儿,有人提出,他应该将女儿嫁给某个罗马贵族,以联姻的方式来保障国家和平。但是另外一些人却认为应该由他的侄儿科南·玛利阿多克(Conan Meriadoc)继承王位,他的女儿则带着金银珠宝等丰厚嫁奁嫁给其他王子。当双方正争论不休时,康沃尔公爵卡拉多克(Caradoc)站出来提议:应该邀请马克西米安(Maximian)元老前来,让他娶公主为妻并继承王位,这样可享永久太平。因为马克西米安的父亲是正宗的威尔士人——李奥兰(Leoline),他的母亲又是罗马人,而且父母双方都是世袭贵族。卡拉多克坚称这桩婚姻能保永久和平,要知道流淌着不列颠人血液的马克西米安也是罗马皇族成员,这势必对不列颠王国好处甚多。卡拉多克此提议让国王的侄儿科南·玛利阿多克大为光火,因为他一直觊觎王位,此番更是志在必得,哪怕拼个鱼死网破也在所不惜。不过卡拉多克也是寸步不让——他让自己的儿子莫里斯(Maurice)去罗马拜会马克西米安,好将不列颠这边的情形告知他。莫里斯不仅高大英俊、性格坚毅,武艺更是高强,倘若要说谁不可战胜,他只消赤手空拳一战便可证明。所以当莫里斯一到,便被马克西米安奉为座上宾,受到高于其麾下其他勇士的款待。原来此时马克西米安因为提出三分帝国之事被拒,正与罗马两个皇帝格拉蒂安(Gratian)以及瓦伦丁尼安(Valentinian)激烈争执。莫里斯眼见马克西米安被两个皇帝占尽便宜,便对马克西米安说道:

"马克西米安,现在抢夺格拉蒂安国土的道路已经敞开,您却为何畏惧格拉蒂安呢?和我一起去不列颠岛,您就是不列颠的国王!因为奥克塔维厄斯国王已是风前残烛,唯今之愿就是找个像自己一样的人好将女儿和王国托付。因为他没有男性继承人,他现在正在亲属中寻觅像您这样的青年才俊好让女儿托付终身,王位就是公主的嫁妆啊。我们这些属下对他的安排也是甚为赞同,最高法院也已通过决议:您就是公主未来的夫君,也就是我们未来的国王!我正是受委任特来将此事知会您的啊。如果您愿意和我同回不列颠一试,不列颠的所有财富都将是您的,世代居住于岛上的英勇战士也都将对您唯命是从。到时候,您就有足够能力再回到罗马,赶走这两个皇帝——那时,整个罗马帝国就都是您一人的了。您的先辈君士坦丁(Constantine)大帝,以及我们不列颠诸先王也都是这样成就大业的。”

(10)莫里斯此番话真是深得马克西米安之心,于是他们启程前往不列颠。途中,他们劫掠了法兰克数城池,所获甚丰,更是招得四方勇士齐聚麾下。很快,他们就顺风扬帆驶向哈莫港(Hamo's Port)。国王奥克塔维厄斯听闻哈莫港的动静,还以为是敌军来袭,惊惧交加之际便招来侄儿科南·玛利阿多克,命他集结全国军队去迎战敌军。于是科南召集全国青壮年开往哈莫港。刚刚安营扎寨的马克西米安发现如此规模的军队来袭,一时间不知所措:该如何应对呢?与他随行的不过是小股部队——如何跟科南的大军抗衡,而求和也是无望。于是马克西米安让随行的长者向莫里斯求教:在敌我双方力量如此悬殊之际,何为最佳策略。莫里斯如此答复:

“我们来此绝不是要和不列颠的勇士们一战的,我们又没有武力进犯不列颠的企图。因而理所当然要和平解决此事,最重要的是我们要一直留守到我们清楚了国王的意图。就说我们是罗马皇帝派来的使者,代为传达给国王奥克塔维厄斯的委任,先是好生款待,然后我们就再用些外交辞令蒙混过关。”

大家一致同意这个计划。于是莫里斯便挑选了十二个须发花白、才高智深的贵族，手执橄榄枝随他去拜见科南公爵。不列颠人一见来者都是德高望重之辈，又手执和平之意的橄榄枝，便从座位上起立以示敬意，并让开路让他们一行径直走到科南公爵面前。他们笔直站在科南·玛利阿多克面前，先是代表皇帝和元老院向他致敬，然后说马克西米安是受格拉蒂安和瓦伦丁尼安委任，前来向奥克塔维厄斯国王授以委任状的。科南便向他们问道："既然如此，那他随行为何带这么多军队？这可不是使节惯常的排场，倒是更像要在我们这里大肆进犯的军队。"莫里斯回道："那是因为到目前为止，我国尚未接待过身份如此高贵之人，自然也就没有见过如此多武士和随从护送的阵仗；因为此行他代表的是罗马帝国，鉴于马克西米安的先祖们征战无数，自然也是树敌甚多，不得不考虑安全：要是就带几个随从长途跋涉，没准早就为宿敌所害了。他们报和平之意前来，所作所为也确实表达了谋求和平之意；自他们到达之日迄今，他们从未做任何有损不列颠之事啊。他们确确实实是为了和平而来，绝无用武之意。"科南听了以上说辞，正为开战还是议和摇摆不定之际，康沃尔公爵卡拉多克连忙上前劝说科南万万不可开战，其他贵族也相继附和。如此情势之下，即使科南更想打仗，也不得不同意议和，亲自护送马克西米安到伦敦面见国王。

(11)然后，康沃尔公爵卡拉多克与儿子莫里斯陪同马克西米安参见国王奥克塔维厄斯，待到无关人等退下后，卡拉多克方向国王禀呈：

"您看，那些对您恭顺忠诚的人经过了如此漫长的等待，多亏上帝的旨意，总算得到了一个皆大欢喜的结局。陛下您一直从善如流，也要求我们为了国家和公主的利益直言进谏，那就请恕我直言：陛下您已是垂暮之年，体力精力都难以支撑日夜操劳国事。有人担心若是由外国王子继承王位会有损我们同胞的利益，因而劝您传位于您的侄儿，再将公主体面地嫁到别处；也有人又劝您传位于公主，那么与公主成婚的我们本族的贵族在您仙去之后便可再继王统。但是他们的建议不曾考虑到上苍会送来一个可以将王位和公主一起托付的、有着罗马帝国血统的王子。试想，我国将身处光荣罗马帝国的保护下，难道还不能长治久安吗？在我主的安排下，现在将这样一位年轻王子送到我国，他不仅有着罗马血统，而且还有我们不列颠人的高贵血统，我建议陛下立即让公主和他缔结婚姻。陛下，放眼整个不列颠，还有比马克西米安更合适的人选吗？您看，他是君士坦丁大帝的亲戚，又是我们考伊尔(Coel)国王的外孙，谁也无法否认考伊尔国王的女儿海伦娜(Helena)对他的王国的继承权。”卡拉多克此番话不仅说服了国王奥克塔维厄斯，也得到了在场之人的一致赞同，于是奥克塔维厄斯将王位与公主都托付于马克西米安。

科南·玛利阿多克此番真是怒气冲天，于是秘密潜往阿尔巴尼，策划如何打败马克西米安。当他集结军队后，便大肆滋扰亨伯河两岸各地。马克西米安得知以后，便召集全部军队奔赴亨伯河与科南大战，最终凯旋。但科南并未就此一蹶不振，他再次招兵买马继续不断袭击各地。马克西米安只好与科南再战数回，双方各有输赢。由于双方都损失惨重，最终，双方在朋友的斡旋之下达成和解。

(12)五年以后，马克西米安正是志得意满之际：府库充实，兵强马壮，海军更是装备精良——小小的不列颠已经不能令他满足，于是他决意征服高卢。穿过海峡，他首先到达的是阿摩里卡(Armorica)，也就是现在的布列塔尼，便向当地的高卢人开战。前来迎战的是英博特公爵(Duke Inbalt)辖下的高卢人，但他们被不列颠人打得落花流水，不仅英博特公爵战死，从全国各地征召的勇士也战死一万五千人。此番大捷真是让马克西米安欣喜若狂，鉴于对方损失了如此多战士，他认为征服整个王国指日可待。于是他将科南召来，得意扬扬地笑着说道："你瞧，我们已经赢得了高卢最美丽的地方，由此，我相信我们有能力赢得其余的地方。在战败消息尚未传遍高卢之际，让我们一鼓作气，绝不给他们喘息和反攻的机会，赶快拿下那些城市和要塞吧。我们不但要控制这个王国，我们还要将征服整个高卢将其归于我们辖下。不怕你生气，虽然你曾想拥有不列颠，但还不是得交到我的手里？不过失之东隅，收之桑榆，现在我就让你做这里的国王！这里就是另一个不列颠，当我们把现在住在这儿的家伙驱逐出去后，我们的民族就将在这里继续繁衍。这儿可真是鱼米之乡啊——茂林修竹，清波荡漾，绿草如茵，照我看来简直再也找不到比这儿更令人心旷神怡的地方啦！"于是科南立即低头受封并虚情假意地表达了谢意，更是信誓旦旦地保证只要他活着，就唯马克西米安马首是瞻，永远做他最忠实的奴仆。

(13)就在这天，他们又调集军队开往雷恩(Rennes)。当听闻不列颠人如何残暴、如何杀戮他们的同胞后，男丁如惊弓之鸟，早已逃之夭夭，雷恩城中就剩下了妇女和儿童。其他的城市和乡镇也都如雷恩一样，这可真是为不列颠人大开方便之门。他们长驱直入，但凡征服的城池，剩余的男丁一概杀死，只留下妇女。当男丁一个不留以后，不列颠军队便在城镇中派兵驻防，并在各个近水地点安营扎寨。马克西米安的残暴迅速传遍高卢的其他各地，所有的王公都陷入了巨大的恐慌和绝望之中，将最后的希望寄托于向诸神祈祷和献祭。他们纷纷逃窜到城市和要塞，或者任何他们认为安全的栖身之所。当马克西米安意识到自己竟然让高卢人如此惊惧，便放手一搏，以高额赏金招募新军，迅速扩充了军队。马克西米安深知人性之贪婪，于是，他要么让部下赚得金银满钵满盆，要么就慷慨赐予他们这样或那样。

(14)当马克西米安拥有了这样一支强大的军队，整个高卢真的就是他的囊中之物了。不过，他并未急于进一步扩张，相反，他先着力让征服之地休养生息，正好借机（重新用不列颠人）补充军队。他下令不列颠全岛必须集结十万普通百姓，岛上留三万人负责保卫本土以防外敌入侵。当万事俱备，不列颠人到达，马克西米安便将七万不列颠人分布到阿摩里卡王国的国民中去，为科南·玛利阿多克建立了第二个不列颠。然后马克西米安亲率剩余军队继续征战高卢。经过数次艰苦卓绝的战役，一步一个脚印，他终于征服了整个高卢，连同整个日耳曼。然后，他在特里尔（Trier）建立了自己的帝国，并对格拉蒂安和瓦伦丁尼安两位皇帝展开了猛烈的报复：他亲手杀死了其中一个，逼得另一位仓皇逃离罗马城。

(15)与此同时，高卢人和阿基坦人频频偷袭阿摩里卡的不列颠人。为了抵御持续的入侵，科南率领不列颠人大开杀戒，奋力保卫好不容易建立的家园。终于大获全胜后，科南决定让他的众将士娶妻生子以延续香火，并分赐他们永久的产业。但是科南颁布法令：他们不得与高卢人通婚，必须要娶不列颠岛的女子为妻。科南派信使去拜见现在的康沃尔公爵迪欧诺图斯（Dionotus）——他继承了他的兄长卡拉多克的国土——请他负责办好此事。迪欧诺图斯为人光明磊落，又深得马克西米安信任。马克西米安在忙于远征的这段时期，一直都授权迪欧诺图斯掌管不列颠岛的国家事务。而且，迪欧诺图斯的女儿厄休拉（Ursula）螓首蛾眉、巧笑倩兮、美目盼兮的模样一直萦绕科南心头。

(16)迪欧诺图斯接见了科南的信使后，马上着手操办此事，很快便将一万一千名贵族女子、六万名平民女子齐聚于伦敦城内。然后，他又开始安排众多船只准备从各个海岸将她们送往对岸——她们未来的夫君们正隔海翘首企盼。如此庞大的送亲队伍着实罕见。这些少女们大部分虽也有出嫁的喜悦，但是更多的是哀伤——毕竟她们生于斯长于斯，对不列颠岛有着深深的眷恋。当然她们中也不乏性情之人，觉得与其在不列颠富贵安宁一生，倒不如轰轰烈烈客死他乡。无论如何，她们的命运无可改变，注定要远离不列颠。扬帆起航之际，少女们都走上甲板，目送故国远去，泪如雨下。然而，就在船队抢风行驶即将到达阿摩里卡海岸之时，一阵逆风扑面而来并迅速席卷整个船队。在汪洋大海之上，船队陷入了巨大的危险之中。结果大部分船只都在海中沉没，侥幸逃出生天的船只最后也漂落到荒岛，船上的幸存者或遭屠杀或遭俘虏。原来，这个荒岛已经被可恶的古阿纽斯(Guanius)和梅尔噶(Melga)的手下占领，他们俩又是奉马克西米安的手下败将格拉蒂安之名，一直在沿岸以及日耳曼本土大肆屠杀以报复马克西米安。古阿纽斯是匈奴人的君主，而梅尔噶则是皮克特人(Picts)的君主，格拉蒂安特意送他们到日耳曼就是为了让他们屠戮马克西米安的支持者。当他们在沿海地区烧杀劫掠之际，正好遇上了因海难而漂流至此的少女们。这些野蛮人便劫持了少女中姿容姣好者，意欲淫乐一番，不料遭到严词拒绝，他们便毫不留情地屠杀了这些弱质女流。

匈奴人和皮克特人的君主——古阿纽斯和梅尔噶这两个卑鄙小人，是格拉蒂安与瓦伦丁尼安的追随者；他们一得知不列颠已无可用之兵，就急忙发起攻击，与邻近岛屿结成联盟直取阿尔巴尼。他们开进军队的同时，屠杀了大批无辜平民。正如前文所述，马克西米安已将所有的青壮男子招募征伐高卢去了，余下的不是目不识丁、手无寸铁的妇孺，就是面朝黄土背朝天的农夫。可是古阿纽斯和梅尔噶不管三七二十一，铁蹄所到之处，腥风血雨，鸡犬不留。当马克西米安得知如此惨痛的伤亡时，立即派“商人”格拉蒂安(Gratian the Burgess)率领两个军团回到不列颠协助。他们一靠岸就与敌人展开激战，打败敌军并将他们驱逐到海伯尼亚（Hibernia）[①]。但与此同时，在罗马，马克西米安率领的不列颠军队却被打败，他本人被格拉蒂安的朋友所杀。四散的不列颠军人掉头逃回了被称为“另一个不列颠”的阿摩里卡，投奔他们的族人。

（第六卷，1）当“商人”格拉蒂安收到马克西米安已被刺杀的消息，就戴上王冠自封为王了。他是一个暴君，于是百姓团结起来推翻了他的统治并将他处决了。这一消息很快又传遍各国，于是前面提到的被他赶到海伯尼亚的敌人又联合苏格兰人、挪威人和丹麦人卷土重来，一时间海峡两岸又是战火纷飞，到处都是焦土瓦砾。不列颠人实在不堪重负，于是派遣信使到罗马求援，他们的请愿书真是字字血泪、句句恳切，表示只要罗马人帮助他们赶走仇敌，他们将永远是罗马最忠实的属国。于是一支罗马军团登上战舰赶赴不列颠。罗马勇士一下战舰就迅速杀到敌人营帐。最后，罗马军团杀得敌军大溃，东逃西窜，败兵丧将尸如山积，从而拯救了水深火热之中的不列颠百姓。

（3）罗马人安抚了一下饱受惊吓的不列颠人，然后再给了他们一些强民练兵的建议，便挥手作别离开了不列颠。不列颠人依照罗马人的建议，先是在南部沿海地区修建了数座高塔，用以监视海面情况——这些港口城市是最容易被野蛮人入侵的地方。但是江山易改，本性难移，和那些蛮族讲道理根本就是对牛弹琴。当日被罗马人打败的古阿纽斯和梅尔噶率领苏格兰人和皮克特人残部，以及挪威人、丹麦人等各色败兵乘船逃到爱尔兰。当他们看到罗马人离开不列颠并发誓再也不会回

① 海伯尼亚是爱尔兰的拉丁名。

来之时，便又置以往的保证于不顾，蠢蠢欲动。当下的情势，不列颠人别无选择，笨拙的农夫们完全不明白何为作战，甚至连逃跑都不擅长——他们只会露着半截儿肚皮左摇右晃，唯有召集他们手执木棍为武器，傻乎乎地蹲在城墙上，不分日夜坚守。然而敌军可没有闲着，他们用一种带着长钩的武器将他们从城墙上钩下——这些可怜的农夫登时肝脑涂地。不过比起他们的兄弟和妻儿所遭受的可怕而漫长的折磨，他们如此悲惨的死法反而是种解脱。

天啊，这大概就是上帝对不列颠人之前所犯罪恶的惩罚吧。穷兵黩武的马克西米安连年征战，几乎耗尽了不列颠岛的精兵良将，剩余的军士势穷力竭。因为没有供给，他们不得不逃跑。

因为农民逃跑，军人也不得不放弃了城池四处逃窜，真是前所未有的绝望：四处都是追兵，一旦与敌军相遇又是痛遭殄灭，真是生灵涂炭，惨不忍睹。走投无路的不列颠人只好再次写信向罗马军队的统帅阿吉提乌斯(Agitius)求援，开篇如下："致罗马执政官，阿吉提乌斯，不列颠人的哀鸣。"简短寒暄后他便开始诉苦："大海将我们与野蛮人隔开，野蛮人又将我们赶到海上。无论是面对野蛮人还是海洋，我们都是死路一条——要么沉于汪洋大海，要么倒在屠刀之下。"然而，他们的恳求没有得到任何回应，于是他们只好带着哀伤和遗憾返回不列颠——告诉老百姓他们的请愿未得恩准……

(6)君士坦丁死后，贵族们为了谁该继承大统而展开争执。有些人支持奥勒留斯·安布罗修斯(Aurelius Ambrosius)，另外一些则支持尤瑟·彭德拉根(Uther Pendragon)，因为他们都有着纯正的贵族血统。当双方还在为此争斗不休的时候，对王位垂涎三尺的格威斯伯爵(Earl of Gewissi)沃缇金(Vortigern)径直找到僧侣康斯坦斯(Constans)，说了以下这番话："你瞧，你父亲已经去世，你的弟弟们又太年幼没法继承王位，照我看来你们家族里也没人能担此重任。因此，如果你愿意听从我的教导，并承诺日后我的财富倍增，我就让人民推举你做国王，那时候你就不用再被修会束缚，日日过着这种与世隔绝的隐修生活了。”康斯坦斯听后欣喜若狂，庄严起誓，保证一定对沃缇金言听计从。于是，沃缇金不顾众多民众反对，将康斯坦斯带到伦敦并亲自为他加冕。因为那时正巧大主教郭特林(Guethelin)去世了，没人敢擅自越权为康斯坦斯举行加冕仪式——毕竟康斯坦斯曾经是个僧侣，无权被加冕。沃缇金可顾不上这些，于是就代替主教为康斯坦斯戴上王冠。

(7)康斯坦斯当上国王后，沃缇金的所有建议他无一不接受，一切国家政令都按照沃缇金的意思颁布。这倒不会是因为康斯坦斯软弱或愚蠢，而是因为他一直住在修道院里，对国家事务确实一窍不通。当沃缇金觉察到这些后，便开始盘算着取而代之了。其实沃缇金觊觎王位已不是一朝一夕，只不过对他而言再没有比现在更合适的时机罢了。因为沃缇金已经把握了整个国家的实际权力，虽然现在他还称康斯坦斯为国王陛下，但其实这个国王不过是受他荫蔽的臣子罢了。康斯坦斯既然不是个强硬之人，自然也不会要求所谓正义；既然无人忌惮他，自然也就无人拥戴他。而他的两个弟弟尤瑟·彭德拉根和奥勒留斯·安布罗修斯还是乳臭未干的孩子，根本无力掌管国家。更妙的是与沃缇金同辈的贵族都已过世，他就是仅存的最德高望重的顾命大臣了。剩下的贵族都是他的侄儿外甥辈的，全是些不足为惧的毛头小子——他们的父辈和叔辈都在前述的战争中为国捐躯了。

沃缇金发现万事俱备，便开始寻思如何设计尽快方便地罢免康斯坦斯好让自己名正言顺登基。为了使自己的统治更为稳定，让贵族和百姓都更为习惯，最终他还是决定将篡位的计划稍稍推迟。他先是以外族入侵为由，要求国王将国库交由他托管，城市也由他全权负责。当康斯坦斯全部照办后，他便在各处安插自己的亲信。见一切都按计划进行，他便又对康斯坦斯说需要更多的军费以便为其更好地抵御一切来袭的敌人。

康斯坦斯对此回应："我不是一切都按照你的安排行事吗？你尽管放心，无论你要做什么，我都是完全支持的。"

然后沃缇金说："据可靠消息，皮克特人意图勾结挪威人和丹麦人来进犯，这次他们势必全力以赴。因此我建议最安全的做法就是，陛下你先招募一批皮克特人到宫中，让他们作为中间人提供一些我们得不到的消息。一旦皮克特人已经准备好造反，这些皮克特人就可以为我们打探到对方的作战计划和布防等，那时我们就可以轻而易举地将他们打败了。"

这看起来还真像是以其人之道还治其人之身的方法对付皮克特人。但是沃缇金对康斯坦斯的此番建议根本不是为了他的安全着想，而是因为沃缇金深知皮克特人巧伪趋利、背信弃义的本性。当皮克特人酩酊大醉或是恼羞成怒之际，只要沃缇金从中略施小计，他们便会失控杀死国王。到那时，沃缇金梦寐以求的王位便唾手可得。

于是，沃缇金派遣信使到苏格兰，邀请一百名皮克特军人到王宫来担任国王的随从侍卫。皮克特人一到，他极尽地主之谊：不仅山珍海味、琼浆玉液应有尽有，而且金银珠宝、奇珍异玩也随他们取用。皮克特人对沃缇金相见恨晚，恨不得以死效忠。因此，为表效忠之意，他们沿街高唱："说起沃缇金，道起沃缇金，唯他配称王！康斯坦斯儿，何能得大宝？煌煌不列颠，唯有沃缇金，贤德以称王！"自然，沃缇金又会给他们更多赏赐，而他们也会更对沃缇金心怀感激。

当沃缇金彻底收买了这些皮克特人后，就开始照计划行事了。一日，觥筹交错间，沃缇金假意说道，一旦为自己准备好充足的养老金，他就打算再也不过问国家大事，在家颐养天年，但恐怕到时候就只能勉强支付得起五十名侍卫的费用了。然后，他就装作悲痛欲绝的样子回到自己的住所，留下皮克特人继续饮酒。反顾沃缇金的表现，皮克特人对他的话信以为真，不禁生起兔死狐悲之感，于是他们就低声抱怨互相商量起来："都是那个僧侣给害的！我们为什么不干脆杀了他？他一死，还有谁比沃缇金更有资格拥有这个王国，那沃缇金不就顺理成章当上国王了？当他安享尊荣坐拥江山之时，对我们这些有功之臣还不是大肆封赏？"

(8)于是他们匆匆闯进康斯坦斯的寝宫，出其不意地砍下了他的头颅，然后进献给沃缇金。沃缇金一见奸计得逞真是心花怒放，但他表面却捶胸顿足，泪如雨下。沃缇金立刻将这些皮克特人关押起来。接着他召集全伦敦公民，声泪俱下地控诉这些戴着手镣脚铐的叛国者杀死了康斯坦斯国王，宣布他们罪大恶极，将被斩首示众。国民中有些人认为，以皮克特人的见识和能力哪里做得成这种大事，肯定是沃缇金背后指使。但也有人认为，这纯粹是对沃缇金的无耻污蔑。最终也没有个定论。负责养育康斯坦斯国王的两个弟弟——尤瑟·彭德拉根和奥勒留斯·安布罗修斯王子的仆人，担心沃缇金又会对他们下毒手，于是和两个王子一起逃到小不列颠(Little Britain)。小不列颠国王布德克(Budec)收留了他们并悉心养育两位王子。

(9)现在，放眼全国再无人可以与沃缇金匹敌，沃缇金以武力相迫，终于得偿所愿将王冠戴在了自己头上。然而好景不长，沃缇金不仅精神上饱受折磨，战事上也是节节失利、损失惨重。一方面，事情的真相大白于天下。皮克特人因为沃缇金将他们的族人斩首示众一事愤慨难当，决意对沃缇金展开报复。而当初曾和皮克特人一起逃到阿尔巴尼的外围小岛的人民也起义反抗沃缇金。另一方面，前面我们提到的逃到小不列颠的两位王子，尤瑟·彭德拉根和奥勒留斯·安布罗修斯一直是他的肉中之刺。他每天都提心吊胆，担心长大成人的两位王子率领巨型舰队返回不列颠，来抢回原本属于他们的王位。

(10)与此同时，亨吉斯特(Hengist)和霍苏斯(Horsus)两兄弟率领着全副武装的三艘双桅帆船抵达肯特沿岸。当时沃缇金正待在他一向喜欢停留的多罗波尼亚(Dorobernia)——也就是今天的坎特伯雷(Canterbury)。当探子向他汇报说有一大批不明身份的人抵达时，沃缇金想当然地认为他们并无进犯之意，于是命人将他们带到面前。当这两个年轻人被带上来后，沃缇金目不转睛地盯着这两兄弟，不禁感叹：这两人玉树临风，气度不凡，实乃人中龙凤啊。于是，当他对船上其他人稍作检查后，便开始询问他俩的身世以及来到不列颠的缘由。年事稍长的哥哥亨吉斯特阅历经验更足，便代表船上所有人开始回答：

“我们来自素有“王孙之乡”之称的撒克逊，准确地说是其中的日耳曼王国，我们此行的目的是向您或其他王公诸侯效力。我们背井离乡不是别的原因，而是为了遵守我国的习俗。我国的习俗是这样的，每到人丁兴旺封地不够的时候，各地的王公便将全国的年轻贵族召集起来。经过诸多比试后，王公元老就让最强壮、最有希望的年轻人去其他的地方寻找自己的天地，这样就避免了土地和人口的纷争。虽然习俗源自远古，但鉴于我国人口过盛的情况，王公元老们还是召集大家比试，最终被选中必须遵守习俗的人，就是眼下站在您面前的我们。我名为亨吉斯特，我的弟弟名为霍苏斯，因为我们俩出身于公爵之家，所以被任命为船长带领其他年轻人。为了遵循往昔的法令，我们一行在墨丘利(Mercury)的指引之下来到了您的国土。”

听到墨丘利之名倒是引起了沃缇金的兴趣，于是沃缇金便问起了他们的宗教信仰。亨吉斯特又答道：

“我们尊奉我国的神明，诸如农业之神萨图恩、朱庇特以及其他主宰世界的诸神。但是我们最尊崇的主神还是墨丘利，在我们的语言里称呼他为沃登(Woden)。我们的先祖将每周的第四天敬献给他，所以时至今日我们的星期三都是以他的名字命名的呢。仅次于他的地位最崇高的女神名叫芙蕾雅(Frea)，每周的第六天是敬献给她的，因而星期五就是以她的名字命名的。”

沃缇金说道：“听到你这样的信仰真是让人悲伤啊，在我们看来，这就叫作无信仰。然而，无论是上帝还是什么其他神明，在我需要帮助的时候将你送到我的面前，真是让我非常高兴。因为此刻我的敌人正从四面来袭，只要你愿意与我并肩作战，击退敌军之后，我保证你在我的国家永享富贵荣华。”

这些异族人同意了沃缇金的提议，当契约正式签订后，他们便留在了王宫里。不久以后，皮克特人组织了大批人马从阿尔巴尼出发，开始进犯不列颠岛的北部。沃缇金早已料到，所以他立即派撒克逊人从更远的一边——亨伯绕过去偷袭敌军。当撒克逊人靠近皮克特人之时，皮克特人只得仓促应战。撒克逊人实在没有花多大气力就把敌人打得落花流水，因为皮克特人没有料到撒克逊人个个健步如飞，行军如此神速，之前更从未见识过像撒克逊人这样骁勇的战斗方式。

(11)撒克逊人此番大捷也扩大了沃缇金的疆域，他封亨吉斯特为公爵，并将林赛(Lindsey)的大片土地赏赐给他以供他和他的勇士们居住。有着政治家头脑的亨吉斯特见国王沃缇金如此友善，如此看重他们撒克逊人，连忙说道：

“国王陛下，您的仇敌从四面八方向您展开攻击，尤其他们又不是您的同族，所以格外心狠手辣。而且他们还威胁您，发誓要将奥勒留斯·安布罗修斯从阿摩里卡带来，然后推举他为国王。情势实在危急，您看不如再从日耳曼邀请些勇士加入我们，这样我们的实力大增，战胜也就更有把握。当然，虽然我是一片赤诚全心为您着想，您也一定要慎重考虑，决定权都在您自己手中。”

沃缇金考虑了一下便说道：“对于你的建议，我怎么会拒绝呢？我现在就授予你使节身份去日耳曼，至于邀请哪些人以及邀请多少，就都由你全权负责吧。”

于是，亨吉斯特向沃缇金鞠躬以示感谢，继续说道：“陛下您对我恩同再造，不仅赐予我华屋数座、良田万顷，而且见我父辈是日耳曼公爵，亦赐予我公爵爵位。为此，我铭感五内，但是我还得请求您再多赐予我些城池和堡垒，这样我才能为您的领土上带来更多的勇士。是否可以允诺将王公身份赐予他们并世袭啊？”

沃缇金回应道：“我无法再给你所要求的这些赏赐了。虽然我了解你们的礼仪与习俗，但这并不意味着你和我国的贵族们就有了平等的地位，毕竟你是外族，还是异教徒；虽然我是把你当成自己人，但是我也不能够为你开这个先河，否则我国的贵族可是要起来反对的。”

“陛下，”亨吉斯特又说道，“我不过是您的奴仆，在您赐予我的土地上时刻待命，准备在您需要我的时候挺身而出。因为我是您最忠诚的卫士——过去一直是，将来永远是，誓死效忠您一直铭刻在我心头。”

沃缇金被亨吉斯特的话语深深打动了，便应允了他的请求，并出资让他派遣使节前往日耳曼，以便尽快邀请援助的勇士过来。当亨吉斯特向日耳曼派出他的使者以后，便立即手执敕令，在早就属意的地方用石头开始圈地建城。被他占据起来的地方后来在英语里叫作凯尔克雷(Kaercorrei)，在撒克逊语里叫作桑卡斯特(Thongceaster)，而在拉丁语里叫作“Castrum corrigiae”。

(12)与此同时，派往日耳曼的使节也带着十八艘满载着精挑细选勇士的船归来。他们同时还带来了亨吉斯特的女儿罗雯(Rowen)——那真是天香国艳，群芳难逐。他们到达以后，亨吉斯特便立即邀请沃缇金前来参观他的新家以及检阅新到的战士。沃缇金自是马上秘密前往，不仅对亨吉斯特的办事效率大加赞赏，而且吸纳了一批勇士成为贴身扈从。随后他便参加了专门为他举办的盛大宴会。只见一位少女端着斟满美酒的金杯，从房间里飘然而出，纤纤细步来到沃缇金国王身边，微折纤腰屈膝而跪，用撒克逊语柔声说道："尊敬的陛下，尊体万福！"沃缇金这时方才看清少女的容貌：真是双瞳翦水染春烟，顾盼生辉撩人心，肌若凝脂气若兰，腮晕潮红百媚全。于是便连忙问翻译刚才少女说的是什么意思，翻译回答道："她刚才称呼您'尊贵的陛下'，然后问候您并祝您身体健康。您也应当回应她一句：'你也吉祥。'"于是沃缇金便回答道："你也吉祥！"并让少女也一同饮酒。当他从少女手中接过酒杯的时候亲吻了她，之后方才饮酒。在那个时候，不列颠的习俗是当有人在宴席上敬酒说"尊体万福"时，被敬酒的人就必须喝掉这杯酒并回一句："你也吉祥！"

就在这觥筹交错之间，喝下各种各样的酒之后，沃缇金的内心被魔鬼所占据，他深深地迷恋上了这位少女，并向少女的父亲提出了要求。为什么说他是被魔鬼占据了内心呢，因为他作为一名基督徒，却要与一位异教女子结成伴侣。诡计多端又敬终慎始的亨吉斯特，深谙国王心思的反复无常，便与弟弟霍苏斯和其他参事一同商议究竟该如何应对国王沃缇金的提亲要求。最终他们达成一致，少女岁雯是得交给国王，但是他们得向国王要求拿到肯特地区作为回报。因而事情便如此告终：亨吉斯特把女儿交给了沃缇金；而沃缇金也在没有知会肯特地区的领主郭冉良(Gorangon)伯爵的情况下，将肯特地区赐予了亨吉斯特。就在当晚，沃缇金便与这异教女子举行了婚礼，这真是让沃缇金大喜过望。然而，也正是此举使得国内的贵族甚至沃缇金自己的孩子都成为了他的敌人。沃缇金育有三子，他们名为：沃缇玛(Vortimer)、凯缇金(Catigern)和帕森修斯(Pascentius)。

(13)就在那时，欧塞尔(Auxerre)的主教——圣日耳曼努斯(St.

Germanus)与特鲁瓦的主教——琉普斯(Lupus),都为了传教来到不列颠人中间。他们来此是因为发现这里的基督教教义已经堕落:不仅国王让越洋而来的异教徒毒害这个国家,而且帕拉纠(Pelagian)异端也荼毒已久。因此他们要用教义重新唤醒不列颠人的虔诚信仰。他们将上帝的神迹日日显现,就如同吉尔达斯在自己的书中口若悬河、洞如观火一般。当亨吉斯特把女儿送给沃缇金的时候,趁机说道:"你看,现在我也是你的父亲了,我理所当然要为你出谋划策,你可不能把我的建议不当回事啊。只要我的手下浴血奋战,你将来一定能够让所有的敌人都臣服于你的脚下。以我之见,我们应该把我的儿子奥克塔(Octa)和艾比萨(Ebissa)也邀请过来,他们俩可是无往不胜的勇士啊;你可以把不列颠北部靠近岱拉(Deira)和苏格兰的地方分给他们,他们俩足可以抵挡那些异族的进攻,保证亨伯那一带的太平。"于是沃缇金便同意了,同时还同意让他们俩带足够的援手前来。收到使臣的邀请后,奥克塔、艾比萨以及塞迪克(Cerdic)便开着三百艘满载武士的舰船到达不列颠。沃缇金热情地接待他们,并给了他们大量赏赐;他们也赢得了每场战争,征服了沃缇金所有的敌人。于是亨吉斯特就这样一来二去,使来到不列颠的撒克逊人越来越多。不列颠人眼见亨吉斯特的所作所为,不免生起防范之心,便提醒国王沃缇金为了防止亨吉斯特背信弃义,应当将他们驱逐出岛——因为根据基督教教义,基督徒禁止与异教徒交流,更何况混居;此外,到达岛上的异教徒数量如此之众,势必威胁到本土的国民,他们还让他们的女儿和女性亲属与我们通婚,长此以往,我们将无法分辨基督徒与异教徒。鉴于以上种种理由,不列颠人建议国王务必要将随员中的异教徒都解散,因为随着他们人数的泛滥,背信弃义不过是时间的问题。可是沃缇金对这些谏言充耳不闻,由于他妻子的缘故,他爱撒克逊人超过了其他所有的民族。当不列颠人看清之后,便立刻推举沃缇金的儿子沃缇玛为国王。沃缇玛立即接受建议开始全国范围驱逐异教徒，后者不甘被逐，自然只有诉诸战火——刀光剑影、血肉横飞。沃缇玛领导了四场主要战役：第一次是在德文特河(Derwent)，第二次是在艾普斯福德(Episford)的浅滩上，就在这场战役中，沃缇金的另一个儿子凯缇金与亨吉斯特的弟弟霍苏斯展开激战，两人最终同归于尽。第三场战役发生在海岸上，当时撒克逊人像女人一般偷偷摸摸地逃回到萨尼特岛(Isle of Thanet)，沃缇玛便乘船带兵日复一日地围攻他们，让他们根本不得安生。当撒克逊人再也抵挡不住不列颠人的进攻之时，他们便派一直都支持他们的沃缇金去跟他的儿子沃缇玛求和，请求让他们安全地返回日耳曼。当双方举行会议将一切都谈妥之后，撒克逊人便乘着双桅帆船返回日耳曼，连他们的女人和孩子都没有带走。

(14)沃缇玛一取得胜利之后，便立刻开始着手归还国民原有的属地和财富，恢复国民原本的待遇和荣誉，同时给圣日耳曼努斯出资，命他修复所有教堂。但是邪恶总是对善行心怀嫉妒，此时沃缇玛的继母罗雯一心要毁掉他。罗雯想出一条毒计，她用数不尽的金银贿赂了沃缇玛身边的某个亲信，让他对沃缇玛下毒。这位高贵的勇士喝了毒药后便立刻一病不起，任是古希腊医神在世也无济于事。当沃缇玛知道自己时日无多时，便召来他所有的武士，然后将祖辈积存下来的所有金银财宝尽数分给他们。他的部下们围着他涕泗交颐，沃缇玛却平静地告诉他们自己就要踏上不归的旅程；然后告诫这些昔日与他一道并肩作战的年轻武士们一定要保家卫国，击败所有来袭的敌人。最后，胆识过人的他命令部下在他死后为他在港口边建一座黄铜金字塔，然后将他的尸体葬在金字塔的顶层，这样如果那些撒克逊人又想要进犯，看见他墓上的肖像便应当调转风帆逃回日耳曼。他说只要保留着自己的肖像，那些撒克逊人就不敢靠近。啊，多么为国为民的仁君啊，就连死后都念念不忘要抵御外敌！然而，不列颠人却没有遵循他的意愿，在沃缇玛死后，国人把他埋葬在泰诺旺吞城。

(15)在儿子沃缇玛死后，沃缇金又重新掌握了国家大权；他的妻子罗雯便迫不及待地派遣使者前往日耳曼，要父亲亨吉斯特重返不列颠，不过只要带少数亲信秘密前来，万一大张旗鼓又闹得国人和异教徒开战可不好。然而，当亨吉斯特听到了沃缇玛的死讯，便立刻集结了三十万大军飞速开往不列颠。当沃缇金和国内的贵族知悉亨吉斯特如此嚣张，真是怒发冲冠，便一同商议，决定在海岸边大战一场，将他们赶出去。

罗雯马上让信使将消息传递出去，亨吉斯特便苦思最佳的应对之策。经过深思熟虑之后，他决定佯装和谈再痛下毒手。于是他便派使者去觐见沃缇金，谎称亨吉斯特此行其实并未集结三十万大军，也无意以武力的方式进驻不列颠。他之所以会带着军队前来不过是因为他以为沃缇玛还活着，生怕沃缇玛会反对他返回不列颠。现在既然已经确定沃缇玛已经死了，他和他的人马就全凭沃缇金处理。沃缇金愿意收留多少人留在不列颠就留多少人，其余的人亨吉斯特就会让他们返回日耳曼。如果沃缇金觉得可以接受，就请他拟定一个日子双方会面，按照他的意思将此事妥善处理。

沃缇金收到这样的消息，自然是十分高兴，因为他本来也不想再赶亨吉斯特走。于是他说服国人选派代表在五月初一(Kalends of May)与撒克逊人在安布鲁伊斯(Ambruis)的一座修道院会面，正式解决此事。可是这一切不过是亨吉斯特背信弃义的阴谋，他命令每一个部下都在靴子里藏好了长刀，等到时机恰当——不列颠人没有丝毫怀疑地开始会谈的时候，他就会说出暗语“我们撒克逊人”，到时候所有撒克逊人就将身旁所站的不列颠人扑倒在地，然后尽可能快地用藏好的长刀割断他们的喉咙。

终于到了约定的日子，双方都到达约定的地点开始讨论和平方案的具体条款。亨吉斯特瞅准了时机便高叫着“我们撒克逊人”，一把扑倒了沃缇金并用他的礼服将他捆起来。与此同时，听到了暗语的撒克逊人迅速拔出自己的长刀，攻击起那些毫无防备之心的不列颠贵族们，共有四百六十名男爵和伯爵被割断了喉咙；他们的尸身后来都被天佑者埃尔达德(Eldad)按照基督教的方式安葬在离凯卡拉多克(Kaercaradoc)——也就是离现在的索尔兹伯里(Salisbury)不远的地方，那片墓地里还埋葬着僧侣安布鲁伊斯，也就是安布鲁伊斯修道院的创立者。因为不列颠人来的时候对这次和谈没有任何怀疑，便没有携带任何武器；可是对方却毫无诚意，对手无寸铁的他们大开杀戒。然而这些异教徒也不是轻而易举地一雪前耻，在他们企图置不列颠人于死地之时，自己也损失惨重；因为不列颠被人扑倒在地的时候也抓起石头与木棍来作为武器，毫不示弱地反击这些背信者。

(16)这些异教徒并无意杀害沃缇金，只不过将他捆起来以死亡相威胁，逼迫他用城池和膏腴之地来赎命；沃缇金自然是对他们的要求一一允诺，这样才能保存性命。当沃缇金发誓会遵守诺言后，他们便给他松绑，然后首先进军伦敦，拿下这座城市，接着又拿下了约克，然后是林肯(Lincoln)和温彻斯特(Winchester)，他们对这个国家展开了疯狂的报复。撒克逊人屠杀起不列颠人就犹如饿狼进入了没有牧羊人照管的羊群。当沃缇金目睹了整个国家的惨状，便悄悄躲到了威尔士的一隅，因为他完全不知应当如何对付这些可恶的异教徒。

(17)最终沃缇金竟然求助于巫师，让巫师们告诉他救国的方法。巫师便告诉他应该修一座十分坚固的高塔，要与他失去的那些城堡不相上下。于是沃缇金便用尽方法去寻找合适的地点，最终定在了艾里山(Mount Eryri),他在那里聚集了全国各地的石匠,命令他们为他修建高塔。这些石匠开始修建地基,但是无论他们前一天建了多少,第二天都被泥土吞噬得一干二净,如此反复,石匠们便知道无论多么辛苦劳作都将化为乌有。消息自然传到了沃缇金的耳里,他便召来巫师询问为何会出现此种情形。巫师们便告诉沃缇金说必须要找到一个没有父亲的少年,将少年杀死后再将他的鲜血洒在灰泥和石头之上。按照他们的说法去做,这样高塔的地基就会十分牢固了。于是沃缇金便派探子到各省去寻找这样的少年,当探子们到达一个后来叫作卡马森(Carmarthen)的城市时,看到一群少年在城门边玩耍,便上前看他们在玩什么。因为旅行太久心生厌倦,探子们便围成一圈坐下来,因为他们自己都不明白自己在寻找的是什么。当一天过了大半的时候,两位名叫梅林(Merlin)和达尔布修斯(Dalbutius)的少年争吵起来。就在他们吵得不可开交的时候,达尔布修斯突然对梅林说道:"你别以为你能和我平起平坐!拜托你滚远点!我可是出身名门,父母双方都是贵族;你呢?没有人知道你是谁,因为你根本就没有父亲!"一听到这话,探子们立刻抬起头来,仔细地看着梅林,询问旁观者他是什么人。旁人告诉这些探子说没有人知道这孩子的父亲是谁,但是他的母亲是迪米西亚(Demetia)国王的女儿,这位公主与修女们一起住在城里的圣彼得教堂。

(18)探子们急忙赶到卡马森市的行政长官处所,以国王的名义命令他将梅林以及梅林的母亲都送到国王那里。行政长官接到命令便立刻将梅林母子二人送到沃缇金手中。当他们母子被带到沃缇金面前时,沃缇金得知了这母亲的确出自名门,便向她询问她儿子的父亲究竟是何人。她是这样回答的:"尊贵的陛下,我以我的灵魂向您起誓,我真的不知道究竟谁是他的父亲。我只知道一件事,一次我与侍女们一起待在卧室的时候,一个年轻英俊的身形出现了,他用臂膀将我紧紧搂住然后亲吻我，停留了一会儿，接着就突然消失了，我并没有看清楚他。然而，每当我独自一人的时候，他就会和我说话，然而我一次也没有看见他。之后，他就一直萦绕在我的身边，然后我就怀上了这个孩子。尊贵的陛下，我的话句句属实绝无虚假，这就是我所知道的全部，我真的不知道我儿子的父亲是谁。”听了她的话，沃缇金大为惊诧，连忙召来莫甘修斯(Maugantius)询问这位女士所言是否可能发生。当莫甘修斯被带来并将这个故事从头到尾听过一遍之后，他对沃缇金说道：“智者所写的书中，以及历史均有记载，世上很多人都遭遇过这样的情形。比如阿普列尤斯(Apuleius)在写作的时候感觉碰触到了苏格拉底所称存在于地球和月亮之间的某种神灵，也就是我们称为梦魇之魔的东西。他们兼具天使与凡人的天性，可以随意幻化成男子的形状与凡人女子交合。显然出现在这位女士身边令她受孕的，也就是这少年的父亲就恰好是这种东西。”

(19)当梅林听到这番话后，便跑到沃缇金国王面前说道：“你究竟为什么把我母亲和我叫到这里来？”沃缇金回答道：“我的巫师们给我一个建议，就是找到一个没有父亲的孩子，然后将他的鲜血洒在地基上，就可以使我的高塔坚如磐石。”梅林便说道：“把你的巫师们都叫过来，我可以向你证明他们都在说谎。”沃缇金国王听了梅林的话十分震惊，便把巫师们都召来，让他们坐在梅林面前。于是梅林便对他们说道：“你们根本不知道高塔的地基下面是什么，就建议国王将我的鲜血洒在灰泥和石头上，保证高塔得以建成。现在你们告诉我：究竟地基之下是什么，为什么高塔就是建不起来呢？”巫师们都被他的气势所震慑，一句话也说不出来。于是梅林·安布罗修斯接着说道：“尊贵的陛下，叫您的工人挖开泥土，您就会发现您的高塔下面其实是一个池塘。”当他们依言照做之后，发现下面的确是一个池塘，所以才让表面的泥土如此变幻无常。于是梅林·安布罗修斯走近巫师们说道:“现在告诉我,你们这些撒谎的马屁精,池塘下面又有什么?”这些巫师们还是目瞪口呆、一言不发。梅林便又对国王说道:“国王陛下,请您下令用导水管将池塘的水全部抽干,将会发现在池底有两块中空的巨石,里面有两条沉睡的蟒蛇。”考虑到他之前说的池塘的话确是事实,于是沃缇金便下令抽干了池水,果然又在池底发现了梅林所说的两条蟒蛇。所有的人都深深地为梅林的智慧所折服,认定他具备某些神力。

(第八卷,1)沃缇金亲眼见证了以上这些预言后,便再也不相信巫师们的预言,转而信服梅林的智慧了。毕竟从来都没有人像梅林这般小小年纪便说出如此精准又深刻的预言。一心想知道自己余生将如何的沃缇金,便召来梅林询问自己的未来。梅林如此说道:

“尽量远离君士坦丁的子孙们,有多远躲多远!他们现在就正在准备战船——正要离开阿摩里卡的海岸,朝着大洋深处进发。他们将到达不列颠并与撒克逊人开战。他们会征服撒克逊人,但是他们更会先把你关进高塔并焚烧!这是你自己种下的因:你背叛了他们的父亲并将撒克逊人招到岛内。你让撒克逊人做你的亲信和保镖,结果撒克逊人却做了你自己的死刑执行人。迎接你的是双重死亡,我也不清楚你能先逃出哪一个。一方面,撒克逊人涂炭你的国土而且要置你于死地;另一方面,奥勒留斯·安布罗修斯和尤瑟·彭德拉根两兄弟重回不列颠找你为父报仇。你尽量寻找安全的栖身之所吧。明天他们就会到达托特尼斯(Totnes)的港口。撒克逊人也将大难临头:亨吉斯特会命丧黄泉,然后奥勒留斯·安布罗修斯会成为国王。他将会给国家带来和平:他将重建教会,但是却会死于毒药。在他之后,他的弟弟尤瑟·彭德拉根会继承王位,但是他的统治时期也会因为毒药而缩短。在这些黑暗残酷的政治纷争之后,还是你的后裔——康沃尔的波(Boar)最终得掌天下!”

果然,次日拂晓之时,奥勒留斯·安布罗修斯和他的弟弟带着一万勇士进入了不列颠。

(2)他带领着军队进入坎布里亚(Cambria)[①]并朝着沃缇金藏身的基诺如(Genoreu)城堡开进。

他们一到便立刻使用各种各样的工具,努力想在城墙上打开缺口,可是所有的尝试都失败了。于是他们便开始放火,由于燃料充足,火焰迅速上窜,整个高塔都被烈火包围,沃缇金便被烧死在其中。

(13)与此同时,沃缇金仅剩的儿子帕森修斯已经逃到了日耳曼,决意为父亲报仇的他召集所有的骑士来反抗奥勒留斯·安布罗修斯,要求他们协助自己夺回不列颠的统治权,事成之后保证他们此生享不尽荣华富贵。当他用诺言收买了日耳曼所有年轻的骑士后,便带领他们浩浩荡荡地越洋而来,在不列颠的北部登陆,开始烧杀掳掠。当消息传到国王奥勒留斯·安布罗修斯的耳中后,他便亲自率军前去,向死敌发出挑战。帕森修斯一行也欣然应战,与不列颠人展开殊死决斗,幸得上帝恩宠,不列颠人大获全胜,帕森修斯战败落荒而逃。

(19)最终,尤瑟·彭德拉根平定了北方各部返回伦敦。当复活节邻近的时候,他命令全国的贵族都要齐聚伦敦,一则为了庆祝这个盛大的节日,二则是因为他要举行加冕仪式。于是贵族纷纷从各个城市赶来,在复活节前夜齐聚于伦敦。国王尤瑟当然也按照计划举行了盛大的庆典,与众臣同欢,大家也都向国王表达了欣喜与感激之情。节日气氛如此浓厚,部分也源于所有的贵族都携带了自己的妻子与女儿一同

① 威尔士的中世纪名称。——译者注。

前来。这其中，也包括了康沃尔公爵格罗伊斯(Gorlois)以及他的妻子伊歌茵(Igerne)。伊歌茵真是艳冠群芳，整个不列颠再没有人可与之媲美。当国王从人群中看见了她，便蓦地坠入情网，眼里再也看不见其他任何事物，所有的注意力都被她的一颦一笑所吸引。他特意从自己的盘中分赐精美的食物给她，特意让自己的亲信用金杯传信于她。不仅如此，他对她更是和颜悦色，言语亲切。但是当伊歌茵的丈夫觉察到了国王的举动后，勃然大怒，然后带着妻子从宴席不辞而别，任谁也是无法再将他们召回，因为格罗伊斯爱他的妻子胜过一切，绝不愿冒失去她的危险。尤瑟王自然是怒不可遏，命令格罗伊斯即刻返回王宫，否则便以大不敬的罪名处置他。当格罗伊斯决定拒不遵循国王的旨意后，尤瑟王怒火中烧，发誓一定要破坏他的领地，绝不让他好过。因为两人的争端没有得到解决，尤瑟王便集结强大的军队开拔到康沃尔，到处放火并毁坏城池。格罗伊斯根本不敢出来迎战，因为他手下的兵力不及尤瑟王，所以他便一直躲在自己的城堡里防御，等待爱尔兰援兵的到来。比起自己的安危，格罗伊斯更关心自己妻子的安危，便将爱妻安置在自认为更安全的地方——海边的廷塔杰尔(Tintagel)城堡；而他自己却待在迪米里奥克(Dimilioc)城堡，这样万一遇到不测也不至于夫妇一同遭殃。当尤瑟王得知情况以后，便径直杀到格罗伊斯栖身的城堡，不仅斥责他，更是切断了他的一切出路。一周之后，满脑子都是伊歌茵的尤瑟王实在无法忍耐，便向自己的亲信利卡拉多克的尤尔芬(Ulfin of Ricaradoc)倾诉道："我是真的很爱伊歌茵，如果不能拥有她，我的人生哪里还有快乐可言，活着还有什么意义呢？你能否凭借你的智慧指引我一条道路，好让我能够达成所愿？如果不能，我一定会含恨而终。"尤尔芬回答道："现在伊歌茵可是在没人能够到达的廷塔杰尔城堡，谁能够为您提供有用的建议呢？您想想，那城堡位于海中，四周都被海水环绕，只有一个石头建成的狭窄入口，由三名全副武装的侍卫把守，您拥有整个不列颠又有何用呢？但是，如果那位预言家梅林愿意出手，我敢断定，您一定能够达成所愿。”

尤瑟王相信了他的话，便传召梅林，因为正好梅林也参与了此次围攻。当梅林站在尤瑟王面前的时候，尤瑟王命令他拿出让自己得到伊歌茵的计策。当梅林看到尤瑟王被相思之苦折磨得形容憔悴时，便为他的深情所打动，于是回答道："要达成陛下的心愿只不过需要一点你们从未听说和见识过的技巧罢了。我可以通过我的医术把陛下的外表变得和格罗伊斯一模一样，恐怕就连他自己也分不清楚。但是，您必须得一切都听从我的安排。我会把您变作格罗伊斯，把尤尔芬变作格罗伊斯的亲信——廷塔杰尔的约旦(Jordan)，而我自己会变成另外一人陪您一同前往。如此一来我们便能毫无阻碍地进入城堡，让您接近伊歌茵。”

尤瑟王当然是应承下来，然后便严格地按照梅林的吩咐行动。尤瑟王让部下继续围攻，而他自己服用了梅林的药物，外表变成了格罗伊斯的样子，尤尔芬变成约旦的样子，而梅林变成了布里赛尔(Bricel)，这样就没有人会找他们问话了。于是他们二人便前往廷塔杰尔，在薄暮时分便到达了城堡。城堡的守卫看见是公爵殿下驾到，便立刻打开门让三人进去。看着就是格罗伊斯的样子，哪里还会有人怀疑到底是不是格罗伊斯呢？于是那一夜，尤瑟王便与伊歌茵同床共枕，他一面情意绵绵地取悦她，一面又诡计多端地欺骗她。尤瑟王谎称说就算是自己被再多人围攻，也不能阻止他前来确认自己的爱妻的安全。伊歌茵相信了他所有的话，自然也就不会拒绝他的求欢。也就是这一晚，他们孕育了最伟大的亚瑟王，亚瑟王不仅仅在随后的几十年间叱咤风云，他所达到的功业简直是前无古人后无来者。

(第九卷，1)在尤瑟·彭德拉根去世以后，不列颠的贵族们从全国各地聚集到希尔切斯特(Silchester)城,因为里靳兹(Legions)城的大主教杜布里修斯(Dubricius)要给尤瑟王的小儿子亚瑟王加冕。此事迫在眉睫,因为当撒克逊人得知了尤瑟王的死讯,马上就从日耳曼邀请了同胞前来助阵,他们的科尔格林(Colgrin)公爵企图彻底消灭不列颠人;更有甚者,撒克逊人要将从亨伯河至凯斯内斯郡(Caithness)的整块国土都收入囊中。杜布里修斯见此情形,不忍见到生灵涂炭,便集结了其他高级教士,决定让亚瑟王加冕为王。那时候,亚瑟王不过是个十五岁的少年,但是已经勇气过人、气度非凡,而他与生俱来的仁慈更是赢得了所有国民的爱戴。当亚瑟王被授予了王家徽章之后,虽然国库并不充盈,他仍然十分慷慨地按照历来的传统给追随他的众多骑士封赏。当时的亚瑟王虽然年纪不大,可是才智过人、勇猛果敢,面对困难从来都无所畏惧。他组织麾下的骑士对撒克逊人展开了猛烈的进攻,最终不仅使麾下的骑士们都富埒陶白,亚瑟王也彻底确立了自己的统治,名正言顺地拥有了全国的财富。

(9)在奥勒留斯·安布罗修斯统治时期,洛特(Lot)便已经与亚瑟王的姐姐结为夫妇,并且育有两子:高文和莫德雷德(Mordred)。当亚瑟王收复了洛锡安(Lothian)公爵领以及其他各地之后,他的辖下已经和从前一般辽阔。当他重新统一整个国家并恢复了昔日的荣耀之时,便娶了一位有罗马贵族血统的女子桂妮薇(Guenevere)为妻。由亲戚卡铎(Cador)公爵抚养长大的桂妮薇,那可真是眉目寒烟翠,顾盼皆生辉,丹唇列素齿,绝一代之丽。

(10)次年的夏季,亚瑟王集结舰队开往海伯尼亚岛,因为他想亲自征服那里。亚瑟王刚一上岸,吉拉莫(Guillamur)便带领大队人马准备与他开战。吉拉莫的那些手下,个个都赤手空拳又无盔甲,刚一开战,便四下逃窜寻找藏身之所。吉拉莫自己也被俘投降,海伯尼亚的其他贵族们自然心惊胆战，也都学着他们国王的样子投降了亚瑟王。当亚瑟王征服整个爱尔兰以后，便继续朝冰岛进军，同样打败了冰岛人，使冰岛成为自己的属国。随后，那些岛国人听闻无人能够抵挡亚瑟王，哥特兰（Gothland）的国王多尔达维（Doldavy）、奥克尼（Orkneys）的国王贡法斯特（Gunfast）便一同前来向亚瑟王表示效忠并承诺上缴贡赋。于是冬季结束之后，亚瑟王便返回不列颠，将国家治理得井井有条，保持了十二年国泰民安。

（11）亚瑟王邀请所有领地的勇士们来到自己的王宫，使自己的扈从人数倍增。但凡是亚瑟王的属国，无论远近，都竞相效仿亚瑟王的宫廷模式，从服饰礼仪到盔甲兵器，还有骑士之道，全部都依照亚瑟王的方式。亚瑟王的英勇与慷慨之名家弦户诵，就连山陬海澨之地都有所耳闻，于是那些地方的国王们都时常担心亚瑟王会对他们开战，而他们必然会失去自己的国土。因为有此担忧，他们便加固城池和高塔，大肆兴建防御工事，这样即使亚瑟王远征到此，他们在必要的时候也有藏身之所。当亚瑟王得知他们的所作所为，方才知道自己声威如此煊赫，反倒生起了要征服整个欧洲的雄心。于是他集结舰队，朝着挪威进发，决意要让他的姐夫洛特得到挪威的王冠。时逢挪威国王西其林（Sichelm）驾崩，他将王位留给了他的孙子洛特；但是挪威民众拒不接受国王的遗命，硬要推举瑞卡尔夫（Riculf）作国王。为了抵挡亚瑟王，瑞卡尔夫正带领挪威人守卫在各个城市。与此同时，洛特的儿子高文年方十二，已被舅父送到教宗苏尔比基乌斯（Sulpicius）身边作侍童，读书与习武。然后，正如我开始提到的，当亚瑟王登上挪威的海岸，瑞卡尔夫国王便与挪威人一道与之奋战；虽然双方都死伤惨重、血流成河，最终还是不列颠人取得了最后的胜利，并且杀死了瑞卡尔夫。当他们取得了胜利之后，便继续进攻，焚城掠地，征服乡民，直到亚瑟王攻陷了整个挪威和丹麦，不列颠人方才停止了残酷的战斗和掠夺。既然征服了这些国家,亚瑟王便让洛特登上了挪威国王的宝座,然后便又继续朝高卢(Gaul)进发,带领他的大军将这个国家化为废墟。

经过九年的战争,亚瑟王又将整个高卢彻底征服,于是便来到巴黎建立了王宫。然后召集神职人员和人民一道,以法律的形式巩固了该地区的和平。同时,他将纽斯特里亚(Neustria),也就是现在被称为诺曼底(Normandy)的地方,赏赐给了他的司膳总管贝德维尔(Bedevere),又将安茹(Anjou)赏赐给了他的总管凯(Kay)。

蒙默思的杰弗里

蒙默思的杰弗里,据说生长于威尔士,也有考据说他来自诺曼人的布列塔尼,在教廷接受了全面的文学教育。相当长一段时期内他住在牛津,并很有可能是在牛津城堡(Oxford Castle)的圣乔治教堂担任教士期间得到陶冶,显现出其文学天分。大约在1135年他出版了《梅林小册》(*Little Book of Merlin*)献给林肯主教,这本书后来并入了他史书系列中的第七册。随后,在1136—1138年间,他出版了《不列颠诸王史》,并将其敬献给史蒂芬国王(King Stephen)和格洛斯特的罗伯特公爵(Duke Robert of Gloucester)。趋炎附势的献词为其赢得了寤寐以求的功利——在1140年他成为兰达夫(Llandaff)的副主教;在1152年,就是去世前两年,他成为圣阿萨夫主教,可是他毕生都未曾巡视过这一教区。据记载,他被指派为主教时才刚被授予圣职八天而已,这也许暗示了他在教会职责方面的欠缺。

他的十二册史书,从不列颠人祖先布鲁图(Brutus)——埃涅阿斯(Aeneas)的伙伴与继任者阿斯卡尼俄斯(Ascanius)的孙子——离开意大利开始，一直写到不列颠人(Britons)[①]最后一个强势的国王卡德瓦罗(Cadwallo)。《不列颠诸王史》所采用的编年体主要成于众多前代盎格鲁—诺曼僧侣作家之努力。这一文学体裁从最开始就要求严格按照时间先后顺序记事，无论是从亚当与夏娃诞生，还是从城市、种族、国家的建立，编年史都强调其本国史与《圣经》、教会以及罗马帝国史之间的联系。叙事大都依据事实，首要处理的是国王与军队的动向、教会建立的过程以及统治家族的兴衰。编年史的素材大都来源于当地事件年历、国家和教会的事迹和章程以及教会议事机构的条例副本中的简单条目。编年史家的创造性重组通常局限于对政治、军事领袖在劝诫和演说时辞藻的虚构，以及为了变化和趣味偶尔在历史人物间插入的对话。一般而论，编年史家以他们的史之实而自傲，从不采用口头流传的稗史，并怀疑所有非传统意义的陈述。因而他们只记载在他们自己观察范围内的事件，以及有切实可考记载的史事。比如马姆斯伯里的威廉(William of Malmesbury)、伍斯特的佛罗伦斯(Florence of Worcester)和达拉姆的西缅(Simeon of Durham)这些编年史家都是十分广博和可信的。

杰弗里的诸史不但谨遵这一文学形式，而且使坚持确保历史的准确成为中世纪编年史家们的共识。他的叙述张弛有度，其书信、宣言和演讲在语言的生动和丰富性方面都超越了传统的模式。在那段时期，每个城市和每个人都在尝试将自己的历史追溯到特洛伊英雄时代，大家都在讲述着自己的布鲁图、李尔(Lear)和辛伯林(Cymbeline)的故事。然而，杰弗里的作品从头至尾显然都是虚构的，但是绝不可抹杀他在叙述方面的苦心经营：他的故事与当时流行的尤西比

① “Britons”是由“Brutons”(布鲁图人)演变而来，是古罗马人入侵时居住在古不列颠岛的凯尔特部族之一。虽然今天也表示英国人，为避免混淆，还是译为不列颠人。

乌(Eusebius)、哲罗姆(Jerome)以及比德(Bede)的故事在平凡小事和历史关捩上都出奇一致。虽然杰弗里说自己不过是把从牛津副主教沃尔特(Walter)那里借来的威尔士历史翻译了一下,可是学者们却思量那些祖先的历史是否真正存在过。虽然总是有人对杰弗里记载的这些传奇所包含的事实成分持有怀疑,但至少,这些传奇故事至今仍在威尔士人中广为流传。

这些故事中的政治意图也是一眼即明的。与撒克逊人纠结在一起六百年之久的不列颠人,一直被视作是西方的英雄,因为他们甚至撼动了恺撒的统治。而杰弗里的亚瑟王传奇叙述的唯一主题就是:只有在不列颠人陷入内部纷争的时候,撒克逊人才拥有武力反抗的机会。可以想象为何这让同时代的撒克逊人纽博的威廉(William of Newburgh)极为不满,将杰弗里贬斥为只会取悦大众、满嘴谎言的说书人。显而易见,不列颠人将自己塑造成为诺曼人的联盟对于压制被征服的撒克逊人是有利的。

被十二世纪法国诗人让·博得(Jean Bodel)称为"不列颠事务"的这些故事一直就很热门。从古至今,瓦斯、莱亚蒙、马洛礼、霍林史特(Holinshed)、杰弗里的布鲁图、科林诺斯,还有戈马格(Goemagot)、洛克林、萨布琳娜、李尔、郭布达克、费雷克斯和博雷克斯、卡斯贝罗努斯、辛伯林、马克西米安、沃缇金、亨吉斯特、霍萨(Horsa)、洛文那(Rowena)、梅林和亚瑟王都是游吟诗人、剧作家和诗人们的挚爱,以至于在英国人心目中,他们在文学中的声名与事迹远比正史中所载更真实。

英格兰之子弥尔顿,从年轻时期就致力于咏唱横贯海峡的特洛伊战舰、伊莫金古国、潘德阿之女、不列颠先王布伦努斯(Brennus)、阿维拉格(Arviragus)和贝利努斯、与不列颠人毗邻而居的阿摩里卡[①]人、由于命运的欺骗而怀上亚瑟王孩子的艾琳(Irene)、郭洛瓦(Gorlois)欺骗的面容和手臂,还有梅林的诡计。这些都是出自杰弗里的英雄故事。

本书选文出自杰弗里最初九本书的节本——正是这些故事将亚瑟王塑造成为西方的征服者。

① 阿摩里卡(Armorica)是法国大区布列塔尼(Brittany)的一部分,是布列塔尼成为不列颠人穿越海峡逃避撒克逊入侵的避难地时得来的名字。

亚瑟王的故事

瓦斯(公元 1155 年)　著

当亚瑟王平息战火、拨乱反正，将王国复兴为昔日全盛时期的版图之后，便娶了一位年轻高贵的少女桂妮薇为妻，立其为王后。桂妮薇在康沃尔公爵卡铎的百般宠爱与呵护下长大成人：她不仅丹铅其面、眉目如画、秀外慧中、楚楚动人，而且具有罗马贵族血统——桂妮薇是卡铎公爵的亲侄女，她的母亲则出身于罗马贵族家庭。美丽的王后身着华服，瑰姿艳逸却仪静体闲，柔情绰态而媚于语言。亚瑟王十分珍视自己的王后，全心全意地爱着她；然而他们婚后却一直没有生育，所以一直都没有继承人。

冬去春来，天气乍暖，正是出海的好时节，亚瑟王便准备开船横渡海峡去征服爱尔兰。未几，亚瑟王准备就绪。他征召了全国最英勇的战士，无论贫富，个个都是骁勇善战之人。兵马未动，粮草先行。首先亚瑟王下令依法征收牛羊——把畜群赶进营帐作为将士口粮，然后方才出兵爱尔兰。

爱尔兰的国王吉拉莫先是听闻亚瑟王已经举兵来袭，接着就收到手下的佃农报信，他们哭天抢地、如丧考妣，抱怨敌军抢走了他们农庄和田里的所有粮食。于是吉拉莫立即与亚瑟王开战，但是却一败涂地。跟对手比起来，他的手下简直就是赤手空拳，既不戴头盔，也不穿皮甲，甚至连盾牌也没有；不仅不懂箭术，而且根本不知弹射弓和投石器为何物，而不列颠人几乎个个都是神射手。不列颠人的矛和箭像雨点一般射向敌人，爱尔兰人既不敢正面迎战，又无处可藏。他们完全无法抵挡，只好四下逃散寻找可以保护自己的掩体。他们有的躲进森林和灌木丛里，有的躲进房屋和城镇里，总之在战斗中寻找藏身之所。他们的失败真是惨不堪言。他们的国王吉拉臭，在森林里找到藏身之处，可是他命数已定，没有躲过敌人。亚瑟王毫不松懈，紧随其后，将他俘获。吉拉莫做了非常明智的抉择。他向亚瑟王臣服，表示自己所辖的一切都属于亚瑟王，同时还向业瑟王提供人质，并保证每年都会进贡。

当亚瑟王征服了爱尔兰之后，便继续前进直到冰岛。他将这块土地也纳入统治之卜，于是冰岛人民称其为王，成为他的子民。这时三位国君　　奥克尼的国王贡福尔（Gonfal）、哥特兰的国王多尔达默（Doldamer）和芬兰的国王罗马雷克（Romarec）听到了亚瑟王的传闻。他们便向冰岛派出了探子，结果得到回报说亚瑟王正准备过海掳掠他们的国家。据他们的探子所说，世界上从没有如此足智多谋、勇冠三军的统帅。这三位国王便十分担心与亚瑟王开战，会战败而使国土凋敝、生灵涂炭。与其国破家亡不如举国平安，于是他们自觉自愿地前往冰岛，表明他们愿意臣服于亚瑟王。他们带上贵重的献礼，向亚瑟王双膝下跪表达效忠之意，双手奉上了自己的国土与臣民。他们表示成为亚瑟王的属国十分荣幸，发誓按时供奉财宝，并按照约定交上人质作为保证。于是他们带着和平回到了自己的国土。与此同时，亚瑟王回到了自己的船上，起航返回英格兰，受到了本国人民的热烈欢迎。

此后十二年，亚瑟王未向别国开战，也无人斗胆向他宣战，国泰民安。亚瑟王朝空前强盛：他的宫廷秩序井然，他和他的贵族们都富可敌国，无论是罗马的哪位皇帝，还是任何夸下海口的人，跟他们比起来简直不值一提。

亚瑟王从未曾向他人夸耀任何一名骑士，但他将他们当作家中的一员，这样他便可以随时向他们求助。这些骑士个个都功勋卓著，自觉无人能及，要让这些勇士同处一室可非易事，所以亚瑟王才造了圆桌，这在整个英国传为美谈。亚瑟王制造这个圆桌就是为了让他的骑士们以平等的身份坐在一起用餐，同样的待遇，不分高低和先后，这样就没有人能够吹嘘说自己比别人享受了更尊贵的待遇，因为圆桌边的每个人都无差别地分到亚瑟王的面包。圆桌上坐着的骑士有不列颠人、法国人、诺曼人、安茹人、佛兰芒人（Flemings）、勃艮第人（Burgundian）以及洛合林人（Loherin）。骑士们都拥有亚瑟王分赐给他们的领地，这些领地一直向西甚至远达圣伯纳山（St. Bernard）。

一位从蛮荒之地而来的骑士只要在亚瑟王的宫廷待上一阵子，哪怕他来的时候粗鲁不堪，根本不知何为礼节，很快就会衣冠楚楚，与亚瑟王麾下的其他骑士别无二致。因此，世界各地的骑士都远渡重洋，慕名而来。他们有的是听说了亚瑟王的丰功伟业，想亲眼一睹王国的荣光；有的是为骑士精神所吸引；还有一些则是为了丰厚的赏赐。那时，无论是穷人还是富人都爱戴亚瑟王；只有某些国王才对他怀有恶意和嫉妒，因为他们总是怀疑和担心亚瑟王会踏上他们的国土，动摇他们的统治。

我不知道各位是否听过那些经常依附于亚瑟王故事的游侠事迹，讹以滋讹，这些煞有介事的传说被广为流传和接受，真相反倒变成了被人们置于脑后的传说。这些诗歌既不完全是谎言也绝非事实；既不是愚人的想象也不是天赐的灵感。只是经由吟游诗人和说书人一遍又一遍地吟咏和讲述，这些故事不断被一点一滴地添枝加叶，直到真实已经完全被后加的修饰所掩盖。为了愉悦大众的耳目，历史就蒙上了神话的面纱。现在大家就来听一听，珍视骑士精神并将其发扬光大的亚瑟王，在诸公的建议下，怀着何等豪情，漂洋过海征服法兰西。

最初，亚瑟王决定先去挪威，好让他姐夫洛特成为那里的国王。因为挪威国王西其林刚刚驾崩，身后又没有留下子女。西其林在世的时候，就指定洛特继承他的王位与国土。正如西其林所言，洛特是他的外甥，在没有继承人的情况下，洛特理应继承他的王位。当挪威贵族知道西其林将领土遗赠给洛特后，根本不把这法令当成一回事，并大加嘲讽。挪威人既不愿意让个外族人做他们的国王，也不愿意让外族人插手他们的国家事务，以免让他以为他们是个古老又落后的民族，把本应给他们的一切都给了外族。于是挪威人决定从自己的王室里挑选国王，这样他才会重视他们以及他们的子孙。基于以上理由，他们便挑选了一个名叫瑞道夫[①]的贵族做了他们的国王。

当洛特得知自己的继承权被强力剥夺时，便向他的国王亚瑟王寻求帮助。亚瑟王自是鼎力相助，保证夺回他应得的一切并狠狠地

---

① 瓦斯文本中挪威国王的名字与杰弗里文本中不同，原文如此，故保留不同译名。

报复瑞道夫。于是亚瑟王集结精兵强将和多艘战舰，浩浩荡荡开进挪威，践踏田地、侵占宅邸、毁坏城池。不过，瑞道夫也并非闻风便弃城而逃的鼠辈。他集结人马准备与亚瑟王决一死战。然而他毕竟见识有限，又势单力薄，自然是战败而亡。他的大部分追随者也都在战争中被屠戮，所剩无几。于是里昂斯(Lyones)的国王洛特就这样打败了挪威人。亚瑟王将挪威许给了洛特，前提是他统治下的挪威必须归顺亚瑟王。

在此行之中的勇士里就有大名鼎鼎的高文。高文来自于使徒圣苏尔比基乌斯那里，愿此人灵魂得上帝所赐安宁与荣耀。就是这位使徒对高文赞赏有加，并且赠予他甲胄，气度非凡的高文言行审慎，丝毫没有骄纵之气。他的行为比他的声名还要高尚，他所给予的比承诺的更为慷慨。他的父亲将他送到罗马，以便他得到更加全面的教育。在当时，高文与威文(Wavain)齐名，两人都在亚瑟王麾下效力。高文尽心尽力，只为更好地为亚瑟王的名誉和宏图而战。

当亚瑟王征服挪威并建立了严格的法律以后，他便挑选了一批最为英勇善战的骑士，并将他们集结在海边准备远征。几十艘战舰，配备着必需的海员，蓄势待发。待到海上风平浪静的时候，亚瑟王便乘着顺风，挥师丹麦；因为他早就想征服此地。丹麦的国王阿希礼(Acil)得知已经征服了许多国家的亚瑟王率领不列颠人从挪威而来，深知自己绝非敌手。阿希礼无意螳臂当车，让无谓的战火毁坏他的国土。用耗尽积蓄、断壁残垣和丧亲失朋换来的荣誉又有何用呢？阿希礼迅速做出了正确的决定——寻求和平之路。于是他带着贵重的礼物和臣服的诺言拜见亚瑟王，如斯诚意，自然是与亚瑟王达成了协议。阿希礼奉上贡税和人质，成为亚瑟王的臣属；而亚瑟王收取贡税，承诺照顾他的领地和属臣。亚瑟王对此次征伐的结果非常满意。然而他获得的荣誉越多，他征服的野心也就越大。他又从丹麦挑选了成千上万强壮的骑兵和弓箭手，他将这些人收归麾下是为了远征法兰西。

没有多久，亚瑟王便开始实行他的计划。城堡、乡镇、城市都一座座接连被攻陷，弗兰德斯（Flanders）和布伦（Boulogne）的乡村很快都在他的手中。亚瑟王是个深谋远虑的领袖，他知道在这里烧杀掳掠对自己全无益处；所以他三令五申不得有以上行为并且严加防范。因此无一兵一卒抢劫民财或滥杀无辜。如果军士需要衣服、食物等必需的补给，他们必须用真金白银在市场上购买。没有一人胆敢强抢与盗窃。

普瓦捷（Poitiers）国王吉塔德（Guitard）是位非常英勇的领袖，麾下也有很多骑士。为了保住自己的领土和权益，吉塔德与亚瑟王进行了多场战斗，各有输赢。有时候吉塔德是猎手，有时候他又沦为猎物。最终吉塔德还是接受了现实，决定臣服于亚瑟王。可是整个国家已经化为瓦砾。昔日的城堡高墙都化作断壁残垣，美丽的葡萄藤都被连根拔起。吉塔德率先求和并与布列塔尼的豪尔（Hoel）伯爵达成协议，就此效忠于亚瑟王并提供人质，而亚瑟王也将重用他。接下来亚瑟王就将法兰西的城池一个接一个地收归己囊。

当扫平整个法兰西以后，便再无人胆敢反抗。在这不断的征战之中，亚瑟王明白他的兵士们老之将至，急切地希望回到家乡。于是亚瑟王便给那些异国的军士们丰厚犒赏，让他们高高兴兴地返回故里。而对那些无妻无子、了无牵挂，却又一心扬名立万的年轻人，他又将他们留在麾下效力九年。

在这九年里，亚瑟王一直留在法兰西，平定了无数非难与反叛，使罪人得到了应有的下场。转眼又到了一年一度的复活节，亚瑟王举办了盛大的宴会与朋友们欢聚一堂。那天，亚瑟王对部下论功行赏，人人各有所得。每个人基于自己的热诚与付出的劳动，都从亚瑟王那里得到了应有的奖赏。亚瑟王的总管凯是一位忠诚、英勇的骑士，亚瑟王便将安茹和昂热（Angers）[①]封给了他。贝德维尔是亚瑟王的侍杯者同时也是他的军师，他得到了诺曼底，也就是从前被叫作纽斯特里亚的那块地方。这些骑士们，像凯和贝德维尔，都是亚瑟王忠实的朋友，了解他最心底的感受。霍顿（Holden）得到了布伦，他的外甥博雷尔（Borel）得到了勒芒（Le Mans）。但凡在亚瑟王麾下忠诚效力之人，亚瑟王不仅赐予他们金钱与荣誉，还封给他们大片采邑。

当亚瑟王对他的朋友和骑士们封赏完毕之后，便在寒冬彻底过去的四月，跨过海峡回到自己的家乡英格兰。举国上下都为亚瑟王的归来而欢腾。妻子们紧紧拥抱分别多年的丈夫，久久不放；母亲们亲吻着自己的孩子，幸福的泪水滑落脸颊；儿女们扑到父亲的怀里；自幼一起长大的兄弟和朋友又打成一片；阿姨好生端详自己的外甥；姑娘们长久地亲吻从法兰西返回的心上人，一到无人之处，便更加甜蜜地相拥。所有的人都眉开眼笑。无论是在小巷还是在路口，无论是在大道还是蹊径，到处都是围着归来战士问长问短的人群：这些年的情况如何，获胜以后征服的土地如何处理，一路上有怎样的奇遇，大家都有怎样的收获，为什么这次出征持续了如此之久，等等。于是归来的战士便又进入了另一场战役：细细说起这些年的经历，数场战役何其艰险，数年来经历的种种痛苦与危险。

亚瑟王十分看重部下，对可造之才都格外慷慨，赏以重金。他接受贵族们的建议，决定在夏季将至的圣灵降临节（Pentecost）[②]举办一场盛宴，以进一步彰显他的财富与声名；届时将在所有贵族的见证

---

① 昂热是法国西部的历史文化中心城市，是法国曼恩·卢瓦尔省的省会。

② 即复活节后的第五十天。

下举行加冕仪式。亚瑟王命令所有效忠于他的贵族都必须在格拉摩根郡的卡利昂朝觐他。

亚瑟王之所以会选择在卡利昂举行加冕仪式，是因为那里比其他任何城市都要美丽雄伟。那时的朝圣者都说卡利昂的建筑比罗马的宫殿还要更堂皇。这座富庶的城市卡利昂，就坐落在塞文河的支流——乌斯克河畔。任何从外地来到这里的人都会被这个美丽的港口城市所迷住：清澈的河水在城市的一边静静流淌，另一边则是广袤无边的绿色森林。河里的鱼儿云屯雾集，城里的自由民熙熙攘攘。到处都是肥美的草场，牛羊成群、物产丰富。城里有两座声名远播的大教堂：一座是为了纪念殉道者圣尤里乌斯(St. Julius)而建，里面有很多虔诚侍奉上帝的修女；另一座是为了纪念尤里乌斯的伙伴圣亚伦(St. Aaron)而建。现在这里由主教坐镇，而且，教堂里已经有很多正统的神职人员。他们都学习过天文学，刻苦钻研星象之说。他们能够经常为亚瑟王预言未来所得以及未来所做。总之，卡利昂这座城市，简直就是无与伦比。

由于卡利昂到处都是富丽堂皇的宫殿，山清水秀、绿草如茵，生活安逸又舒适，到处听到的都是欢声笑语，亚瑟王便决定将王宫迁至卡利昂，而且所有的贵族都必须一同前往。因此，亚瑟王便命令所有国王与伯爵、公爵与子爵、骑士与男爵以及主教和修道士都来参加宴会。这其中不单单有英格兰人，还有法兰西人和勃艮第人、奥弗涅人(Auvergnat)和加斯科涅人(Gascon)、诺曼人和普瓦捷人、安茹人和法兰德斯人，以及布拉班特人(Brabant)、埃诺人(Hainault)、洛林人(Lorraine)都被要求出席宴会。弗利然人(Frisian)和条顿人(Teuton)、丹麦人与挪威人、苏格兰人、爱尔兰人和冰岛人、凯斯内斯人和哥特兰岛人、戈尔韦(Galway)以及像赫布里底群岛(Hebrides)那样边远地区的领主也全都被召来参加加冕典礼。

收到亚瑟王邀请参加加冕典礼的消息，大家立刻如约而至。苏格兰的国王阿贵赛尔(Aguisel)身着礼服出席；莫瑞福(Murief)的国王尤瑞安(Urian)带着自己温文尔雅的儿子宇文(Yvain)一道前往；里昂斯的洛特，当然也与自己的儿子——文武双全的高文一起参加这场狂欢。此外还有南威尔士与北威尔士的国王——斯代特尔(Stater)和凯杜尔(Cadual)，亚瑟王的心腹——康沃尔的卡铎，格洛斯特(Gloucester)伯爵莫鲁德(Morud)，以及温彻斯特(Winchester)伯爵戈顿(Guerdon)。当然还有来自索尔兹伯里的阿纳瓦尔特(Anavalt)和来自坎特伯雷的利马雷克(Rimarec)，来自希尔切斯特的巴尔杜尔福(Baldulph)伯爵与来自莱切斯特(Leicester)的韦杰宁(Vigenin)，以及备受尊敬的古依维柯(Guivic)男爵阿尔加尔(Algal)。此外还有诸多显贵，每位的声名与才智均不在以上诸位之下：珀(Po)的高大的儿子多南德尔(Donander)，阿鲍德尔(Abouder)的儿子瑞吉安(Regian)，考伊尔(Coil)的儿子希鲁斯(Ceilus)，查特(Charter)的儿子查特鲁斯(Chatellus)，纳古若尔(Nagroil)的继承人格里芬(Griffin)，尼科(Neco)的儿子朗(Ron)，另外还有马格伊尔(Margoil)、克里佛特(Clefaut)、林噶(Ringar)、安良(Angan)、利唛(Rimar)、郭伯尼安(Gorbonian)、肯林特(Kinlint)、尼科以及埃拉杜尔(Eladur)的儿子派拉德(Peredur)。

除了以上这些王公贵族，还有很多效力于亚瑟王的骑士都来到了卡利昂。他们都是亚瑟王的朋友，都是圆桌骑士成员，关于他们的情况我就不再赘言。此外还有很多财富与荣誉比以上诸位稍逊一筹的贵族。总之人数之众数不胜数，令人目不暇接。

一大批高级教士也出席了亚瑟王的盛大的加冕典礼。主教与修道士们鱼贯而入。其中三大主教分别是伦敦大主教、约克大主教以及卡利昂大主教——神圣的杜布里修斯。杜布里修斯不仅德行堪为表率，而且终生勤勉，做了许多造福百姓之事，所以才当上了卡利昂大主教以及罗马教宗的使节。有病之人都乐于向他求助，在他的关爱和祈祷之下，病人总是得以痊愈。杜布里修斯过去原本是在伦敦，现在却在威尔士，是因为那时的国王并不信奉上帝，人民也不在教堂供奉神父。这些神职人员都和贵族及骑士一同聚集到亚瑟王的宫廷参加这场盛宴，人数之多使我无法一一报上他们的姓名。

但是有些人我忘记说了，必须得提一下：那就是爱尔兰的国王维拉姆斯(Vilamus)，冰岛的国王马利努斯(Malinus)，还有偏远贫瘠通常被人称为哥特兰的领主多尔达默(Doldamer)，丹麦的国王阿希礼，挪威的国王洛特，以及贡福尔——尚无法纪的奥克尼的首领；他们都是乘船远道而来。同样越海而来的还有勃艮第公爵利吉尔(Ligier)、弗兰德斯伯爵霍顿以及沙特尔(Chartres)伯爵盖林(Guerin)，他带着十二位贵族随行，就为见证这一辉煌时刻。普瓦捷伯爵吉塔德、安茹公爵凯、纽斯特里亚也就是现在被人们称作诺曼底的贝德维尔、勒芒的博雷尔伯爵，还有布列塔尼的豪尔伯爵也都到场。刚刚经过的那面相高贵之人便是豪尔，这些王侯都来自法兰西。他们远道而来参加亚瑟王的加冕仪式，都身着华服，骑着高头大马，身下的坐骑都是身披缀满珠宝和黄金装饰的马匹。此外，竟然还有来自西班牙，甚至日耳曼的莱茵河(Rhine)畔的王公应邀赴宴。他们有的是为了一睹亚瑟王的尊荣，有的是冲着亚瑟王的厚礼而来，有的是为了能与议会的诸公畅谈，有的是为了见识亚瑟王的财富，还有的是想领略传说中亚瑟王的非凡气度。总之这些诸侯将相都是怀着对宗主国的爱戴与憧憬，来亲眼见证誉满天下的亚瑟王的辉煌时刻。

当这些国王、主教以及王子全都到齐之时，整个卡利昂城为之撼动。亚瑟王的仆人们为了接待数量如此众多的贵宾而不辞劳苦。兵士们则为所有的贵宾四处寻找下榻之处。所有的屋宇都清扫装饰一新，铺好了芦苇，挂起了富丽的挂毯。厅堂和卧室都按照宾客的要求装点，食物乃至马厩都一一安排妥善。但是并非城内所有旅馆都一应俱全，能达到贵宾要求，整个城市自然是陷入了兴奋与忙乱之中。随处可见牵着缰绳的侍从，有的给马匹装上马鞍，有的又给马具卸下，有的扣上马具，有的又将马具擦得闪闪发亮。马夫们也忙得不亦乐乎：既要清洗马厩，又要带马儿去草场溜达、河边饮水，还要给马儿洗澡、梳理皮毛、钉马掌、松马带、用上好的稻草给它们作褥草、为它们准备燕麦作食物。不仅如此，在贵宾下榻之所，无论是在庭院、卧室还是在通道，到处都是各司其职的内侍在忙碌。他们全权照顾贵宾们的饮食起居，总是托着各类皮毛大衣在大厅间穿行，包括松鼠皮、灰貂皮等等。整个卡利昂城因为亚瑟王的加冕典礼变得像个大型集市一般。

现在我们就来说说这载入史册的一日吧。终于到了亚瑟王加冕仪式的那天上午，只见大主教、主教和修道院院长们排成长队朝亚瑟王的宫殿走去，将他领到教堂，然后将王冠戴到他的头上。两个大主教分居左右，引着亚瑟王穿过城市的街道。两个大主教一人各托住亚瑟王的一只胳膊，好让他接住王冠。四位国王持剑走在亚瑟王和主教前面，这四把宝剑从剑柄到剑鞘都由黄金打造而成。持剑的四位国王第一位来自苏格兰，第二位来自南威尔士，第三位来自北威尔士，最后一位则是来自康沃尔的卡铎。当亚瑟王加冕之时，所有王公全部在场代表团结一致。卡利昂大主教、罗马教宗的使节杜布里修斯代表教会出席并主持整个加冕仪式。

与此同时，王后也并未因此而被冷落，她的加冕仪式以另一种形式进行。她的仪式邀请了全国的名媛淑女以及她朋友们的妻子这类贵妇参加。前来出席宴会陪伴王后的都是与她亲近的淑女，个个丰容靓饰、兰心蕙性。王后陛下的加冕仪式则是由神圣的修女们来主持，堪称鲜花满堂、三载余香，这场仪式比起亚瑟王的甚至更是富丽。围观的群众将道路阻塞得水泄不通，王后简直寸步难行。四位贵妇手捧四只白鸽，为王后引路——她们就是为亚瑟王引路的四位手持金剑的国王的妻子。王后陛下身后还跟着一群仕女，笑语盈盈。这些仕女们简直有如仙子下凡：粉腻酥融娇欲滴，风吹裙袂飘飘举；风鬟雾鬓绕彩羽，袅袅而行翩若云。如此粉白黛绿、翻紫摇红、华彩渥丹、珠围翠绕、兰薰桂馥的情景，今生哪得几回见。就更别提眼见如此多千娇百媚的贵妇人急急赶往教堂，唯恐错过大典的那面色微红的娇态了。

壮观的加冕弥撒大典已经开始。唱诗班那嘹亮庄严的歌声环绕着整个教堂，令人无比陶醉，高潮处仿佛充盈至教堂天顶，微妙处又仿佛祷词渐弱几近消失。骑士们从一座教堂赶到另一座教堂，现在到了圣尤里乌斯修道院，然后再去圣亚伦大教堂。他们侧耳倾听比较着唱诗班的歌声，也凝神欣赏着仕女们的风情万种。他们如此频繁地穿行于各大教堂之间，根本无法确定自己究竟在哪所教堂停留得更久。他们欣赏着美妙的旋律又不过分沉溺其中。由于 整天都浸淫在这歌声之中，我也不知道这些骑士们究竟是满足还是厌倦。

当最后的话音落下，整个大典行毕，亚瑟王便将典礼时所戴的王冠取了下来，换上了一个更为轻巧的王冠戴在头上，王后也同样如此。他们将满是装饰的厚重的大典礼服放在一旁，换上了不那么累人的礼服。然后亚瑟王便离开了圣亚伦教堂，回到自己的宫殿用餐。而王后也带着自己的女伴们离开，一路上燕语莺啼地回到她的寝宫。因为不列颠人依旧沿袭特洛伊人的传统，所以用餐的时候都是男性一起，而不携带女伴；家眷和未婚女子都是单独用餐。女眷这边除了服侍她们用餐的男仆以外，绝无男子，但菜色同样极其丰富，堪称另一场宫廷盛宴。亚瑟王坐在高台之上，群臣按照等级列次而坐。亚瑟王的总管——高贵的凯骑士,身着朱红色的真丝加冕袍侍奉亚瑟王用餐。与凯一道的还有一千名身着白貂皮的男侍从,手托盛着黄油的盘碟。这些青年侍从麻利地穿行于餐桌之间,为宾客们递上一盘又一盘菜肴。此外还有一千名青年侍从,个个眉清目秀、彬彬有礼,也身着貂皮大衣,专门负责倒酒,用黄金高脚杯将美酒分别斟入宾客的金酒杯中。贝德维尔是亚瑟王的侍杯者,当然亲自负责为亚瑟王斟酒,同时负责让手下的青年侍从确保宾客都能饮酒尽欢。

王后那边的男侍从也是数量充足,我根本没法告诉你们具体的数字。总之男侍从们都是十分恭敬与周到地侍奉王后陛下及她的女伴们,一切都恰如其分。女士们的餐桌上,各色美酒佳肴一应俱全,没有哪一样不是珍馐美馔、琼浆玉液。亚瑟王的富有与宴会的豪华真是难以言表。在亚瑟王统治时期,整个英格兰无论是在英雄才俊、光辉事迹、国力强盛、礼仪教化各个方面,据我所知,都堪称撷采众家之所长。亚瑟王辖下最贫苦的农夫也要比大洋之外的骑士与绅士更加识礼得体。没有哪位声名远播的骑士不按照自己的身份来穿着甲胄和服饰。骑士们都是在战场上穿着什么颜色的外套与铠甲,在厅堂上也就穿着什么颜色的礼服。同男士一般,女士也不例外。女士们也同样穿着与她们自己身份相符的颜色的礼服。在这些日子里,无论一位骑士的出身与财富如何,只要他证实了自己的骑士精神和价值,便能成为一位美丽淑女的朋友。那些危难当头依旧冲锋在前的骑士是最为豪爽可信之人,他们也真正懂得怜惜淑女,所以与他们结交的淑女也是与他们的英勇相配的最为贞洁之人。

用餐过后,亚瑟王便与众臣和宾客一道出城到田野上游乐。他们的娱乐方式可谓多种多样。有些人赛马,有些人比剑,有些人比气力撂大石,有些人比技巧扔鹅卵石,还有些人比试弓箭或者投掷标枪。每个人都根据自己的爱好选择游戏项目。那些游戏的获胜者除了赢得奖赏，还会被他的同伴抬到国王和所有王公大臣面前亮亮相。亚瑟王给的奖赏十分丰厚，真是君臣尽欢、各得其所。而女士们也爬上了宫墙墙头，饶有兴致地观赏男士们的游戏。当场上出现了她们各自的朋友之时，她们便会清眸流盼、粉面飞霞，引得她们的朋友为了博取伊人欢心而加倍拼搏。

此时宫廷里因为亚瑟王的加冕典礼也聚集了大量的卖艺者、竖琴师和音乐家等。无论你是想听一板一眼的老生常谈，还是想听最新的吟游歌谣，必定都能得偿所愿。到处都能听见提琴、竖琴和长笛演奏。这儿站着个六弦提琴演奏者，嘴里还和着调子唱着诗歌和民谣，那儿又传来里拉弦琴的声音和鼓声，还有牧羊人的笛管、苏格兰风笛、索尔特里琴、铙钹和单弦琴的演奏，总之应有尽有。这儿有个杂耍艺人正在他的毯子上翻跟斗，那儿又有喜剧演员和歌舞艺人在大展身手。亚瑟王的一些宾客正在倾听说书人话古道今；另一些宾客则在赌桌上掷着骰子，拼着运气，这种游戏自然是风水轮流转，各有幸运和倒霉之时。这其中大多数宾客通过象棋或者跳棋论输赢。只见他们两人一对，弯腰对着棋盘。当其中一人被打败以后，只要发誓会归还借债，便能借钱付上赌资。贷款利息非常昂贵，达十分息之巨。只要发誓会还钱，就能够借到钱，于是游戏就在誓言与谎言、酒醉与争吵、愤怒和打斗中继续。输家当然是愤愤不平，但也只有对赢家嘟嘟囔囔的份。掷骰子的人也是两人一对坐在赌桌旁，轮流掷骰子，看谁的点数更大。你便只听见他们数数：六、五、四、三、二、一。掷骰子的时候他们都将外套丢在树桩上，所以几乎都是半裸身子。当对手叫出自己的点数的时候，掷骰子的人总是怀着更大的希望，然后又总是在寂静中爆发出争吵。一个人跨过桌子向对手大呼小叫："你耍赖，刚才不算！你根本没有把骰子抓在手中，只不过把他们轻晃放在桌上。我的点数比你多。只要你的荷包里还有一分钱都会被我赢去的!”于是两人便吵成一团。亚瑟王的很多宾客都是坐上赌桌的时候身着貂皮大衣,离开的时候身无片缕。

等到了这个礼拜的第四天,也就是星期三的时候,亚瑟王封他所有的侍从为骑士,并按照他们的分工予以补偿和奖赏。这些天劳碌不堪的侍从们都分到了土地,为了亚瑟王加冕典礼勤勤恳恳的教士们也都分别被封为修道院院长城主教,亚瑟王的谏臣和朋友们也被赐封了城堡和城池;而那些满腔敬爱、越洋而来的异国骑士们,亚瑟王就按照他们的要求,赐予了他们战甲、军马以及各种黄金饰物。亚瑟王将自己的财富慷慨地分给他们,这些赏赐让贵族们兴高采烈:灰猎犬与雌猎犬、裘皮礼服与毛绒外套、大酒杯与高脚杯、绸缎与图章、紧身衣与宽斗篷、矛与剑、令敌人心寒的带倒钩的锋利箭镞以及命铁匠精心打造的铠甲、小圆盾及其他各色武器。亚瑟王还赐予他们大量的熊和豹、小型驿马、哈克尼马、备好马鞍的战马以及铠甲、头盔和大量金银。同时,亚瑟王又赐予他的仆人们许多财富和珠宝。世上从未有任何宗主能像亚瑟王这般慷慨,无论是给自己本土的王侯将相的封赏,还是对属国的王公贵族的封赐都如此大手笔。

正当亚瑟王坐在议事桌前接见众臣时,忽然看见走来十二位长者,须发雪白,服饰华美。他们每两人并排而走,每人都是一手牵着同伴,一手执着一枝美丽的橄榄枝。这十二位长者气度非凡,迈着官步徐徐走进宫廷。他们走近亚瑟王的宝座,非常优雅地向他鞠躬行礼。他们的代表自述说他们是罗马的公民,是罗马皇帝派出的使节,只为将此信转呈给亚瑟王。言毕,其中一人便将手中的羊皮纸文稿呈递给亚瑟王——此信乃是由罗马皇帝亲笔所书:

罗马帝国皇帝卢修斯致仇敌亚瑟王:

阁下所作所为,朕深感钦佩也甚为鄙夷。阁下日益膨朕之骄横与恶念已滋扰朕心。天下竟有狂妄之徒胆敢向阁下进言来抵制罗马帝国的政令。阁下之轻率举措业已伤及贵国与我泱泱天朝之和睦。阁下利欲熏心,犹如唯有水蛭方能掀开眼帘之盲者。今虽不明,当领略我罗马帝国之强盛便见分晓。阁下罪恶滔天、罄竹难书。井底之蛙不自量力,竟然胆敢放肆,与罗马帝国争夺属国与朝贡!为何要窃取我们的领地与贡品?为何拒绝向恺撒进贡?阁下就如此自信我们无法从你手中夺回属于我们的财富?或许阁下需就此澄清。援引阁下所言——雄狮从羊群里逃走,饿狼在孩童前颤抖,猎豹为野兔所惊吓。但阁下可不要为谎言所欺:大自然可不能允许使上诉奇迹发生的。尤里乌斯·恺撒——吾辈伟大之祖先——也许是阁下深恶痛绝之人——曾征服整个不列颠,征收赋税和年贡,直至今日。贵国其他邻近之岛屿亦然,罗马帝国征收年贡因袭已久。阁下若妄图以武力解除,必将自食恶果。更甚,阁下滥用武力之鲁莽举动,致使吾朝派至法兰西和不列颠的护民官弗洛罗(Frollo)遭戮,使吾朝蒙羞受损。既然阁下毫不畏惧天朝之威名,视天朝之荣誉为草芥,元老院发出此函,命令阁下于八月中出现在元老院接受质询,不得以任何借口推脱。务必将劫掠天朝之一切物归原主,并就以上逐项指控给予令人信服之答复。如若阁下意图保持缄默、负隅顽抗,朕将跨越圣伯纳山,以武力从阁下手中收复法兰西和不列颠。不要妄图抵抗天朝,坐拥法兰西。阁下虽然勇气可嘉,却不要妄图跨过大洋,或者阻止朕驾临。但请静候天命,朕意乃是将阁下五花大绑,带至罗马,接受元老院之审判。

当群臣听亚瑟王一本正经地读完信后，大厅登时人声鼎沸，大家怒不可遏。大部分不列颠人都请上帝作证：对于胆敢送上此信的使臣，他们非要将他们除之而后快。他们对这十二位长者简直是用尽了嘲讽与咒骂之词。亚瑟王立即站起身来，喝令众臣停止喧哗，保持肃静，然后高声说道：不得对这些罗马人无理，因为他们都是使节，不过是为他们的君主传信而来；既然他们不过是他人的代言人和传声筒，又何必为难伤害他们。当四下完全安静之后，亚瑟王向这些长者保证他们的安全无虞，然后便召集亲信之人以及王族成员前往巨人塔商议。亚瑟王让与会之人畅所欲言——究竟应当让罗马使节如何回去复命。就在他们所有人上楼梯之际，生性乐天的卡铎看见走在前面的亚瑟王，上前说道："尊敬的陛下，有个念头已经困扰我很久了，平静与安逸的生活正在消磨我们不列颠人的意志。正如传教士经常告诉我们——懒惰乃是德行之大敌。安逸的生活夺走男人的力量，能够把勇冠三军的战士变成游手好闲的懒汉。女人的温柔乡麻醉勇士，滋生着放荡与空虚。无仗可打的空虚让我们年轻的勇士们不是将时间浪费在听戏和赌博之上，就是浪费在追逐女子的欢心或者更加糟糕的事情之上。休憩与安逸对我们不列颠的伤害最终将会胜过战争与权谋。上帝只会奖赏迎难而上、奋斗不息的民族。既然上帝让那些罗马人前来挑衅，那我们就应该从沉睡中清醒。如果罗马人真如他们心中所言那般信心十足，那我们不列颠人也绝不会失去我们与生俱来的勇气与坚强。我是一个战士，绝不会爱好长久的和平，因为和平里有太多比战争更丑陋的事实。"

高文听完卡铎的话后，回应道："尊敬的伯爵，依我之见，和平对年轻人未必是什么可怕之事。战火之后的和平是难能可贵的天赐：草场更加肥美，收成也格外丰饶。精彩的故事和歌谣，还有女士们的关爱对年轻人也都是有益身心的。正是由于朋友们含情脉脉与充满崇敬的眼神，单身汉们才能够掌握骑士之道，成长为真正的骑士。”

就在争论与戏谑间，他们已经爬上了高塔，坐在了议事大厅。亚瑟王见大家都各自就座，并安静下来将注意力集中在正事上时，便觉得有些话非说不可。于是他抬起头来，说了以下这番话：

“众卿，在座的诸位，都不仅仅是我的同袍与盟友，无论境遇好坏，你们都唯我马首是瞻、全力支持。过去的日子里，我们共同进退，哪一次不是我们共同品尝胜利的甜蜜与失败的苦涩？你们支持我就正如我相信你们一般。正是由于你们在关键时刻的帮助与支持，我才赢得了如此多胜利；是你们不论远近，都与我一道翻山越岭、漂洋过海，征战四方；是你们让我明白了忠诚的真正含义；也正是由于你们的浴血奋战，才让我征服了周边诸国。诸公，你们刚才也听到了由罗马使节送来的那封信的内容，每字每句都充满了恶念与威胁，要让我们听任他们发号施令。他们不仅仅是侮辱我们，更是意图侵犯我们。如果上帝施恩于我们这些子民，我们一定能够不为其所控。现在罗马人的确非常强大，国力与军力都首屈一指；如何回复他们的使节确实需要从长远思考，慎之又慎。罗马人要兑现所言必定采取最直接的方式。当敌人的箭镞呼啸而至，我们的战士就应当已躲在盾牌之后，我们就应当以这样的谨慎态度对待他们。卢修斯向我们开战，那是他的权利，而我们的权利就是让同样的事情降临到他的头上。今天他会要求我们不列颠和周围岛屿向他进贡，明天他就会寻思着要法兰西进贡，所以我们不列颠就要作为表率首先答复得滴水不漏。我们不列颠确实被恺撒用武力征服过，因为那时的不列颠人不知如何反抗，唯有向恺撒进贡。但是武力征服从来就不是正义，而是极度膨胀的狂傲。他们不能让我们遵循凭借武力和邪恶建立的法律。就算罗马人曾凭借武力夺走过，这里依旧是我们的国土。当恺撒带领着罗马人和我们的祖先战斗时，确实让我们的祖先蒙受屈辱和损失；现在的罗马人比他们的祖先更加贪婪，扬言要为了他们的损失对我们展开凶狠的报复。我们得让他们清醒。仇恨只能孕育出仇恨，充满敌意的人只能做出充满敌意的事。他们带着威胁而来，要求我们为所谓的过错付出贡税。他们声称索取贡税的理据充分，只给我们留下羞辱与痛苦。但是如果罗马人现在向我们不列颠征讨贡税只是因为以前的不列颠进贡过，那么我们也可以出于同样的理由要求罗马人向我们进贡。很久以前有两兄弟，出生在不列颠的不列颠人的国王贝利箬斯和勃艮第公爵布伦努斯，都是智勇双全、才德兼备的君主。两位先祖曾经带着部下逼近罗马城下，并最终攻陷了罗马。他们兄弟俩不仅挟持了人质并且让罗马人缴纳贡税，但是后来罗马的元老们又反悔违约，于是兄弟二人便在所有罗马人的面前，绞死了二十四名人质以儆效尤。当贝利箬斯回到自己的国土以后，他便命令罗马人向他的兄弟布伦努斯供奉岁贡。后来，海伦娜的儿子君士坦丁从布伦努斯和贝利箬斯手中继承大统，接管了罗马。再后来，不列颠的国王马克西米安又征服了法兰西和日耳曼，并且越过圣伯纳山脉进入到伦巴第，再次攻占了罗马。这些伟大的先王都是我的血亲，而且每一位都征服了罗马。你们都听得清清楚楚，罗马皇帝是按照法律继承他的先辈对不列颠拥有的权利；而我作为不列颠的国王，也同样保有我先辈拥有的权利。所以罗马人也应该向我们进贡，因为我的祖先享有他们的进贡。他们胆敢向不列颠要求贡税，我就敢向罗马要求贡税！谁更强大谁就拥有属地和贡税！至于从他们手中抢过来的法兰西和其他国家，他们既然没有保住就别提再要回去——没有金刚钻别揽瓷器活！所以罗马人根本就没有任何权利要求我们，他们打着法律的名义挑起此次争端，本质却是贪婪。谁有能力谁才能够守住自己的国土。虽然罗马皇帝对我们做出诸多指控与威胁，但我相信上帝绝不会容许他伤害我们。罗马皇帝发誓从我们手中夺走属地与财富只会让我们去围攻罗马。他的恐吓之词根本无法让我们胆怯。如果他在恐吓之后真的挑起事端,等他灰溜溜返回罗马的时候就会再也不敢口出狂言。我接受罗马皇帝的挑战,请上帝作证:谁有能力谁就拥有属地和财富。”

当亚瑟王面对所有的贵族讲完之后,众人深受其言辞感染。豪尔率先回应亚瑟王,“陛下,”他说道,“您刚才所言实在精辟,无人可以再做补充。现在您就可以集结舰队,让我们这些您的家人和袍泽与您一同出发。让我们横贯海峡直达法兰西,确保那里无恙便不再耽搁;我们要翻越圣伯纳山,穿过伦巴第,迅速到达罗马,对罗马皇帝开战。我们要将他打得一败涂地,让他再也不敢来滋扰我们不列颠。兵贵神速,我们要以迅雷不及掩耳之势杀进罗马,让他们尚在惊诧之中便已兵败。陛下,这简直就是上帝要让您成为世间的王中之王,可不要让怀疑阻碍了上帝的旨意。上帝一定会助您征服罗马,您只需要遵从他的旨意便是。还记得那女先知所写的吗?不列颠将会出现三位征服罗马的国王。这三位国王中,有两位已经登遇。贝利弩斯已经升霞,君上坦丁也已经星驾;还有一位要在他的统治时期征服罗马。您就是那第三位注定要比罗马更强大的征服者。您的出征将实现女先知的预言。上帝都已经给出了他的奖赏,您还有什么好犹豫的呢?现在就行动起来,让您、让我们一起来实现我主的意图。我说的全是肺腑之言,与陛下的荣光相比起来,无论是挫折与负伤,还是囚禁与死亡,根本都不足 提。就我自己而言,我愿意带领一万人追随陛下征战直至完成之时;此外,陛下如果需要更多的军费,我愿意将封地抵押出去,将抵押换来的金银全部献给陛下。只要陛下需要,我绝不会挪用一分一毫自己的财产。”

既然他的臣下与他戮力同心,亚瑟王便照此意修书一封回复罗马皇帝，并用自己的戒指为此信封印。他十分客气地接见了罗马使臣，将回信交给他们的代表。“告诉你们的国人，”亚瑟王说道，“我是不列颠的国王；我现在拥有法兰西，而且我将继续拥有下去，我就是要以此来抵抗罗马帝国的势力。请你转告你们的国民：就是因为你们的挑衅，我现在就要远征罗马；你们想要我进贡，我就要让你们进贡。”

于是这些使臣便离开返回罗马。他们将此行见闻一一汇报：虽然亚瑟王对他们礼数周到，但此人确实不可小觑。这个亚瑟王——与他的诸多先辈相比——真是一个慷慨勇敢、满腹经纶、足智多谋的国王。从没有见过哪个国王能够如他一般裕民足国，因为他的臣民个个都披裘衣锦。让亚瑟王进贡不过是徒劳之举，因为他说在古代不列颠还曾让罗马进贡。

当元老院听完了使臣的汇报并推敲了亚瑟王的回复之后，他们确信亚瑟王绝不会如他们所要求地乖乖进贡。于是元老院便向罗马皇帝进言，要求皇帝集结全国所有的兵力。他们认为皇帝应该越过山脉进入勃艮第向亚瑟王开战，夺走他的国土与王冠。

卢修斯·提比略(Lucius Tiberius)便立即行动起来。他向所有的国王、伯爵和公爵发出指令，命令他们尽快赶到罗马与他会合，为了自己的荣誉而战。罗马皇帝卢修斯的指令究竟下达给了哪些强大的君主呢？我在当时的编年史中找到了他们的姓名。前来罗马与卢修斯会合的有希腊国王埃皮斯罗费乌思(Epistrophius)，皮奥夏(Boeotia)国王艾森昂(Ession)和土耳其国王艾塔克(Itarc)——一位武艺高强又勇敢鲁莽的骑士，还有埃及国王潘德拉斯(Pandras)以及克里特岛(Crete)国王希波吕托斯(Hippolytus)。这些国王都是备受尊崇的，他们辖下的城池数以百计。此外还有来自叙利亚(Syria)的伊万德(Evander)、来自弗利吉亚(Phrygia)的拓伊瑟(Teucer)、来自巴比伦的米克萨(Micipsa)、来自西班牙的阿勒法提玛(Aliphatma)、来自米底亚(Media)的博库斯(Bocus)国王、来自利比亚(Libya)的塞多留(Sertorius)、来自卑斯尼亚(Bithynia)的珀里迪特(Polydetes)以及来自以土买(Idumea)的薛西斯(Xerxes)国王。而非洲的国王穆斯坦萨(Mustansar)远道而来,路上就花费了数十日;与他同行的是黑人和摩尔人(Moors),他们还带来了很多珍宝。元老院也派出了很多显贵:马塞勒斯(Marcellus)、卢修斯·卡提鲁斯(Lucius Catillus)、寇科塔(Cocta)、凯厄斯(Caius)以及麦特鲁斯(Metellus)。还有很多其他的王侯也在其列,只不过我无法在编年史中找到他们所有人的名字。当罗马皇帝大军集结完毕时,共有四十万步兵以及十八万骑兵。这支强大的军队全副武装、秩序井然地从罗马出发,前去与亚瑟王作战。

亚瑟王也与他的臣下离开宫廷为备战而奔劳。国王向全国各地派出信使,以自己的名义召集所有的骑士;那些信使怀着对亚瑟王的敬爱,四处奔走,不知疲倦。自然是全国所有的骑士都骑着战马,带着自己的部下奉命赶来。而那些岛国——爱尔兰、哥特兰、冰岛、丹麦、挪威以及奥克尼群岛的君主们也承诺提供十四万兵力,按照他们各自的传统装备与着装。这其中的骑兵个个骑术非凡,而步兵都装备着各种武器:战斧、标枪或长矛。诺曼底和安茹、奥弗涅(Auvergne)和普瓦捷、弗兰德斯和布伦也毫不犹豫地提供八万步兵,每个步兵背上都背着武器,他们都说为亚瑟王效劳是他们的权利和荣幸。沙特尔伯爵盖林则与法兰西的十二位贵族共同承诺任凭亚瑟王调遣,每人都带了上百号人马,他们都认为这是他们应尽的本分。布列塔尼的豪尔提供了一万人马;苏格兰的阿贵赛尔提供了两千多人马。亚瑟王从不列颠他自己的领地,也就是今天被叫作英格兰的地方调动了四万骑兵。至于步兵——从劲弩手、弓箭手到枪矛手一应俱全——根本无可计数，简直就如同沙漠中的沙粒一样多。见到如此阵势，亚瑟王真是意气风发，当下便给各位统领写信，命令他们在约定的日子准备战船前往诺曼底的巴夫勒尔（Barfleur），而各位首领则立即从宫廷赶回自己的领地，为此番的越洋远行做准备。如此足见亚瑟王雷厉风行的作风，此番远征势在必行。

亚瑟王将监国以及照顾妻子桂妮薇的重任都交给了英勇的骑士、自己钟爱的外甥——莫德雷德。莫德雷德出身高贵，看似麟凤龟龙般的人物，实则不然。他早就对自己舅母桂妮薇心存非分之想，这可是有违伦常，因此莫德雷德自然是小心隐藏不让外人觉察。可是谁又能想得到竟然会有人爱上了自己舅舅的妻子？莫德雷德对王后甜言蜜语，王后不免春心荡漾；然而莫德雷德可是她的丈夫的外甥啊！天啊，上帝，此时莫德雷德和王后真是一失足千古恨啊！

亚瑟王除了没有把自己的王冠交出去，可谓把所有国家事务的处理大权统统交予了莫德雷德，然后就赶往南安普顿（Southampton）。因为所有的兵马都集中在那座城里，而战舰也停泊在那里的港口。只见港口停满了舰船，它们来来往往，然后抛锚靠岸，最后被缆绳拴在了一起。木工们正"叮叮当当"忙个不停。船员们正竖起桅杆调整风帆，并在陆地与甲板之间搭好船桥，将物资运往船舱贮备。而骑士们则背着自己的矛和箭，用缰绳牵紧自己受惊的战马登舰。他们上船后向岸上送行的人群不住地挥手，大声呼喊着再会。当所有的人都登上战舰后，战舰便一起升锚离港起航。所有的船员都分外卖力，升起的风帆犹如大鹏展翅，推着战舰迅速离开海港。只见船员们用绳索将风帆高高升起，战舰便在海洋里飞速行驶起来。然后他们再将每一片风帆都用绳索牢牢固定住。负责行船安全的船长仔细设定航向，而领航员和大副则严格按照船长的指示操作。他们按照指令将战舰驶向背风处，这样海风才将船帆鼓得更满。同时，船员根据不同的情况，利用绳索与帆脚索来调整风帆的升降，减小舰艇所受海浪的冲击。他们牵引和搬运着绳索，时而放松绳索，时而又拉紧绳索，调整着风帆的张开大小和角度，保证舰船快速行驶——整个行程都是如此。当夜晚来临，海员们便卷起风帆依靠星宿指引航向。因为夜间苍茫的大海漆黑一片，海员们便减速行驶以保安全。唯有第一艘战舰的船长作风大胆，一路乘风破浪，一心要率先找到那个他从来没有见过、其他人也不知道的海港。

一路顺风，船队朝巴夫勒尔行进，当时正逢夜晚，亚瑟王又十分疲惫，已经睡着了。就在亚瑟王微睡的时候，他恍惚间仿佛看见一头熊高飞在天空，朝东方飞去。这头熊体格庞大又丑陋，简直让人不寒而栗。同时，亚瑟王又看见一条龙迎面而来，向西方飞去。这条龙的眼睛如此夺目，以致整片土地和海域都被他眼里的精光照得通明。当这两头灵兽相遇，只见龙向熊发起进攻，而熊则奋起抗击。但是最终还是龙占了上风，它从高空将熊扑腾到地面，狠狠地将它摁倒在尘土之中。就在此时，亚瑟王又恢复了意识突然醒来，并且清晰记得了梦中的情景。于是亚瑟王召集他的谋臣，将自己在梦中看见的关于熊和龙的情景描述给他们听，让他们给自己解梦。谋臣们认为熊代表了某个从远方而来可怕的巨兽，却必然要为亚瑟王所杀。这头巨兽委实贪婪，但它的征途必然以此终结；无论如何，亚瑟王都是胜者。听完后，亚瑟王回答道："我对这个梦的解释却与你们不同。在我看来，它更像是象征着我和罗马皇帝的战事。还是让造物主来决定吧。"

之后直至天亮，大家都没有再说话。清晨时分，他们到达诺曼底的巴夫勒尔的港口。

等到爱尔兰人和其他一些耽搁了的人全部到齐之后，亚瑟王便带领大军长驱直入诺曼底。亚瑟王和部下马不停蹄地穿越法兰西，从未在任何城堡和城市停留，径直进入勃艮第。亚瑟王希望尽快到达欧坦(Autun)，因为罗马人目前正在蹂躏这片土地，罗马皇帝卢修斯也带领着大队人马企图占领这座城池。当亚瑟王穿越奥布河(Aube)的时候，他派出的探子和一些当地的农夫前来向他通风报信，说罗马皇帝就在前方不远处，亚瑟王非常轻易便可找到他。罗马人分成数支在前面安营扎寨，他们人数之众简直有如河滩上的沙子一般，当地这些农夫一辈子都没有见过如此多的步兵和战马。恐怕从没有哪位国王拥有如此多的兵力；如果亚瑟王要与之较量，至少需要以一敌四。

亚瑟王听了他们的报告之后，没有丝毫沮丧与惊慌。亚瑟王一生戎马，遭遇过无数危险，不仅是位英勇的骑士，同时也是上帝的虔诚信徒。亚瑟王在奥布河旁边的小山上开始修建防御工事，使得这块地方变得无比坚固。当他把大量的将领与士兵安顿完毕之后，便迅速关上了这座要塞的大门。他将自己的甲胄以及粮草等储备都放在这个要塞里，这样他的驻军便没有了后顾之忧。当一切准备完毕之后，亚瑟王便召来两名最受贵族尊敬的王侯咨询意见。其中一位是沙特尔伯爵盖林，另一位是牛津伯爵伯索(Boso)，两位都精通法律。除了他们二人，亚瑟王还叫上了高文，因为高文在罗马也待了相当长的时间。亚瑟王此番选择高文的理由还因为高文博学洽闻、德才兼备，深得他在罗马的朋友们的赞赏与尊敬。亚瑟王决定派他们三人作为使者去觐见罗马皇帝。他们将替亚瑟王传达消息，叫罗马人早点返回他们自己的土地，不要企图进入法兰西，因为法兰西是亚瑟王的属地；如果卢修斯顽固不化，拒绝返回，那么就请他尽早宣战，让战争结果来宣告究竟是亚瑟王还是卢修斯拥有法兰西的统治权。亚瑟王志在必得，只要他一息尚存就要坚持对法兰西的所有权，绝不会对罗马屈服。他既然是用剑获得了法兰西，法兰西就理应是属于他的。古代的罗马也是同样用这个方法拥有自己的属国。那么就通过战争让上帝决定是不列颠还是罗马拥有法兰西的所有权吧。

于是这三位使者穿上了与他们的身份相匹配的服饰，骑上最俊美的军马，再披上精钢制成的连帽护颈锁子甲，然后拿上自己的武器，从军营出发。

当一些大胆而莽撞的骑士得知他们要出发去会见罗马皇帝时，便跑到高文面前向他直率地提出建议。他们告诉高文到达罗马宫廷的时候应该怎样去做，无论对错，总之就是要让嘴上一直嚷嚷着开战的罗马人真的开战。倘若他们在会谈的时候没有能够发生言辞的争论，也务必要在离开的时候争执起来。三位使者同意了，因为他们本来就是去向罗马人宣战的。

高文和他的同伴翻过一座高山，再穿过森林，便来到了一片广阔平原。这就离罗马人的营帐没有多远了。当罗马人看见有三位骑士从森林里出来时，便走到可以看清他们的面容的地方，然后询问他们的意图。罗马人问他们是否前来求和，如果是便可以进入大帐。但是不管怎样，三位骑士就是拒绝回答，罗马人只好将他们三人带到罗马皇帝帐前。于是他们三人便在罗马皇帝的大帐前下马。他们将各自的马都交给了罗马士兵，但是他们的斗篷之下仍然还有佩剑。当他们三人站在罗马皇帝面前的时候，他们并未向他敬礼或者有任何善意的举动，只是将亚瑟王的消息传递出来；而罗马皇帝也听得十分仔细。三位使者依次将他们所听到的话一字不漏地转达，罗马皇帝也从头到尾听完了他们的话，完全没有打断他们的意思。当他考虑之后，便从容地做出回答。

“我们三人是受亚瑟王委托，”高文说道，“前来传递消息。他是我们的陛下，我们是他的臣下，因而我们所说的每一句话都是从我们的陛下口中所出，我们不过是他的传声筒而已。陛下禁止你踏入法兰西的领土，陛下禁止你干涉这块土地的政事，因为法兰西是属于亚瑟王陛下的。陛下将用武力来捍卫自己的权利，而且也深信你根本无法从他手中抢走属于他的东西。亚瑟王要求你不要觊觎他的领土。如果你一定要霸占法兰西，陛下将用战争证明自己并非浪得虚名，而你将会被驱逐回你自己的领土。很久以前，罗马人用武力征服了这片土地，并且用武力保障了自己的权利。现在就让战争来决定究竟是罗马人还是不列颠人有权拥有这片土地。明天带着你的军队来吧，让我们看看究竟是你们还是我们能够拥有法兰西。如果你现在胆怯，那就求和吧，这对你们应该是最好的选择了，此外再无他法！因为只要一开战，罗马和你就必败无疑。"

罗马皇帝卢修斯回答说，他并没有打算返回罗马，法兰西是他的采邑，他不过是在自己的国土上游览罢了。既然他今天没有急着赶路，明天又何必着急呢？他完全有信心征服法兰西，将一切都收于囊中。

于是罗马人拿起他们的武器，蠢蠢欲动。他们按照军衔与兵种，排成惯常秩序的方阵，整军备战。罗马军队采用的是混合制：外国的君主、异教徒以及撒拉逊人和基督徒都是混在一起的，因为他们所有人都是效忠于罗马皇帝的。他们或者三四十人，或者五十人，或者六十人乃至几百人一组，甚至有的以军团为单位，由首领带领参战。成千上万的步兵和骑兵赶到指定地点集合。漫山遍谷都是数不尽的长矛手和骑兵，他们被分派到各处对抗亚瑟王的军队。效忠于罗马皇帝的众多军团里最为强大的一支沿着山谷而下，另一支强大的部队则袭击不列颠人驻扎的地方。当所有的部队都聚集到一起的时候，他们吹响了冲锋的号角。于是弓箭手不停地射箭，长矛手纷纷投出长矛，大家全神贯注，既不敢眨眼也不敢露脸。箭雨简直就是铺天盖地。战场上到处都是折断的长矛和碎裂的圆盾——就连白蜡木的板子和棍子都应声而裂，碎片四射。当长矛在战斗中折断，他们就将身上的佩剑从剑鞘拔出，继续作战。他们作战都十分英勇，同时也十分恐怖和残忍，个个都挥舞手中的阔刃剑奋力砍斫。困难之时无人放弃，重压之下无人退缩，完全无人顾及自己的性命。刀剑砍在盾牌之上如同砍上铁砧上一般。就连大地也因为这些战士的奋战而颤抖，山谷也传来号角声和兵器的碰撞声的回响。只见一队人马与对方阵型严密的军团激烈碰撞；另一队骑兵则手持长矛同另一支与他们同样英勇的军队作战，只见他们连人带马一起冲到敌人面前，又是射箭又是投镖，而手中的盾牌则为他们阻挡了袭来的长矛与刀剑。如此大战自然是有强有弱——强者生弱者亡。战场上随处可见狂奔的战马——鞍上无人，背带断裂，鬃毛散乱。那些受了伤的战士十分痛苦，他们宁愿选择死亡；但是在这骚动与混乱之中，他们痛苦的祈求都被淹没了。

随着两军交战时间越久，双方的伤亡也越惨重。无论是罗马人还是不列颠人都没有占到上风，谁也不知道最终谁会获胜。贝德维尔和凯决定了这场战斗的胜负。他们二人看到罗马人逼近，十分愤慨，便带领手下的战士冲到最前沿、最危险的地方与罗马人战斗。啊，天啊，他们真不愧是亚瑟王的总管与侍杯者！真不愧是真正的圆桌骑士！贝德维尔和凯手执利刃，就如同查理曼的圣骑士一般英勇杀敌。他们之前也是战功累累，但是都比不上这一次。他们始终都冲锋在前，用手中的佩剑杀出一条血路，让其他人好顺利跟上。不列颠人紧随他俩身后，不断地打击罗马人，使得罗马人死伤惨重。战场上真是血流成河，尸积如山。贝德维尔片刻也不休息，继续深入敌军；而凯也紧随其后，过关斩将，堪称奇景。这二人还在厮杀喘息之时相互鼓励。他们已经声名显赫，但是他们还渴望获得更多的荣誉。他们对荣誉的渴望太过强烈，以至于他们的勇气将他们引向了鲁莽。

就在他们一心摧毁罗马人的时候，却忽略了自身的安全。他们的确勇冠三军，但是他们又过于相信自己的能力了。

罗马人中有个名叫博库斯的异教徒，他是米底亚（Medes）[①]的国王。他不仅是位富有的王公，同时也是位骁勇的军团首领。博库斯也督促他的军团作战，无论对手多么危险，他都毫不畏惧。异教徒与撒拉逊人为了证明自己的英雄气概，正在与安茹人和博斯人（Beauce）对抗；而贝德维尔和凯也正与敌军陷入胶着之中。博库斯国王便拿起手中的剑向他们两人刺去。真希望他因为他的所作所为而被碎尸万段。他的剑刺中了贝德维尔的胸膛，用力之猛使剑穿胸而过从背后刺出。贝德维尔从马上跌落，因为他的心已经裂开。他已经魂归天国。愿上帝在天国呵护他！凯目睹贝德维尔倒地而亡的全过程。他们二人情同兄弟，凯便决意要从异教徒手中夺回贝德维尔的尸身。于是他召集所有能够召集到的士兵，将米底亚人打得丢盔弃甲，落荒而逃。而利比亚的国王赛多留看到这种情况，勃然大怒，带领手下逼近并重创不列颠人。他不仅重伤了凯，导致凯后来的死亡；他还杀死了很多凯的手下。虽然凯经受了多处重伤，但他始终看护着他的同袍贝德维尔的尸身。他将尸体置于他的同伴之中，背负这个重担，且战且行。

他的表亲豪尔和高文，得知他们被罗马人残害的消息都眦裂发指。为了给兄弟报仇，他们决意要摧毁罗马人，二人仿若雄狮一般冲入战场。他们在怒气之下接连斩杀了许多敌人，用手中的钢刃清出一条路来；罗马人也誓死抵抗。他们如何猛烈地展开攻击，就受到何种程度的攻击。双方都不遗余力地厮杀，非要置对方于死地不可。

---

① 这里同前文出现的“Media”。

高文是个英勇盖世的骑士，他之前从来不曾失败过，他战斗起来气力源源不绝，仿佛永远不会疲倦。他锐不可当，让罗马人不寒而栗。高文为了证明自己的英勇，到处寻找罗马皇帝。他纵横驰骋，锲而不舍地寻找，终于找到了罗马皇帝。他们两人对视着，高文认出了卢修斯，而罗马皇帝也认出了这位骑士，于是两人便厮杀起来。两人旗鼓相当，自然都不会从马上跌落。罗马皇帝卢修斯也是位真正的骑士，武艺高强而且肝胆过人。他为能够与高文这样的对手交战而十分高兴，因为高文可是大家交口称赞之人。只要他能够从这场对决中生还，那可必定在罗马的仕女中被传为佳话。这两位勇士举起盾牌和佩剑开始战斗。两人你来我往，打得不可开交。他们都竭尽全力想分出高下以结束这场对决，都勇往直前，毫不退缩。他们的盾牌都被对方砍成了碎片，两人的佩剑撞击出点点火花。这两位理想的骑士，这两位高贵的骑士，上上下下相互猛烈地攻击对方，看来唯有分出胜负方能结束这场对决。

此时，罗马人也从先前的慌乱中恢复过来。他们排列在金雕(golden eagle)[①]的翅翼之下，好在皇帝最需要援助的时候施以援手。罗马军团再次夺回了被不列颠人占领的战场。亚瑟王仔细观察战局的变化。当他听见罗马人胜利的欢呼，看见自己部下的溃败时，便不能也不敢再等待下去了。亚瑟王立即挑选精兵强将加入战斗，并且对着逃跑的将士叫喊，重振他们的士气："你们在找谁呢？赶快掉头，光荣战死总好过当逃兵被处死吧？我是你们的统帅亚瑟王，那些凡夫俗子根本没法将我逐出这片土地。我会为你们开路，跟上我就是

---

① 金雕俗称鹫雕、金鹫，是一种性情最凶猛、体态最雄伟的猛禽。古代巴比伦王国和罗马帝国都以金雕作为王权的象征。饲养不同的鹰种代表着不同的社会地位：金雕是属皇帝的，雌矛隼(gyrfalcon)及雄矛隼(jerkin)是属国王的，雌游隼(falcon gentle)是属王子的。

了;可千万别让不列颠的姑娘们把你们看成胆小鬼。想想你们之前的战绩,你们打败了多少自负的国王!不把这些可恨的敌人消灭殆尽,我绝不会活着离开这片战场!”

亚瑟王果然是名不虚传,出手便将众多罗马人砍倒在地。无论是盾牌、锁子甲还是头盔都无法抵挡他的攻击,他的剑下到处都是残肢与断臂、首级与躯干。那一日,亚瑟王杀死的罗马人的鲜血将王者之剑都染红了。我根本数不清他究竟消灭了多少敌人,因为亚瑟王杀罗马人的情形简直就与凶猛的狮子捕食猎物的情形一模一样——他一个都没有放过。在他的攻击之下,根本无人可以生还。罗马人在亚瑟王面前简直毫无还手之力。只见亚瑟王面前已经空无一人——无论是将领还是士兵都不敢与他对峙。

亚瑟王一剑就让贯朽粟腐的利比亚国王塞多留身首异处。“你在错误的时间从东方赶来参加这场战斗,只有用你的鲜血来滋润我的王者之剑了。”死去的塞多留已经无法回应亚瑟王的话语。卑斯尼亚的国王珀里迪特是个异教国王,也非常富有,同样没有逃脱被斩首的命运。亚瑟王一发现自己面前的异教徒,便挥剑砍去,一剑就将珀里迪特的头从肩膀削掉,珀里迪特的躯干重重地倒在地上——他的灵魂飞离了他的身体,他的脑髓也飞溅在地上。“罗马人,你们的末日到了!”亚瑟王的高喊响彻云霄。

当不列颠人目睹了亚瑟王的战绩,听见了他如雷的咆哮,便又重拾勇气与罗马人奋战起来。罗马人看着不列颠人举着长矛和阔刃剑冲来,自然也是不甘示弱。当亚瑟王发现战事又相持不下,便挥舞着他的王者之剑更加英勇地进攻。战场上到处都是被他从马上砍落的罗马骑士。罗马皇帝卢修斯带领着他的手下,也毫不退让,对不列颠人展开了疯狂的报复。亚瑟王和罗马皇帝卢修斯一直都在寻找对方,却始终没能够正面遭遇。因为他们都被众多的敌军包围,实在分身乏术。双方军队就这样相持不下，难分伯仲。罗马人作战非常英勇，不列颠人也同样如此。转眼之间双方就战死了一千人。双方都越战越勇，而且毫不客气地相互奚落。我相信世上没有人能够断定究竟哪一方会被打败，或者说究竟是亚瑟王还是卢修斯会成为此战的胜者。

这时，格洛斯特公爵莫鲁德（Mordup）[①]作为亚瑟王的小队副指挥官，正隐藏在高地的森林里。莫鲁德记得亚瑟王说过，如果看到战况不佳要退回森林的时候，他就必须出来与罗马人作战。于是莫鲁德便带领着他的六千六百六十六名骑士从藏匿处冲出，他们个个都身着闪闪发亮的锁子甲，头戴钢盔，手执锋利的长矛与佩剑。当他们骑着战马突然从山坡上俯冲下来的时候，罗马人真是始料未及。他们一加入战斗便使罗马人乱了阵脚。他们打乱了罗马人的阵型和秩序，使得罗马人损失了上千人。这些不列颠人冲到罗马人中间，将他们前后隔断，用马蹄践踏那些倒地的罗马人，然后再用手中的佩剑杀死他们。如此一来，罗马人便难以为继，战争的决胜时刻也终于到了。只见乱了方寸的罗马人根本顾不上自己的战友，只管连滚带爬地奔向大路逃命。而罗马皇帝卢修斯也被长矛刺中，落马而亡。我无法告诉你们究竟是谁将他刺下马来，也没法告诉你们是谁的长矛刺中了他，因为战场混乱而且事发又突然。总之，就是在死人堆中发现了他的尸首——他就躺在尸首最密集的地方，胸口已经被长矛刺穿。

罗马人和他们的东方伙伴虽然已经逃跑，但还是被追赶上来的不列颠人痛击一番。不列颠人已经厌倦了用屠刀杀戮，他们骑着战马从罗马人身上践踏过去——一时间血流成河，尸积如山。只见战

---

① Mordup 与前面的 Morud 系同一人，所以还是与前面保持一致译为“莫鲁德”。

场上到处都是无人驾驭的战马，因为它们的主人都已经死去，真是天昏地暗的景象。亚瑟王对此次大捷十分高兴与振奋，因为这可是让光荣罗马帝国颜面大失。亚瑟王向格洛斯特公爵莫鲁德表示了衷心感谢——他可是这场战役获得胜利的关键。然后亚瑟王命令将双方将士的尸首都搜集起来，把大部分都掩埋在同一个地方，另有小部分被送到宏大的修道院内安葬。至于罗马皇帝卢修斯，亚瑟王也给予了最高礼遇：封印在上好的棺木之内，然后将他风光地送回罗马。与此同时，亚瑟王还给元老院写了一封书信，表示自己不过是在守护自己的国土，而且不列颠人绝不会向他们进贡；如果他们还是要求进贡的话，他们将只能收到宣战的武器。在此次战役中伤重不治的凯，被运回了卡农(Chinon)——他在那里修建了以他自己的名字命名的城堡。凯就长眠在一座坐落于城边小树林里的神圣修道院内。贝德维尔被带到了他在诺曼底领地中一个城镇贝叶，他的坟墓就在城门前，这样他就能一直注视着南方。

而亚瑟王为确保这片土地的和平，整个冬季都留在了勃艮第。他原本打算在夏天到来以后，再翻过山脉进军罗马。然而他的计划却被莫德雷德所打破，因为他听说了莫德雷德的种种为人不齿之事。

莫德雷德是亚瑟王亲姐姐的儿子，也就是亚瑟王的亲外甥，此番远征之前，亚瑟王委托莫德雷德监国。亚瑟王将一切国家事务的处理权都交予了他，然而莫德雷德却将自己看中的一切东西都据为己有：他要求每个城堡都向他提供人质，借此威逼大家都不再效忠亚瑟王，转而效忠于他。不仅仅如此，更为邪恶和可耻的是——他竟然违背基督教的律法，强占了王后。也就是说，他娶了亚瑟王的妻子、他的舅母为妻。

这个消息当然传到了亚瑟王的耳中。亚瑟王这才明白莫德雷德根本就是个人人得而诛之的乱臣贼子，更遑论他霸占王后的丑行。

于是亚瑟王将一半兵力以及勃艮第和法兰西都交给了豪尔，嘱咐他一定不要让外敌入侵，保证这里的和平直至他回来为止。然后亚瑟王便返回不列颠，决意向辜负了他的信任、霸占了他的妻子的莫德雷德展开报复，重新夺回自己的王国。无论付出怎样的代价，亚瑟王都必须夺回不列颠，因为一旦失去了自己的大本营，他的整个王国就会分崩离析。推迟征服罗马的计划总是要比毁掉自己整个王国要好；用不了多久，他就能够返回，然后再去征服罗马。带着这样的想法，亚瑟王一边控诉着莫德雷德的罪行，一边朝着维桑（Wissant）进发；战船已经在维桑备好，随时可以出海。

莫德雷德十分清楚亚瑟王的意图。他心里根本就没有和解的打算，他早已修书撒克逊的查尔德里克（Cheldric）请求他越海前来援助。于是撒克逊人开着七百艘满载着装备和士兵的舰船赶到不列颠。

亚瑟王也带着难以计数的全副武装的战士登船前往原计划的登陆点——罗姆尼（Romney）。亚瑟王和他的战士们万万没有想到他们还没有登陆，莫德雷德和他那些越洋而来的帮手就向他们发起了猛烈的攻击。亚瑟王他们奋力向岸边靠近，而莫德雷德他们就拼命想把他们赶向海洋深处。双方都想置对方于死地，便瞄准了对方的要害部位射箭、投掷枪矛。而那些坐着小艇想到岸上躲避的船员都十分悲惨：他们不是战士，自然无法自保，但又无法重新爬回到战舰上，所以很快都被敌军杀死——只见他们摇晃着落入海中，发出痛苦的哀号；盛怒之下，他们也只能诅咒和痛骂那些阻止他们上岸的叛徒。在登陆以前，亚瑟王损失惨重——很多英勇的将士都付出了他们的生命。就连亚瑟王的外甥高文都牺牲了，这让亚瑟王痛彻心扉；因为在他心中，高文比谁都亲。另外，忠肝赤胆、英勇无畏的国王阿贵赛尔也倒在了高文身旁。让亚瑟王肝胆俱裂的是，还有很多王侯也都殉国了。

只要莫德雷德还占据着海滩不让他们上岸，亚瑟王便始终处于下风。终于，亚瑟王的战士们成功地从船上冲到了岸上的空旷之地，莫德雷德和他的手下便再也不能为所欲为了。正面交锋起来，莫德雷德他们根本不堪一击，战局发生了逆转。他们根本不懂得如何布阵，也不知道如何躲避与进攻；而亚瑟王他们身经百战，无所不知。于是，亚瑟王和他的战士们挥舞着佩剑，痛斩敌军。他们杀死的敌人何止千万，当然他们俘获的敌人更多。总之，敌人是被打得丢盔弃甲、屁滚尿流。当夜幕降临的时候，亚瑟王召回他的部下们停止了杀戮。而莫德雷德那方的人忙于逃命：因为群龙无首，他们连如何逃、往哪儿逃都不清楚，更遑论什么同袍之义，唯一知道的就是一定要保住自己的性命。

亚瑟王的妻子——王后知道莫德雷德在英格兰发动了战争，同时她也听说莫德雷德战败逃跑——因为他根本就不是亚瑟王的对手，自然也不敢再在这片土地上逗留。住在约克的王后听后十分悲伤又将信将疑。王后回想起自己的所作所为，深知莫德雷德和她罪孽深重——她爱上了她丈夫的外甥，使他的丈夫亚瑟王蒙羞受辱。更有甚者，她还完全罔顾自己的已婚身份，与莫德雷德再次举行婚礼——无论是在尘世还是地狱，她都将永远被谴责。这样活着简直是生不如死。王后的心情无比沉重，于是她便逃到了卡利昂的一个修道院里，带上面纱与修女们一起生活。她的余生便在修道院里度过。从此再没有人见过这位绝代佳人，没有人听到过关于她的消息，也没有任何人找到她的踪迹。王后如此做法是因为她对所犯下的过错与罪行深感懊悔。

除了康沃尔依旧落在莫德雷德手中，其他的国土都回到了亚瑟王的统治之下。莫德雷德又漂洋过海集结军队企图东山再起。莫德雷德恳求那些痛恨亚瑟王统治的撒克逊人、丹麦人、挪威人、撒拉逊人和异教徒来帮助自己。莫德雷德像抓住救命稻草一般,许诺将他能给予的一切给予他们。

亚瑟王对于没能够报复莫德雷德忧愤交加,只要莫德雷德这个叛徒活着一天,他就一天得不到安宁。但是亚瑟王也深知莫德雷德在康沃尔的势力庞大,所以总是忧心忡忡。特别是当他派出的探子回报说莫德雷德势力又扩大了,亚瑟王便更是心急如焚。于是,亚瑟王派人前往亨伯河。他再次集结了大队人马,人数之众犹如天上繁星数不胜数。然后,亚瑟王便出发前往他认为能够找到莫德雷德的地方。他打算此番了结了这个背信弃义的叛徒的性命。而莫德雷德这次也没有打算退缩——他这次打算全力一搏,就算这一搏赌上了自己的性命,也好过东躲西藏地度日。

这次决战就在康沃尔的门户卡莫尔(Camel)展开。仇人相见分外眼红,双方都毫不手软。他们之间结怨太深,所以下手都格外残酷。一时间我也不知道究竟哪一方占了上风,我也不知道那天究竟哪方胜利哪方失败。没有人知道胜利者的名字,也没有人知道失败者的名字——一切仿佛都被遗忘,因为胜利者和失败者都死了。双方都死了太多人,整个战场到处都是双方将士的尸体,就连泥土都被阵亡将士的鲜血染成了深红色。经此一役,亚瑟王从各个属国召集和培养起来的那些年轻又英勇的骑士牺牲殆尽;在整个欧洲广受赞誉的圆桌骑士们血洒沙场。就在亚瑟王失去了他最英勇和忠诚的部下的同一日,莫德雷德和他的绝大部分手下也都战死了。

按照编年史的说法,亚瑟王自己也身受重伤,濒临死亡。于是他便去阿瓦隆疗伤,他现在还在阿瓦隆。不列颠人一直等待着他,因为他们相信亚瑟王会从阿瓦隆活着回来。

本书的作者瓦斯大师对于此事的结局,也没法比先知梅林知道得更多了。梅林说过,关于亚瑟王的结局——如果我读到的不错的话——谁也拿捏不准。梅林说的是正确的。人们怀疑,而且——正如我所相信的——将一直怀疑亚瑟王究竟是生是死。亚瑟王是公元642年被带到阿瓦隆岛去的,非常遗憾的是他没有留下子嗣,所以他将王位传给了他的近亲——康沃尔伯爵卡铎的儿子君士坦丁。亚瑟王将整个国土交给了他,命令他守护整个国家直到他归来为止。于是君士坦丁便执掌了整个国家,他一直遵循亚瑟王的教诲。但是,亚瑟王再也没有回来。

瓦 斯

杰弗里创作的故事从一开始就不断被解释和改编。在1147年到1151年间,诺曼人杰弗里·伽玛尔(Geoffrey Gaimar)用八音节对句写了一部鸿篇巨作,上起特洛伊战争之前的阿尔贡(Argonaut)[①],下至威廉·鲁夫斯(William Rufus)之死。非常遗憾,这部作品大部分都已散佚,现今仅存极少一部分。现存影响最深远也更具可读性的亚瑟王编年史,就是由瓦斯在两个杰弗里的作品基础上创作的。瓦斯大约于1100年出生在泽西岛(Jersey),先在巴黎上学,后来在卡昂(Caen)[②]担任教士,最后卒于贝叶城(Bayeux)[③]。他在亨利二世的赞助下创作了大量的诗歌和圣徒生平,包括他长而不冗的《鲁的传奇》(*Roman de Rou*)——一部诺曼人的诗体编年史,从罗洛(Rollo)建立公国开始一直写到十世纪初。在作品里,他通过吟游诗人塔里福(Taillifer)之口描绘出征服者威廉、查理曼、罗兰、奥利弗(Oliver)

---

① 希腊神话中随同伊阿宋乘亚尔古舟,去海外寻找金羊毛的英雄。

② 法国北部一座位于列·哈佛莱西南部的城市。是十六世纪和十七世纪胡格诺派教徒们的活动中心,也是征服者威廉下葬的地方。

③ 法国西北部靠近英吉利海峡的一个城镇。绣着诺曼征服英国历史场面(1066年)的著名的贝叶挂毯就保存在这里的一个展览馆中。

的伟大事迹，以及诺曼人进军英格兰时黑斯廷斯(Hastings)之战的情景。当瓦斯得知变幻无常的亨利国王让更年轻更受欢迎的贝努瓦·德·圣摩尔(Benoit de Saint-More)接下这个差事后，便停止了创作。在精疲力竭和心灰意冷中，瓦斯不久便撒手人寰。

但是在此之前二十年的全盛期，他的《布鲁图传奇》(*Roman de Brut*)，也叫作《布列塔尼人的故事》(*Geste des Bretons*)，已经广为流传。按照莱亚蒙的说法，瓦斯将这部作品献给了亨利的王后——阿基坦的埃莉诺。这部作品也是用八音节对句写成，成为杰弗里的僧侣散文体编年史与特鲁瓦的克雷蒂安的传奇以及后辈作家作品之间的桥梁。瓦斯率先描绘了圆桌的图景。瓦斯绝不是一个模仿者，他使杰弗里干巴巴的故事变得有血有肉。虽然他立足于精确的“事实”，但是他天马行空的想象力和充满激情的语言将一切图景描写得栩栩如生，仿佛他亲随神话般的亚瑟王征战四方一样。他经常用直接引语代替间接引语，仿佛朋友般地与他的读者通过问答形式交流。毫无疑问，正如他在后面所言，他如此频繁地听吟游诗人咏唱歌谣、说书人讲述故事，真相都隐藏在这些故事的装饰和符号之后。

英语文学里的亚瑟王传统很大程度上来自于瓦斯，因为莱亚蒙将瓦斯用诺曼法语写成的一万五千行的长诗用英语转写成三万两千行的头韵体诗歌，完全保留了瓦斯的故事。蒙默思的杰弗里拘泥于宗教形式的粗糙风格经由瓦斯之手转变成简洁和优雅的风格之后，又为马洛礼和斯宾塞的诗歌所用。

布鲁图

莱亚蒙 著

序诗

(vss. 1—67)

斯地有牧师，其名莱亚蒙。
李欧文纳氏，历代承恩荣；
生于恩里郡，[1]长成教廷中；
塞文河之上，毗邻为红岩；

---

[1] 今名为埃雷郡(Arley)或埃拉雷郡(Areley)，位于沃赛斯特(Worcester)北部。

河畔常沉思，读经意亦浓。[1]
一事萦其心，长思心怵惕，
斯事关英伦，历史诸详情。
吾辈何所来，先祖名为甚，
泱泱我英伦，谁最先成王。
洪水泛滥时，承蒙我主恩，
万物皆毁灭，义人得保全；
其为诺亚、闪，以及雅弗、含。
兼容四人妻，同存方舟中。
莱亚蒙远行，广寻于民间，
选定圣贤书，其自立典范。
其一英文书，圣比德所作。
其二拉丁书，圣艾本所作，
他洗礼英伦，如奥古斯丁。
随身书其三，并排置手旁，
法国牧师作，为学之范本；
作者名瓦斯，妙笔书传奇，
一腔诚挚献——尊贵埃莉诺，
至高无上王——亨利之王后。
以上此三书，莱亚蒙参详；
殚精竭思寻，主赐之荣耀。
手握鹅毛笔，书于羊皮纸；
郁郁思绪翩，字字珠玑落，
三书融会通，此书凝结成。

---

① 指其阅读祈祷书（service book），意为他背诵日课经文。

现今莱亚蒙，召集诸友祷：
我主之博爱，我主之荣耀，
谁将读此书，深明此中意，
此中真心语，他将齐颂扬，
其父气长存，因其生之恩，
其母气长存，因其养之恩，
其己气长存，为众之所恩。阿门。

狄安娜预言书

(vss. 1097—1252)

布鲁图[①]登舰，爱侬莨随行。
扬帆蓄势发，升桅欲起航，
波涌连折帆，海寒多天风。
重振十六番，始发二十舟，
满载有四舟，皆为风雷猛，
布鲁图所乘，武器最为精。
迅舟破浪急，希腊成远影；
白浪碧涛间，狂狷亦悠然。
两日又两夜，海天依一色，
波寒又一日，沉夜现孤岛。
岛名罗吉斯(Logice)，[②]荒凉无人烟，
无男亦无女，相待唯幽径。

---

① 主要是由于蒙默思的杰弗里的创作，布鲁图成为埃涅阿斯的后裔——传奇的不列颠创建者。在流放希腊的期间，他在特洛伊俘虏中领导了一场起义，他和他的追随者在被镇压后驾驶舰队离开。

② 现无法确定其地所在。

因遭匪类劫，岛民皆被屠，
旷野苍穹下，惨然不见民。
猛兽自逍遥，俨然岛中灵，
特洛伊勇士，腾跃若流星，
叱咤猛兽间，挥洒自若取；
意酣方归来，满载脍炙醢。
驰骋荒岛间，觅得昔日城，
墙似摇摇坠，殿亦岌岌废。
独存一庙宇，大理石建成，
堂皇显荣耀，妖孽曾据之。
殿内异教像，绝世美人形，
绵绵杨柳姿，淡淡梨花香，
名为狄安娜，魔鬼难抵挡。
众森林女王，光华照四方；
据异教律令，伊为耀世神。
英武奇巧君，最得伊欢心；
欲取心所向，必先使其知，
待君入梦乡，潜入留新妆。
此时此岛中，静待君留停，
只要恋娇容，便为恶魔从。
布鲁图知晓，因其流传广，
早先经此岛，必先明律令；
所选十二者，皆为最博通，
还有一神父，名为杰里昂；
异教盛行时，就已居高堂。
杰里昂首冲，布鲁图其后，

十二义胆士，殿内形影随，
其余诸勇士，殿外严阵待。
手握赤金盘，足下谨慎行，
盘中所盛物，美酒和鲜乳；
鲜乳源白鹿，白鹿卧血泊。
缓缓登神坛，熊熊火焰燃；
久久绕神坛，默默许心愿；
声声唤女神，伊为心所系；
句句皆肺腑，谦谦求神力。
虔诚又恳切，久久吻神坛；
倾乳入火种，恭敬祷告言：
“万能狄安娜，助吾之所需，
用尔之智慧，指吾之航线，
吾与吾之民，无论到何方，
但求一乐土，吾民能安居，
尔若偿吾愿，使吾等乐业，
吾必以尔名，立盛大庙堂，
恭虔奉养之，绝无违背心。”
布鲁图言毕，立刻就动身，
取来白鹿皮，来自后腿上，
铺于神坛前，犹如自家衾；
屈膝鹿皮上，径自倒头卧，
方始有睡意，转眼入梦乡。
昏昏神殿前，恍然似梦中，
神女狄安娜，轻拥布鲁图，
盈盈浅笑兮，柔柔许诺之，

纤纤白素手，轻轻抚上头，
梦里呢喃语，细细来道明：
“越过法兰西，乐土就在西，
四周环碧海，尔等可欢喜。
雁飞鱼跃兮，鹿兔多肥鲜，
林广水美兮，乃世外桃源。
此处遍膏腴，春暖万物苏；
乐土地广袤，名为奥比宏(Albion)[1]，
巨神矫矫居，尚无凡人渡。
尔等据乐土，再建特洛伊；
桂子恢先绪，兰孙振家声，
腾芳贵为王，龙飞奥比宏，
仁德王天下，黎民享盛世。”

伦敦城之建立

(vss. 1985—2060)

布氏据英土，科氏居康沃。[2]
布氏与诸友，君臣亦情义；
胶漆相投契，不忍远别离。
科氏进谏言，布氏分封地，
布氏之居所，诸友最中意。
事事遂人愿，吉壤百业兴；

---

① 奥比宏为英国古称，在诗歌中仍经常使用。

② 科氏即“科林诺斯”(Corineus)，衍生出“科林尼”(Corince)这一地名，后又演变为“康沃尔”(Cornwall)，该地位于英国西南部。

寒暑几易间，黎首瓜瓞盛；
百姓感恩典，欢欣歌德政。
布氏思乐善，环视其下辖：
连峰临巨川，巍峨随云去；
两岸草色碧，缥缈远天际；
翠色落波深，群鱼流洑间；
野鹿林中戏，禽鸟花间鸣；
白日照绿草，茂林自欢笑；
果树花灼灼，嘉禾叶沃沃；
处处心所系，布氏遍登览。
忽思特洛伊，昔日伤心地，
凭高远登览，直下见全景；
清幽溪流上，终觅一佳所；
布氏亲躬耕，繁华市镇起，
村舍与会堂，石砖砌高墙。
此城一建成，四野生光辉。
美轮美奂城，须有美名匹，
布氏许以名：新特洛伊城。
此名示子孙：吾族何所来。
经年又累月，世事多变迁，
城名亦流变，更为泰诺旺（Trinovant），
寒来暑往间，风霜摧新城。
布氏宗藩中，尊贤再龙飞，
人中之骐骥，其名是路德（Lud）。
族人崇路德，路德慕故城；
克继大统后，故城冠己名，

新名寓新意，旧城焕荣光。
纶言告天下，新城名伦定(Lundin)。
此后英国人，皆称其伦登(Lundene)；
随后法国人，征伐得大宝，
因习音含混，终定名伦敦(Lundres)。

李尔和他的女儿们[1]

(vss. 2902—3778)

布拉杜(Bladud)独子，其名曰李尔(Leir)；
父崩位传子，李尔承神器，
天命攸归兮，在位六十载。
巧同造化功，都城裕且足，
其情弥足贵，以李尔之名，
冠以统辖城：卡伊尔李尔(Kaerleir)，
换以当今语，曰李尔之城[2](Leirchester)。
遥远往昔日，此城已显名，
可叹时境迁，王气黯然收，
萧瑟摧城池，百姓遭涂炭。

李尔得天命，在位六十年。
与尊荣王后，育得三公主，
无子立青宫，难免长喟叹——

---

① 李尔的故事很可能系杰弗里杜撰。

② Leirchester 等于 Leicester。“Lei”意为“李尔的”，“cester”意为“城堡”，“Leicester”由以上两个拉丁语词汇组成，意为“李尔之城”。

膝下三娇女，如何承大统。
长女高娜娅(Gornoille)，次女是丽高(Regau)，
幼女考铎雅(Cordoille)，闭月羞花容，[①]
蕙心兰质兮，扇枕又温席。

李尔年事高，老迈精力减，
不独创业难，守成亦不易，
常思百年后，大任择谁担，
平生皆可言，功过任评判：
“国土将三分，赠予吾三女，
吾忠顺万民，亦吾之赏赐，
待明辨铨衡，谁为吾挚友，
才将担大任，得吾富庶地。”
如此既思定，即投袂而起。
先唤高娜娅，长女笑嫣然，
仪态盈万方，阶下拜父王。
老父居高位，声声问此女：
“请以由衷言，话与为父听，
吾视尔甚珍，汝视余若何？
吾重有几分，汝权执几分。”
高娜娅此女，恰如市井徒，
巧伪趋利兮，虚嘴掠舌言：
“吾祈祷上苍，赐福于父王，
太阳神可鉴，吾对陛下情，

① 此处李尔三女名字与杰弗里版本不同，英文原文如此，故保留不同译名。

胜世间万物，非言语所及，
定要一语蔽，胜过吾生命，
句句皆肺腑，但乞父王听。”
龙钟复浑噩，李尔易偏信：
“吾郑重宣告，尔乃吾至亲，
美言称吾心，投桃报以李。
为父因年迈，体力日渐衰，
尔若能爱吾，胜世间万物，
三分之国土，政权及财富，
尔将得最佳，因汝爱最深；
吾必竭心力，觅乘龙快婿，
名门与望族，贵胄中翘楚。”

李尔言毕，转而问次女：
“吾之爱丽高，汝有何所言？
请对诸将言，汝爱余几分？”
丽高性诡奸，慎思始应答：
“世间之万物，吾不以为意，
女儿之性命，未若父之足。”
两女口雌黄，天花乱坠言，
欺天诳地谎，蛊惑父王心。
幼女心头肉，李尔转向伊：
“吾将赐予尔，国土之第三，
汝亦凭心意，自选东床婿。”

李尔期谄媚，铸错便难免，

喝令考铎雅，上前来应答。
考铎雅最幼，聪慧却居首，
李尔宠爱伊，远胜长次女。
二姊弥天谎，句句犹在耳。
郑声乱雅乐，利口覆邦家；
幼女据实言，不畏逆龙鳞。
昏聩如影随——耄耋李尔道：
“吾为今之愿，乃亲听汝言，
以日神为证，诉情之深浅。”
父声高智昏，女顽皮轻笑，
面对慈爱父，考铎雅应答：
“父女乃至亲，情切无饰掩；
爱父自本心，骨肉心相连。
承蒙父恩典，女直言不讳：
普天皆王土，因君无上权，
四海皆王臣，万民方拥戴；
他日权势散，情意化云烟。”
考铎雅端坐，恪尽子臣责。
忠言常逆耳，再添眼昏花，
王大失所望，怒气难遮掩。
长女口悬河，次女舌灿花，
幼女无赞语，顿觉无颜面，
勃然变色兮，如乌云蔽日；
声色俱厉兮，因五内俱崩。
眦裂发上指，已人事不省。
幼女心如焚，幸王终复醒。

昏聩心窍迷，口中出祸患：
“听着，考铎雅，且听吾分赏，
幼女考铎雅，昔日掌中珠，
今日最憎恶，不配得国土；
长女和次女，两分吾疆域。
尔既守忠实，赤贫伴尔居，
今日亲缘断，父女恩义绝；
吾当尔已逝，即刻眼前除。
汝辈幸有三，有二足慰吾。
高娜娅嫁与，康沃尔公爵，
丽高亦嫁与，苏格兰国王；
权财与国土，皆宗女宗婿。”
王分土授国，悉悉如前诉。

自从别离后，小雅长叹息，
父王震怒容，历历犹在目。
怅惘双泪垂，独退守闺房，
虽失宠缘由，不曲意承欢；
亲缘恩义断，难免常愧赧。
苦痛无处诉，忧思摧心肝，
痛定思进取，卧薪兮尝胆，
守得云开时，上苍可见怜。

法兰西国王，名阿格尼普(Aganippus)；
英雄之后裔，富贵之仁君；
年富兮力强，鸾只兮凤单。

遣使不列颠，拜见李尔，
致诚挚问候，结秦晋之好。
来意既已明，乞赐考铎雅，
立伊为王后，与王享荣华，
乃金玉良缘，亦珍爱无双。
考铎雅声名，漂洋过海传，
法兰西国王，慕品貌双全，
既仙姿玉容，亦朝阳鸣凤——
坚忍之美德，使如沐春风——
遍寻不列颠，唯有考铎雅。
法王遣信使，二度拜英王：
李尔心忖度，法王意欲何？
求婚之回复，言辞细推敲，
书简付使者，早抵法兰西。
信札未明处，唯今再公宣：
“吾名乃李尔，不列颠国王，
喜迎阿格君，法兰西国王，
臣民颂仁德，贵廷呈瑞霭，
鸿雁传书去，君未复鸾笺。
君意吾已明，吾令书中行，
不列颠疆土，吾一分为二，
赐长女次女，皆膝下承欢。
吾还有幼女，吾心已遗弃；
此女恃宠骄，视吾如草芥，
忤逆不孝女，令吾失颜面。
老朽五内伤，逆子祸患降。

富庶之国土，顺良之臣民，
吾拥之江山，伊本手中攥，
今一无所有，吾告汝实言。
若汝心意坚——愿凤凰于飞——
尔等可比翼，渡海扬风帆，
除却身上衫，再无陪嫁奁。
如若君不弃，携伊法兰西；
言尽已至此，君决当果敢。”
此令越海山，送抵法王前，
王令众臣听，字句详参探。
众觉英王昏，偏喜巧言语，
遭奸佞蒙蔽，才将幼女弃。
深恩厚爱失，馨香唯明德，
法王增怜惜，正语示群臣：
“吾富甲天下，钱财若粪土，
不能让英王，昏庸锢德贤，
考铎雅公主，吾属意王后。
其父拥厚土，金银宝玉满；
吾取人所弃——富贵尊荣全——
但求考铎雅，以偿吾夙愿。”
纶言付纸笔，再度越海山，
恳请李尔，赐婚考铎雅，
迎娶之礼仪，举国之庆典。
英王无异议，欣然送幼女，
尊贵三公主，嫁资唯衣衫；
海阔风浪险，父心玄铁寒。

阿格尼普王，欣然迎新娘；
举国齐欢庆，小雅居椒房。
去国来他邦，倾情待黎元。

其父李尔，颐养在家乡，
两女已分享，国土与王权，
妙龄高娜娅，苏格兰王后
（王名玛古拉，财阜甲一方）；
康沃尔公爵，娶次女丽高。

好景难久长，祸患非天降。
苏格兰国王，康沃尔公爵，
私下相磋商，合力定方策：
成婚之佳偶，各自归故乡，
分掌其所辖，轮流侍奉王。
李尔有生年，四十骑士伴；
天光好狩猎，左右有鹰犬；
风和宜驰骋，四野遍苍生；
脱卸凡尘事，日日极乐享。
一诺本千金，竖子轻道义；
失足千古恨，皆因是非颠。

李尔即启程，旋抵苏格兰，
有乘龙快婿，有心爱长女。
贤女与贤婿，待君如上宾，

美轮美奂屋，奴仆四十足，
良马并猎犬，李尔享当然。

好景难久长，祸患非天降。
未雨先绸缪，长女细思量：
老父无逊让，行意两乖张。
以怨报父德，情利诱夫婿，
卧榻缠绵间，梨花春带雨：
“与君同心结，寤寐不曾忘，
现今忧父王，已迟暮之年；
性刚愎自用，行蒙头转向；
恐尽孝之举，即招致祸患。
四十骁武弁，朝夕伴父王；
领主及乡绅，皆为其拥趸，
鹰隼与猎犬，甚嚣且尘上；
所花费不赀，且无丝毫利。
吾辈煞费心，思冬温夏清，
父以王之姿，欣然受不觉；
暴躁施拳脚，任性恶语向。
父王之近周，无用者甚众：
四分之一士，应立即解散；
三十已足矣，膳宿亦捷便；
宫中有御厨，巧手制馐膳；
持杯奉盘者，为数不在少；
赐些伴君父，归处任其选。
整日悬心胆，妾身难承担。”

国王玛古拉，静听王后言；
王轩昂回视，正色以应答：
“贤妻恐过虑，举国尔执政；
父王风残年，应享福尽欢。
如此对父王，必有消息传，
倘若连襟知，定招致不满。
且纵使父王，手下随心愿；
但听为夫言，父日落西山，
吾辈手中握，富饶国一半。”
高娜娅亦言：“君且静守待，
请遂妾身愿，一举定乾坤。”
背信弃义函，送骑士行馆，
明令断供养，请君自行离——
众多之乡绅，众多之领主，
李尔行馆中，正把酒言欢。
平地响惊雷，怒从心头起，
哀向肺腑生，李尔诉感言：
“昔日之君王，享安富尊荣，
一朝传于子，今日之苦汉；
岂安之若命，俟嗟来之食；
即刻离竖子，启程去康沃。
有爱女丽高，有佳婿公爵，
齐心共商议，享万顷良田。”

王既心意决，启程奔南疆，
思次女丽高，定不负慈父。

俟王抵康沃，佳偶礼数全，
此后半余载，与士享乐安。
福宁难两全，丽高生不满：
“妾身知心语，请君侧耳听，
迎父养天年，恐不智之举，
随从三十士，妾身难承担，
酒囊毗饭袋，尽皆樗栎材；
十名已足矣，二十当解散。”
背恩忘泰山，公爵转而言：
“只要吾身存，泰山留五士；
随从虽无用，泰山可保全。
泰山定称意，吾等即敦促。”

伉俪行诸事，恰如先前议：
夫妇去家奴，及忠诚随行；
所留之骑十，绝不超五人。
李尔收眼底，苦愁伴余生，
忧思下眉头，苦痛上心头，
悔忧意绵绵，苦恨语喃喃：
“呜呼，财富哉，见余屡遭弃！
世人崇信甚，尔背叛世人。
一切犹昨日，不足两载前，
余为富足王，坐拥万甲兵；
今日须忍耐，独坐无人省，
孤寂冷愁肠，对空泪垂流！
曾与高娜娅，吾心爱长女，

共居苏格兰，三十骑士伴。
本可长居住，余扬长而去。
余期待康沃，实每况愈下。
再返苏格兰，投奔高娜娅，
伊定不拒绝，余乞其悯怜，
乞长女能容，老身与五士。
余将忍冷落，独守惆怅终，
时日已无多，无须费思量。”

王既心意决，启程返北疆，
整整三昼夜，王、士得招待，
伊在第四日，以神权起誓：
若在苏格兰，不得留骑士。
李尔若不从，请离去他乡。
王虽常凄凄，此刻最悲怆。
煎心又流泪，李尔悲中诉：
“呜呼，死亡哉，吾不容尔叱！
今日方醒悟，考铎雅言实，
吾最年幼女，昔日掌中珠，
因肺腑之言，沦落如草芥，
今一无所有，蒙弃遭怒怨，
余再无机缘，重掌昔日权。
诚心语小雅，娉容且智深。
昔日拥疆土，得万民爱戴；
因土地财富，文臣武将伏。
今日孤老翁，无人问寒暖。

小雅曾劝诫，当下方领悟，
高娜娅、丽高，巧言弥天谎，
言吾之珍贵，远甚其性命；
幼女考铎雅，言爱为责任，
爱父自本心，骨肉心相连。
浑噩易偏听，为何未再问？
吾将觅小雅，即刻越海去，
听听吾小雅，何为伊所愿；
责其真切词，令我今羞愧；
年时弃小雅，今朝乞重逢；
伊若无怜惜，境遇不若此。”

李尔越海去，孤身一士伴，
登舰四顾盼，相识无一人。
波涌扬帆去，抵港转瞬间；
在位拥者众，今昔随者独，
思女心如焚，疾行若帛举。
路人遥相指，王后之椒房。
李尔至殿外，休憩在阶前，
嘱上求觐见——此士气宇轩——
士得见王后，乞退四下禀：
“尊贵之陛下，吾乃主上属。
陛下之父王，今已无他处；
陛下之姊妹，背恩忘盟约。
主上奔陛下，实属临危难，
乞君鼎力助，念父弃前嫌。”

王后考铎雅，长坐默无声；
但见怒火燃，粉面色如醇。
士伏其足下，虔心祈回转。
听士一席语，小雅吐真言：
“诚心谢上苍，父女得重逢。
君呈父王事，但觉分外珍。
父王为上宾，除若吾卒先。
君但言无妨，但请听吾令。
今朝吾予君，满满一钱袋，
此为金百两，足有一百镑。
吾将赠宝马，举世难匹敌，
请君载此礼，返献与父王。
吾思与吾念，盼君能面呈。
请君代转传：速速入都城；
市井觅琼楼，父王且暂居；
烦代侍君父，竭力偿其愿：
珍味与琼浆，珠翠与锦衣，
雄鹰与猎犬，宝马与香车；
四十骁武弁，玉宇朝夕伴，
紫袍戴玉冠，名门气宇轩。
使父卧高床，侍奉常沐浴，
间或活筋骨，早日复威仪。
所需之金银，吾将源源供，
父王之享给，皆从此处送。
一事须谨记：旧事不可提，
无论是领主，随从或武弁。

请父王静养，四十日之后，
传书于吾夫，李尔抵其境，
跨山越海来，一睹法兰西；
但将此鱼雁，呈献于法王。
吾将扮莫名，全然不知情，
方可与法王，急急齐相迎，
闻父之足音，跫然而喜焉。
无人知今日，唯晓父初临。
但取金银去，君当可倚重，
用度如吾言，汝德自彰显。”

士取赀与礼，风驰返主公，
面呈李尔，小雅之叮嘱，
李尔仆于田，正憩泥土间。
闻言复为王，春风复满面；
激荡难掩抑，情切吐真言：
“天不负苦心，否极泰终来。”
启程入都城，皆从伊安排，
谨言又慎行，恰如伊叮咛。
悲欢逐逝波，转眼四十天，
骁武弁相伴，李尔威严显，
欲会三女婿，阿格尼普王。
便遣信使报，已至法兰西，
思女心犹切，盼与之畅谈。

得知李尔至，法王笑辗然。

起身来相迎，众臣与领主，
王后考铎雅，更遂李尔愿。
家人重相聚，亲吻常相拥。
同行返都城，欢喜不自胜。
喇叭歌嘹亮，玉笛从旁伴，
宫殿比如栉，环挂皆紫幔，
宫中餐桌椅，屹立为黄金。
人人手中环，熠熠真金闪。
伶人清音绕，提、竖琴声翩。
阿格尼普王，令人登宫墙，
朗声诏众臣，李尔驾临：
“阿格尼普王，法兰西至尊，
东床与泰山，人伦不可乱；
法兰西举国，皆应尊李尔。
唯愿泰山留，膝下承欢久，
阿格尼普王，甘愿为臣下。
贤孝须恪守，天下方太平，
如若违孝道，势必遭天谴。
王将示臣下，立其为国法。”
臣下应法王：“余与举国民，
天地以为证，诸事遂王愿。”
同享天伦乐，春秋转瞬间，
鼓瑟兼鼓琴，笙磬犹同音。

一载似水流，乡愁涌心头，
李尔思故土，请辞法兰西。

阿格尼普王，审时度势答：
“强将与良兵，泰山制胜宝，
吾国军士足，可供泰山遣，
五百风雷舰，千军与万马，
理应为护驾，此行保泰山。
泰山至亲女，王后考铎雅，
亦应领重兵，尽孝保父驾。
泱泱不列颠，泰山本为王；
不孝宵小徒，厚颜夺尔权，
狼心占国土，一旦遇庆父[①]，
可复当年勇，力战败祸首；
逐其至天涯，泰山复荣耀，
他朝别离日，国土付小雅。”
听闻东床言，李尔表许赞；
诚挚付与行，东床所言教。
随行有爱女，昂然返故土。
不战受降者，面面得保全，
负隅顽抗者，个个被击破。
李尔重掌，泱泱不列颠，
随即赠小雅，法兰西王后。
此后不列颠，长久享德政。
李尔在故土，三载乐天伦，
大限终降临，泰山其颓乎。

---

① 原文为“他们”，指代夺走李尔位的女儿女婿们，此处译者化用《左传·闵公元年》“不去庆父，鲁难未已”语以指代他们。

小雅应其愿，葬于李尔城，
双面神庙宇，恰如书中言。

小雅得大宝，修齐治天下，
足足有五载，小雅为女王。
岂料小雅夫，溘先于朝露，
噩耗越海来，小雅孤无援。
坏事传千里，苏格兰国王，
得知法王故，小雅失后盾。
挥军长驱入，直达康沃尔，
公爵为朋比，南方连滋扰；
他则驻北方，恣意兴风浪。
豺狼无廉耻，失亲肝肠断，
小雅得民心，本应王天下，
传位有顺序，本无更优者，
大姐与二姐，利欲令智昏。
“孰不可忍也！国土属吾辈！”
断然兴战火，百姓遭涂炭，
其子亦学样，四处募军队。
其名为摩根(Morgan)，和丘恩达基(Cunedagius)。
时时集军士，处处开战场；
今朝占上风，他朝处下风，
兵戎一相见，转合终有时。
兵士血成河，考铎雅被俘，
身陷于囹圄，惨遭刑罚锢。
外甥失天良，罔顾血脉连，

恣意激小雅,使伊怒难当,
觅得一长剑,自绝于狱中。
考铎雅之死,证人心之险。

亚瑟王诞生

(vss. 19246—19269)

有国王尤瑟,椒房伊歌茵(Ygerne)[①]。
未遇尤瑟时,伊为公爵妻,
梅林施巧计,尤瑟偿夙愿。
天赐此机缘,亚瑟便得诞。
亚瑟一临世,仙子纷赐礼[②]。
以魔法之力,赐其强健体:
其骁勇善战,冠盖众骑士;
第二份贺礼,保其为圣主;
第三份贺礼,死亡亦延期。
此天潢贵胄,美德兼正义,
万物之灵中,为其最无私。
众仙齐祝愿,亚瑟就此兴。

贝东之战[③]

(vss. 21111—21456)

忽有消息降,传至亚瑟王,

---

① 此处尤瑟王之王后名与前文不同,英文原文如此,故保留。

② 瓦斯在作品中并未提及仙女以及她们的恩赐。莱亚蒙很有可能是直接从布列塔尼的吟游诗人口中,或者间接从他们的作品中继承了这个传统。

③ 大约公元500年,不列颠人的确在叫贝东山的地方大败撒克逊人,然而贝东山的位置至今未明,虽然亚瑟王极有可能参战,但仍然是不可考的。所有的场景皆为虚构。

亲人豪威尔(Howell),染疾克鲁德(Clud)。[1]
心虽如火焚,身却须离去。
戎马倥偬兮,时不予我待,
挥军达贝东,策马至田间。
亚瑟锐难当,以勇策三军,
威武众将士,铠甲显飒爽,
亚瑟定策略,一军分五路。
形势细参详,诸事心中装,
亚瑟披战甲,战甲为精钢,
精灵铁匠造,技艺实奇巧;
战甲名威伽(Wigar),造者奇术士。
亚瑟着护裤,剑鞘其中藏。
断钢王者剑,佩戴在身旁;
此剑非凡物,出自阿瓦隆。
亚瑟之冠冕,上等精钢盔;
珠玑与宝石,黄金环绕饰。
此冠显贵权,曾属尤瑟王;
名为白鹅冠,实非比寻常。
亚瑟颈以下,珍贵盾牌挡;
若问此盾名,为普利德温(Pridwen)。
此盾红金上,铭刻显图形,
其形犹可亲,恰如慈母庞。
亚瑟手持矛,此矛名为荣(Ron)。
全军整装发,亚瑟跃上马。

---

① 即克莱德河(Clyde)畔的邓巴顿(Dumbarton)。

众军拥亚瑟，紧随其身后，
中有诸良将，曾为人中龙，
心悦服亚瑟，骁勇冠群雄，
高贵与圣明，亚瑟烁古往。

整装齐待发，亚瑟鞠师旅：
“兹有化外蛮，叨扰我塞边，
戮我族首领，劫我族粮草；
外蛮占国土，吾民不得宁。
吾辈征外蛮，搏杀不畏险，
为吾族吾国，抱怨以雪耻，
当日家国恨，今日以血换，
蛮族踏浪来，登达特茅斯(Dartmouth)。
背信弃义徒，怎期友朋援？
有吾主之佑，蛮族败已然。
策马扬起鞭，齐心勇往前，
心正无所惧，妖魔亦逃窜。
一与敌军遇，余将一马先，
杀入敌群间，拼力开前战。
诸君请随余，纵横于沙场，
吾辈此一生，言出必一行，
以吾主之佑，誓驱除外蛮。”
尊荣亚瑟王，扬鞭一马先，
驰骋于原野，贝东在眼前。

查尔德里克，亦有拔山力，

听闻亚瑟至，兵车粮卒精。
其携诸猛将，纵身上良骥，
紧握手中兵，自知难匹敌。
遥见亚瑟王，昂然器宇轩，
麾下一伯爵，起身忙迎战，
七百骑士足，整军严阵待。
伯爵博雷尔，身为士卒先，
亚瑟策马奔，英武冠三军。
手执荣之矛，一马勇当先；
亚瑟志之矢，恰如矛之坚。
马驰如电掣，地响若雷鸣。
盾牌横于胸，怒火胸中燃。
矛刺博雷尔，一击穿其胸，
当下其心裂。亚瑟即高呼：
“其终得其命，幸我主庇佑，
以及我圣母，使我主降临！”
圣明之君王，亚瑟再高呼：
“此刻恰逢时，一击雪前耻！”
军士风扫云，邪终不胜正。
斧钺与刀剑，样样显神通。
蛮夷之军队，死伤足两千，
亚瑟之军队，未有一卒损。
撒克逊将士，死伤最惨重，
其支阿勒曼(Almain)[1]，惨烈尤为甚。

① 即日耳曼。

亚瑟以其剑，替天行决判；
王者之剑下，绝无生者还。
亚瑟怒难平，暴戾目中现，
山毛榉林中，诸事扰心神。
查尔德里克，见状便折回，
转至埃文(Avon)河，以期得自保。
亚瑟挥军追，犹如下山虎，
穷寇陷河中，死伤又难免。
两千五百人，永沉于河底。
埃文河流上，忽有桥梁现，
一千五军士，随其主脱险，
查氏欲远行，跨洋越海去。
王见考格林(Colgrim)，正越岭翻山，
转入一小山，恰位于贝东；
鲍杜夫(Baldulf)紧随，携军士七千，
意欲占此山，设障凭天险，
兵器手中攥，誓与亚瑟战。

圣明之君王，亚瑟忽然觉，
山头一人立，俨然考格林。
亚瑟热血沸，振臂高声呼：
“众将听我言，朝此山进发！
昨日考格林，尚似笼中虎，
今日躲山间，畏缩似羔羊。
高居此山巅，尚闻号角惊，
岂知有野狼，潜近悄无音。

此狼无同伴，孤身何所惧，
山谷为羊圈，羔羊有五百，
此狼入羊群，将羔羊尽啖。
吾辈今齐心，铲除考格林。
饿狼食羔羊，考氏命已定。”
圣明之君王，亚瑟再豪言：
“昨日鲍杜夫，冲锋又陷阵，
今日立山头，眺望埃文河。
鲍杜夫情势，恰如水中鱼！
吾辈今齐心，一举破敌营！
敌军之盾牌，区区金鳞闪；
敌军之长矛，孱弱如鱼鳍。
敌军入斯地，天赐之良机，
犹山中困兽，若罟中游鱼！
昔日为皇帝，乃万王之王；
今日成猎户，相随唯号角；
徜徉广袤原，声气唯猎犬。
围猎之场地，仅限于贝东。
鹿群猎尽时，便是敌亡日。
直捣黄龙时，杀片甲不留。
大战酣畅休，举酒同狂欢。”

亚瑟语激昂，行慨当以慷，
普利德温盾，高举过胸膛，
虎臂揽长矛，豹跃上战马。
疾雷未掩耳，迅电未瞑目，

二万五千士，紧随亚瑟王。
义军讨群凶，锐气难抵挡，
奋勇甘登攀，会盟于山冈，
全军合力齐，发扬兮蹈厉，
考氏据高地，易守却难攻。
方攻第一轮，五百已戕亡。
圣明之君王，亚瑟见此景，
怒从心头起，雄气贯牛斗，
明君亚瑟，声宏响云霄：
“诸君勿自怜，志须在千里，
仇敌占高冈，安得保家乡？
戎马不解鞍，一击令敌伤！”
亚瑟提剑刺，正中蛮族将，
宝剑显神威，随心任收放。
亚瑟再挥剑，直向其弟兄，
手起剑落间，头随盔落地。
亚瑟第二剑，一敌劈两半。
将士情鼎沸，如鹘入鸦群，
撒克逊蛮族，屡屡遭重创，
长矛与利剑，愈战愈显强。
撒克逊蛮族，终遭颓败时，
同袍与同泽，化作泥与土，
盈千累万士，什伍东西陈。
考格林眼见，亚瑟径直来，
自知命绝矣，四下无处逃。
兄弟鲍杜夫，并肩同作战。

但闻亚瑟王，咆哮若洪钟：
“考氏，吾来也，志光复河山。
虽非尔之愿，吾必复河山。”
口中言语疾，右手亦不慢，
宝剑凌空舞，下坠势如虹，
正中考氏盔，登时从中散；
始为面之罩，终为其胸膛。
左手不曾闲，拦截鲍杜夫，
电光火石间，头已为剑斩。

圣明之君王，亚瑟仰天笑，
喜悦上眉梢，谈说风生颊：
“可叹考格林，攀高何畏险！
兄弟鲍杜夫，横尸于尔畔。
吾大好河山，尔曾雄踞之，
吾携万千勇，浴血河谷间。
尔占绝顶峰，自恃无人及，
昔日近天堂，今朝入地狱！
无须愁寂寞，随处遇故知，
有亨吉斯特，此君最滑奸，
艾比萨(Ebissa)、欧萨(Ossa)、欧克塔 (Octa)，诸君；
常伴君之侧，春夏复秋冬。
上苍保吾民，此地得安居，
尔虽多不义，愿灵魂安息，
尸骨得安宁，长眠于贝东。”

圆桌会议[1]

(vss. 22737—22996)

恰逢圣诞节(Yule Day),亚瑟驻伦敦。
万民心景仰,各处纷沓至,
不列颠全岛,爱尔兰、冰岛,
但凡亚瑟辖,处处皆感恩,
上至诸侯王,下至乡村郎。
但见七王子,与七百骑士,
及辖下之民,紧随亚瑟后。
人人难自已,自豪满心间,
心潮澎湃余,自觉高人等。
他处之民众,难免生妒忌:
一方气昂扬,他方焰更张。

骑士吹号角,号声传席间;
金钵盛清水,清水列会场;
会者着盛装,皆为白蚕桑。
亚瑟临宝座,身旁薇艾娜(Wenhaver)[2];
伯爵先入席,贵族再就座;
最后为骑士,仪礼显肃庄。
天潢与贵胄,雕蚶镂蛤厌,

① 蒙默思的杰弗里并未在作品里提及圆桌会议。瓦斯也只是简要地提到说布列塔尼传说中大量涉及圆桌会议。显然莱亚蒙只是对布列塔尼传说进行了重述。

② 即桂妮薇(Guinevere)。

率先入圆桌，其次诸武将，
再次诸乡绅，再后为乡民，
最后为脚夫，席地坐面君。
朝臣失仪礼，痴嗔怒怨癫。
最先掷娄芙(loaves)[1]，乐此中不疲，
然后掷银杯，罔顾杯中酿；
酒酣后耳热，拳脚便相向。
青年一跃起，来自温尼兰(Winetland)[2]；
其今在伦敦，乃为一人质；
其父茹玛雷(Rumaret)，温尼(Winet)[3]之国王；
若初生牛犊，向亚瑟直言：
“亚瑟王陛下，速速回宫墙，
与王后陛下，及王室宗亲，
吾等竭心力，必将外裔攘。”
音尚未落地，已投袂而起，
国王御座前，刀剑闪寒光。
一跃取三剑，虎啸剑生风，
最先喧闹者，被刺中颈项，
疾风扫秋叶，头颅滚落地。
再兔起凫举，剑斩其弟兄；
刀光剑影后，七人已命丧。
此举掀惊涛，肉薄骨并拔，

---

① 很可能是种食物，将面包切成片以夹住肉类。
② 也就是格温内思郡(Gwynedd)，位于威尔士西北部。
③ 同上。

骨肉齐横飞，血战染玄黄。

亚瑟闻惨剧，亟亟出宫墙，
随携百骑士，头盔铠甲装；
人人手中执，雪白钢铁杖。
列队呼亚瑟，圣明之君主：
“诸君皆遭难，入座即入座，
胆敢不回座，即刻遭惩处。
挑起事端者，带至吾面前，
柳条缚其项，拖行至旷野，
投其入沼泽，任由卧其上。
以及其宗族，但凡可觅得，
尽管挥尔剑，砍斩断头颅。
宗族之女眷，须觅其嫡亲，
剜去其鼻子，使其美貌伤；
吾决意使其，全族就此亡。
在此郑重宣，自从今日始，
但凡吾治下，不得攀比竞，
高低贵贱分，祸乱起萧墙。
吾已心意决，必诛此罪魁，
金银与兵马，赎买皆为枉。
此等背国者，当五马分尸。
带回其残骸，吾将对天誓；
以及众将士，吾等共袍泽，
还有诸显贵，同誓永不违。”
圣明之君主，亚瑟率先誓；

其后为伯爵，然后为武将；
然后为乡绅，再后为乡民。
对天共盟誓，永不挑纷争。
含泪殓逝者，入土享永宁。
礼毕奏号角，乐音再度响。
欣然或勉强，皆沐浴更衣；
重新各入座，围坐显安详。
皆敬畏亚瑟，圣明之君主。
席间觥筹交，乐师从旁唱，
竖琴音轻绕，但见幸福翔。
自此同欢乐，足足七夜长。

据传由此后，国王去康沃；
觐见者甚众，有一奇巧匠，
亦求请得诏，彬彬致敬道：
“向陛下致敬，圣明之君主，
吾为君之民，曾周游四方。
亦精通木工，神奇装置强。
吾在海上行，听闻陛下事，
陛下之军士，不善甲板战，
仲冬之时节，众士纷落水，
彼时寒气重，此举必命丧。
因其出身高，无人愿端坐。①
草民为陛下，设计一机关，

---

① 很明显，坐到战事结束被认为是耻辱。

供军队稳坐，可容千六余，
连续战不休，无人始终坐，
无论其内外，人人膀靠膀[1]。
每每御驾征，请携此机关。
陛下随心意，调整所处向。
此后无所惧，放眼各国邦。
再无桀骜者，胆敢忤龙颜；
只因此机关，平等无将王。
唯乞赐良木，早为陛下忙。”
仅仅四星期，大功便告成。
择黄道吉日，君臣聚一堂；
圣明亚瑟王，径直入圆桌，
召集众骑士，一一入其座。
君臣皆入座，共享盘中餐，
席间笑语欢，彼此若兄弟。
团坐抱成环，无人形只单；
无论其世系，皆各得其所；
齐心更协力，无论士或将；
同坐于此桌，无人以己荣，
夸耀杯中酿，胜过其袍泽。

圆桌骑士汇，英国人(Britons)[2]夸耀，

---

① 显然这个桌子是一个中空的环状，环形内外都有座位。

② 这处“Britons”译自瓦斯的布列塔尼人(Bretons)，很可能指的是欧洲大陆人，而不是指居于威尔士的古代凯尔特人的后裔，。

众多不实传，关于亚瑟王。
正心修身难，人总有所爱；
亲爱而僻焉，进而言失实，
尺水成丈波，崇拜生传奇；
孚尹旁达兮，友朋之念想。
如若人与人，敌意生戈矛。
平地起风云，但凡两人间，
吾等可断言，怨者多谎言。
世虽无完人，品行有高下，
倘若遇仇者，便成瑕掩瑜。
民间所传咏，非实亦非虚。
关于亚瑟王，以下为其实：
骁勇及善战，冠绝其前者，
青史已书明，关于亚瑟王，
每战之始末，屡战显奇功。
切中无偏倚，恰如其个性。
举国爱其甚，言辞总失真，
关于亚瑟王，事由多杜撰，
其尊崇地位，尘世无人及。
关乎其诸事，著述已甚详，
驰魂夺魄功，关于亚瑟王。

亚瑟王之梦[1]

(vss. 27993—28200)

恰巧在那时，勇士骑马来，

---

[1] 此章节的大部分内容都未在瓦斯的作品中出现。

自莫德雷德，亚瑟姐之子；
只身传消息，当然受欢迎，
亚瑟心期许，此番传捷报。
二人促膝谈，不知夜绵长；
勇士终未言，境况之实情。
待到上朝时，群臣已喧嚣。
亚瑟方起身，竭力伸臂膀；
转而复落座，若沉疴难起。
勇士再度问："陛下身若何？"
亚瑟王回应，情状颇艰难：
"昨夜在寝宫，卧于床榻上，
忽而入梦中，悲凄入肝脾；
梦中吾为引，至庙堂高处，
吾居高堂上，仿若飘半空；
辖下广袤地，皆一览无遗；
沃文(Walwain)[①]坐吾旁，手执吾圣剑。
莫德雷德入，身后骑士众；
战斧手中握，森森闪银光；
挥斧若流星，气势不可挡，
尽数被斫倒，殿堂之柱梁。
还见薇艾娜，至亲之伴侣；
辉煌殿堂顶，伊亲手扯碎。
大殿轰然塌，吾从天落地，
右臂便折断。外甥说'拿下'。

① 即高文(Gawain)。

大殿轰塌时，沃文亦下坠，
跌落至地时，双臂都折断。
吾便用左手，攥紧吾佩剑，
挥剑向外甥，其身首异处。
再以吾佩剑，俎醢向王后。
将伊之遗骸，抛入幽深谷。
忠心不二者，业已避此祸，
吾惘然不知，何处其所往。
但见吾只身，立于茂林中，
恍惚间游荡，越过大草原。
见许多狮鹫(griffins)，及恐怖飞禽；
一金黄牝狮，款款入眼帘，
仁慈优雅态，冠绝世间兽；
牝狮奔向吾，拦腰将吾含，
前行数里后，转向奔海洋；
海上多天风，波涌起狂涛，
牝狮跃浪中，紧紧护卫吾。
惊涛与骇浪，分割吾与伊；
有鱼汕汕至，携吾到陆地；
湿滑又困乏，忧伤已成疾。
从梦中惊醒，身已不由己，
战栗阵阵袭，周身若火焚。
整晚陷沉思，噩梦难挥去，
吾心如明镜，盛极必行衰；
从今吾余生，相伴唯悲伤；
王后薇艾娜，而今不在旁！”

骑士忙启奏："陛下勿多虑；
梦境非征兆，庸人方自扰。
陛下乃至尊，率滨皆王土，
陛下乃明君，寰宇再难寻。
如若有万一——请恕吾假设——
陛下之外甥，夺走薇艾娜，
陛下之国土，尽落外甥手。
陛下征罗马，亦重用外甥，
君恩重泰山，竖子负义徒。
再集结军队，一举雪前耻，
再度掌国土，得万民拥戴，
异心为仇敌，快意痛斩之，
养虎终为患，斩草须除根。"

圣明之君主，亚瑟答如下：
"莫德雷德儿，实为吾至亲，
由始至现今，从不曾料想，
竖子怀异心，觊觎吾财富，
王后微艾娜，软弱且不贞，
吾难以置信，伊红杏出墙！"

见王吐真言，骑士亦应答：
"请恕臣直言，臣忠心耿耿，
若莫德雷德，夺走陛下妻，
广袤之疆域，尽数手中揽。

新王与王后，皆不欲君归，
自君赴罗马，待君马革裹。
臣忠心耿耿，眼见其背叛；
臣冒死赶来，只为道实情；
以人头担保，所言均事实，
事关君挚爱，无一言为虚，
陛下之外甥，如何夺君位！”
亚瑟之庙堂，登时静无声；
群臣皆感伤，愿天佑亚瑟。
此讯如惊雷，座下现沮丧。
时隔未多久，破冰之举现；
众人齐呐喊，声洪震云霄，
义愤自难平，众人纷纷言，
当如何声讨，外甥与王后，
又如何惩处，叛贼之拥蹇。

仁慈之君主，亚瑟高声呼：
“在此之众将，安坐勿狂躁，
吾将在此宣，对此之决定，
吾主若明示，明日即彼日，
班师回朝日，随吾返英伦；
手刃窃国贼，火烧失贞妇，
乱臣与贼子，人人得诛之。
此地须人守，吾将留至信，
至亲豪威尔，身份最尊荣，
军队之半数，亦留守此地，

此地浴血得，应奋力捍卫。
万事归其位，吾将赴罗马，
将挚爱沃土，托付于沃文，
行践吾诺言[1]，就此付余生，
吾毕生仇敌，皆难逃一死。”

最终一战

(vss. 28486—28651)

莫德雷德斯，屯兵康沃尔；
急急遣信使，赶往爱尔兰；
急急遣信使，撒克逊之地；
急急遣信使，以及苏格兰；
许诺谁先至，谁便得赏赐，
金银诸财物，土地任其选；
此人竭心力，为己觅外援，
效尤智者为，以期挽狂澜。

盛怒之君主，亚瑟闻此讯，
外甥在康沃，手中握重兵，
正大张旗鼓，振兵待亚瑟。
亚瑟派信使，至全国各地，
但凡尚能饭，可举起武器，
敢冲锋陷阵，聚国王麾下；
国王之诏令，胆敢违抗者，

---

[1] 指的是去圣地(Holy Land)。

国王必亲临，生生焚其身。
不可计数者，奔向亚瑟王，
骑马与步行，不畏风雨重。
亚瑟挥王师，径直奔康沃。
莫德雷德闻，集军来迎战，
其军亦庞大，宿命却已定。
泰马(Tamar)河[1]之畔，两军遭遇处；
为卡姆福德(Camelford)[2]，此名永久存；
在卡姆福德，亚瑟六万兵，
莫德雷德军，人数更为甚。

遥遥见大军，亚瑟之王师，
如黑云压空，誓以死效忠；
泰马河之畔，两军遭遇处，
此乃殊死斗，浑身解数出；
长剑自鞘出，直向仇敌盔；
烈火四下燃，枪矛风中颤；
盾牌崩离析，矛柄纷折裂；
兵戎一相见，生灵遭涂炭。
泰马河之水，俨然为血色；
此战实险恶，近身之肉搏，
无骑士道义，无武功高下，
人人皆自危，无论贱与贵。

① 位于康沃尔和德文郡(Devon)之间的河流。
② 此地接近廷塔杰尔(Tintagel)，而不是在泰马河畔。

叹莫德雷德，此生就此终，
其麾下战士，尽数赴黄泉。
亚瑟之王军，尽数卧血泊。
骁勇善战者，将帅与兵士，
不列颠英豪，及所有同袍，
所属不同邦，皆捐躯沙场。
亚瑟亦负伤，身为长矛穿，
共有十五处，皆为致命伤：
如若为常人，最多受一二。
此战无所遗，唯血雨腥风，
身首异处者，足有两万人，
亚瑟、两骑士，三人得幸免。

亚瑟身负伤，刀剜火烧痛。
有一幼儿来，与亚瑟同族；
其父为卡铎，康沃尔伯爵，
名君士坦丁，对王分外亲。
亚瑟卧于野，抬头望幼儿，
心中生感伤，道以临别语：
“尔乃卡铎子，实为吾至亲。
此时于此地，吾传位于尔；
尔有生之年，保卫不列颠，
吾所立律法，及自尤瑟王，
始用之良律，需坚守勿移。
吾去阿瓦隆，众仙之国度，
仙后奥甘缇(Argante)，圣洁之仙女，

伊将以神力，抚平吾之伤，
受伤之各处，将完好如初；
伤病痊愈后，吾将返英伦，
再与吾万民，共享太平世。”

其言止于此，转而向汪洋，
海浪轻轻摇，兰舟随波荡，
绰约二仙子，华服衬风姿；
翩翩临兰舟，拥亚瑟入怀，
轻轻抚慰之，驱舟向前方。
最终舟行至，梅林曾提及，
亚瑟之离去，国人皆伤怀；
至今仍相信，亚瑟存世上，
与精灵仙子，居于阿瓦隆；
国人仍企盼，亚瑟王归来。
尘世从无人，为神明所选，
知晓亚瑟王，诸事之真相。
唯有一先知，其名为梅林；
对此曾预言，其言绝无虚——
亚瑟王归来，庇佑其子民[1]。

---

① 原来的手稿写的是“安吉林人”(Anglen)，也就是英格兰人。后来的手稿标为“布鲁特人”(Bruttes)，换言之，即不列颠人，这样才能说得通。

朗福尔骑士

法兰西的玛丽(约 1170 年)　著

这里讲述了高贵又富有的朗福尔骑士的冒险故事,正如布列塔尼叙事歌谣所记载。

英勇无双又温文有礼的亚瑟王正逗留在卡杜尔(Carduel),因为洛克里(Logres)王国里的皮克特人和苏格兰人总是兴风作浪,已经对这片国土造成了巨大的破坏。

圣灵降临节那天,亚瑟王在卡杜尔上朝,给伯爵、男爵以及所有圆桌骑士们分赠大礼。在此之前,世上从未有君王给自己的臣子如此厚礼。所有效忠亚瑟王的人都分得了荣誉与国土,独独有一人除外。

那就是朗福尔骑士；亚瑟王什么封赏都没有给他。虽然大家都很喜欢他，他不仅长得英俊、作战英勇还乐于助人。大家都揣度国王到底怎么了，但也只是心中有些疑惑罢了。

朗福尔骑士是一位血统高贵的王子，但是他的世袭领地非常偏远；他是亚瑟王的亲属，但是亚瑟王从未给他什么；他也从不曾开口向亚瑟王要求过什么，所以他的财产都花光了。面对眼前的情形，朗福尔骑士万分迷惑也十分悲哀，他的心情沉重。请你试想一下，独自一人漂泊在异乡，无人指点，最后发现自己连去哪寻求帮助都不知道，该是何种心情？

我所说的这位对亚瑟王一片赤诚的朗福尔骑士，这一日便骑上他的马儿出去散心。他一直骑出了城，独自一人来到了一片芳甸，湍急的溪水从中穿过。当他策马朝溪水行去的时候，他身下的马儿兴奋地颤抖起来。于是，朗福尔骑士便下马，松开缰绳让马儿自由自在地在其间大快朵颐。然后自己折好身披的斗篷便倒在芳草中；他身体虽然是放松地躺在草丛里，心情却仍然纠结在自己的不幸上，觉得实在是生无所趣。

就在他沿着河岸一直往下看的时候，突然看见两位少女正朝自己走来；他之前从不曾看见过如此美丽的少女。她们身着华贵的紫灰色长袍，绝色盖世，群芳难逐。其中年纪稍大的那位，手中端着一个纯金精制而成的盆（令人难以置信，但是我说的绝对属实）；年幼的则端着一个雪白的碗。

他们俩径直朝骑士躺着的地方走来。朗福尔骑士一直受到良好教育和礼仪训练，在她们出现之际便一跃而起。两位少女先是向他施礼，然后就开始传达消息。“朗福尔骑士，”年纪大点的那位开口道，“我家小姐，温雅端庄、国色天香，她派我们前来是想让您随我们前去与她一会。瞧，她的闺阁就在那不远的地方。请相信我们一定会平安地带您到达那儿的。”

朗福尔骑士就跟着她们走了，全然忘记了自己的马儿就在身旁的草地上进食。少女们便将他带入了富丽堂皇的帐内。就算是在其鼎盛时拥有至高无上的财富、权力和智慧的塞米勒米斯[①]（Semiramis）女王和罗马皇帝屋大维（Octavian），他们的财宝和丝绸都无法与这里的相提并论。

帐顶是一只纯金的雄鹰，它的价值我可无法判断；我同样也无法衡量那些支撑起帐篷的丝绸编织的绳子和闪亮的长矛的价值。可以肯定的是，在这世上是没有任何国王可以买得起和拿得出的。

大帐之内坐着一位年轻女子，真是闭月羞花容：就算是夏花绚烂之际，最美的百合和初绽的玫瑰都不及她万一。她坐在华美的沙发之上，光是沙发的盖布就抵得上一座城堡。她窈窕婀娜的身躯仅着一层轻纱。她的斗篷是白貂皮所制，外覆埃及亚历山大的紫色丝绸，恰能为伊御寒；从脸到喉颈的皮肤宛若凝脂，比荆棘丛里的鲜花还要娇嫩。她呼唤骑士到她身边去，于是，朗福尔骑士便走近她并在沙发旁边坐下。

“朗福尔，”她说道，“亲爱的朋友，为了你，我从我的家乡赶到这里；为了找到你，我连雷恩（Lains）都去了。如果你真的是那么英勇无畏和谦恭有礼，那么你将体会到世上所有诸侯、国王和皇帝都不曾体会到的欢愉，因为我爱你超过世上一切。”

于是爱之箭刺中了朗福尔的心扉，爱火在他胸中熊熊燃烧，他回答道：“美丽的小姐，如果能让你高兴，你屈尊爱上我才真是我的快乐，只要是你要求的事情，无论愚蠢还是明智，我都将竭力去完成。你所有的愿望都将得到满足。为了你，我愿意放弃我的人民和土地。

① 古代传说中的亚述女王。

就算你最大的愿望是希望我离开，我也绝不会离开你。”

小姐听见朗福尔骑士如此充满爱意的表白，便将她的真心和爱意都许给了他。

现在，朗福尔骑士便踏上了幸运之路。这位小姐赐给了他一种能力：真是无比珍贵的能力，不管什么财物他都可以自由取舍，只要他需要，一切便应有尽有。朗福尔这下可真是幸福啊，他花费得越多，他拥有的金银也就越多。

“朋友，”小姐说道，“现在有一件事情我必须提醒你，就这一件，我请求你，也是命令你，绝不可将我们的事情对任何人说起。理由我会告诉你的。如果我们的爱情被别人知道，你就会永远失去我，你将再也无法见到我，再也无法拥抱我。”

朗福尔骑士保证一定会完全按照她的要求去做。

因此二人便缠绵到晚祷时分，若是小姐同意的话，朗福尔定会待得更久的。

“朋友，”她说道，“起来，你不能再停留在这里了，你必须离开，而我会留下来。我要告诉你一件事：当你想和我说话的时候（当一位骑士想和他的心上人一起时，我会希望是天长地久），我就会出现在你希望的地方，而且除了你没有人会看见我的样子，听见我说话。”

当朗福尔听见这些，他真是兴高采烈；于是他便与他的心上人亲吻，然后起身随着指引他来到这里的两位少女一起去了另一座新的华丽大帐。当他更衣完毕，真是丰神俊朗，天下无双。两位少女用水替他洗手，再用毛巾帮他擦干双手后，才将食物端到他的面前，他便与他的心上人共进晚餐。他们服侍得十分周到，朗福尔骑士也体会到无限欢乐，他的心上人一次又一次地亲吻他，而他也无限温柔地拥抱着她。

当用毕晚餐后，她们便将朗福尔骑士的坐骑牵到他的身边，笼头和马鞍都已经配好，马儿也被照料得十分妥帖。于是骑士便与他的心上人作别，骑上马朝城里奔去；但是他总是依依不舍地回头张望。对于这突如其来的一切，他还是十分惊异，在马上的时候总是回想着这段奇遇，迷惑不解又半信半疑，因为他真的不知道结果究竟将会是怎样。

当他返回自己居住的旅馆的时候，发现他所有的手下都着装一新。虽然他拥有广袤的国土，可是谁都不知他怎么突然间变得如此富有。在整个城市，没有哪个骑士会借宿在旅馆，唯有朗福尔骑士如此；而且他还十分慷慨：送给大家贵重的礼物；为囚犯们赎身；给吟游诗人们提供新衣。朗福尔出手阔绰，无论是对朋友还是陌生人，他都赠送礼物。他每天都生活在欢乐和幸福之中，因为无论白天还是夜晚，他不仅可以看见他的心上人，还能得到他要求的一切。

就在同年的圣约翰节(feast of St. John)①，三十名骑士前往王后下榻的高塔之下的草地玩耍。与他们一道的还有高文爵士以及高文爵士的侄儿，勇敢的艾文(Iwein)。为世人所敬仰的高文爵士谦恭地说道："不好意思，朋友们，我们此行若不邀请朗福尔骑士加入实在不妥，他慷慨助人又谦恭有礼，而且还是个富有的王子。"于是他们一行便返回朗福尔骑士的旅馆，在他们的百般游说下，朗福尔才与他们一同前往。

就是这么巧，在三个贴身侍女的陪伴下，王后正斜倚在打开的窗扉之前。她看到了朗福尔骑士并认出了他。于是王后便叫来其中一位侍女，吩咐她让手下最美丽和优雅的仕女陪同她一起到草地上去。王后在三十多个仕女的陪同下，施施然从楼梯上走下塔来。骑士们

---

① 即每年的6月24日。这个圣约翰是指施洗约翰，即耶稣基督的表兄，在耶稣基督开始传福音之前在旷野向犹太人劝勉悔改，并为耶稣基督施洗。

见到她们到来都十分高兴，急着前去迎接，彬彬有礼地伸手牵引她们。朗福尔骑士却不像其他骑士一般，反倒躲得远远的，因为他在此度日如年，一心只想回去看到自己的心上人，将她搂在怀里，亲吻她。他已经有了心中挚爱，其他所有的欢乐在他看来都不值一提。

王后看到他独自一人，便径直向他走去，在他身边坐下来；然后轻唤着他的名字，向他敞开心扉。

"朗福尔，"她说道，"你知道我多么崇拜、仰慕和爱你吗？如果你愿意，我所有的爱都属于你，而且只要我宠爱你，你会快乐无比的，我保证。"

"夫人，"朗福尔骑士说道，"您就让我独自待在这儿吧；我无意获得您的垂爱。长久以来我效忠于亚瑟王陛下；我不会做出不忠不义之事。我不会为了您和您的爱而背叛我英勇的陛下的。"

王后十分生气，盛怒之下她冷笑着开口。"他们说的果然一点不假，"她说道，"大家都说你一点也不知道如何去爱。你根本就不是个真正的骑士，而是个胆小鬼和叛徒！在我看来，陛下长久以来留你在身边真是大错特错，你让他失去了太多。"

朗福尔骑士听到这番话，实在忍无可忍，立刻反唇相讥，不幸地说出了以下这些让他后来懊悔莫及的话来。"夫人，"他说道，"那您就是听信谗言了。我爱一位绝代佳人，而且也有幸被她所爱。我要告诉您一件事，请您听清楚且记清楚。随便一位她的侍女，哪怕是最平凡的一位也要强过您，我的王后陛下，无论是面容、身段、气质，还是智慧与美德。"

王后听完立刻起身跑回寝宫哭泣去了，朗福尔骑士此番言语让她既羞愧又愤怒。她躺在床上就仿佛病了一般，她宣称如果陛下不为她主持公道，她就一直躺在他的面前，绝不会从床上起来。

亚瑟王开心地在树林里打了一天猎后，便返回宫廷来到王后的寝宫。王后一看见他便号啕大哭，请求他的原谅，说朗福尔骑士先前羞辱了她。他向自己求爱不遂便恶言相向，还吹嘘说他的心上人如何美丽，如何高贵，说她这个王后连他心上人最卑微的侍女都比不上。

亚瑟王听到之后勃然大怒，严肃地发誓说倘若朗福尔骑士不敢当廷公开为自己辩护，他便要绞死或者烧死他。

亚瑟王走出王后的寝宫，召来三位男爵，命令他们去把朗福尔骑士给找来。而此刻，朗福尔骑士正陷入了巨大的悲伤和懊悔。因为当他返回自己的住所之时，他立即意识到自己已经失去了心上人，因为他已经向他人暴露了他们的爱情。真是晴天霹雳！房间里就他一人形影相吊，心如刀绞。他一遍又一遍地呼唤着他的心上人，但是什么也没有改变。他唯有叹息和哭泣，再一次，他绝望地倒在地上。他千百次地祈求心上人原谅自己，再次和自己说话。他从心底诅咒那背叛了自己的嘴巴，他没有自杀就已经是个奇迹了。但是无论是痛苦的呼喊还是哀伤的呻吟，都没有能够唤起心上人的怜悯——她始终都没有再出现在他的眼前。

唉，现在对这个不幸的骑士而言，成为亚瑟王的敌人反倒成了莫大的安慰。这时，亚瑟王的男爵们前来命令朗福尔骑士即刻随他们一道去宫里：因为王后指控他，而亚瑟王也亲口下令，要求他必须出现。于是，朗福尔便随着他们去了，依旧伤心欲绝；如果他们杀了他倒还遂了他的心愿。当他站到亚瑟王面前的时候，一言不发，只有满脸的悲伤。

亚瑟王话语含怒。"臣属，"他说道，"你真是极大地亵渎了我；你用如此邪恶的借口羞辱、伤害我和王后。你如此愚蠢吹嘘，竟然说你的心上人的女仆都要比我的王后更美丽。"

朗福尔骑士拒绝承认自己做过玷污名誉的事情，也拒绝承认羞辱过他的君主亚瑟王。他逐字逐句地重复了王后对他说过的每句话；至于他自己说过的话，夸耀他心中的爱人，句句属实；他现在已经极度忧伤，因为他之前的所作所为已经使他失去了他的爱人。如果法庭需要的话，他还将对于他说的这番话作出修正。

亚瑟王听了这番话后更是怒气难消，召唤他的骑士们讨论如何公正地处理这种情况，以及应当怎样处罚朗福尔骑士。骑士们便各自发言，有的刚正不阿，有的则见风使舵。然后他们集中讨论达成共识：定下个日子来宣判；如果朗福尔骑士向亚瑟王抵押财产，他就能返回他的住所等候裁决，否则，在此之前朗福尔骑士就得被关押进监牢。男爵们便返回到亚瑟王那儿汇报了情况，亚瑟王要求抵押，但是，只身一人待在异乡的朗福尔，没有朋友和亲属，谁来给他做担保呢。

于是高文爵士与他所有的同伴一道，走到亚瑟王身边说道："我以自己的以及这些朋友的封地为朗福尔担保，我们每一个都为他担保。"在他们为一无所有的朗福尔担保后，朗福尔才能自由地回到他的住所。他们一路陪着他，不免也有责备之语；当他们明了他哀伤的缘由后，更是埋怨这给他招来审判之祸的疯狂爱情。他们每天都来看望他，确保他有吃有喝，因为他们实在担心他由于伤心过度而丧失理智。

到了约定的那天，所有的男爵齐聚一堂，亚瑟王和王后也在，当然还有朗福尔。大家都为他感到非常遗憾。我认为其中至少有三百人竭尽全力为他辩护，但是依然没能够使他脱险。因为王后指控的罪行实在太严重，而亚瑟王又要求必须根据指控和辩护来判决。

于是男爵们开始商议如何作出判决，他们中的很多人都心情沉重，因为这个英勇的异乡人曾经是他们中如此重要的一员。剩下的那些人则已经准备好为了国王的意志而牺牲朗福尔。

这时，德高望重的康沃尔公爵开始说话。无论是对哭泣之人还是愤怒之人，他都是第一个发言的最佳人选。他说道："你们叫他朗福尔对吧？因为他夸耀自己的情事惹恼了国王的女人——王后陛下，所以国王就要定这样的重罪给一个臣属。除了国王陛下，没有人反对他；因此，你们是否和我一样认为，他不必尊重任何人，但却必须尊重领主亚瑟王陛下。那我们就让朗福尔就此发誓(国王陛下肯定不会反对这一点)，只要他能够带来他的心上人证明他所说的话，那么让王后陛下勃然大怒的话便是事实，而不是恶意攻击，他便可以得到原谅。但是如果他不能够证明自己所说的话，那我们就要让他知道国王陛下不再需要他的效忠，然后免除他在宫廷的职务。"

于是他们便派出信使，向朗福尔骑士说明了他们的意图，让他明白：只要他能够让大家看到他的心上人，证明他所言非虚，他就能够无罪开释。但是，朗福尔告诉他们自己办不到，她不会出现在这里帮助他的。信使眼见再无转圜余地，便又返回到参与审判的男爵们这边。因为王后厌倦了等待他们的裁决，所以国王陛下在王后的催促下便向他们施压。

就在他们起身去向国王复命之时，突然出现了两位骑着白马的少女。只见那两位少女宛若出水芙蓉，绿色的森德尔丝绸衣衫更是衬得她们白璧无瑕。众骑士看得如痴如醉，高文爵士和其他三位骑士连忙赶到朗福尔骑士的住所，告诉他刚才所见，督促他赶快去看看那两位少女；他们真心希望他能说出其中一位就是他的意中人，但是，朗福尔回答他们说肯定不是。

这两位楚楚动人的少女前往王宫，并在亚瑟王的宝座之前下马。她们不仅琼姿花貌，言辞也十分优雅。

"国王陛下，"她们说道，"如果陛下恩准，我家小姐希望叨扰数日，恳请您能够为我们准备几间有丝绸帐幔的寝宫，好供我家小姐休憩。”

她们没有再多说，亚瑟王召来两位骑士，命令他们领这两位少女去上面的寝宫。

这时，亚瑟王又问男爵们是否已经做出裁决，并且表示他对他们如此拖延非常不满。

“陛下，”他们回答道，“我们是因为这两位少女的到来而暂停的。我们尚未达成一致意见，现在我们马上回去再议。”于是他们又再次聚集在一起，还是因为分歧而争执得不可开交。

当他们混乱胶着之时，街头又出现两位气质高雅的少女，身着金线刺绣的长袍，骑在西班牙骡子上。所有的骑士又看得如痴如醉，互相说道：“英勇又谦卑的朗福尔骑士，这下他肯定安全无虞了。”

高文爵士便带着六个同伴又去找朗福尔骑士。“骑士，”他们说道，“赶快振作起来，上帝对我们施恩了。我们这儿又来了两位少女，风姿绰约，衣着华贵，其中一位肯定就是你的意中人了！”然而，朗福尔只是淡淡回答：“今天之前我未见过她们，从不认识她们，从没爱过她们。”

与此同时，这两位少女已到了王宫，就站在亚瑟王面前。很多人都惊叹于她们的盛颜仙姿，似乎有些人觉得她们俩比王后陛下还要更胜一筹。

年纪稍大的少女兰心蕙性，娓娓将消息道来。“国王陛下，”她说道，“恳请陛下命人为我家小姐和我们准备几间寝宫，她将前来与陛下面谈。”

于是亚瑟王又命人将她们领到先前的同伴那里。此时判决依旧没有得出。所以当这两位少女一离开宫殿，亚瑟王便命令他的男爵们马上给出裁决，因为他们已经拖延太久了，而王后陛下对于他们的拖延大为光火。

但是就在男爵们前去向国王汇报的时候，一位倾国倾城的绝世佳丽出现在城中。她骑着一匹温顺高大的白马。那白马头颈线条优美，世上简直再也找不到如此称心如意的坐骑。这匹白马的装饰也十分昂贵，世上没有国王富有得足以买下像它这般的坐骑，除非抵押或者卖掉自己的国土。

再来细细端详这位女士：她穿着雪白的衣服，两边都镶嵌着花边。她体态婀娜，玉颈酥融，赛过枝头白雪；湛蓝的眼睛，凝脂般的肌肤；鼻梁高挺，樱唇娇艳若滴；眉若远山，额似明月，金黄的卷发飘如云烟。她身着层层叠叠的长裙，外面披着紫色的斗篷；手上立着一只雄鹰，身后跟着一只猎犬。

现在整座城里，无论平民还是显贵、少年还是长者，都急于在她经过之时一睹芳容。虽然她只是一晃而过，但她的美丽绝非空穴来风，只要是见过她的男人都认为她的存在就是个奇迹，见过她的人，无一不感到心旌摇曳。

于是，关心朗福尔骑士的那些人便又去找他，告诉他这次来的女子简直就是仙女下凡，很可能就是来拯救他的。“朗福尔骑士，我的兄弟，这次前来的女子真是绝代佳人中的绝代佳人。”朗福尔听了以后叹了一口气，因为他知道就是她了。他抬起头，面庞通红，迅速回应道：“真的，这就是我的心上人！现在如果他们要杀了我就让他们杀吧，因为她已经不肯宽恕我了。只有再见到她我才能重新获得生命。”

这女子也到达了王宫，她比之前到达的所有少女都更加动人。她在亚瑟王面前下马，所有人都注视着她；她解开斗篷以便让众人看得更加真切。亚瑟王彬彬有礼地起身迎接她，围在他身边的人便都匍匐在他们的脚下，热切地表达效忠之意。当大家围在她的身边盛赞她的美丽之时，她毫不迟疑地说出了以下话语：“亚瑟王，我已经爱上了您的一位骑士，您看他就在那儿，就是陛下的臣属——朗福尔骑士。他在您的宫廷遭到了指控，我本无意让他遭此伤害。鉴于他所说的话，您现在应该知道有错的是王后陛下；他从来没有觊觎王后陛下的垂爱。虽然他口出狂言，但如果我宽恕他，您的男爵们应该宣判他无罪，正如他们已经打算公正地判决那样。”

亚瑟王欣然同意。于是，大家众口一词认为朗福尔骑士应无罪开释，众人的目光已经宣告他无罪。

之后女子便离去了。纵使亚瑟王万般挽留，众多骑士表达效忠之意，她都不为所动。王宫外面有一块巨大的灰色大理石，亚瑟王宫廷的骑士们总是习惯踏着它上马；朗福尔骑士就站在上面，一看见心上人骑马离开王宫，他就一跃上马随她而去。布列塔尼人告诉我们，从此，美丽的姑娘带着她的骑士去了最美丽的岛屿阿瓦隆，再也没人听过朗福尔骑士的消息或说起他的情况。这个故事我也就知道这么多了。

法兰西的玛丽

根据同时期资料显示，在十二世纪，威尔士和康沃尔的凯尔特人与布列塔尼和阿摩里卡的凯尔特人所说的语言虽然非常类似，但是他们相互理解起来还是有点困难。因为他们总是来来回回地迁徙：康沃尔人和威尔士人老是被那些居住在肯特(Kent)、苏塞克斯(Sussex)和汉普郡的英格兰人赶回欧洲大陆——他们是从威尔士和康沃尔走海路到达布列塔尼半岛的。在十世纪时，布列塔尼人落入了他们的新邻居——诺曼人的统治下。二者意气相投、关系融洽，又不受岛国凯尔特人和他们的英格兰征服者干扰，所以经常交换传说故事。因此十二到十三世纪的诺曼法语文学，充满了形形色色的凯尔特人形象和主题也就不足为奇了。亚瑟王的题材在多大程度上来自岛国凯尔特人,又在多大程度上出自阿摩里卡的布列塔尼人的创造,始终都是一个学者争论不休的问题。但是就英语作家提取的绝大多数题材都是迂回地取自法国而不是直接来自威尔士和康沃尔这一点而言,无人质疑。

在乔叟时期,“布列塔尼叙事歌谣”(Breton Lay)就是个传统术语,用以描述一种有如精灵般可爱、篇幅短小的浪漫叙事诗。这些短诗,或者说歌谣,在凯尔特人的罗塔琴(rote)①的伴奏下被吟诵着。

在这些诺曼法语故事中,最具凯尔特人特色的非法兰西的玛丽的作品莫属了。除了她的姓名显示她的贵族出身以外,我们对她一无所知,甚至连她作品中的方言都仍有争议,那是一种介乎于诺曼法语和巴黎法语之间的语言。但是唯一可以确定的是:她的作品所敬献的不知名的国王就是英格兰的亨利二世。有人还别出心裁地认为她是沙夫茨伯里(Shaftesbury)的女修道院长,也是那位国王的同父异母的非婚生姐妹。她宣称她的作品取材自布列塔尼,并列举了部分借用的素材。尽管如此,对布列塔尼词汇的变体的使用还是表明她几乎或者完全不懂这种语言。她的故事法国味儿十足,但是情节和大多数形象还是来自凯尔特人,他们有句格言叫作“一个威尔士人的想象力对付五十个诗人都绰绰有余”。凯尔特人的想象力在现在被称为“迈比诺金”(*Mabinogion*),这在1838年由夏洛特·盖斯特女士(Charlotte Guest)翻译的一本中世纪威尔士故事集里也得到完整的陈述。虽然这里面二篇包含亚瑟王题材的故事毫无疑问地受到了法国传奇故事的启发,其他两篇——《库尔维奇和奥尔温》(*Kulhwch and Olwen*)以及《罗纳比之梦》(*Dream of Rhonabwy*),则似乎代表了蒙默思的杰弗里所开创的纯粹的威尔士传统。这些故事与玛丽的

① 罗塔琴是一种类似小提琴或者竖琴的弦乐器。

叙事歌谣拥有同样的特点：公正的亚瑟王、巨人、小精灵(pixie)、守护神(gnome)、小淘气鬼(elf)、淘气小妖精(puck)、小矮人(dwarf)、丑陋小妖精(goblin)、仙女(nymph)、狼人(werewolf)，以及精灵世界里各种超自然的动物、为推进行动而使用的魔法、人类和精灵间的情爱、狂野又精致的想象、静谧的森林和湖泊的景象，以及与杰弗里和瓦斯形成鲜明对比的特征——避免大量人物和战争场面。

崔斯坦和伊索尔德[①]

斯特拉斯堡的戈特弗里德　著

身为父亲瑞瓦林(Riwalin)和母亲布兰奇芙丽尔(Blanchefleur)[②]爱情结晶的崔斯坦，身世显赫却坎坷。母亲在失去挚爱的痛

---

① 此篇是与《罗密欧和朱丽叶》齐名的西方爱情悲剧，但是并没有形成如莎士比亚笔下的《罗密欧与朱丽叶》那样经典的文学文本，而是一直处于不断流传、不断被改编的状态。国内早在1930年，便由开明书店出版了朱光潜先生采用明清话本体，根据法国学者贝迪耶于20世纪初整理出版、广受好评的“标准本”翻译的全译本，该版本囊括了该系列比较完整的故事情节，虽非文学性或是艺术特色意义上的经典文本，但其重要性毋庸置疑。鉴于本译文是由英文转译(原文为德语)的年代更早的删节版，国内又陆续有全译本出版，故列出部分译本供有兴趣的读者选择：

1. 贝迪耶编，《特利斯当与伊瑟》，罗新璋译，北京：人民文学出版社，2003。

2. 贝迪耶编，《特里斯丹和绮瑟殉情记》，陈双璧、范信龙译，北京：广播出版社，1982。

3. 柏地耶编，《愁斯丹和绮瑟的故事》，朱孟实(朱光潜)译，载《朱光潜全集》(第11卷)，合肥：安徽教育出版社，1989(即1930年开明书店版)。

② 德语原意为白色的花，所以前辈大师多意译为白花娘子。

苦里生下他后便与世长辞，失去双亲和国土的他由忠心耿耿的家臣鲁埃尔(Rual)抚养长大。在被他的舅父——康沃尔的马克王(King Mark)封为骑士以前，崔斯坦就已经是才德兼备的青年，堪称十全十美的典范。在与为害康沃尔的巨人摩洛尔特(Morolt)决斗时，崔斯坦虽然获胜却也身染剧毒，唯有爱尔兰王后伊索尔德才能救治。于是他乔装为名叫坦崔斯(Tantris)的竖琴师找到爱尔兰王后伊索尔德，王后不仅医治好他，还让他传授宫廷艺术给女儿——伊索尔德公主。后来他又返回到康沃尔。

当他的舅父马克王以及城中所有百姓都知道崔斯坦不仅安全返回，而且健康如初时，举国欢腾。

马克王询问他的经历，崔斯坦便将遭遇从头到尾细细道来，讲完之后舅甥二人开怀大笑，还饶有兴味地调侃起此番爱尔兰之行——在敌人的眼皮底下疗伤，简直就是迄今为止听过的最为传奇的经历。当他们谈笑一阵之后，大家便向他问起伊索尔德公主来。

“伊索尔德，”他说道，“她真是位绝代佳人，我们所听到的关于她美丽的传言跟她本人比起来实在太空泛了。世上没有任何孩童、少女或者夫人能像她那样美。从前我在书里读过，黎明女神奥罗拉(Aurora)的女儿，还有她女儿的女儿美丽的海伦，都是世上最美丽的女人，她们像花儿一般，将美丽集于一身。这个故事我再也不相信了。是伊索尔德让我再也不相信这个故事。美的太阳不是在古希腊升起，而是升起在我们这个时代，所有人的心与眼都转向了爱尔兰，美的太阳就诞生在那里——伊索尔德公主，伊索尔德女王的女儿。她的美丽一直从都柏林照耀到每个男人，让大家喜笑颜开。女人们不仅不妒忌她的美貌，相反，她的美丽让女人们心悦诚服，女人们都因她的声名而感到荣耀。”

所有听到崔斯坦描述的人都为之震撼，就这五月的花儿听了都开得格外鲜艳。

经过又一次死里逃生，捡回命来的崔斯坦就仿佛新生之人一般生机勃勃。渐渐地，嫉妒之心又开始啃啮着那些朝臣：他们对崔斯坦拥有的荣誉和宠爱十分眼红，于是便围在一起窃窃私语，污蔑崔斯坦是个巫师，要不他怎么能够打败摩洛尔特，连在爱尔兰都那么好运气，肯定是使用了魔法。

“大家来说说，”他们说道，“他如何从摩洛尔特这样凶残的敌人手中逃脱？又怎么能够骗得了伊索尔德王后那么聪明的人，让她亲力亲为地照顾他直到痊愈为止？他定是个巫师，能够蒙蔽人们的双眼，而且神通广大得事事都能如愿！”

他们聚在一起商议，然后从早到晚围住马克王，祈求他早日娶个王后——因为这样才能有位继承人，无论是王子还是公主。

但是马克王说道：“上帝已经为我们派来了一位英勇的继承人；保佑他长命百岁！你们最好明白，只要崔斯坦在，我的身边就绝不会有王后或者任何女人。”

于是这些朝臣的嫉妒和憎恨与日俱增，以至于他们都不屑于在崔斯坦面前掩藏了，他们经常出言不逊，摆出威胁的姿态。最终崔斯坦只好去找他的舅父马克王谈心，劝舅父接受朝臣的建议娶妻，否则他们迟早要以叛国罪杀了他的。

但是马克王却说：“别说了，我的外甥，我是绝不会照他们所说去做的。我就你这一个继承人；而且你一生中从来没有畏惧过任何人或事啊，他们的敌意对你算得了什么？你可是最勇敢的人。至于财富和嫉妒，它们的关系就像母与子：此生彼，彼生此。谁比幸运的人更可恨？就是看不见自己嫉妒的不幸！回去吧，你知道他们是没法不嫉妒的，如果你想让这些坏家伙爱你，你就必须得唱他们所唱，为他们所为，他们才会不再恨你！不要再向我提一些会对你造成伤害的建议;我既不会听他们的,也不会听你的!”

“您是我的舅舅,更是我的陛下,”崔斯坦说道,“那就让我离开宫廷吧,我真的不知道怎样才能避开他们的敌意,如果拥有这个王国要让我如此耗神费心,我宁可不要!”

马克王见他说得如此真诚,便说道:“外甥啊,我愿意对你信守诺言,但是你将来会不希望这样的。现在,无论将来发生什么,你都不会怪我吧。我已经准备好按你希望的去做了。说吧,你到底想让我干什么?”

崔斯坦说道:“那就召集议会吧,事到如今,他们早有决议。问他们究竟什么对当下的国家最有好处,然后就按照他们的建议做吧。”

于是,那些朝臣便聚集到一起,他们建议国王应当娶伊索尔德公主为妻。因为既然她集美貌和智慧于一身的名声都漂洋过海传到这里,那就证明了她是国王最合适的王后人选。他们选了个代表来表达他们的愿望,只听发言人说道:“陛下,我们都听说了爱尔兰的伊索尔德公主是如何端丽冠绝,陛下您自己也是亲耳听到了她是如何秀外慧中,如果能够让她成为您的妻子、我们的王后,我们就别无所求。”

马克王说道:“那诸位爱卿觉得应该怎么办呢?就算我意欲娶她为妻,又如何能够成功?你们应该十分清楚我们两国嫌隙甚深。戈汶(Gurmun)打心底里憎恨我,我也有充足的理由憎恨他。我们之间又怎么可能联姻呢?”

“陛下,”他们说道,“交战的两国通过孩子来化干戈为玉帛也是经常发生的啊,从仇恨和敌意里长出的友谊才伟大啊。您仔细想想,那样爱尔兰也就变成陛下的。他们那边不过才三个人:国王和王后就伊索尔德一个独生女,再没有别的继承人。”

马克王回答道:“其实是崔斯坦让我考虑娶妻的事情;他总是在

我面前赞扬伊索尔德，我才觉得她应该就是那唯一能让我快乐的女子。我发誓非她不娶！”其实，马克王说这番话并非他真的想娶伊索尔德，而是因为他认为这桩婚事压根儿就没有成功的可能。

可是这些朝臣又接着说：“陛下啊，正好崔斯坦骑士在这儿，他十分熟悉爱尔兰宫廷，让他作为您的使者去提亲肯定能办成。他不仅才智过人、武艺高强，此外，还总是吉星高照。他又懂得两国的语言，一定会达成陛下的心愿。”

“你们真是用心险恶，”马克王说道，“你们就是太嫉妒崔斯坦，存心让他陷入险境。上一次，他已经为你们和你们的孩子险些丧命，你们现在竟然还要再杀他一次！不，康沃尔的男人们，要去你们自己去，我是不会再让我的外甥以身犯险的！”

“陛下，”崔斯坦说道，“刚才他们没有说错。从各方面看来我都的确是完成这个任务的最佳人选，而且我也愿意且准备好了去完成。舅父，您就让我去吧，再也没有人比我更适合去完成这件差事。但是也请您命令这些男爵随我一同前去，一同守护您的利益与荣誉。”

“不，自从上帝将你安全地送回家，你就别想再踏入仇敌的土地。”

“舅父，必须如此。无论结局是好是坏，这些男爵都得和我一起去，我们一起看看您的王国没有继承人究竟是不是我的过错！让他们做好准备，我将亲自掌舵指引他们前往幸福的爱尔兰，直到都柏林，那阳光灿烂、人人欢笑之地。天知道她会不会属于我们。陛下，只要您能够赢得美丽的伊索尔德公主，就算我们此行全军覆没都不算损失。”

崔斯坦句句掷地有声，群臣听后都感到无比后悔，但是已经太迟了：君子一言，驷马难追。崔斯坦让他们从本国挑选了二十位最英勇的武士，又雇用了六十名本地人和异乡人，加上二十位议会男爵，这样随崔斯坦赴爱尔兰的总共一百人。然后，他们带足补给，扬帆出海。

男爵们在旅途中忐忑不安、心情沉重。他们无数次希望自己从没有说起过爱尔兰、伊索尔德公主，这样他们就不会将自己置于危险之中，而且想逃都无路可逃。他们只有两个选择：以勇取胜或以智取胜，而他们两个都不愿去做。他们想不出应对的计策，便在一起商议："崔斯坦智勇双全，而且还福星高照。如果他见机行事准备逃跑，我们就跟着他一起逃。但是他勇冠三军，根本不把我们和他自己的命当回事。无论如何，我们最好的机会还是在他的手中，他必须想法子化解我们的危险。"

现在他们已经接近爱尔兰的海岸线了，有人告诉他们国王现在就在怀特福德（Whiteford）港口。崔斯坦便命人在港口弓箭手射程以外的地方抛锚停船；男爵们急切地请求崔斯坦告诉他们他究竟打算如何着手求婚，因为他们也身处危险之中，急于知道他的计划。

崔斯坦便说道："千万别让岸上的家伙看到你们；除了海员和仆人们留在甲板上，你们全都到船舱里躲起来。我亲自去，因为我懂他们的语言。他们会派人出来询问我们，而我则会尽量编个谎言骗过他们。如果你们被他们看见了，我们可就只能直接开战，谁都别想回到家乡了。从明天起，我就不在船上，因为我想早点出去看看有没有什么机会。库文纳（Kurwenal），还有另一个懂爱尔兰语的人会陪着你们的。但是记住：我会出去两天，或许三天；但是如果三天后我还没有回来，你们就别再等了，赶快开船逃走保住自己的性命吧，因为那代表我已经为这次求婚付出了自己的生命。你们回去以后就让国王和你们希望的人结婚——这就是我的愿望和目的。"

这时，掌管着城市和海港布防的爱尔兰国王的元帅，带着侍从，全副武装地走来。根据法令，他要询问所有来到港口的陌生人是不是来自马克王的王国，如果是的话，就立即处死。当崔斯坦看见他们，便立即戴上斗篷的帽子，这样不仅可以更好地隐藏自己的面貌，而且这种装束恰似一般的商旅之人。崔斯坦拿上一杯赤金，登上小船，让库文纳划船将他送到岸边，他则摆出彬彬有礼的姿态向他们打招呼。

当岸上的士兵看见小船，便都跑过来大叫："上岸！上岸！"

崔斯坦将小船划进港口，高声说道："官爷，干吗这样粗鲁啊，难道我摆出过威胁的姿态？我可什么过错也没有，能否容许我和你们的长官解释解释啊？"

"可以，"元帅说道，"我就是，而且我必须知道你从哪里来，要到哪里去。"

"当然，"崔斯坦说道，"劳烦您让您的手下保持安静，这样你们才能听清楚我的话，我非常乐意告诉您我的差事。"当岸上安静下来，他才接着说道："阁下，我们是商人，我和我的手下都是从诺曼底来的。我们的妻子和孩子都和我们一起，就在那大船上。我们整天就是从这儿到那儿，从一个国家到另一个国家，买一些我们都需要的东西。三十天前，我和另外两个商人一道出发去西班牙，就在八天前，一场风暴将我和他们分开了，我被吹到了北方。我都不知道那两个伙伴被吹到哪儿去了，连是死是活都不知道；我真是历经了千辛万苦啊。直到昨天中午，海风才将我们吹到这附近；我看见了海岸线，所以才想到这里稍事休息。在破晓时分，我的船驶到了怀特福德，我认识这个城市，因为我以前曾经和其他的商人到过这儿。虽然我非常需要找地方休息，但如果这里的军爷不肯和我们和平相处，我们不得已只有继续前行。"

于是元帅让他的手下返回岸上，他自己对着这位陌生人说道："如果我在这里保护你的生命和财产，你拿什么供奉国王呢？"

“阁下，无论我们收获如何，只要我们在岸上逗留，我就会每天奉上一马克黄金；而您，将拥有这个金杯，只要您真能保证我的安全。”

“他当然能，”士兵们说道，“因为他就是国王的元帅。”

于是崔斯坦将金杯交给他们，元帅认为这确实是份珍贵又有诚意的礼物，便放他上岸，并要他发誓恪守规矩、绝不生事。得到了赤金的他们兴高采烈：这是商人出的入场费，也是国王收到的贡金——而崔斯坦同样满意，因为他得到了友好与和睦。

现在，故事说到这儿不得不提一下，那时候的爱尔兰，其实有一只恐怖的恶龙肆虐大地为害人民；所以国王就庄严发誓：谁除掉了恶龙就可以娶伊索尔德公主为妻。为了公主的美貌，无数勇士英勇挺身，却都死于凶残的恶龙魔爪之下。举国上下都知道这件事，崔斯坦得知后便决定前去屠龙。

第二日刚刚天亮之时，他便起身悄悄穿好铠甲，拿上他最锋利的长矛，骑上战马朝荒野出发。他骑马穿过了无数羊肠小道，日上三竿之时才下行来到一个山谷。这个山谷就是前面说到的恶龙的巢穴。这时他看到远处有四个人正在没有道路的荒野上疾驰。其中有一个就是王后的管家，管家一直爱慕伊索尔德公主，但是公主却并不爱他。每次当骑士们踏上征程的时候，管家一定要一同前往，每次他都能脱身并不是受到什么神明庇佑，而是因为他从来都不敢面对恶龙，总是逃得比来时快得多。

当崔斯坦看着那四人疾驰的时候，他知道恶龙应该就在附近，于是他也就快马加鞭。果然，不久他就看见恶龙朝他冲来，张开血盆大口喷火吐烟。崔斯坦准备好长矛，敦促坐骑飞奔起来，然后奋力将长矛朝恶龙刺去。只见长矛刺进了怪物张开的嘴里，顺着喉咙一直刺进了它的心脏；而崔斯坦也因为用力过猛，导致他的坐骑摔死，自己也险些没能从马上逃脱。只见那恶龙张嘴就把马儿的尸体吃掉大半，直到那心头突然的剧痛袭来，才让它剩下那半边马儿没吃，逃回了它的巢穴。

崔斯坦跟着那恶龙进了洞，它逃走的时候痛得狂吼不已，震得山壁的岩石隆隆作响。它不停地喷火想要撕裂大地，一直到它实在痛得无法忍受，才无力地趴倒在石壁旁边。崔斯坦以为应该可以轻易地杀死这条恶龙，便拔出了他的宝剑，但没有想到迎接他的仍然是一场恶战。这是崔斯坦生平最为艰苦卓绝的战斗，以至于他甚至以为自己撑不过来。恶龙不仅有喷火吐烟这等本领，牙齿和钢爪更是胜过锋利的刀剑；战斗如此激烈，崔斯坦手中的盾牌都几乎被烤成了焦炭。崔斯坦好不容易才躲在树木和灌木之后。好在这场战斗并没有持续太久，因为他先前刺入的那致命的一矛终于开始发挥作用——恶龙痛得在地上滚来滚去。于是崔斯坦以迅雷不及掩耳之势，将手中的剑朝着恶龙的心脏部位刺去——整支剑都没入恶龙体内，唯余剑柄在外。恶龙发出痛苦的吼叫，狰狞恐怖得就仿佛是天地冲撞一般；它死亡的吼叫一直传到了城里。就连崔斯坦自己都几乎被吓呆，但是当他看到恶龙已经死了，便使劲掰开恶龙的嘴，割掉恶龙的舌头放进怀里，再将它的嘴合起来。然后崔斯坦转身走进荒野，打算白天再休息一下，晚上就趁着夜色潜回到他的伙伴那儿去。但是与恶龙的这场战斗实在是让他筋疲力尽。当他看见前方有从石缝里流出的泉水汇聚而成的一滩浅水，便朝它走去。当终于到达这清凉的水边时，毒龙舌头里的毒液却使他渐渐无力，再也无法负荷沉重的铠甲——他一头栽倒在泉水边。

当一心想成为公主爱人的管家骑马回去的时候，正好听见了恶龙的死亡之吼，他立即明白了这意味着什么。他心中暗想："这怪物不是死了就是重伤，现在我可要小心把握机会。"于是他偷偷地离开他的伙伴，蹑手蹑脚地下山来到山谷，然后掉转马头朝声音传来的方向迅速骑去，结果他发现了崔斯坦的坐骑的尸体，他停了下来，不禁开始有所怀疑。他又侧耳倾听、四下张望了半天，确定安全无虞才壮起胆子继续前行。他战战兢兢地沿着草地走过折断的灌木和小树，走到了死去的恶龙面前。当他一看见倒在地上的恶龙就吓得魂飞魄散，掉转马头就逃，慌不择路间被一座小土堆给绊倒。当他爬起来的时候，吓得都等不及骑上马，拔腿就逃。但是当他发现恶龙并没有追来，仍然一动不动时，他便振作起来，瑟瑟缩缩地偷偷溜回来。他将自己的马牵到一棵倒掉的树边重新骑上马，然后小心翼翼地靠近恶龙以确定它到底是死还是活。当他确认恶龙真的死了以后，高呼道："感谢上帝，我终于迎来了我的欢乐时刻！"

他放下手中的长矛，开心地骑马朝死去的恶龙冲去，嘴里叫喊道："现在你是我的啦，我的伊索尔德公主！"他又拿起长矛，死命地朝龙嘴里刺去，将长矛留在那儿。他这么做是别有用心的，因为他想："如果那个杀死恶龙的骑士还活着，有这根矛在，他就没法否认我在杀龙的时候帮助过他。"于是，管家开始四下寻找屠龙的骑士，他想着就算骑士还活着多半也身负重伤，自己肯定可以战胜他，然后杀死骑士再埋掉——真是个绝妙好计！当管家什么也没有找到的时候，他又安慰自己道："算了，让他去吧；无论他是死是活，反正我是第一个到这儿的人，而且我还有大把的亲戚和朋友支持我——无论是谁做成了这事，都注定要失去这份功劳！"于是，管家骑马返回到恶龙的尸体边，再用他的剑砍出深深的伤痕——他本来是想把恶龙的脑袋砍下来的，但是恶龙的脖子实在太厚实，他没有成功。随后他又将自己的长矛折成两段，再将矛头一段插进怪物的嘴里，弄得好像长矛是在战斗中折断似的。

当一切都做得妥妥帖帖以后，他便骑马返回怀特福德，要人带上四匹马拉的货车去将恶龙的头运回来，还四处宣扬说，他是经历了如何的危难方才为民除害。“瞧啊，瞧啊，”他高叫道，“为了自己心爱的姑娘，一个男人要鼓起多大的勇气方才能成此大事啊！我能够从恶龙的攻击中幸存，连我自己至今都觉得是个奇迹！在我之前就刚有个软弱的人被杀了——我不知道他是谁，也许是个冒险家。总之在我赶到之前，他就因为怯懦而遭遇不测——人和马都被吃了，现在还有半匹吃剩的马躺在那儿呢。看来为了我心爱的姑娘，我比之前任何人都要大胆！”

接着管家叫上他的朋友们一道去看恶龙的尸体——让他们亲眼看看这奇迹，也好为他做个见证。他们砍下龙头装上马车运回来；管家又定下日子让朋友们同他一道去王宫，好让国王履行他的诺言。

这个消息迅速传遍了宫廷，一直传到内宫——再没有比这更不受欢迎的消息了。对美丽的伊索尔德公主而言，这不啻为当头一棒；大家从没有见过她如此悲伤。但是他的母亲说道：“亲爱的女儿，不要让这个消息如此困扰你；我们将第一个知道这是事实还是谎言。上帝不会让事情如此发生的！千万不要哭泣，我的女儿；不要为这种小小的不幸而哭红你明亮的眼睛！”

“啊，母亲，”伊索尔德说道，“为了不侮辱您和我自己；在我成为那人的妻子以前，我会先将匕首插入自己的胸口。他要想让伊索尔德成为他的妻子，除非他杀了伊索尔德。”

“不，不，不要担心，亲爱的女儿；无论真相如何，他都不会得到你的。我以世上的一切起誓，你绝不会嫁给管家为妻的。”

夜幕降临以后，王后开始施展她非常精通的咒语。王后果然在梦里看到了所有的真相，以及管家的所作所为。于是破晓时分，她便跑到伊索尔德的房间，问道：“女儿，你醒着吗？”

“醒着，我的母亲。”

“那你就放心吧。我有好消息告诉你：杀死恶龙的不是管家，而是一个异乡的骑士——我不知道他为什么来我们这儿以及他是谁。起来，让我们赶快出发，我们将亲眼看看事情的真相。布兰甘妮(Brangoene)，悄悄起来去通知侍卫帕拉奈斯(Paranise)准备好马匹；我们必须出发，就我们四个，我和我的女儿，还有你和他。让他尽快把马牵到后门那开满兰花的高沼地。”

当一切准备就绪，四人便上马朝巨龙被杀之地奔去。他们先是发现了那一半马的尸体，从那马的饰物看来，绝非他们爱尔兰所有；他们相互说道，无论谁骑着这匹马，一定是他而不是别人杀了这恶龙。然后他们又靠近一点，来到恶龙的身边，尽管光线昏暗，这恶龙看起来还是如此狰狞和恐怖，女士们都吓得面无血色。这时，王后对她的女儿说道：“现在我可以确定一件事：我们的管家根本不敢面对这恶龙！我们可以先把他搁到一边。女儿，无论屠龙之人是死是活，我认为他一定就藏在这附近。让我们去找他吧。愿上帝保佑我们能够找到他，让他帮助你克服心里的恐惧。”

于是他们四人便分头去寻找，伊索尔德公主最先有所发现。她一看见远处有头盔在闪光，便呼唤她的母亲：“母亲，快到这边来，我看到那边有东西在反光。虽然我不知道那是什么，但是我觉得像是顶头盔。”

“我也这么认为，”王后说道，“我认为我们已经找到我们要找的人了。”

她们叫来另外两人，四人一起朝那边奔去。当他们靠近的时候看见一个骑士躺在那里好像死了一般，伊索尔德不禁哭起来：“这下完了！奸诈的管家已经谋害了他，还将他丢弃在这沼泽！”

他们连忙下马，四人合力将这骑士从水边拖到岸上。他们取下他的头盔以及里面的钢帽，聪慧的王后一下就发现他依然活着，不过此刻确实命悬一线。

“他还活着，”王后说道，“我们先赶快脱下他的盔甲。如果他没有致命的伤口，一切就都好办。”

这三位美丽的女人俯下身来，用她们的纤纤玉手为骑士卸下盔甲，恶龙的舌头从他的胸前掉落。

“你说，布兰甘妮，这是什么？”

“我想应该是个舌头！”

“你说对了，布兰甘妮——这确实是个舌头，而且我认为它曾经就长在恶龙的嘴里！亲爱的伊索尔德，我的女儿，我们真是不虚此行。应该就是这舌头里的毒液让他昏迷不醒的。”

当她们除去骑士的盔甲后，非常高兴地发现他根本没有伤口。于是王后便将解毒药水倒到他的嘴唇上，并且很快就发现了生命复苏的迹象。“他会恢复的，”王后说道，“舌头的毒液已解，他很快就会睁开眼睛说话。”果然，不久以后，崔斯坦便睁开眼睛四处张望。

然后他们便帮助崔斯坦骑上马，秘密地通过王宫的后门将他带进了王宫。他们为他准备了休息的场所以及所需的一切，再没有其他人知道他的存在。当然他们也没有忘记恶龙的舌头，以及他的甲胄——它们全部都被带回来了。

同时，也到了戈汶国王对管家兑现诺言的时候。所有的骑士都聚集到一起准备商议，王后也同样到场，因为国王非常仰仗她的智慧。就在商议之前，国王悄悄地对王后说道：“我们的策略是什么啊，我的夫人？要让我把宝贝女儿嫁给管家，真比杀了我还难过！”

“放心吧，”王后说道，“我们不会把女儿嫁给他的，我已经预见了一切。”

“究竟情况怎样，我的夫人？快点告诉我，让我们一块儿高兴嘛。”

“告诉你，我们的管家根本就不像他说的那样杀死了恶龙，而且我知道是谁杀了恶龙。等到时机成熟我就会说出真相。去对你的朝臣们说,只要你确认了管家的话都是真的,你就会遵守你的誓言。然后坐在你的裁判席上,让你的骑士们和你一起裁决,而让管家来答辩。只要时机成熟,我就会和伊索尔德一起出来,为你、为我、为我们的女儿说话。现在我去找她,我会很快回来的。"

于是国王返回朝堂,坐在裁判席上。所有的朝臣都围在他身边,还有大批骑士和贵族,因为所有人都急于知道这件事情的结局。当公主和王后一同出现的时候,大家都不由地心想:"管家真是好运气,竟然能够娶这样的女子为妻!世上所有的男人都会羡慕他的。"

管家走出来站在国王面前,于是戈汶起身,和蔼地说道:"说吧,你希望从我这里得到什么?"

"尊敬的陛下,"管家答道,"我只祈愿陛下不要背弃诺言损害荣誉。您曾经发誓无论是谁杀死了恶龙,您都会让他娶伊索尔德公主为妻,而您的这一誓言已经让很多人为之送命。但是我毫不动摇,因为我深爱着公主,我比任何人都更英勇,也更多次拿自己的生命冒险,直到最后,终于上苍垂怜让我杀死了这怪物。看,这就是那怪物的头颅,我把它作为战利品拿回来了。现在请您兑现您的诺言,因为国王的话语和誓言,全都应该是神圣的。"

这时王后开口说话:"管家,我认为你最解女人心,甚至能够成为她们中的一员:因为你爱一个恨你的人,想要得到一个不想要你的人。这就是女人的行径,为什么要像女人那样呢?像个男人一样,去爱一个爱你的女人,要一个也想要你的女人。我们已经听过太多你对伊索尔德的爱意了。但是她不爱你,恐怕也是受我影响,因为我从来就不喜欢你!至于国王的誓言,我告诉你:你根本没有杀死恶龙,杀死恶龙的另有其人。如果你问我:'他是谁?'我会告诉你我认识他,而且在适当的时候,我会把他带到这里。"

“王后陛下，没有人能够通过造假而剥夺我的权利和荣誉。如果有人宣称他杀死了恶龙，那么他必须和我手把手、面对面地在这朝堂之上决斗，否则我绝不会放弃我的权利。”

“很好，”王后说道，“我就是他的保证人。从现在起的第二日，我一定将屠龙的骑士带到这里。”

听完双方的对话，国王说道：“就这样吧。管家，你就回去着手准备战斗吧，而王后，您就去找您的屠龙者吧。”然后他接受了双方的誓言，并将决斗的日期定在第三日。

王后和公主便去找崔斯坦。崔斯坦一见到她们便屈膝行礼，说道：“平安，美丽的女士们。感谢你们救我一命，都是托你们的福我现在才在这里。”

王后许他起身，然后二人各给了他一个平安之吻，虽然伊索尔德公主并不十分情愿。然后他们一起坐下。

“王后陛下，”崔斯坦说道，“您能成为我的好朋友，并且帮助我说服您最爱的女儿，接受一位与她身份匹配的国王做她的丈夫吗？那位国王出身高贵、英勇无比、仁慈慷慨，而且比她的父亲还要富有。”

“如果以上都是实情的话，”王后说道，“我会竭尽所能的。”

“句句属实，王后陛下，因为不久前我曾经向我的舅父马克王提起您和您的女儿；我的舅父便派我作为使者来向您求婚，目的只有一个——就是恳请您能将女儿嫁给他，让您的女儿成为康沃尔和英格兰的王后。”

“很好，但是如果我要建议马克王和我的丈夫和平共处，这合适吗？”

“您不仅要建议，而且还要让国王知道一切，而且我恳请他也能够成为我的朋友。”

“那就没有什么可担心的了。”伊索尔德王后说道。

于是王后派人请来国王，又请求国王答应她的一个请求，因为有一件事一直压在她自己以及女儿的心头。

“无论你要求什么我都会答应的。”国王说道。

“那么，陛下，我请求您原谅崔斯坦，他杀了我的哥哥摩洛尔特；他现在就在我这里。”

“原来如此，这更像是你的家务事而不是我的。摩洛尔特是你的哥哥，如果你都原谅崔斯坦，那么我也原谅他。”

终于到了约定决斗的日子，人们都聚集到了这里，因为大家都想知道到底是谁会为了争夺伊索尔德公主而与管家决斗；大家都互相询问：“到底谁才是那个杀死了恶龙的人？”大家问来问去，也没有一个人能够回答。这时，崔斯坦的同伴也穿着华贵的衣衫从船上下来，而他自己也穿着能够显示他高贵身份的长袍。当王后和伊索尔德公主瞧见他的时候，都不禁心想：“真是英姿飒爽啊；我们已经胜券在握。”这些骑士坐了下来，人们望着他们，既惊讶他们服饰的华美，也很诧异他们一言不发，哪里知道他们完全不懂这里的语言。

这时国王的信使前来请王后和公主去朝堂，王后便说：“起来，伊索尔德，我们要出去了。崔斯坦骑士，请先留在这里，当我请你出来的时候，就和布兰甘妮一起出来。”

“非常乐意，尊贵的王后陛下。”

于是伊索尔德王后领着她的女儿出来，艳若朝霞初升，翩若轻云出岫。伊索尔德公主身着一件棕色的锦袍，袅娜地与母亲并排而行，用右手指尖轻轻地拎起白貂皮斗篷的一角。她头戴镶着宝石的黄金小环，要不是宝石闪闪发光，大家都不会注意到它的存在，因为黄金的光芒都被她的美貌掩盖了。

只见美丽的母女登上朝堂，沿路问候大家，母亲用言辞，女儿则行礼。当她们坐到国王身边时，管家站起来说道：“尊贵的陛下，我要求我决斗的权利。那个认为可以夺走我的荣誉的男人在哪里？我的朋友和亲戚都在这里，我的证据如此充分，如果让议会裁决，公义一定是站在我这边的。我远非你们所想的那种人，我可是不畏强权的。”

“管家，”王后说道，“如果这场决斗在所难免，我也不知该怎么办才好。如果你肯声明放弃我的女儿，我认为无论对她还是对你都是最好的结果。”

“放弃？”管家说道，“是啊，王后陛下，你会放弃一场你已经赢了的比赛？如果我现在放弃了您的女儿，那我冒着生命危险战斗岂非一无所获？王后陛下，让我们结束这一切吧——要么让我和公主结婚，要么把所谓的屠龙者带过来。”

“管家，我听到你说的话了，我会证明我说的是事实。”王后示意她的护卫，“把那人带到这儿来。”

所有的贵族都相互张望，整个大厅里只听见窃窃私语，有的问，有的答——大家都在问那人到底是谁，但人们都说不知道。只见布兰甘妮进来，引出了高大英武、相貌堂堂的崔斯坦骑士。他身着贵气十足的紫色真丝长袍，身上的金线刺绣随着他边步而闪闪发光，他的头顶还戴着一顶镶着宝石的小金冠。当他走近的时候，浑身上下透露出的落落大方和无所畏惧，让大家不由自主地为他让出一条道来。康沃尔人一看见他，立刻跳起来冲向他，向他表达问候；牵着他和布兰甘妮的手，将他俩领到了国王和王后所坐的高座前。崔斯坦弯腰向他们行礼。于是大家围在一起，盯着这陌生人看，而从康沃尔来的人质瞧见了这些亲人，便从人群里冲过来，又哭又笑，为与亲人重逢而由衷地喜悦。

国王让崔斯坦在他身边坐下，然后命令大家安静下来。当四下安静了方才说道：“管家，你有什么要说的吗？”

“陛下，是我杀了恶龙。”

崔斯坦站起来说道：“陛下，恶龙不是他杀的。”

“陛下，是我杀的，我将在这里证明给您看。”

“你带来什么证据？”崔斯坦问道。

“看，这是恶龙的首级，是我带到这里来的。”

“尊敬的陛下，”崔斯坦说道，“既然他把恶龙的首级当作证据带来了，能否让他们打开恶龙的嘴看看；如果嘴里有舌头，我就收回我说的话并且放弃这场决斗。”

于是他们打开恶龙的嘴，发现里面空无一物。在他们惊愕不已的时候，崔斯坦让自己的侍从捧着舌头站出来。“现在，让我们瞧一瞧这到底是不是恶龙的舌头。”大家一起观看，发现那果然是恶龙的舌头——除了管家，在场的人一时间都不知道该说什么，也不知道该怎么办。

“诸位，”崔斯坦说道，“记下这个奇迹吧。我杀死了恶龙，从它嘴里把舌头割了下来，然后这个人又把这死了的恶龙第二次‘杀死’了！”

所有的朝臣都说道：“这件事非常明显：第一次割掉舌头的人才是真正的屠龙者。”再没有人对此表示反对。

当事实已经明了，崔斯坦便说道：“国王陛下，我恳请您重拾您的誓言，将您的女儿赐予我。”

国王说道：“骑士先生，你已经实践了你的承诺，我也会履行我的诺言。”

但是管家叫道：“不，他说谎！国王陛下，在他抢走属于我的荣誉前，我要求与他决斗。”

“他为什么要与你决斗呢，管家？”王后说道，“他已经赢得了我的女儿。他不会傻乎乎地跟个孩子似的毫无缘故地就和你决斗的。”

"如果他非坚持我对他做过什么不义之事，王后陛下，"崔斯坦说道，"我会和他决斗的；让他去准备吧，我去穿上盔甲。"

当管家看到终于可以决斗了，便把他的朋友和亲戚都叫来征询意见，结果碰了一鼻子灰，因为他们都为此事感到非常羞耻，他们是这样说的："为什么要为了一个错误的理由而决斗呢？丢掉你的荣誉后再失去生命真是愚蠢至极。虽然你曾经受魔鬼诱惑做错事，但至少保住自己的性命吧。"

"你们想让我怎么做？"

"去吧，去跟国王说你听从了朋友的建议决定收回你的挑战。"

于是管家照着他们的话做了。王后嘲弄地说道："管家，我从没有想到能看见你放弃你已经赢得的比赛。"只见整个宫廷，从至高无上的国王到官职最低的无名小卒，都嘲笑起管家来，弄得他恨不得能有个地洞钻下去——因为他的错误给他带来了难堪的结局。

当这件事情结束以后，戈汶国王便向群臣告知了崔斯坦此行的任务以及自己已经同意了他的请求。现在，就在大家的见证下，他将女儿托付于崔斯坦，好让他护送她去康沃尔做马克王的新娘。

当着所有人的面，崔斯坦执起公主的手说道："陛下，既然公主殿下已经是我国的王后陛下，我恳请您能将手下所有的康沃尔人质都转交于她，因为他们都是王后陛下的臣民，理应让他们随王后陛下回国。"

戈汶国王欣然应许；得到释放的所有人质都兴高采烈。

于是崔斯坦让他们准备好一艘让伊索尔德公主和他都满意的大船，然后集合这片国土上的所有康沃尔人，就准备扬帆出发了。

就在崔斯坦和他手下的人正为航行准备之时，伊索尔德王后却在精心准备一剂法力惊人的爱情魔药，喝了这剂魔药的两人会身不由己地爱上对方，情感与日俱增，超越一切，同甘共苦，生死与共。伊索尔德王后将制成的爱情魔药封在一个小巧的水晶长颈瓶里。然后王后将它交给布兰甘妮并且轻声嘱咐："布兰甘妮，你我情同母女，听了下面的话可千万不要伤心：你必须和我女儿一起去异国他乡，而且你要用心记住我接下来对你说的话。拿着这个水晶瓶，小心看护好这里面装的东西。要把它当成你最宝贵的财富来照料，而且不要让别人发现。当伊索尔德和马克王大喜的那晚，你就把它当成葡萄酒倒给他们俩喝，要亲眼看着他们两人喝下去。你自己可千万别喝，因为这是爱情魔药，千万别忘记。你一定要照顾好伊索尔德，我最亲爱的女儿；我的一生可都是为了她。我和我的女儿一样都将永远的幸福寄托在你的身上——我想我已经说得够多了。"

"我最尊敬的陛下，"布兰甘妮说道，"如果这是你们二人的心愿，我愿意追随伊索尔德而去，并尽我最大的努力去守护她的名誉和幸福。"

崔斯坦和同伴们欢天喜地准备起航离开怀特福德港，国王、王后还有所有的亲属都来为他们心爱的伊索尔德公主送行。依依不舍的朋友们都围在公主身边哭泣；父亲、母亲也是伤心欲绝；所有人都泣下沾襟，为失去了生命中的快乐——美丽的伊索尔德公主而忧伤不已。

伊索尔德王后与伊索尔德公主母女俩就仿佛骄阳和晨曦一般，而美丽的布兰甘妮就是那恬静的月亮，现在她们就此天各一方，叫她们如何不泣涕如雨呢！斩断这血肉亲情自是摧心剖肝。王后久久地亲吻着二人不忍放手。

现在康沃尔人和追随年轻王后的爱尔兰人都已经在甲板上整装待发。崔斯坦是最后一个登船之人，他用手搀扶"爱尔兰之花"——年轻的伊索尔德王后登船。伊索尔德跟着崔斯坦上了船，梨花带雨、泪痕犹在。两人向着岸上的人们鞠躬告别，祈求上帝保佑这片国土以及国土上的人民。船员们起锚出海，高声唱道："以上帝之名出发！"于是一行人就离开了爱尔兰。

在崔斯坦的建议下，他们特别为伊索尔德和女眷们准备了一间单独的船舱，不受他人打扰。只有崔斯坦时不时地去安慰年轻的王后——因为她被迫离开了自己亲爱的父母、亲人、朋友还有熟悉的环境，去一个无亲无故、一无所知的国度，叫她如何不忧心忡忡呢？她总是一坐下便泪眼婆娑。于是崔斯坦便尽可能地安慰她，轻轻地将她搂在怀里，就像骑士对待他的王后陛下和外甥对待舅母一般，毫无逾越之举。但是每当崔斯坦用胳膊搂住她的时候，伊索尔德就想起了舅舅的死，便开始责备他："算了吧，骑士！挪开你的胳膊，你真让人讨厌！为什么要碰我呢？"

"尊敬的陛下，我是不是冒犯您啦？"

"是，当然，因为我恨你。"

"但是亲爱的陛下，为什么？"

"是你杀死了我的舅舅。"

"但是我也带来了两国的和平。"

"也许是，但是我不喜欢你，在认识你以前，我过着无忧无虑的生活；你的英勇和武艺带给我的只有悲伤。你为什么要大老远地从康沃尔跑到爱尔兰来伤害我呢？我的父母含辛茹苦地抚养我成人，你却把我从他们手中夺走，硬要带我去个我连位置都不清楚的国度！我不知道我将付出什么代价，我甚至不知道等待我的究竟是什么。"

"不，不，美丽的伊索尔德，平静下来。比起和自己的亲人贫困潦倒地生活在一起，您不愿意在异国他乡做个享尽荣华的王后吗？我以为，在一个陌生的国度享有尊荣和财富与在自己的家乡生活在耻辱中是不一样的！"

“是不一样，崔斯坦骑士，”伊索尔德说道，“但是那是你的想法，我宁愿享受温馨和睦的困窘生活，也不愿意愁苦哀怨地坐拥财富！”

“说得好，” 崔斯坦回应道，“但是财富和快乐，能够同时享受总比只享受其中之一要好吧？告诉您，要不是我的话，你现在就要让管家做您的丈夫了，想想那种情形，我很想知道那样您是不是就开心了？我将您从他的手中解救出来，您就一点感激之情都没有？”

“现在不会了，”伊索尔德说道，“当你将我从他的魔掌中解救出来的时候，我是想好好感谢你。可是你立刻就将我投入水深火热之中。早知道要和你远渡重洋背井离乡，我还不如嫁给管家！无论他如何一钱不值，总是和我一同生活过一段时间，后来才误入歧途，而且我也清楚地知道，他是深爱我的。”

崔斯坦说道：“您这样说就未免言过其实；要让人违背本性行事可非易事！说一个一无是处的骑士完成了惊天义举，全世界都没人相信的。美丽的陛下，很快您就会知道，我让您嫁的那位国王是如何才德兼备、富甲天下和幽默俊朗。”

这时他们正顺风而行，海景也十分迷人；但是伊索尔德和她的女眷们却对与海上航行十分不适应，很快就疲惫不堪亟须休息。于是崔斯坦命令船员尽快靠岸，幸运的是，他们离一个港口不远，于是就在那里靠岸。很快，船上大多数人都上岸去活动以恢复精力。但是伊索尔德却仍然留在船上，而崔斯坦便去船舱问候他的王后陛下。他在她的身旁坐下，二人便海阔天空地聊了起来，直到崔斯坦感到口渴，便命人去给他拿些喝的来。

这时，女王身边只有几个不谙世事的小侍女，其中一个正好看见了布兰甘妮放起来的那个长颈瓶，便说道：“瞧，那个瓶子里有葡萄酒。”她哪里知道那看起来像是葡萄酒的液体根本就不是葡萄酒，而是让两人饱受痛苦折磨并最终殉情的爱情魔药！于是这毫不知情的小侍女从布兰甘妮藏瓶子的地方把它拿出来,递给了崔斯坦,而崔斯坦又将它递给了伊索尔德。伊索尔德不情愿地喝了一小口,然后又还给了崔斯坦。崔斯特便接着喝了。两人都不知道他们喝的其实根本就不是葡萄酒。正在这时,布兰甘妮回来了,看见了刚刚发生的一切。

她登时吓得面无人色。她拿着这在错误时间出现的瓶子,心都凉了,奋力将它投入了苍茫的大海。"从我降临到这世上以来,"她自言自语,"从没有这样悲伤过!我竟然如此悲惨。我辜负了王后的信任,失去了自己的名誉。真希望我从来没有踏上这异国之旅。临行之前我答应了王后却没有做到,我到死都会懊悔不已。天啊,崔斯坦和伊索尔德,喝了那爱情魔药你们会死的啊!"

当喝下了爱情魔药以后,崔斯坦和伊索尔德,之前还争执不休的一对男女,此刻,爱情就在他们毫无觉察的情形下悄悄地爬上了两人的心头。先前仿若仇敌的他们现在已经是无法分开的一体。伊索尔德心中的仇恨烟消云散,他们之间再无纷争。因为爱情——这伟大的调停者已经将他们紧紧连在一起,除去了敌意的两人仿佛就是对方的镜子一般。他们的心也连成一体——她的忧伤就是他的忧伤,他的喜悦就是她的喜悦。他们同喜同悲,却又因为羞愧和怀疑而隐藏起来。她为自己对他萌生的爱意而羞愧,他同样如此:她很怀疑自己对他的爱意,他也同样如此。虽然他们的心都已经盲目地屈从于魔药的意志,但是这突如其来的爱情让他们难以承受,所以两人就都隐藏起自己的爱火。

当崔斯坦感受到那爱情的重击,立即想起了自己的忠诚与荣誉,便将心中的爱意压制下来。"不,"他心想道,"别去想,崔斯坦;看好自己,千万别让他人觉察到你的想法。"于是他的理智便与情感斗争起来,他就像一个与镣铐斗争的囚徒。每当他看到伊索尔德,他不禁心旌摇曳，然而忠诚又马上让他恢复理智。魔药让他必须追随爱情的脚步，爱上他的王后陛下，但是他的忠诚又让他提醒自己必须忠于自己的舅父，两者就这样一直争夺着对他的主宰权。爱情让他的心都在微笑，伊索尔德的一颦一笑无不吸引他的视线、牵动他的心弦；一旦看不见她，他的心中便是无尽的悲凉与空虚。崔斯坦经常憎恨自己，祈望能够从这情感中逃离，他一次又一次地对自己说："把注意力转到别的地方，在别的地方爱上其他人。"然而他越是审视自己的心灵就越是发现，在他的心里什么也没有，只有爱——和伊索尔德。

伊索尔德那里的情况也如出一辙：她就像是陷入了罗网中的鸟儿。当她发现自己陷入了爱情的罗网已经难以自拔时，她拼命地想从中挣脱，然而她越是反抗，爱的罗网就缠得越紧，就算万般不愿，她也得遵循爱情的指引。她想自己解救自己，却发现自己已经被那盲目又甜蜜的爱情给捆绑得不能动弹。尽管她竭力隐藏，可是她已经完全无法思考，脑子里想的全是爱和崔斯坦。她的心灵和眼睛在战斗：爱情让她一心向着崔斯坦，然而她的眼睛又羞于注视他。爱情与羞愧就这样一直斗争，直到伊索尔德为这无谓的挣扎筋疲力尽，她能做的唯有一件事——屈服，全身心地屈服于这男子，屈服于爱情。

伊索尔德羞涩地望着崔斯坦，崔斯特也回望她。终于，两人的心与眼交汇到一起。因为崔斯坦也同样屈服了，爱情让他们别无选择。只要一有机会，两人就腻在一起，他们一天比一天发现对方更可爱。这就是爱情，历久弥新，天荒地老。随着爱意的加深，双方的愉悦也更强，就和鲜花绽放之时比乍开之时更浓艳、果实成熟之时比初结之时更香甜一样的道理；随着时间的推移，爱情的果实一天比一天更丰硕。

爱将情人化作阆苑仙葩，
爱让甜蜜生活锦上添花，
热切的目光要日胜一日，
否则爱情就会凋零融化。

船儿快活地前行，爱情却将两颗心恣意玩弄。爱情将沉重的负担压在崔斯坦和伊索尔德身上，让他们既品尝到爱情如蜜糖、甘露般的甜蜜，也感受到胆汁般的苦涩、火烧般的痛苦。当他们凝视着对方的时候，只见对方面色时而由红转白，时而又由白转红，真是百转千折。他们明白对方的心意，却又只能说着其他不相干的言辞。

终于在那一夜，爱情这抚慰者，将崔斯坦引到了伊索尔德的身旁，用神奇的力量将二人合为一体，从此他们的生命就绑在一起再也无法分开。

剩下的行程中，深陷爱河的这对情侣小心翼翼地不让他人发现他们的秘密；一想到美丽的伊索尔德必须要给一个她完全不爱的男人做新娘，他们就悲从中来。当可以看见康沃尔的海岸线的时候，甲板上的人都为旅程终于要结束而欢呼雀跃，崔斯坦和伊索尔德却心如刀绞，如果让他们选择的话，他们宁愿永远看不见这块陆地，永远一起在海上航行。

就在靠近海岸的时候，伊索尔德终于想出了她的计策。她将布兰甘妮约了出来，希望她能够在新婚之夜代替自己行使新娘的义务——因为布兰甘妮如此纯洁美丽，而她自己的全部身心都只属于她的爱人崔斯坦。伊索尔德将自己的计划告诉了布兰甘妮，布兰甘妮沉默了一会儿，然后回答道："亲爱的陛下，您的母亲，我尊贵的王后陛下嘱托我一定要照顾好您；旅途中发生的不幸让您深受痛苦，我也难辞其咎。是我的疏忽才让您遭受痛苦和耻辱，能让我与您共同分担，我责无旁贷、甘之如饴。天啊！我怎么会如此疏忽呢？"

“亲爱的姐妹，”伊索尔德说道，“你为什么要这样责备自己呢？我完全听不明白你在说什么。”

“陛下，还记得那天我将一个水晶瓶丢到大海里吗？”

“记得，但是你为什么要如此介怀呢？”

“天啊！那就是你们俩那天一起喝酒的瓶子，那就是你们俩的死亡象征！”

“你怎么会这样说？你到底在胡说八道什么啊？”

于是布兰甘妮将这事告诉了他们二人，从头到尾，以及中间的变故。

“我以上帝之名起誓，”崔斯坦说道，“无论今后是死是活，这都是甜蜜的毒药！我不知道未来会怎样，但是就算死了，我也心甘情愿！如果我美丽的伊索尔德死了，我也绝不会独活！”

然而就算身处热恋之中，一个男人也总是时不时地考虑到自己的荣誉，崔斯坦深知舅父信任和器重自己，才会让自己去迎娶新娘，每每念及此就总免不了又矛盾起来，气恼自己。可是终究是无用的挣扎，既然他已经选择了爱情，荣誉和信任就只能排在其次了。

于是崔斯坦用两艘小船载着信使先上岸，将美丽的爱尔兰公主已经到达的消息报告马克王。马克王立即派了上千名信使到全国各地，通知骑士们准备盛大的仪式来欢迎崔斯坦以及随之而来的异国人，而他自己则用最亲热的方式亲自迎接他们俩。

马克王让全国的贵族在十八日内齐聚宫廷，参加他和伊索尔德的婚礼。于是大家都来了，无数骑士贵族和名媛淑女，都急于一睹伊索尔德的芳容，看她是否真如传闻一般美若天仙。当大家亲眼看到伊索尔德的时候，便都只有一个想法、一个声音：“美丽的伊索尔德就是世上的奇迹，果真名不虚传！她就像和煦的阳光一样温暖人心；还从没有哪个国家赢得如此美丽的女子。”

于是马克王和爱尔兰的伊索尔德举行了婚礼，从此康沃尔和英格兰也就在她的统治之下，然后她行了效忠宣誓礼，发誓如果没有为马克王生下继承人，崔斯坦就将继承大统。

当夜幕降临以后，一切也都按照伊索尔德的计划进行。当王后吹灭新房的蜡烛，布兰甘妮便穿着新娘的礼服，躺在了国王的身旁。按照习俗新婚之夜是要饮酒的，当国王要酒的时候，布兰甘妮就起身，而崔斯坦便拿着蜡烛和葡萄酒出现，伊索尔德则坐到躺椅旁边。此刻本应由马克王和伊索尔德共饮的爱情魔药早已经被喝掉，而装药的瓶子也淹没于深深的大海。

马克王和他的大臣，还有全国的人民，都深爱也尊敬伊索尔德王后，他们发现她美丽高贵且知书达理，大家对她交口称赞；没有任何人发现了她与崔斯坦之间的事情，想都没想过。这时一个念头从王后心里冒了出来：除了布兰甘妮，没有任何人知道她对马克王的欺骗，为了自己的安全，是不是应该除掉她呢？只要她不在了，就再也没有人能够抓住把柄对自己不利；万一布兰甘妮喜欢或者爱上了马克王，说不定她就会把这事情告诉马克王。王后非常清楚男人畏惧耻辱与欺骗胜过畏惧上帝，想到这里，她便召来两个不是英格兰本土的侍卫，先是让他们以生命起誓，会毫无疑问地按照她的吩咐去做。他们发誓后，伊索尔德便说道："现在你们用心记住，我会让一位侍女跟着你们，你们三人就秘密地骑马去某个森林，无论远近，只要你们认为最合适就行了，但是一定要荒无人烟才行。然后你们在那里砍下她的头颅。你们要记住她说的每一句话，然后回来告诉我，还要把她的舌头一起带回来。记住，如果明天你们把事情办成了，我就封你们做骑士，让你们享尽荣华富贵。"二人发誓一定完成任务。

于是伊索尔德将布兰甘妮单独带到一边，说道："布兰甘妮，仔细看看我，我的面色是不是很苍白？我不知道为什么而烦恼，总之我的头就是痛得要命。你必须得为我找点草药树根什么的,而且我们还得商量商量,我真担心自己是不是快不行了。”

忠心耿耿的布兰甘妮回答道:“陛下,看您痛苦我更痛苦;事不宜迟,您快告诉我,哪里可以找到医治您的良药?”

“看,那里有两个侍卫,跟他们一起走,他们会给你指引正确的方向。”

“陛下,我马上就去。”

于是他们三人就一道骑马走了,当他们走到一座森林,发现绿草如茵,到处都是草药和树根,布兰甘妮便从马上下来。两个侍卫便将她向森林深处引去,当走到人迹罕至的地方,两人便抓住这忠诚的姑娘,将她摔倒在地,然后拔出他们的佩剑准备杀她。

布兰甘妮吓得躺在地上瑟瑟发抖。她满脸恐惧仰视他们:“先生们,你们为什么要这样对我?”

“今天你就要死在这里!”

“天啊!为什么?我求求你们告诉我为什么!”

于是其中一个侍卫说道:“那得问你自己什么地方得罪了王后?是她命令我们杀死你的,所以我们必须杀了你。我们的王后陛下伊索尔德,她下令要置你于死地。”

布兰甘妮双手合十,哭泣着说道:“不,先生们,请看在上帝的份上,大发慈悲稍等一会儿,让我把话说完再杀不迟。等我说完,随你们处置。请你们转告我的王后陛下,我从没有做过对不起她的事情,也不曾伤害过她,可能只有一件事,但是我几乎不能相信就是那件事。当我们二人从爱尔兰出发的时候,每人都有一件雪白的外套,比其他所有的外套都要漂亮。当我们在海上航行的时候,骄阳似火,除了这件衣服,王后哪件都不愿穿。她每天都穿着这件衣服,以至于都弄脏了,再也不像开始那样洁白无瑕。而我却将我的衣服一直藏在箱子里面，叠得整整齐齐、崭新如初。当王后来到这里以后，和国王结为夫妇，在新婚之夜，她穿上她的白裙却发现已经不再美丽如初，于是她请求我把我的裙子借给她。起初我忘记了自己的本分拒绝借给她，但是最后我还是按照她的要求做了。如果不是这件事情惹恼了王后，我就再也想不到其他的事情了。上帝可以为我作证，我从来没有违背过她的意愿做事。现在，你们动手吧。请把一个女仆给她的女主人的问候带给王后陛下。愿上帝的荣光一直照耀她的声名和荣誉，愿我的死换取上帝对她的宽恕。我把灵魂交给上帝，身体任由你们处置。”

两个侍卫互相对视，不免于心不忍。他们见到这个姑娘泣不成声，心里充满了同情，不禁后悔已对王后发誓要杀掉她，因为他们实在找不到杀害她的理由，她身上一点过错都找不到。于是他们商量了一番，做出了决定，他们决定不杀她。他们将布兰甘妮高高地绑在树上，这样她在他们回来找她之前，就不会被野兽伤害。他们杀了一只猎犬，切下它的舌头，然后骑马离去。

当他们回到王宫的时候，伊索尔德王后充满悲伤地问起情况。他们便回答说已经按照她的命令去做，并且将舌头拿出来，告诉王后这就是那个侍女的舌头。伊索尔德说道：“现在告诉我，那侍女对你们说了什么？”

于是他们就将布兰甘妮对他们说的话从头到尾、一字不差地告诉了她。

“我知道了，”王后说道，“她就没有说别的了？”

“没有，陛下。”

接着伊索尔德就痛哭起来：“天啊，为什么是这样的消息！你们这些可恶的杀人犯，你们究竟做了什么啊？我要绞死你们，你们两个都要死！”

“陛下，”两个侍卫说道，“最尊贵的伊索尔德王后，您说什么？难道不是您下令，让我们俩杀死她的吗？”

“我不知道你们俩在说什么。我把侍女交给你们照顾，你们应该在路上小心照顾，然后将她带回来，我要她重新回到我的身边。你们必须要将她找回来，否则你们俩就没命了。你们两个懦弱的刽子手，你们将会被施以绞刑，或者火刑！”

“不，”其中一个侍卫说道，“陛下，您的心思实在难以揣摩，您的言辞更是真伪难辨！与其丢掉自己的性命，我们不如把您的侍女归还与您，确保完好无缺。”

于是伊索尔德哭得更伤心，说道：“你们别再骗我了。告诉我布兰甘妮究竟是活着，还是已经死了？”

“尊敬的陛下，她还活着。”

“啊！那赶快把她带回来，我发誓我会遵守诺言的。”

“遵命，陛下。”

伊索尔德将一位侍卫扣押在身边，另外一个就骑马来到留下布兰甘妮的地方，将她带回交给伊索尔德。当布兰甘妮一出现在眼前，王后立刻将她搂在怀里，一遍又一遍地亲吻她的嘴唇和脸颊。然后付给两个侍卫七十马克黄金，并要求他们一定保守这个秘密。

现在王后已经考验过布兰甘妮，并且知道她至死都是忠于自己的，她那坚定不移的勇气，可谓真金不怕火炼，从此她们二人便是戮力同心、风雨以共。宫廷上下对布兰甘妮都赞不绝口。所有人都喜欢她，因为她对任何人都没有恶意。她也深得国王和王后的信任，议政厅里发生的事情谁也不知，除了她。同时，她也一如既往地侍奉伊索尔德和她的情人崔斯坦，而且做得十分隐蔽，王宫上下没有一个人怀疑。大家做梦都想不到王后和崔斯坦的所作所为。

随着时间的推移，即使身边有人，王后和崔斯坦也会眉目传情、悄悄说话，就像所有的情侣一样。后来他们的胆子越发大了起来，会公开地说起情话，用些只有他们明白的暗语，就如同金针穿过丝绸一般驾轻就熟。也没有人觉得亲人间说这些话有何不妥，毕竟人人都知道崔斯坦和马克王之间的感情与信任。

在那段日子里，崔斯坦交了个好朋友，名叫马乔铎(Marjodo)，也是个高贵的骑士，拥有国王赏赐的封地，现在担任宫廷总管。他也和崔斯坦一样爱着伊索尔德王后，只不过小心隐瞒没让任何人觉察到而已。

这两位骑士因为意气相投，便经常住在一起，同进同出。这个总管习惯了晚上将睡椅靠着崔斯坦的睡椅，这样他们就可以畅所欲言，崔斯坦出言有章，又特别能够抚慰人心。

一天夜里，二人又聊到很晚，马乔铎睡着了。崔斯坦一见他睡熟了便轻轻起身，蹑手蹑脚地按照惯常的方式去和王后约会。他以为无人知道他潜往王后寝宫的小路。虽然下过雪，天空又挂着皎洁的明月，崔斯坦却完全没有隐藏他的脚印。

当他进入王后的寝宫，布兰甘妮便拿一块棋盘斜靠在蜡烛边，这样寝宫里就暗了下来，然后她就上床睡觉。我不知道她为什么没有关门，由此，便有了后面的麻烦和痛苦。

马乔铎睡着时，突然梦到一头凶猛的野猪从森林里跑到了王宫，龇着獠牙，口角泛着白沫，毁坏了所有的东西，没有人胆敢与之对抗。这头野猪甚至跑到了国王的寝宫，撞开大门将睡椅撕得粉碎，扔得满地都是；马克王的所有手下都看见了，可是没有人胆敢上前阻止。

于是总管惊醒了，便想将自己的噩梦讲给崔斯坦听。他叫崔斯坦的名字没人应答，于是又叫了一遍，当他用手去摸时，发现床上没有人。他猜想崔斯坦一定是去执行什么秘密任务，完全没有想到他会是和王后幽会去了。但是他心里还是多多少少有些不快，他们俩交情这么好，崔斯坦竟然还有秘密瞒着他。于是他穿上外衣，轻手轻脚地走出来，环顾四周，然后发现了雪地里崔斯坦的脚印。

他沿着有脚印的道路而行，穿过一片小树林便来到了王后寝宫的门口。当他发现门没有关的时候，突然产生了一个奇怪的念头，不禁浑身一抖，停住了。他站在那里盯着崔斯坦的脚印，迁思回虑。一会儿他认为崔斯坦一定是爱上了王后的某个侍女，一会儿又认定他一定是爱上了王后本人。他在两个想法间摇摆不定。

最终他轻轻地走了进去，发现房间里既没有烛光也没有月光；蜡烛正在燃烧，只不过光亮被一块棋盘给挡住了。于是他用手摸着墙壁继续往前走，直到他靠近了王后的卧榻，听见了这对情侣的窃窃私语。

马乔铎登时心如刀绞，因为他一直深爱和尊敬伊索尔德王后，但是此时满腔的爱意都化作了怒火。他对这对情侣又妒又恨，不知道自己会做出什么来。他左思右想，对这两人的背叛行为怒不可遏，想马上揭发，但是一想到惹恼崔斯坦的后果便又压抑住自己。于是他转身原路返回，像一个受尽委屈的人一般，再次躺回到床上。

不久以后，崔斯坦又轻手轻脚地回到房间，重新躺到床上。他一言未发，马乔铎也毫无动静，和往日有所不同。见马乔铎如此安静，崔斯坦不禁起了疑心，心想以后一定要格外小心自己的言辞和行为。然而已经太迟了，他的秘密已经不再只有他自己知道了。

之后，马乔铎便私下向马克王进言，说最近宫中流传着关于崔斯坦和伊索尔德的流言，让大家非常不悦，建议国王最好彻查一下此事，毕竟事关国王的婚姻大事和尊严，兹事体大。但是他告诉国王的并不是他所知道的实际情况。

心地单纯的马克王一向光明磊落、忠诚可靠，听到这样的话当然是十分惊讶。伊索尔德是他的快乐之源，他根本不愿意相信这样的传言，但是他又不能完全释怀，所以便偷偷地观察他们，看是否能够从他们的言行举止中发现端倪。然而他一无所获，因为崔斯坦早就告诉伊索尔德说总管很可能在怀疑他们。

于是马克王想出了一个计策。一天晚上，当他和王后独处的时候他问道："夫人，我想去朝圣，此行可能甚远；你说在我离开的日子里谁来照顾你才合适呢？"

"我的陛下，"伊索尔德回答道，"为什么问我呢？你的人民和土地除了交由你的外甥崔斯坦外，还能交给谁呢？他既英勇又聪慧，一定能够打理好一切的。"

这个回答让马克王十分不悦，于是他更密切地监视他们，对马乔铎说出了他的怀疑。马乔铎回答道："陛下，这下您相信我说的都是真的了吧。您自己都能看出他们俩互相爱慕。他们这么做就是愚弄您。您这样爱您的妻子和外甥，怎么能让他们这样羞辱您呢？"

这激怒了马克王，此刻他对外甥只有怀疑，虽然他的怀疑毫无证据。

伊索尔德却欢喜雀跃，赶忙告诉布兰甘妮马克王要去朝圣的事情，以及马克王问她走了以后让谁照顾她的事情，边说边笑，仿佛一只正在欢唱的百灵鸟。布兰甘妮却说道："我的陛下，不要说谎，赶快告诉我——你到底选了谁？"伊索尔德据实以告。

"天啊，傻孩子！"布兰甘妮说道，"你为什么要这样回答？你不知道这是一个诡计吗？一定是总管的建议——他想用这个方法引你上当。如果国王再和你讨论这个问题，就照我说的去做，按我教你的回答。"于是她便告诉王后应对之策。

当国王和王后独处的时候，马克王将伊索尔德搂在怀里，一遍又一遍地亲吻她的眼睛和嘴唇，然后说道："我最亲爱的宝贝，我爱你胜过一切，但是现在我得走了，上帝知道我有多么不舍和痛苦。"

王后叹气而言："天啊天啊，我的陛下！我以为你是跟我说笑的呢，不想你竟然是认真的。"说完便伤心地大哭起来，让头脑简单的马克王的所有怀疑都烟消云散。他觉得王后说的全是肺腑之言（其实女人们可以毫无原因地哭泣，而且她们擅长随时随地开始哭泣）。

看着伊索尔德还在哭泣，马克王问道："亲爱的，告诉我什么惹恼了你，你为什么哭泣啊？"

"我有太多理由可以伤心和哭泣了。我只是个女人，我的全部身心都奉献给你，一心一意地爱着你。现在却发现你根本不像你自己说的那样爱我，要不然你怎么忍心去朝圣，将我一个人留在这陌生的国土？我知道你不爱我，所以我很伤心。"

"美丽的伊索尔德，你为什么会这样想呢？这里的人民和国土都是属于你的。只要是属于我的就是属于你的，你是我的妻子，无论你想要什么，都会立即实现的。况且当我外出朝圣的时候，我的外甥崔斯坦会好好照顾你的。他非常机智，是个好参谋，而且会竭尽全力保护你的名誉，让你开心。我非常信任他；你对他而言就如同我一般重要，看在你我的分上，他一定会好好照顾你的。"

"崔斯坦！"美丽的伊索尔德说道，"让他照顾我，你还不如杀了我直接埋掉算了。他就是个溜须拍马者，天天在我身边说我对他有多么重要！而且我知道他为什么要这样做：他杀死了我的舅舅，害怕我报复他！所以他不断地对我阿谀奉承，以为这样就可以赢得我的友谊，但是根本没用！确实，我也总是对他和颜悦色、甜言蜜语，但是那都是装出来的，我那样做都是为了你，总不能让人责备我这个女人不识大体，憎恨自己丈夫的外甥吧。我经常花言巧语去欺骗他，好让他信以为真。夫君，如果你愿意听我的话，就千万不要将我留给崔斯坦照顾，一天也不要！"

伊索尔德的娇言软语又打消了马克王心中的怀疑，他将王后的话一五一十地告诉了总管。但是马乔铎仍不死心，撺掇马克王再考验他们一次。

于是又一次，当他们坐在寝宫里的时候，马克王说道："我亲爱的王后，既然我出发在即，我想看看你是如何管理这个国家的。所有效忠我的人都必须全心全意效忠你，只要你看谁不顺眼，我就要把他驱逐出我的国土，我再也不会器重你不喜欢的人。只要能让你生活得开心和幸福，我什么都愿意做。既然你不喜欢我的外甥崔斯坦，我会尽快赶他走，把他送回他自己的领地帕门尼(Parmenie)去，这样对他和这个国家都有好处。"

"我十分感激你，陛下，"伊索尔德说道，"你刚才的话情真意切，我已经知道你对我不喜欢的人也同样不喜欢；看来我也要尽我最大的努力，去尊敬那些陛下器重的人。我没有想过，也没有建议你把你的外甥崔斯坦从宫廷流放。那样岂不是落人以口实，所有的人都会说因为我想为自己的舅舅报仇才让你那么做的。这样不仅羞辱了我，更是有损你明君的尊严。而且你想想，谁来管理这两个王国？让一个女子来管理两个王国安全吗？我想没有谁能比你的外甥崔斯坦来管理国家更合适，他既是你最亲的亲属，又是你最能干的臣属。如果他被流放了，我国又遭遇战事，我是说万一有那么一天，我们遭遇不利，那时候人们就会责怪我说：'要是崔斯坦还在，我们就不会惨败。'所有人都会责备我，那我就害得自己和陛下都颜面尽失了。夫君，再好好考虑一番，要么让我随你一块儿去朝圣，干脆让崔斯坦来护国。无论如何，我的心都是向着你的，让他护国总比让别人做而让我们蒙羞要好得多。"

现在马克王瞧出伊索尔德是真心为崔斯坦的荣誉着想，又再度陷入了愤怒和怀疑之中。伊索尔德也将发生的一切原原本本地告诉了布兰甘妮，这让聪慧的布兰甘妮又气又急，连忙又教了她一套应对之词。当马克王将伊索尔德搂在怀里亲吻的时候，伊索尔德说道："陛下，你说为了我要把崔斯坦送回他的领地，是不是认真的啊？如果是真的，那我就太感激了。虽然我知道我应该信任你，可是我总是担心你那样说只是试探我。如果我知道原来你这么恨我的敌人，我就确信你真的爱我。我觉得有些话你真该听一听：之前我真决心请求陛下把你的外甥送回他的领地，但是我又担心你此番朝圣之旅若有不测，他便会回来夺权；要知道他绝对有这个能力。如果你真想送他回他自己的领地，不如带他一块儿去朝圣；然后在外出期间让总管马乔铎照顾我。如果你愿意带我一起去朝圣，那你就随便指定什么人监国好了。"

然后伊索尔德又对马克王百般温柔和奉承，马克王又将怀疑抛到了九霄云外，认定他的王后是清白的，关于她和崔斯坦有染的传闻纯属空穴来风，而马乔铎根本就是个骗子——虽然他说的都是事实。

于是崔斯坦和他的心上人伊索尔德又过了好一段时间的幸福生活。他们如此欢愉，以致日后万分痛苦。好景总是不长，因为崔斯坦和伊索尔德又不小心露出端倪，让马克王再次起了疑心。马克王又思绪万千，不知当如何是好。他时而对他们两人都怀疑，时而又谁都不怀疑；他时而觉得两人说的都是实话，时而又觉得两人都对他撒谎；时而觉得他们是清白的，时而又觉得他们是有罪的。这矛盾的心情就犹如巨石一般压在这个怀疑之人的心上。

最终马克王觉得自己应该召来心腹之人，向他们寻求建议，于是他将自己信任的人都召集到身边，向他们敞开心扉，将这事关自己的名誉、在宫里流传的关于崔斯坦和伊索尔德的传言说了出来，他还说了自己的苦恼，他实在没法放下自己的怀疑。特别是现在这个传言已经举国皆知，这事关他们夫妇二人的尊严，以此看来似乎到了非要在大家面前澄清事实不可的地步。他向他们咨询应当如何澄清此事。

马克王的这些臣下也是他的朋友，建议他在英格兰的伦敦召开一个大型的议会，让所有的主教都来参加，主教们熟知教会的律例，定知应当如何处理这种怀疑和痛苦。于是圣灵降临节后，也就是五月的最后几日，马克王立即在伦敦召开了议会。在马克王的诏令下，众多教会人士和平信徒参加了此次议会，马克王和伊索尔德当然也要出席。两人都惴惴不安，内心因为害怕而颤抖：伊索尔德十分担心失去自己的美名和生命，而马克王同样担心自己的快乐和名誉因为自己的妻子伊索尔德而丧失殆尽。

马克王在议会上向所有的王公大臣们坦露了自己因为这一流言蜚语而产生的困扰和苦恼，恳请他们看在上帝的份上，无论如何要想出一个公平裁判的方法来，无论结果是好是坏，都要将此事解决。大家议论纷纷，有的说这有的说那，直到最终多数人达成了一致。

于是一位德高望重的王公站起来，给出了一个恰当的建议——他就是出身高贵、头发花白、年高德劭的泰晤士（Thames）主教。他代表大家说道："我的国王陛下，请听老臣一言。陛下将英格兰所有的王公贵族都聚集一堂，就是要我们按照您的要求为您出谋划策。陛下，我便是其中一员，而且也虚长他人些年岁，窃以为正好可以在这件事上提点建议，如果陛下觉得合意便可以采纳。怀疑王后陛下和崔斯坦骑士做了背叛陛下信任的事情，可是又没有真凭实据来证明——我是这样理解这件事情的，既然没有人找到控告他们的证据，叫我们如何对您的妻子和外甥做出裁决呢？除非崔斯坦自己认罪，否则没有人能够指控他；王后陛下也是一样。陛下什么也证明不了。但是既然大家对此都深表怀疑，我建议先将王后陛下软禁起来，直到她能够在大家面前洗脱嫌疑为止。这则流言传播甚广，天啊，街头巷尾都议论纷纷！对于这种丑闻，无论真假如何，人们总是竖起耳朵来听的，而且越是流传，就越是变得不堪。现在无论这传闻是真是假，都已经给陛下和整个宫廷带来巨大的伤害。因此我建议陛下把王后陛下也叫到这里来，让她当着大家的面回应这个指控，看她是否能够拿出证明她的清白的证据来。”

马克王似乎对这个建议非常满意，便命人将王后召来。于是伊索尔德便也来到了议事大厅。当她一坐下，头发花白的泰晤士主教便站起来，按照国王的意思说道：“尊贵的伊索尔德王后陛下，请不要为我下面的话动怒；因为是国王陛下要求的，我必须按照他的旨意执行。上帝为证，我绝无质疑您的荣誉和声名之意。王后陛下，您的丈夫国王陛下让我问您如何回应当下对您的公开指控。我不知道，国王陛下也不知道这个指控从何而来；他只知道举国上下都认为您和国王陛下的外甥——崔斯坦骑士有私情。我向上帝起誓，我的王后陛下，我坚信您是清白的——国王陛下也丝毫不怀疑，但是整个宫廷都流传着这样的谣言。国王陛下觉得您是完美无缺的妻子，但这谣言对您十分不利。因此我们作为国王的朋友和参谋汇集此处，就是看是否有可能平息这对您的中伤。现在我认为您要是能当着我们大家的面，就此事对国王陛下作出答复就再好不过了。”

伊索尔德眼见情势逼人，灵机一动，站起来便回答道：“我的陛下，我的诸位大臣，你们都知道我绝不会承认做过有损陛下和我自己名誉的事情，现在不会，将来也不会。诸位大臣，早在一年以前，我就知道宫内宫外都有这样针对我的指控；可是你们应该都知道世上没有人幸运得能够避开是非，只要活在这世上，就避不开流言蜚语。因此这样的事情降临到我头上我也毫不意外。我孤身一人来到这里，既没有亲人又没有朋友，因而就没有过一刻消停，总是被人误会和污蔑——这里所有人都要看我的笑话。你们每一个，无论贫富贵贱，都已经认定了我行为不端！如果我知道有任何方法可以证明自己的清白，能够重新赢得你们的信任和国王陛下的声誉，我都将去做。你们究竟想要我怎么做？无论你们打算使用何种方法来审判我，我都会欣然接受，只要你们能够平息这无谓的谣言，保住国王陛下和我的荣誉。”

马克王说道：“我的王后，这个谣言一定会平息的。既然你这样说了，就只有一个方法可以让大家深信不疑：也就是通过火红烙铁考验的神裁法。这就是我们建议的方法！”

王后接受了，她发誓六周后愿意在卡利昂接受神裁法的考验。

于是马克王和众臣便散会而去。

当只剩伊索尔德一人之时，她内心充满了忧伤和恐惧，因为她担心自己的不贞行为会大白于天下，但是又无能为力。她只有每天祈祷斋戒，恳求上天能够庇佑她。一日，她突然计上心头，便给崔斯坦写了一封信，让他那天一早便到卡利昂，在她必经之地的岸边等着她。于是崔斯坦照做了，他将自己化装成一个远行的朝圣者，脸上身上都肮脏不堪，这样任谁也认不出他来。

那天马克王同伊索尔德坐在船上，当他们靠近岸边的时候，伊索尔德看见了岸上的崔斯坦并认出了他。当他们的船抛锚靠岸的时候，伊索尔德便命人去问那朝圣者是不是有力气可以将她抱上岸，因为那天没有骑士为她效劳。

于是大家便大叫：“快到这里来，圣人，将我们的王后抱到岸上去。”

崔斯坦便应邀上船。当他将伊索尔德抱在怀里往岸上走的时候，伊索尔德在他耳边低语，要他一上岸就与她一同摔倒在地。崔斯坦便依计行事，当他刚从水里提起脚迈上岸时，便不由自主地摔倒在地，于是王后也从他的怀里摔下，跌倒在他身边。

船上的人立刻拿着棍子和板子，要来教训这个朝圣者。“不，不，算了吧，”伊索尔德叫道，“这朝圣者也是不小心的，他只是太疲劳和虚弱了，摔倒并非他的本意。”

大家见王后没有对朝圣者大发雷霆，都不禁交口称赞。只见伊索尔德浅浅一笑，说道：“如果连朝圣者都来戏弄我，岂不是天大的笑话？”因为马克王也在她的身边，所以她接着说道：“现在我可不知道会发生什么。你们都看到了，我可不能发誓说除了国王陛下，再也没有别的男人将我搂在怀里，或者是躺在我的身边！”

于是他们一路调笑着刚才那个朝圣者，骑着马进入了卡利昂。这里真是人山人海，除了贵族、教士和骑士外，还有很多老百姓。主教和高级教士正在为神裁法做着准备工作。一切都已经准备就绪，就连烙铁也已经摆了出来。

伊索尔德王后身着盛装坐在马上，戴满了珠宝和首饰。她祈祷上苍能够网开一面，原谅她从前的过错，保住她的荣誉。她满怀勇气地来到大教堂接受神的裁定。

她贴身穿着一件粗糙的毛衣；外面是件羊毛织成的短袍，垂在大约在踝上一手宽的位置；她的袖子被卷到了手肘的位置，并且光着手和脚。很多人都心怀怜悯，用同情的眼光注视着她。

只见主教们拿起圣物，让伊索尔德对着上帝和世界发誓她在此事上是清白的。于是伊索尔德以她的生命和荣誉对天起誓，她举起手对着圣物虔诚发誓。

在场的人中，有的人一心希望王后的誓言让她声名扫地，比如满怀敌意的总管马乔铎，就千方百计想要伤害她；另一些敬爱伊索尔德的人，则希望她能安然无恙。所以对待王后所发的誓言，大家分歧很大。

“我的国王陛下，”伊索尔德说道，“不管别人怎么说，为了你，我都必须在此发誓。你说我要怎么说怎么做你才会相信？我已经说得太多。现在听好我是怎么发誓的。除了你，从没有别的男人碰过我的身体，将我搂在怀里或是躺在我的身边；但是有一个人我无法否认，因为你们都看见我在他的怀里——就是那个朝圣者！上帝和所有的圣徒会保佑我在被裁决时有个幸福的结局！如果这一切对陛下还不够，我将按照你的意愿再起誓。"

"夫人，"马克王说道，"我认为这样的誓言足够了。现在将这块烙铁拿在手上，神会帮助你的。"

"阿门。"美丽的伊索尔德说道。于是她以上帝之名拿起了这块烙铁，然后举起来，毫发未损。

看到这里，大家要明白，上帝有时候也会让不义之举获得胜利，因为上帝不能破坏誓言，哪怕是言辞无误却动机不纯的誓言。伊索尔德正是利用这样的混淆赢得了神裁法的胜利，并且赢得了马克王加倍的宠爱和人民的爱戴，更甚从前。从此马克王全心全意地信任和钟爱她，所有的怀疑都化为乌有。

然而这一策略的胜利只是暂时的，很快马克王又起了疑心，这里讲的只是其中的一次考验，后来马克王终于亲眼看见两人躺在彼此的怀中。他们知道再也无法隐瞒。崔斯坦便被流放到布列塔尼，在那里他遇到了另一个伊索尔德——玉手伊索尔德，并与之结婚。因为戈特弗里德的去世，他的诗歌也就写到这里为止。其他崔斯坦的故事显然都由此推断而出。有人猜想戈特弗里德是想跟他所借鉴的托马斯文本一样，部分吸取古典神话里帕里斯(Paris)、俄诺涅(Oenone)[①]和忒修斯(Theseus)[②]的故事。后来崔斯坦又被毒剑所伤，伊索尔德王后便去救他。他们约定，如果伊索尔德愿意回来，就

① 是希腊神话里特洛伊王子帕里斯初娶的山林水泽女神。

② 是希腊神话里的英雄，雅典的国王，他剪除过很多著名的强盗；走出米诺斯的迷宫，并战胜了米诺陶诺斯；他还打败了亚马逊人，统一了阿提卡王国。

在船上挂上白帆，否则就挂上黑帆。伊索尔德已经尽快返回，但是船却因为无风而停航，为了加速行驶，伊索尔德便在白帆之上又挂上了黑帆。当崔斯坦在岸上看到了黑帆，便自尽而亡。而伊索尔德在他的尸体旁，饮鸩相随。

斯特拉斯堡的戈特弗里德

崔斯坦由最初的苏格兰洛锡安地区的首领之名演变成中世纪文学里最广为接受和流传的爱情传奇之名，真得归功于斯特拉斯堡的戈特弗里德的如椽之笔。显然，领导着一支苏格兰地区的凯尔特人的崔斯坦，其声名早在公元九世纪时就往南传到威尔士和康沃尔。在那些地方，诗人们总是一会儿将他的名字套在这儿，一会儿又套在那儿，甚至还套在了与他同时代的亚瑟王身上。崔斯坦成了私奔故事里的中心人物。在异教的爱尔兰文学里，他变成了与国王舅父还有王后舅母纠缠的主人公——比如纳伊西(Naisi)故事里的康科跋(Conchobar)，《乌斯纳齐的儿子》(*The Sons of Usnach*)里的德尔德里(Deirdre)，而在瓦斯的亚瑟王传奇里则化身为与桂妮薇私通的莫德雷德。崔斯坦的故事跟着凯尔特人的脚步一直传到了布列塔尼，而且似乎在埃莉诺嫁给英格兰的亨利二世之前就已经传到了她在普瓦图(Poitou)的宫廷。如同滚雪球一般，崔斯坦的故事在其流传的过程中又不断地被添加进了文学元素，到十二世纪末成诗之时，崔斯坦的故事已经包含了来自欧洲各地的逸闻和文学手法：模棱两可的誓言、黑帆和白帆、巨人与青年、神犬、难以治愈的伤口、贵族伪装成低贱之人、分离之剑、人牲、爱情魔药等等。

这个故事在本质上是不典雅的，这狂野的爱情，完全超越礼法的激情，是忧郁骑士爱情的提纯。尽管如此，这个故事还是成了宫廷诗歌的中心，特别是亨利二世和埃莉诺的宫廷。传诵这个故事的众多吟游诗人中的一个叫托马斯(Thomas)的人在当时采用了传统的八音节对句讲述这个爱情故事，并且添加了宫廷元素。斯特拉斯堡的戈特弗里德便从他那儿撷取了这个故事，而当时德国的其他诗人，比如著名的奥贝格的艾尔哈特(Eilhart of Oberge)，也都在十二世纪末重述了这个故事。

戈特弗里德的诗歌完成于公元1210年，同年沃尔弗拉姆也完成了他的《帕齐伐尔》。这一年标志着德语文学一个巅峰时期的结束。除了这两位伟大的作家以外，还必须得提一下作者不详的《尼伯龙根之歌》(*Nibelungenlied*)，以及宫廷恋歌诗人弗格韦德的瓦尔特(Walther von der Vogelweide)和奥厄的哈特曼(Hartmann von Aue)[①]。哈特曼也写过取材于特鲁瓦的克雷蒂安作品的亚瑟王故事，但是他更有名的还是原创作品《可怜的亨利》(*Poor Henry*)，其被许多现代诗人，比如朗费罗(Longfellow)和罗塞蒂(Rossetti)一再重述。虽然帝国政治令人费解，教宗与皇帝的争斗促使了圭尔夫派(Guelf)和吉伯林派(Ghibelline)的形成，诗人们却被十字军东征、法国宫廷继续扩大的与东方拜占庭(Byzantium)的贸易关系激发出一种新的生活图景的想象。在斯特拉斯堡，市民阶级(burgher class)的兴起越来越明显。这个城市在封建社会的要塞基础上兴起，人口一下从十三世纪的一万人迅速增长到十四世纪的五万人。根据当时的编年史显示，在1266年的时候，城里就有八十位银行家。戈特弗里德就是新兴市民阶层的最好代表。虽然我们对他的生平一无所知，但是他那未完成的诗歌作品的字里行间却显示出，他是一位绅士，集幽默与忧郁于一身，而且对自己在托马斯诗歌里找到的本能的轻信

① 埃申巴赫的沃尔弗拉姆与弗格韦德的瓦尔特、奥厄的哈特曼一起被称为“中古高地德语三大叙事诗人”。

与宫廷礼仪间的冲突而欢欣鼓舞。他本身的市民性和因果论赋予他笔下人物难以捉摸的行为以一种现代性的动机，而作品里持续的暗示又是古典主义的回声；他用惯常的轻描淡写手法来讲述一个如此夸张的故事本身就刺激又迷人，而他流畅的韵律、节奏、情节以及措辞与沃尔弗拉姆的简单甚至是未受教育的文风形成了鲜明的对比。

戈特弗里德的诗歌是写于宫廷恋歌(minnesang)创作处于巅峰的时候，而宫廷恋歌是他们本身所谓不违反宫廷传统规则的高级恋爱——对爱情的高歌。

戈特弗里德的诗歌的现代德语译本，激发瓦格纳于1859年创作了同名歌剧，也激发了一系列诗人：丁尼生[①]、斯温伯恩[②]、亚瑟·西蒙斯[③]、哈代、梅斯菲尔德[④]、罗宾森以及其他近代诗人。本文收入的部分诗歌的译文有删节。

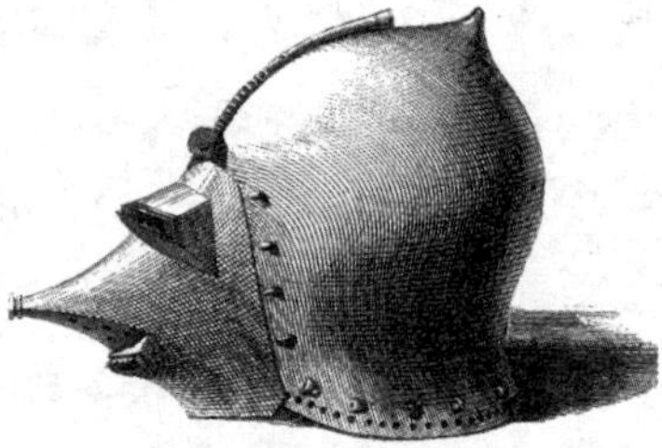

① 指的是 Alfred Tennyson Baron(1809—1892)，英国桂冠诗人。

② 指的是 Algernon Charles Swinburne(1837—1909)，英国诗人、戏剧家、小说家和评论家。

③ 指的是 Arthur William Symons(1865—1945)，英国诗人、评论家和编辑。

④ 指的是 John Edward Masefield(1878—1967)，英国桂冠诗人。

帕齐伐尔

埃申巴赫的沃尔弗拉姆　著

卷四　崔福里岑

“开门！”“为谁？你是谁？”“在你的心里，应有一席之地！”

“不！如果你是这样祈祷的，我告诉你，此处已经拥挤不堪！”

“为何？如果能够收留我，我绝不会妨碍他人，

或是唉声叹气，向你絮絮叨叨沿途的种种奇遇！”

那么难道是你吗，冒险女士？啊，跟我说说帕齐伐尔，

我的英雄他现在在做什么？康德雷（Kondrie）派他，去寻找圣杯，

他走的时候言辞犀利，就留下姑娘们伤心流泪。

经历漫长的徒步旅行，可是所有骑士的成长之路。
他已经过亚瑟王的宫廷，不知今日到了哪里？
唉！快点告诉我们，他现在究竟到了哪里？
快说，他是已然功成名就，还是忍受着亲人别离的痛苦？
他是否和以前离别时所说一般，赢得了完美无缺的荣誉？
他的名声，是和以前一样显赫，还是蒙尘萎缩？
啊！别停着，告诉我们他的战绩，
他是不是又再次到达蒙萨尔维舒(Monsalväsch)，找到安福塔斯，
那心里满是忧伤和悲哀的国王？
请你发发善心，赶快告诉我们，
说说他的苦难是否结束——说吧，他是否如我们满心期待一般，
像我们在这里侍奉的主人一样，让帕齐伐尔留下？
快点告诉我们，伽穆雷的儿子，
也就是荷泽雷德的孩子，他的漫游里又有些什么故事？
自从他骑马离开亚瑟王的宫廷后，他是开心多些，还是忧伤多些呢？
除了说他奋力穿越在广袤世界，你还能说些什么别的吗？
比如经过长期的漫游，他的心里是热爱、疲惫抑或安逸？
我想知道他的一切活动，所以说吧，拜托你一定要说！
你已经告诉了我他的历险——他骑马走过无数领土，
穿过无数河流；而且，在他手下，
从没人能得胜，将其击落马下，
也没有人能挡住他的攻击，所有人都将传颂他的美名。
任何声称与他战成平手的都在撒谎，
他的声名超过任何人，他的荣耀与日月同辉，
他令其他的战事黯然失色——在众多的大战之中。
他的剑与矛为他赢得胜利，保全他性命无虞。

它们也因他而名垂青史，因为它们都来历不凡——
剑是安福塔斯送给他的，我在这个故事里曾经提过，
曾经四分五裂，但是在卡尔南(Karnant)神秘泉水的修复下，
神奇地焕然一新，并为它的主人带来更多的声名和荣誉！

于是荷泽雷德的儿子继续骑马前行，他可是
武艺高强、勇气非凡，同时宅心仁厚、纯洁无瑕——
因为他的母亲决意使他承继自己的虔诚与真挚之心；
可是他的心里越来越悲伤，脑子里也不断冒出新的想法，
关于我们万能的造物主：他将原本一无所有的世界，
如何造得这般异彩纷呈，而且皆在主的掌控之下？他想
“如果主派我来此是为了终结我的痛苦，情形将会如何？
如果主宠爱某位骑士，这位骑士是否知道
他为主效忠的回报——如果主的目的就是
让他的骑士无论面临何种敌手，都不屈不挠战斗不止，
那么让主指引我吧，我将扛着不锈的盾牌与宝剑忠于职守，
如果今天就是救赎之日，如果主愿意的话，请让主帮助我吧。”
沿着朝向山泉的小路而行，他发现了一座小教堂。
他清楚记得约舒蒂(Jeschuté)发誓——那里住着一位圣人，
他的名字叫作崔福里岑，每个星期一的早上
他都救济穷人，日复一日，他自己的日子也不再宽裕，
没有美酒和面包，也没有鲜肉可吃，
连鱼肉也没有，他每日过着食素的圣洁生活。
他受着上帝的指引，决意追寻天国的生活，
通过斋戒抵制魔鬼的诱惑，他坚信自己能经受考验。

圣杯的秘密将由他向帕齐伐尔显露，
帕齐伐尔已经就此问过我[①]，因我缄口不语，
他将我视作仇敌般憎恨，怒气冲天。
因为吉欧吩咐我，我必须将这故事隐瞒，
对谁也不能说出这秘密，直到这冒险继续下去，
我才能逐步公开，让人们读到这些奇遇。

长者吉欧(Kiot)，便是那远赴托莱多(Toledo)城，
从阿拉伯文书里找到，昔日被人们挂在嘴边，
现在却已被人们遗忘的圣杯传奇故事之人；
首先他得学习阿拉伯语，否则就是魔法也无济于事。
多亏圣水的恩典，以及我们信仰之光的庇佑，
他读到了被隐瞒起来的部分，否则我们将永远看不到故事讲述，
异教徒向我们展现了隐藏在圣杯之中的秘密，
圣杯的奇迹，打开了基督徒的眼界。

弗雷格塔尼斯(Flegetanis)就是个异教徒，他以智慧而著称，
并且亲眼看见了众多奇观(他是以色列人，
血管里流淌着古代君王所罗门的血液)，
早在我们为了抵御地狱魔鬼的阴谋诡计
而背负圣十字架进行防护之前，他就在写作了。
他是凡尘俗世间，第一个讲述圣杯故事之人。
他因其父亲而成异教徒，但他为上帝献祭一头小牛，
魔鬼怎会如此愚蠢，在这等睿智老者身上耗费功夫？

---

① “我”应指冒险女士。

而至高无上、全知全能的上帝，为何不将他的手延伸，
将他的真相展示给他们让他们皈依？究竟是谁有抵挡他的能力！

这异教徒弗雷格塔尼斯，上知天文：
群星如何按照轨道运行，又如何在静谧的天空环行，
以及它们何时消失；他还能知晓很多人的命数，
他通过阅读天象得知秘密，然后再低声道出，
屏住呼吸、心怀敬畏，说到了圣杯，
在那星辰之间明明白白地写着，绝对不会有错。
他又说："掌管此事的天使们曾经降临尘世，
但是比起天上，尘世的罪孽与悲伤太过，他们不得不再次寻找
受洗过的人的子孙掌管它，并以谦卑之心守护它，
最合适的人选应该就是那些已经完成分内之事的骑士们。"

于是我的师父吉欧阅读了弗雷格塔尼斯讲述的故事，
他从那些古旧的拉丁文书里，找寻这些人物的名字。
上帝认为那些人值得拥有，这神奇的圣杯，
那些是真正的行为世范，谦卑奉主之人。
他在不列颠、法兰西和爱尔兰的编年史中一一找寻，
直到最后，在安茹的土地上，这个故事变得明晰起来。
那里，玛扎丹(Mazadan)的作品，翔实记载着，
故事的进一步发展，关于主人公，以及他的子孙们。
祖先泰图乐尔，如何将他的王国留给儿子弗里穆特尔，
后来又将圣杯和国家，传给孙子安福塔斯：
安福塔斯的妹妹是荷泽雷德，她嫁给了伽穆雷

并且生下儿子，就是我们现在读到的漫游的主人公。
他一路前行，却不知道会走向何方，
此时，阴郁的骑士正孤身一人从山泉那里走来。

虽然白雪已将一切覆盖，他还是认出了这片草地。
百花齐放的明媚春日，他曾经躺在这里。
就在这峭壁之前，他必须用双手抹去
曾给约舒蒂带来的污点，减少她的丈夫的怒气。
依旧沿着这条路走，就是山泉，此行的
目的就是结束旅程，恳请隐士让其隐居于此。

但听那神圣的隐士说道："唉，你为何如此呢，
骑士先生？在这神圣的季节里，就算是诸事不顺也要继续向前。
你是否因为恐惧，而担心自己无法通过考验？
你是否饱经折磨，希望有个安心休憩的地方？
其他的长袍更加适合你！不要听信傲慢的声音，
把你的缰绳放在我身旁，在此稍作停留吧。
这里虽然条件简陋，但是你可以在火边取暖。
你是否在寻求侠义冒险，以及爱情的奖赏，
如果真爱的力量逼迫你，那么你就按其宣称的那样去爱主！
因为今日见证了主之爱，你今日就为主效劳吧，
他日如果你愿意，又可以再为美丽夫人效劳；
但是现在，请从你的战马上下来，停住脚步在此逗留片刻。"

白雪铺在我们的英雄身下，我敢说，他绝对不是懦夫，
无论怎样的严寒和霜雪，他都早已历经。

隐士将他领到一个洞穴，那里风雪不入，
而且还有炉火可以取暖，但见火光明亮。
在这里客人可以靠着炉火和蜡烛恢复体力
（地上散落着碎煤），英勇的骑士很快就
除去沉重的铠甲，温暖自己冰凉的四肢，
他的皮肤被火烤得通红，脸上泛出自在的神情。
在这漫长疲惫的旅程里，他一直都是披星戴月，
餐风宿露，从未享受过这样的舒适。
白日里，他驰骋在树林中，以大地当椅。
如今能有这般栖身之所真好，多么和善的主人啊！

然后主人递给他一件长袍，他用右手接住，
主人便将他领到一个洞穴，那里放着打开的弥撒书。
配合这神圣季节，祭坛被收拾得一干二净；
就是这祭坛——帕齐伐尔一定知道，他曾经在此发誓，
举起手，真诚起誓，并守约结束了约舒蒂的哀愁；
让她的眼泪都化作欢笑，让她重享人间的欢乐！

帕齐伐尔说道："我认识这个教堂和祭坛！昔日之时，
我曾经漫游至此，而且在这个祭坛起誓；
一支长矛，被精心装饰，曾经就插在祭坛之上。
从那时起我便带着它，真的，我想它很顺我的手！
人们说它将带给我荣誉，但我并不确定，
因为在我妻子看来，我迷失了自己，却一无所知。
于是，我很不明智地进行了两场战斗，打败了两个敌手，
在那段时间里，人们总是赞颂我，我从不知道何为哀伤和羞耻。

现在，天啊！我简直是世界上最伤心的人！
我要带着这长矛到何时？我的漫游生涯何时是尽头？”

“那是陶立安（Taurian），”隐士说道，“他的矛就是在我手上不见的，
他因为丢了这支矛而伤心不已，连我都与他一起伤心了好一阵子。
自从我们丢失这支矛，已经过去四年半又三天。

骑士先生，你可能认为我的话十分可疑！但瞧吧！这里写着呢！”

于是隐士打开《诗篇韵文集》给他看，上面写着这支矛出现和丢失的时间，

就连年月和星期都一清二楚，二人就这样静默了一阵。
他说道：“首先我从这其中，得知了我开始这毫无目的漫游的时间，
随着这些岁月一同消逝的，还有我的欢乐。”
他又说道：“现在照我看来，我以前的福佑不过是梦一场，
长久以来却让我背负着沉重的哀伤！”

“主人啊，我更想向您诉说，在修道院或者教堂里，
人们一心向着上帝，无人会关注我，
我只求争斗，且如你所说，长年如此，
主要我忍耐，我却背弃，因而总是怒火过盛。
主珍视我的悲伤和羞耻，主看着它们与日俱增，
直至顶峰，而我的欢乐，气若游丝，主将其深埋！
我认为，主愿意帮助我，找到其他的慰藉，
远胜过我现在无限低沉，被哀伤层层包裹的状况。
我的心虽然还是男子的心，却伤痕累累，疼痛不堪，一直这样痛，
我的心也曾经欢欣鼓舞，无忧无虑！

当哀伤把荆棘编成的哀伤之冠，用手强塞到
我这满载着荣誉的双手之前，我曾赢得了多少对手的桂冠！
我把这一切都置于主前，这些羞耻的负担，
如果主愿意，他将拯救我，而不仅仅是嘴上说说愿意帮助。
但只有我，主没有帮助，无论主的代言人说什么，
他只会背我而去，并把怒火降到我头上！”

就连隐士也望着他为之叹息：“骑士先生，你应当抛弃这些
愤怒，更加笃信主，因为主的救赎无所不在。
主的救助在这里被施予，像你和我这样的人。
你最好坐到我身边来，将你的故事细细道来，
然后作个彻底的坦白——看看你最初的哀愁因何而来？
哪个敌人如此愚蠢，让你靠对上帝的恨意赢得胜利？
首先我将谦恭地为你祈祷，你要倾听我所说的每一句话，
因为我将对万能的主诉说，虽然之前你的无知
冒犯了他，但是主从来不会拒绝帮助罪人。
当然只有真心祈祷的人，才能得到主的真心回应。

“在世界上所有主的热爱者的嘴里，传递这爱与和平的讯息
（主就像照亮一切的光明，对他的信仰从不停止），
主也向爱他的人展示，爱的奖赏就是主的赐福，
然而我绝对相信，主的讯息有两重意见，有的是被误读了；
无论是主的盛怒还是主的仁爱，人世都得一一接受。
说吧，在爱与恨两者中，你选择哪个作为你的报酬？
没有悔恨之心的罪人，无法见到上帝的信任和真颜，
而诚心忏悔的罪人，将得睹上帝的恩泽显现。

“谁在心中的神殿中保有上帝？然而这却被隐藏得
如此隐秘，没有阳光可以穿透它的黑暗
（因为思想就像个隐秘的房间，虽然无锁可落，却严严实实），
虽然对于人而言它是关闭的，但是上帝的光芒却一直照耀其上。
上帝会刺穿黑暗和沉寂的墙壁，突然显现，
毫无觉察，悄然降临，
自行其道——当我们思绪涌现之前，
上帝早已穿越我们的心门，对我们的想法了如指掌！
上帝选择纯洁的心灵，即使那人行有过错，
因为上帝了解每一个人的心思，知道他对自己的过错心怀悔恨。
如果这人因为自己的所作所为而遭受上帝的惩罚，那将是什么呢？
虽然尘世给予他相称的荣誉，他的灵魂却在徒劳地寻找安宁。
如果将上帝视作你的对手，你到哪里才能找到庇护之所？
上帝掌握爱恨，不偏不倚对待侍奉之人，
你的上帝与你为敌，你才会迷失——如果想重获上帝的支持，
必须抛弃你的愤怒，以及对上帝恩惠的错误认识！”

帕齐伐尔说道：“在此真心谢过，您如此坦诚的忠告，
您已经向上帝奉献了一切，尽管他已经不给任何人以应得的报酬，
善恶皆有所求——虽然我年轻时万分虔诚，
可是我的信仰带给我的只有悲伤，还有今日满身的病痛！”

于是这隐士看着这年轻人说道：“既然你的悲伤不是什么秘密，
我十分愿意听你诉说，或许我能够让你心中释然；
或许我能给你一些建议，而你自己恰巧未曾考虑到！”

帕齐伐尔说道："我的悲伤，首先是因为圣杯，

其次就是因为我的妻子——没有什么感觉比躺在一个母亲的怀里更美妙，

这两件事是我心底最深的渴望，挥之不去，让我没有一刻安宁。"

隐士说道："骑士先生，如你所说的痛苦是可以忍受的；

如果你的妻子是你心底的悲伤和牵挂，

死亡只能够证明你是个忠诚的丈夫，地狱的恐怖与折磨又有何惧？

而且你的痛苦会很快终结，因为上帝会将你从地狱的烈火里救出。

至于你最大的痛苦是找寻圣杯，那我也不得不为你的悲哀而悲哀。

天啊！愚蠢的人，经过屡次的徒劳无功，你将会明白，

谁也无法赢得圣杯，除非在天堂里早已载有名字之人。

那些侍奉圣杯之人，是上帝亲自挑选；

我的眼睛早已亲睹，我所说句句属实！"

帕齐伐尔说道："您在场目睹？""骑士先生，"隐士说，"是！"

但是他对亲眼所见的情形，未再吐露半句，

帕齐伐尔继续问起详情，以及侍奉圣杯之人究竟意味什么？

隐士说道："据我所知，有很多英勇之人

都在蒙萨尔维舒侍奉过圣杯，从此，遍及各地，

这些英勇的圣殿骑士不畏漫长旅途，

无论身处何种悲欢，他们都为他们的罪过坚持这种苦修！"

"这个骑士团以英勇闻名，但是你知道他们所付出的代价吗？

他们的力量，他们的英勇，以及他们的生命——他们为石而生，

那种石头纯粹而珍贵——难道你从没有听过那石头的名字？

人们称之为伊柯西里石（Lapis Exilis）——通过它的魔力，

那神奇的鸟儿凤凰，化作灰烬，奇迹般又从那石中
诞生，凤凰从灰烬的余温中高飞重生，
片刻之前脱落殆尽的羽毛，不仅全都长出而且更美丽更鲜艳——
无论多么虚弱之人，哪怕是将死之人，
只要握住这石头，八日之内就不会也不能死，
如果有人天天带着这石头——他将常葆青春
（无论是男还是女），可达一百年之久，
那些见识过这石头的人，他们的头发不会变灰，他们的面容
始终和第一次见到它时一样，他们的骨骼和肌肉也同样如此，
一直保持青春——所以人们把这石头叫作圣杯。
它的神圣力量，我认为，是迄今为止最伟大的修复和更新之力，
就在耶稣受难日时，一个信使将她带走。
从那至高的天堂，振翅飞来一只白鸽，
她还带来洁白的圣体，置于石头上。
她将那圣体放下，当任务完成，那如同圣体一样无瑕的白鸽，
她便展翅高飞，回到天堂。
因此我冒险告诉你，在耶稣受难日，
那石便从圣体那里得到世间最丰盛的回报。
饮食充裕，令尘世几乎富足得如同天堂一般。
林中虫兽及水中鱼虾，以及一切飞禽
都被赐予骑士团成员，这是上帝的恩赐的誓言，
因为对他的仆人，上帝从不吝惜用圣杯去满足他们的需求！”

“现在听着，被圣杯选中的那些人，都声称为上帝服务。”
“在圣杯上，通过神秘的方式写着每个被选中的人的名字，

如果被选上，无论男女，上帝都将召唤他们踏上神圣的征程。
无人能够抵御那讯息，人人都知道那是上帝的吩咐，
当读过圣杯上写的所有名字后，再依照提示所做。
圣杯称他们为自己的孩子，让他们在自己的荫蔽下成长。
当孩子听见了召唤，他们的母亲也都受到庇佑，
当信使降临之时，无论贫富都同样欢欣雀跃，
圣杯的子女们欢呼！他们从各地相聚到一起，
这神圣的团结，让他们永远免受悲哀和羞耻。
如果他们必须献身赴死，给他们的奖赏就是天堂的相聚，
在天堂等待着他们的，是幸福和心愿的达成！
当路西弗(Lucifer)与神圣三位一体
开战之时，那些没有参战的天使们便从天而降。
他们带着上帝的嘱咐来到尘世，来照料那神奇之石，
他们的照管并不周到，最终导致他们任务的结束。
我不知道他们是得到了上帝宽恕，还是堕落得更深，
但是有一件事我很确定，那就是上帝所做的一切都是正确的！
自此以后，无论是男是女，担当此任再无失败，
上帝召唤他们是为了——始终与圣杯站在一起！”

帕齐伐尔说道：“那么，带着矛和盾，骑士身份可以获得的
不仅有生时的名声，还有天堂的恩典，
因为我的灵魂一直渴求着成为骑士，我四处游历奋斗不止，
我持矛的右手，已经获得数不清的胜利。
如果上帝是战争之神，如果主知道一个人究竟要如何战斗，
那么请主也让我成为他的仆人，让我成为守护圣杯的骑士！
我会像其他圣殿骑士一样毫无所惧，生命不息，战斗不止！”

但隐士温柔答道："你首先要小心自己的骄傲，

因为年轻不会误导你太多；而当你失去谦恭之行，

变得骄傲时，就必然遭到上帝惩罚，我对此非常确信。"

他双眼噙满眼泪好似就要夺眶而出，他的注意力走出了自身的悲伤顷刻转向了

这古老的故事，我们的主人公又上了人生重要的一课。

他说道："骑士先生，昔日一个国王统治着蒙萨尔维舒，

大家都知道他的大名——安福塔斯，我永远都为他而哭泣。

我敢说，你也一定会为他遭受的痛苦，而深感悲伤。

他曾经心高气傲，后来他的身体一直饱受折磨。

他坐拥天下财富之时太年轻，所以很容易就被引到邪路上去，

他寻求爱情女士(Frau Minne)的帮助，结果走上一条永无安宁之路。

"但是圣杯禁止这等捷径，所有侍奉圣杯的

骑士和随从都必须自律，远离那些难以驾驭的欲念。

如果他们寻求的是天堂的奖赏，就必须戒骄戒躁谦卑恭顺，

圣殿武士将圣杯隐藏起来，不让其他人看见。

他们以非凡的勇气和武艺，辗转于天地之间，

他们远离人世，没有人知道圣杯究竟在哪里，只知道

在蒙萨尔维舒城内的城堡里，出现过受召前来保护圣杯的骑士——

有一位不曾受召，却骑马前来，结果邪恶就此降临，

因为他的愚蠢和无知，从此就满负罪恶。

因为当他看见城堡主人承受着痛苦之时，却没有问起缘由。

我认为，此事中不应该责怪任何人，但此人必定为他的罪付出代价。

因为他没有问起那心底的问题，本来一切痛苦都可随这提问烟消云散。

（主人不再受病痛折磨，而这世上再没有更大的痛苦了。）

在他之前，拉赫莱恩（Lähelein）国王到了那儿，骑马去了布里贝恩湖畔（Lake Brimbane）。

利贝尔（Libbèals），英勇的武士，在那儿欣然与之决斗，
拉赫莱恩杀死了利贝尔，他就倒在那水边的草地里
（我想，他的出生地是在普利恩拉斯库），杀了他的人便牵走了
他的战马，这样人们才知道那日的恶行是拉赫莱恩所为。

"我认为，骑士先生，你就是拉赫莱恩。因为我留意到
你的坐骑就是圣杯骑士所拥有的战马！

我认得它那如同白鸽一般颜色的外罩，难道它不是来自蒙萨尔维舒？

那徽章应该是安福塔斯所赐，当时他还是声名显赫、快乐无忧。

那些盾牌上的古老的家族徽章，泰图乐尔将它传给自己的儿子
弗里穆特尔，那个盾牌在他获得胜利也丧失了生命的那场战斗后曾载着他。

他深爱着他的妻子，世上再没有女子被哪位男子爱得
如此之深，全心全意——你们这些人同样也会这么说，
如果你决意要更新旧传统，而你又如此爱你的妻子——
可要好好吸取前人的教训，以免走错了路！
你和那曾经拥有圣杯的人，还真是十分神似，
快说，你的祖上是谁？你来自何方？请你务必告诉我你的

名字！”

二人就这样对视了一阵，然后帕齐伐尔说道：

“我的父亲是个国王，也是个英雄，他才气无双，却死于

一场决斗——现在我请求您，隐士先生，以您的荣誉起誓，

在我说出他的名字后，您今后的祷文，将有他的一席之地。

人们都称我的父亲，伽穆雷，他来自美丽的安茹——

先生，我不是拉赫莱恩；我知道如果我有罪，

也是我往日的愚蠢，我确实也做过同样的事，

在此我因我的罪忏悔，至于您所说的罪行，

让一位王子沦为我这罪恶之手的牺牲品，

他是‘红骑士’（the Red Knight），坎伯兰（Cumberland）的王子伊特（Ither）。

我在一片草地上杀死了他，他就倒在我的脚下，

我就将他的甲胄、战马还有武器，都当作战利品收了！”

他话音刚落，主人便说道（想必他听过这悲惨的故事）：

“啊！上天为何这样对待我们？悲伤、忧虑和恐惧

远比你赐予我们的欢乐要多得多！告诉我，这是你唯一的补偿吗？

因为你唱的每一首歌曲，都是以悲伤的曲调终结！”

他接着说：“哦，你是我妹妹的儿子，我该给你什么忠告好呢？

既然你因鲁莽杀死了那位骑士，他的血肉就是你的血肉了！

如果你身怀罪恶的鲜血，依然敢站在上帝的面前，

你们二人的血液一体，为了上帝的正义，你将以生命偿还你的罪行。

说吧，对伽和崴斯（Gaheviess）的伊特的阵亡，你认为要付出何种

代价？

他的桂冠是上帝赐予他的，英勇和荣誉的象征！他在世之时，
战无不胜；因为他的心真正地为所有的邪恶而哀伤，
他是在芳香四溢、充满荣誉和光荣的环境里诞生。
他的降生令羞辱望风而逃，真理就在他的心中，
无数女子热爱他健美的身躯，她们将终生痛恨你！
她们热爱他的到来，他也乐于为她们效劳，
她们的双眼因为他的美貌而闪亮，而他却再也不会欢笑！
现在，愿上帝对你仁慈，你做了如此邪恶之事的人。
荷泽雷德王后，你的母亲，也是你导致了她的死亡——”

“不！不！不是这样，圣父在上！你究竟在说什么？”帕齐伐尔说道，

“你究竟在这里指控我哪些罪行？如果我是那个守护神奇圣杯的国王，
即使有数不尽的财富，也无法补偿我，
如果从你的嘴里说出的话都是真的！如果我，真的
是你妹妹的儿子，而你又是出于好意，
那么不偏不倚、一五一十告诉我，你刚才说的那些都是真的吗？”

于是隐士回答道：“我绝无欺骗，
就在你离去的那一日，你的母亲就因伤心而去世，
她就应该得到这样的回报吗？你简直就是躺在她怀里的
野兽，从她体内生出的生翼恶龙，
展开双翼弃她而去。梦里早有预言：
母亲护在胸前的宝贝，就是她心碎的祸首！

“我还有另外两个姐妹，其中一个叫舒瓦斯昂；

她怀了个孩子——让我十分悲伤的是，她在生产的时候难产而亡！
凯特兰根(Katelangen)的吉欧公爵是她的丈夫，我妹妹的死，
将世界上所有的欢乐和荣誉，都从他的身边带走。
席金娜(Siguné)，他们的小女儿，从此就失去了母亲的关爱：
我的心里永远都怀着，失去舒瓦斯昂的哀伤！
她的心地如此善良宽广，就像抵御滔天洪水的方舟。
我的另一个姐妹，终身未婚，她纯洁的生命为她赢得
圣杯守护者的身份——她名叫李庞斯·德·舒娃伊(Rèpanse de Schoie)，
她的心灵纯洁无瑕，所以无人能够从她那里拿走圣杯，
圣杯在她手中轻如鸿毛——而我们两人共同的兄长
就是安福塔斯，他便继承了对圣杯的守护；
他并未因此而高兴，反倒忧伤，在我看来，他只有一个心愿，
即他的痛苦最终能够变成，欢愉和永恒的幸福。
他的悲伤故事的神奇之处在于，外甥，我来告诉你，
如果你真的诚心，他的悲伤就将变成你的悲伤！

"当我们的父亲，弗里穆特尔，去世的时候，大家都选择他的长子
成为圣杯之王和它的守护骑士，因此安福塔斯赢得
他应得的财富和王冠，而我们当时都只是孩子。
当安福塔斯成年之际，他的唇边已经长出
男性的胡须，他的胸中燃起了情爱之火，
爱情女士把重点放在他的身上，毫无怜悯地戏弄折磨他。
但是如果圣杯之王寻求的是他所受命之外的爱，
那就是罪，他将为之付出忧伤、叹息和痛苦的代价！

“我的兄弟也是国王，选择了为美丽的女士效劳，
他认为她高贵而忠诚，我不会说出她的名字；
他为了那位女士的荣誉而战，胆小鬼见他都逃之夭夭，
爱情的火焰引他不断冒险，他的双手击碎过无数盾牌。
他声名鹊起，他的英勇
远近无人能及，他的战绩辉煌，
然而他的口号‘爱’(Amor)，在我看来
这样的叫喊与人生应有的谦卑实在太不合宜。

“一日当安福塔斯独自骑马，为得到爱情的回报
(给我们带来了痛苦和烦恼)，冒险寻找更大的胜利，
但是爱的负担实在太沉重，在一次比武中，他被有毒的长矛
刺中受伤，这个伤口从此再没有愈合过。
你的舅父，安福塔斯国王，他在与异教徒的战斗中被
长矛刺中大腿，因为那人武艺也实在高强。
那人来自埃特尼色(Ethnisé)，发源于美丽的天堂的
底格里斯河(River Tigris)使在那里分流，安福塔斯也认为那异教徒充满智慧。
他跋山涉水远道而来，一派侠士作风，
他有可能赢得圣杯并拥有它——他的长矛上镌刻着他的姓名。
圣杯的声名将他从那边吸引而来，但在我们看来他的征战是不义，
他将欢乐从我们身边夺走，用忧伤的乌云笼罩我们的人生！

“当安福塔斯国王回来时，面无人色，四肢气力全失，
医生伸手撑开伤口，那支矛牢牢插在里面，
连同用中空芦苇秆做成的柄，医生从伤口中将这两样都拔出。

我双膝跪下，全心全意，祈求上帝，
从那以后，让骑士引以为豪的圣杯和它的声名，以及上帝是否
注视着我的兄长，愿意拯救他的痛苦，我就再无所知。
我发誓放弃肉食、佳酿和面包，以及所有有血有肉的食物，
再没有欲念可以动摇我，我将此生奉献给上帝。
我告诉你，我的外甥，当我从身上解下我的武器，
真正放开我的剑，哭号声再起。
他们说：'谁将守护我们的秘密？谁将守护这神奇的圣杯？'
眼泪从少女们的眼中流出，但是她们的哭泣对我毫无作用！

"于是，他们把安福塔斯带到圣杯前，它可能为他带来解脱；

但是，天啊！当安福塔斯的眼睛注视着圣杯的时候，他的悲伤更加深重。

当他的生命重新回来时，他知道自己不会死；
当我将生命隐藏在这谦卑的生活时，他继续活着，
但是圣杯的力量，以及它的荣耀，正随着他们的君主日渐衰退。
因为他的伤口，所染的毒液，虽然医师们遍寻医书
却始终未曾找到治愈之法——是的，他们已经用尽了生平所学，

从医治阿斯皮斯(Aspis)、埃尔康提乌斯(Elkontius)，还有李赛斯(Liseis)和艾西德蒙(Ecidemon)等毒药的方法，

到所有治疗虫毒的咒语，抵御洁西斯(Jecis)或马特里斯(Meàtris)的办法；

以及智者知道的所有草药；但我知道这一切都帮不了他，
我再也无法将这故事讲下去，
因为如果上帝不愿将他治愈，凡人的方法怎么会有效？

“于是我们派人去那些神奇的江河，在那遥远的发源地，
天堂的河流，皮松(Pison)、吉恩(Gihon)、底格里斯、幼发拉底，
它们离天堂如此之近，仿佛都能呼吸到那香甜的空气，
那香味沿着河水漂浮——它们的河水里也许就有
那神奇花园里的一些植物，恰能帮助我们解决麻烦，
但是我们心中都知道，一切不过是空想和徒劳！

“我们停止了尝试，再次寻找大树枝，
那是西比尔(Sybyl)带给埃涅阿斯的，用以抵御地狱的危险。
穿过浓烟和烈火笼罩的地狱火河(Phlegethon)，以及环绕守卫它的
地狱诸河，我们一直在寻找，我们考虑，是否有机会
将那地狱烈火熔铸的长矛与来自地狱的毒药
通过这树枝得到解救，带回我们被它夺走的欢乐！

“但是地狱，对这种毒药也一无所知！那里生活着一种神奇的鸟儿，
十分爱自己的幼鸟——就是我们听说过的鹈鹕(pelican)之爱，
那种鸟儿撕裂自己的胸膛，用最鲜活的食物也就是自己的血肉
喂养自己的幼鸟，然后死去——所以我们取来那鸟儿的鲜血，
因为我们认为她的爱可以帮助我们，我们尽我们最大的能力
解决我们的痛苦——然而，心想却未必事成！

“世上活着一种神奇的野兽——独角兽，它享有荣耀
是因其解毒能力，它将头靠在少女的裙摆便会入睡。
我们取走独角兽的心，我们拿到它独角之上的

红火石，没准它能够治愈国王的伤。
我们将红宝石放在伤口上，再将它放进伤口里，
可是毒性依旧没有消失，就连这宝石也无济于事！

“我们因为国王的痛苦而痛苦——然后我们又找到一种神奇的草药
（人们说，它是从龙血浇灌过的土地中生长出来的），
它毗邻天堂，从星辰风云中吸取精华，获得能量，
至少，当星辰交替循环时，可以通过飞翔的龙得到，
当月亮阴晴圆缺时，
这草药也许就是我们的救星——然而它的魔力一样如石投水。

“于是圣杯骑士们跪下，他们向圣杯祈求帮助，
然后他们看见！圣杯上出现了神奇的文字，许诺会给予援手；
一位骑士会来到城堡，只要他问起国王
所遭受的痛苦，他的问题就能将其治愈。
但是他们必须注意，无论男女、孩子，一旦向那位骑士提醒
他的任务，那么他不仅不能治愈病痛，反倒会加深他们的痛苦。
圣杯上的内容如下：‘汝等必须牢记，事先告知只会带来厄运，
在他到来的第一夜，必须完成他治愈的任务，
否则问题将失去它的功效；但是如果在选定的时间
他开口发问，他将成为新的国王，邪恶就失去作恶的能量。
上帝之手将终结安福塔斯的痛苦，
通过治愈，国王也将不再享有天赐之福。’

“于是我们读着圣杯上的文字，知道那日我们终将结束我们的痛苦，

那位骑士将会到来，将会为他所见的忧伤祈祷——
我们在为伤口上药，涂上甘松药膏，还有解毒药，
我们还焚烧着沉香木，为了让国王能得到片刻休息。
他痛苦地忍受着——而我则到了这里，
只要我的兄长尚未脱离苦海，我的生命就没有一丝欢乐。
这位骑士，那天他来了，又走了，只为我们留下不幸，
（现在我才开始说他来的事情），他也是满载痛苦离去，
因为他看见主人的痛苦并没有问：‘是什么让你如此痛苦，我的大人？’
他的愚蠢阻止国王得到解脱，他也失去了天赐之福！”

片刻后他们又一起哀悼，直到正午将近，
接着隐士说道：“我们必须找点东西吃；还有你的马，我担心，
它会没有草料吃；也不知道我们有什么可以吃，
如果上帝不赐恩典，给予我们所需要的。
我的厨房很少生火！请原谅今天我这里什么也没有。
如果你的旅程经得起耽搁，你就留在这里，我会尽力款待你。
要不是草地都被冰雪覆盖了，我会教你更多关于
植物和草药的知识——上帝许诺我们严寒很快就会过去——
现在我们去给你的马儿折点红豆杉回来，我敢说铺上它
这儿可就比你不久前去过的蒙萨尔维舒的马厩舒服多了！
你就是骑行天下，再也遇不到像我这般
乐于与你分享一切、拥有一切你所需要的主人啦！”

于是他们二人便开始行动——帕齐伐尔为他的马儿找红豆杉，
而隐士则去寻找些根茎，因为它们可是最适合的食物。

隐士从未忘记他自己的原则，无论他找到什么，都一口不尝，
直到第九个小时，他才把附近的灌木上的根茎从地里拔出来，
但却把它们留在那里；只有生病时才会来吃，
这些灌木的根基；但需上帝眷顾，因为他常常失去它们。

皇天不负苦心人，他们在小溪边弯下腰来，
清洗着采到的根茎和草药，但两人脸上并无笑靥。
然后他们洗净双手，帕齐伐尔将红豆杉枝捆在一起，
让自己的马儿将树枝一直驮到他之前找到的洞穴之前。
他们二人坐在火边，再没有其他的食物，
他们既没有烧烤也没有水煮，就这样直接进食。
帕齐伐尔对隐士怀着的感情和尊敬如此真切，
他相信自己已经吃饱了，而且无论是在格拉哈兹的格纳芒兹，
甚至是在蒙萨尔维舒的厅堂里，少女们端给他圣杯赐予的
珍馐美馔，都比不上这一顿美味。

然后爽快的主人说道："外甥，不要轻视这顿饭，要知道，
你可是再难找到一个人，像我这样展现一片赤诚，
发自内心、不惧邪恶，这样对你。"
帕齐伐尔答道："如果我觉得还有比这更好吃的食物，
从今以后就再也得不到上帝恩典的照耀，再也没有比今日一餐，
让我感到拳拳盛意，让我吃得如此满足。"

他们无须再洗手，因为陈列在眼前的都是素食，
没有鱼肉，正如人们经常说的那样，让他们的眼睛受苦。
如果我是雄鹰或猎鹰，就非得让自己去捕猎追踪，

既不屈服于欲望，也不逃离主人的视线，
最好不过就是在正午之时，他们让我饱餐一顿。若像这两个人，
我却可以展翅高飞，再也不用听命于人！
为何要嘲弄如此虔诚的人？因为那就是我很久以前的生活——
早晚你要明白为何要抛弃财富，他们要选择冷清，
失去了所有的欢乐，心中那样悲伤与忧虑，
他们怀着赤诚的心，敬畏上帝，不再身处过去的虚妄之中；
他们将因此而从最高的上帝之手，为他们的悲伤与忧虑赢得回报，
和以前一样，两者同样是上帝的恩典，我们以后就知道了。

于是他们又再站起身来，二人一起，帕齐伐尔和这圣洁的人，
走向那坚不可摧的坐骑，当隐士对着这高贵的坐骑说话时
不禁开始忧伤起来："我很是担心你缺乏补给，
为了你鞍上之人，以及你身负的重任，可一定要坚持！"

当他们照顾完马儿以后，新的懊悔便又滋生，
帕齐伐尔说道："主人，我的舅舅，我对过去的愚蠢十分后悔，
尽管我对我要讲的话十分惭愧，我还是要告诉您那个故事；
我祈求您宽宏大量，原谅我，因为在您身上我找到了慰藉，
我知道，我过去罪孽不浅；如果您不能原谅我，
我的良心永远不安，痛苦和懊悔永远将我紧紧捆绑。
我是真心为我的愚蠢而悲伤——那个骑马到达蒙萨尔维舒的骑士，
那个看见安福塔斯的痛苦，却没有说出治愈之语的骑士，
就是我，继承不幸的孩子就是我，就是我帕齐伐尔，
我已经铸成大错，可是我却不知道如何弥补！"

隐士说道："天啊！我的外甥，你刚才所说的话，
将我们的欢乐一扫而空，从此我们知道和拥有的就只有悲伤，
因为你的愚蠢，你不再感到快乐；上帝赐予你五种感官，
我认为，在你的考验期内，它们应该有些忠告才更好。
当你坐在安福塔斯身边的时候，
为什么它们不守护你的荣誉，以及你对另一个人的关爱？当时你应当说出真心话！

"我不会拒绝为你提供建议；不要再为你的过错而痛苦，
你应该以适当的举措弥补过错，而你的痛苦也将终结。
你前行的道路危险莫测、坎坷不平，对人类而言，通常年轻时聪明，
年老便会昏聩，黑暗是智慧的眼睛，
人生的收获总要丧失，而青春年少也终将白首残年——
真正的价值并不植根于此，代价也不会在赞美中付出。
我看见你年少时意气风发，你的心勇敢无畏，
当你重获你的荣耀时，千万不要忘记向上帝表达敬意。
只有如此你才有机会去赢得属于你的声名。
当你弥补你的过错后，上帝就会宣布，你成为他的骑士！"

帕齐伐尔又在那儿停留了十四天，与隐士同吃同住，
地上的植物根茎就是他饮食所需——他并不想要更好的食物，
他欣然承受一切艰苦，就连食物也变得格外香甜，
因为隐士既如骑士一般给予忠告，也如神父一般宽恕赦免！

帕齐伐尔对隐士说道："告诉我，躺在圣杯前的人，
究竟是谁？他看起来非常阴郁，他的脸色全无血色！"

隐士说道:“你看到的是泰图乐尔,他是你母亲的
祖先,也是掌管圣杯及其骑士的第一个国王,
但是他患上怪疾,找不到良方而一病不起,
他的脸就像你在圣杯上看到的,他的命是靠着圣杯的力量而延续!
他的面容虽已变色,但是他的忠告却依旧睿智——
他年轻的时候也四方征战,英名远播。

“你一旦将声名的桂冠当作你生命里真正珍视的价值,
就不要憎恨女人,而应该像骑士一般,给她以荣耀,
因为女人和神父,你知道,他们都手无寸铁,
但上帝的祝福眷顾着他们,如同他们的护身盾牌;
神父,他照顾着你,他在你生命终点将你从病痛里解脱,
所以绝对不要把神父当作敌人,而应该恰如其分亲善以待。
在这世界上,你再也找不到比神父更崇高的职业,
因为他对我们所说的话,为我们带来生命的平静;
而他放在祭坛上的双手,因为握着誓言而被赐福,
确保我们的罪过得到宽恕,并付出赦免的代价。
神父也时刻提防自己犯罪,以纯粹的心灵和双手
侍奉天主,你说,世上还有什么人比他们更圣洁?”

现在到了他们分别的那一日——崔福里岑对我们的主人公说道:
“将你的罪过抛下就此出发,我就是你在上帝面前的保证人,
照我告诉你的那样去做,毫不动摇,忠于内心!”
两人分别时候的悲伤与痛苦,就全凭你自己去想象吧。

埃申巴赫的沃尔弗拉姆

生活在十二世纪末期的德国伟大诗人沃尔弗拉姆，出身下层贵族家庭，很可能受教育不多。他富有活力却并不精致的文风，与以戈特弗里德为代表的优雅文风形成鲜明对比，而后者也不止一次痛斥此点。面对戈特弗里德称其为"乡野轶闻的发现者"的奚落，沃尔弗拉姆处之泰然："有些人赞扬《帕齐伐尔》(*Pazival*)，另一些人则因为更喜欢自己的故事而蔑视它。"他的《帕齐伐尔》取自与亚瑟王宫廷有着千丝万缕联系的寻找圣杯的故事，主人公历经千辛万苦，找寻心灵的平静和至善的过程，被他扩展成为长达25000行的心理小说。

其实在沃尔弗拉姆创作之前很久，圣杯故事的主体就已经从东方经摩尔人的西班牙(Moorish Spain)和法国传入，与凯尔特人的帕齐伐尔传说结合。在传说中，帕齐伐尔的父亲是一位骑士，已经去世，守寡的母亲为了保护他，便带着他隐居在与世隔绝的地方。当他长大成人知道骑士侠义后，便急不可耐地要到亚瑟王宫廷去成为受封的骑士，这让他的母亲伤心而亡。他成为这个世界上那一类并不天赋异禀但通过训练达成目标的典型。

在沃尔弗拉姆的故事里，帕齐伐尔历经欠缺考虑的冒险而获得了骑士的外在品质。虽然他与康薇拉慕(Condwiramurs)结为夫妇，却又为了体验哀伤与痛苦的经历而离她而去。帕齐伐尔的故事脱胎于圣杯故事。在一座辉煌的城堡里，他发现位高权重的国王躺在担架之上，饱受绝症折磨，群臣哀伤无助。而纯洁忠诚的王后，拿着一只圣杯，杯里水流不断。虽然这一切是那么让人惊诧和无法解释——极其奢华又极其悲惨，既欢乐又悲伤——帕齐伐尔，部分出于受人误导，部分由于自身的原因，竟然没有发问。经过睡梦里一番挣扎，他醒来发现自己身处空无一人的城堡之中。于是他骑马离去，却不知为何听见诅咒之声。他并不知道自己已经错过了绝佳的机会，要是他良心发现询问那位国王安福塔斯(Anfortas)的不幸，那位国王早已痊愈，而帕齐伐尔自己也早已在城堡中拿到圣杯，可以皆大欢喜了。此刻，他必须耗费数年时间才可重获失去的机会。他早年的精湛武艺一再给他带来灾祸，因为他全然没有意识到自己的决定和行动的不智之处。因此这篇作品的倾向在于伦理方面：错生苦，苦则思，思则智。帕齐伐尔深感懊恼委屈，便与自己从小就皈依的上帝断绝了关系。然而他越是漫游，便越是怀疑：所有的不幸并非上帝所致，而是自己的错误造成。终于他又找到了隐士崔福里岑(Trevrezent)。他们二人的谈话，不仅是故事中心的展露，也是全诗的转折所在。帕齐伐尔，满怀着全新的信仰和希望，终于在穆萨尔维什(Munsalvaesche)找到返回安福塔斯国王城堡的方法，而且通过正确的言辞和行动，为大家都寻得圆满的结局。帕齐伐尔成为了圣杯国王，又传位于自己的儿子——天鹅骑士罗恩格林(Lohengrin)。而高文爵士的历险——某种意义上，是他的骑士榜样——作为次要情节贯穿全诗。

虽然有人指出沃尔弗拉姆的圣杯传奇与特鲁瓦的克雷蒂安的更早时期的诗歌，以及马洛礼和丁尼生所重述的早期英语诗作故事相类似，我们读者还是可以觉察到它们之间的明显区别：后者是苦修禁欲的，而前者是人文主义的。沃尔弗拉姆从未接受圣杯是基督耶稣使用的酒杯或者可作为基督教的其他明确象征这一观念，而将这种“来源不明的物件”视为某种东方哲人的法宝或者护身符。他将守护圣杯的任务视作强大家族的专属，一方面隐隐约约地将之与当时的安茹家族相联系，另一方面又与中性天使相联系。这种对安茹家族的提升，可能正如沃尔弗拉姆指出的那样，源于吉欧(Kiot/Guyot)的诗歌。他将这些圣杯守护者命名为圣殿骑士(Templar)。

头韵体亚瑟王之死[1]

时机合适的时候，亚瑟王开始进攻托斯卡纳(Tuscany)，
攻城所向披靡，即使城中高塔耸立；
亚瑟王攻破城池之时，便是敌军将士受重创之时，
万千娇妻成新寡，阵阵哀歌起，
玉体失气力，梨花带雨泣，绞手锥心刺。
亚瑟王战马所至之处，战火就此燃起，
城中所有财富与住宅，转眼化作焦土与瓦砾。

① 头韵体指的是一行诗中重复出现开头辅音或元音相同的单词来对韵，起到突出重点、加深印象、平衡节奏、宣泄感情的作用。

他们[1]攻城略地征伐甚远，全无赦免之心，
毫不怜惜地糟蹋佳酿，葡萄藤在他们身后化为死寂；
城中多年的积蓄，他们大肆挥霍、全无怜悯；
只管满载枪矛，进军斯波莱托(Spoleto)。
他们迅速扩张的消息从西班牙传到斯普鲁斯兰(Spruysland)[2]，
亚瑟王战无不胜的传奇，令欧洲大陆陷入绝望。

亚瑟王带领骁勇的骑士们，调转马头奔向维泰博(Viterbo)，
经过一山谷，亚瑟王英明地命令军队及时补给并休憩，
吃着烤鹿肉，喝着威娜佳(vernage)[3]以及其他葡萄酒。
与该领地的子爵一起，亚瑟王决定稍事歇息。
他的先头部队急忙翻下马背，
在维尔特南(Vertennon)山谷，那大片葡萄园中，
亚瑟王稍作停留，放松了身心，
等待元老们回消息。
享用着昂贵的葡萄酒，他内心充满喜悦，
亚瑟王与他忠实的圆桌骑士们，
唱着快乐的歌谣，玩着各式的游戏，
世间再没有比他们更快乐的战士。

到了星期六的正午，也就是狂欢七晚后，
罗马教廷中最狡黠的红衣主教，

---

① 指的是亚瑟王的军队；亚瑟王已经开始着手征服罗马。
② 即普鲁士(Prussia)。
③ 即威娜奇亚(Vernacchia)，是一种口感甘甜的意大利烈性葡萄酒。

跪在亚瑟王面前，说了此番话：
此番前来为了祈求和平，甘愿付出任何代价。
教宗陛下已经深受打击，请求亚瑟王手下留情；
看在我们的主的份上，能够给予他保证。
就在七天后，教廷成员全部聚集，
也就是星期天，希望亚瑟王出现，
在罗马城内，作为尊贵的君主；
届时教宗将用沾满圣油(chrismed)[1]的双手，为他举行隆重的加冕仪式，
他将带着他的权杖与圣剑，成为尊贵的君主。
加冕仪式时，扣留的人质也会出席，
一百六十个孩子，都是最俊美的后嗣，
个个都盛装打扮，穿着鞑靼的托加袍(togas of Tars)[2]，
他们都将被托付给亚瑟王，
及其享有盛誉的骑士们。

伴随着喇叭声四下响起，休战协议将要签订，
双方步入大帐，桌椅早已准备妥帖；
亚瑟王先落座，然后是其他贵族，
丝缎的天顶下，大家静静围坐在桌旁，
罗马的元老们，各自分开坐着。
举世无双的珍稀器皿，郑重其事地被呈上桌子，
亚瑟王的笑容含着威严，用温和的语调，

---

① 在宗教仪式上，涂上油膏表示赐福。

② 由鞑靼地区的丝绸制成。

在宏伟的圆桌旁，鼓励罗马人，
运用智慧和谋略，安抚着红衣主教；
亚瑟王这位高贵的君主，恰如传奇中所叙述，
就在圆桌上，赢得了罗马人的崇敬。
训练有素又狡猾世故的罗马人，眼见时候不早，
便与亚瑟王作别，又再度返回；
一路急行军，夜晚到城里。
罗马的人质，则给了亚瑟王。

高贵的亚瑟王，默念着下面的话：
“罗马已经臣服，现在我们可以享受战果稍事休息；
让我们的人质，年轻俊美的贵族子弟们不要拘泥，
看一切尽在我们掌握之中，他们不过在我的统治下喘息；
阿勒曼(Almain)[1]的皇帝，
以及所有的东方的领地，
放眼整个世界，我们将是最高领主。
就在圣十字日(Holy Cross Day)[2]，我们将获得这些土地，
而圣诞节，顺理成章便是加冕日；
从此这些土地便为我以及诸位圆桌骑士所统治，
到时带走罗马的贡金，真是让我何等开心。
再与诸位勇士一道，越过汪洋大海，
为我们死在十字架上的耶稣报仇雪恨。”

---

① 即日耳曼。
② 在九月十四号。

凤表龙姿的亚瑟王，恰如编年史的描述，
怀着轻松喜悦的心情，矫健地转身准备就寝，
松开护体的腰带，抛掉运筹帷幄的心机，
卸下防备，沉沉睡去。
此后一天的半夜，他的情绪产生转折性变化；
在梦境的前段，一切美好得无以比拟，
梦醒时分之际，一切化作恐怖和心悸，
亚瑟王面如死灰，双眼空洞迷离，
连忙召来众多哲人，将梦中所受的惊吓告诉他们。

“自从我皈依了基督教，从未受过如此的惊吓！
我欣然接受你们的审视，请为我解释梦境的含义，
我将毫无隐瞒、恰如其分，复述所有的场景。
我想，我正在一个树林里，毫无目的地漫游，
我不认识前方的路，也不知道如何回家，
四周都是野狼和野猪，还有其他邪恶的猛兽。
为了躲避危险，我走进了一片荒地，
却看见许多狮子，正懒洋洋地舔着他们的獠牙，
他们刚刚啃啮了我忠诚的骑士，舔舐着他们的鲜血和骨肉。
我连忙逃离那片森林，还记得林中的鲜花都生长得格外高大，
这些残忍的野兽，令我毛骨悚然。
我终于跑到了一片草地，附近还有连绵的山脉，
那里山高谷深绕芳甸，实在是人间天堂。
我被这迷人的景致环抱，身旁到处长满，
三叶草和麦芽花，它们仿若披在大地上的华服，
山谷星罗棋布着银光闪闪的葡萄藤，

藤上结满金色的葡萄——硕大无朋，
还有郁郁葱葱的灌木，以及种类繁多的乔木，
乔木参天傲立，牧人就在下面惬意地休憩。
果树上的果实琳琅满目，有的半掩在翠叶之后，
有的高挂在枝头，令人垂涎欲滴。
花朵上摇曳着晶莹剔透的晨露，那么娇弱惹人怜惜，
眼见它们随着日光的照耀，渐渐从花瓣上消失。

"然后在山峦之巅，云端之下，
出现了一位仙女，她身着菱形格子的外衣。
那件外衣是真丝质地，那美妙的颜色世上难觅，
领口和裙边，都镶嵌着白貂皮，
长长的裙摆垂曳至地面，
背部装饰着金色的缎带，
胸前装饰着各式胸针、贝桊(bezant)[1]和明亮的宝石，
头上戴着考尔(caul)[2]和花冠(coronal)[3]，各色只应天上有，
一切在她的身上结合得恰到好处，
真是增一色嫌多减一色则少。

"在她白百合般的纤纤玉手上，一个飞轮旋转不息，
她的技艺令我眼花缭乱，仿佛飞轮已与她合为一体。
飞轮的边缘装饰着赤金、珍贵的宝石，

---

① 一种拜占庭时期铸造的金、银币。
② 一种紧贴头部的帽子或头巾。
③ 头上的环形饰物。

以及大量红宝石，显得无比华丽；
飞轮的辐条也十分绚丽，因为是拉丝的纯银精制，
足有长矛的长度，却弹力十足；
在那上面竟然还有一方宝座，由白雪般的纯银打造，
上面装饰的红榴石(carbuncle)[1]，熠熠生辉；
更令人惊异的是，竟然有一整圈国王紧抱在飞轮的圆周上，
他们头上纯黄金制成的王冠，四分五裂；
还有六个国王，都突然从他们的宝座上跌落，
每个跌落的国王，当时都说着这样的话：

"'我曾在此轮上统治世界，却后悔不迭。
古往今来统治世界的国王，从无人像我一般富有！
但我在位之时，治国毫无建树，
不是打猎游玩，就是沉溺酒色，再不就是对百姓课以重税。
当我还年富力强之时，便已将自己的时日挥霍殆尽；
现在便深陷痛苦，永远在此受折磨。'

"最后的[2]那个小个子，被压在最底下，
他的背压得好似弯弓，不情愿地仰头向上望，
他的头发又灰又长，足有一码长，
显然他难以承担如此重负，颤颤巍巍仿佛全身都酸痛不已；
他的眼睛，一只比白银还要明亮，
另一只却比蛋黄还要澄灿。

---

① 一种闪闪发光的深红色宝石。
② 也就是说，是在人堆最底部的那个人。

‘我是领主，’他说道，‘拥有一块富庶之地，
那块土地上的人民，人人都对我卑躬屈膝；
结果我现在就沦落到，身无片缕的境地，
但是身外之物事小，让所有人相信这点吧。’

“紧接着的倒数第二人，真的，
看得更真切，仿佛触手可及，
他总是深深叹气，说着如下的话：
‘我曾也坐在那高高的宝座上，君临天下，
三宫六院，整天沉醉在温柔乡中，
现今也是失了王位，永远陷在这里！’

“倒数第三个人，虎背熊腰，孔武有力，
就算是三十个壮汉齐聚，恐怕也难以将他打倒；
原本戴在头顶的王冠，镶嵌着珠宝、钻石，
极尽奢华与尊贵，却早已滑落至地。
‘我在位之时，’他说道，‘举国上下人人都畏惧我，
现在我却和这些死人一道受罪，靠人施舍度日。’

“倒数第四个人剑眉星目，臂膀强健，
宛如临风之玉树，古今难觅。
‘我乃无信无义之人，’他说道，‘当我在位之时，
举世皆知，我乃天潢贵胄中的奇葩；
现在我也容颜憔悴，厄运缠身，
从云端跌至淤泥，连一个朋友都没有。’

"倒数第五个人比起其他人来，显得面色更加苍白，
虽然样貌凶猛、体格强健，却口吐白沫；
尽管他双臂紧紧扣住轮圈，无奈轮圈急速飞转，
他仍然不可避免地被甩掉，从五十英尺高坠落；
跌落后他又再度跃起，张开双臂，
扑向长矛般的轮辐，嘴里说道：
'我曾是叙利亚的君主，独握大权，
统治着众多王国的人们和土地；
突然我就跌入谷底，一无所依，
因我所犯的罪孽，王位将永不可及。'

"倒数第六个人，手执装帧精良的圣诗集，
身着丝绸的白法衣，手工精细、剪裁得体，
他有一架竖琴，一把弹弓，弹出坚硬的燧石；
这是何等的伤害啊，他立即声明：
'我当政的时候穷兵黩武，
自认为智勇双全，放眼天下无人能敌；
但是最终摧毁我的，却是我自己，
好在命运女神温柔和善，将我们悉数感化。'

"又看见两位国王正在攀爬，为达到高处不畏艰险，
他们孜孜所求的，就是权力的顶峰。
'这红榴石的宝座，'他们说道，'今后[1]我们将赢得，
整个世界，我们就是两大帝国的君主。'

---

① 他们诞生并扬名天下之时是在亚瑟王的时代之后。

虽然这两位年轻的贵族，力气快要用尽，面如死灰，
那方宝座始终位于他们上方，永远也触不到。
最上方的那位年轻人，丰神俊朗，额头宽阔，
他的面相，就是相面术里最高贵的那种；
他身着一件尊贵的蓝色的外套，
饰满金粉装饰的曲线图样；
另一位年轻人，身着纯银外套，
其上用纯金镌刻着精美的十字纹样，
那些十字纹样里，还有四个精巧的小十字形，
因此我知道了，这位国王，他是一名基督徒。

“然后我走向美丽的仙女，满怀深情地问候她，
她说道：‘真心欢迎你，现在终于找到你；
正如我所愿，你现在最受尊崇，名扬天下，
你是有史以来，最为英勇的战士；
你因骁勇善战而闻名，是我帮助你赢得每场战争；
我一直对你那么偏爱，帮你对抗其他人；
现在你和追随你的勇士们，都找到了信仰，
我使弗洛来爵士(Sir Frolle)以及他那些刚愎自用的骑士灭亡，
因此富庶的法兰西的一切，你就随意享用吧。
你将登上那方宝座，因为我亲自选定了你，
从这世上所有的首领里。’

“她用她纤细的双手，轻轻将我提起，
温柔地将我置于宝座之上；再递给我那象征王位的权杖；
又拿起一把梳子，细细地梳理我的头发，

她清新的卷发，垂及我的王冠；
她再为我戴上另一顶精美绝伦的王冠；
然后她又递给我一个苹果，上面镶满了珍贵的宝石，
并涂上一层蔚蓝色的瓷釉，在其上绘有大地，
海洋环绕着陆地的四周，
见到此，我就知道我将统治世界。
之后她又递给我一把利剑，剑柄特别华丽，
她吩咐我试试这把剑：‘这是我的剑；
很多勇士挥舞的结果，却是热血洒剑刃[1]；
只要你用这把剑战斗，就永远不会失败。’

“接着她就在合宜的时刻安静地离开了，她静静地飘到，
那片无比茂密的森林里；
没有哪位王侯在人间，能得到如此的任命；
享受这等殊荣，唯有在天堂。
她命令树枝们弯下腰，将其中最高的枝头上
最好的那一个果实，递到我的手里；
然后森林里所有的树木，都立刻听从她的命令，
让我告诉你吧，每座森林的最高树都如此。
她又告诉我不要丢掉果实，而是要随身携带：
‘我尊贵的勇士，拿上最好的果实，
朝着那最富庶的地方而去，振作起来，
英勇的国王，稍事休整，因为整个罗马都将属于你。
很快，我还将带给你更多，

① 即死亡。

还有夜光杯中的甘醇的美酒。’

“然后她走到一口井边，井沿由木头围起来，
让人惊讶的是，井里竟然是冒着泡的葡萄酒，
她取了一杯，再小心翼翼地盖上杯盖；
她先与我举杯祝贺，再命我一饮而尽，
之后便带着我走了大约一小时的路程，
途中的种种体贴与关爱，是每个男人梦寐以求的。

“但是就在正午，她的态度发生天翻地覆的转变，
她用不可思议的言语，大肆威胁我。
当我恳求她的时候，她拉下眉毛说道：
‘国王，你说什么都没有用，以造我的基督之名起誓！
此后你的人生，将一败涂地，
因为你已经享受快乐、享受尊荣太久了。’

“她转起了飞轮，将我转到了轮下，
那时我的四肢都被碾得粉碎，
我的脊椎也和那方宝座一起，被劈得四分五裂；
当这一切发生的时候，我因为恐惧而禁不住颤抖不停。
然后我醒了，真的，从梦中惊醒，大汗淋漓，
现在你们知道我的痛苦了吧，这就是我昨晚所梦到的全部情景。”

“我的朋友，”哲人说道，“你的幸运女神已经逝去，
因为你将发现她是你的仇敌，问问自己究竟为何。

我可以坦率直言，陛下已经身在最高位，
现在无论您如何抱怨，也无法再获得更多。
您征战无数，已经背负了无数鲜血。
在您的全盛时期，在诸王的广袤国土上，有多少无辜受害者；
为了您最终的时刻，请您忏悔得救赎吧。
既然您已经看到了预兆，陛下，就可以阻止它的发生。
未来的五个冬天，都将雪虐风饕。
为了您自己，请在法兰西建立修道院，
为弗洛来和费让(Feraunt)[1]，以及他们麾下的骑士，
这些死于您剑下的法兰西亡灵而祈祷。
现在请陛下慎思，将心比心，
想想那些曾经加冕的国王，曾经享有盛誉的征服者。

“最早的征服者是亚历山大，整个世界都曾匍匐于他脚下；
第二位就是特洛伊的赫克托耳(Hector)，彬彬有礼的骑士；
第三位就是尤里乌斯·恺撒，拥有庞大的帝国，
每场著名的战争，都有如神助。
第四位就是犹大(Judas)[2]骑士，高贵无比的骑士，
足智多谋的马加比，退敌救民出危境；
第五位就是约书亚(Joshua)，兴高采烈的骑士，
在耶路撒冷的小旅馆[3]，欢乐立刻从天而降。
第六位就是英勇的大卫(David)，深得诸王的信任，

---

① 在早先的战争里被亚瑟王所杀。

② 指的是犹大·马加比(Judas Maccabeus)，是公元前二世纪抗击塞琉古军队的犹太人领袖。

③ 详见《约书亚记》(6:17—25)。本书所引《圣经》文字，以中文和合本为准。

被称作有史以来,最勇猛的国王之一,
他曾巧施手中力,用弹弓杀死,
世上最残忍的,伟大巨人一族的歌利亚(Goliath);
且金相玉质,大笔如椽,所作的珍贵的赞美诗,
句句戛戛独造,真无一语拾人牙慧。

"那个正往上爬的国王,我真的知道了,
他应该是查理(Charles),法兰西国王的儿子;
他残酷无情、穷兵黩武,是个天生的征服者,
只有不断地征服才能使他平心静气;
他将获得基督本人戴过的冠冕,[1]
那刺入基督心脏的长矛,
以及当他被钉在十字架上时所有锋利的钉子,
作为一名骑士,他将为所有基督徒而战。

"第二个往上爬的应该是戈弗雷(Godfrey),他为主在受难日的受苦展开报复,
与英勇的骑士们一起;
继承他的父亲,他将成为洛林的领主;
然后在耶路撒冷,恩赐再度降临于他,
因他以手中之剑,复兴了十字架;[2]
因而顺应天命,被涂抹圣油加冕为王。

---

① 查理大帝获得了耶稣受难时的遗物。

② 戈弗雷重新找到了传说中耶稣的圣墓(Holy Sepulchre)。戈弗雷是法国洛林公爵,第一次十字军东征的主要统帅之一。

“在他的时代，再无任何公爵得此天命，[①]
或受如此逆境折磨；天数自有衡量。
陛下您的幸运，将指引您填满那个数字，
您就是那第九位圣贤，您的名字将永载青史；
高贵的骑士们将周而复始传诵您的传奇，
狂热的国王们将永远渴求再现您的荣光，
相信在最后的审判日，您会因赫赫战功，
成为这尘世上，有史以来最英勇的骑士。
因而，数之不尽的文书和王侯，将在编年史书里，
极尽所能地铺陈您的战功，书写您的事迹。
森林中的野狼，还有其他猛兽，
是那些在您的国土上开战的邪恶之徒的化身，
那些未开化之地的异族与蛮族，
趁您不在的时候，袭击您的子民。
不到十日，我想，您便将得到消息，
但自从您离家启程，便一直麻烦不断，
我恳乞陛下多回想，那些所做的不理智的事情，
以及您所做的不义之事中，现在亟须忏悔的，
为防意外降临。请陛下，振奋精神，
为了灵魂得恩赐，恳乞陛下温顺请求我主怜悯。”

---

① 这里指的是亚瑟王，是第九位也是最后一位“九圣贤”（Nine Worthies）。“九圣贤”是指中世纪欧洲人认为历史上最杰出的九位伟人，前诗已经一一提及。他们中三位是异教徒：希腊的亚历山大王、特洛伊的赫克托耳王子和罗马的恺撒大帝。三位是《圣经》里的犹太人：领导犹太人反抗外敌的犹大·马加比、摩西的继承者约书亚和大卫王。三位基督徒：查理大帝、法国洛林公爵戈弗雷和亚瑟王。

亚瑟王听完之后起身，命侍臣为他更衣，
换上一件红色的外套，那鲜艳的颜色赛过最娇艳的红玫瑰，
佩戴好皮桑(pisan)[1]和护裙(paunch-cover)[2]，系上贵重的腰带，
再将那有着耀目颜色的兜帽套上，
还有盾牌般坚固的头盔(pillion-hat)，庄严又华贵，
嵌满了东方的珍珠和琳琅满目的宝石；
他的手套以各色绣花为饰，再以金线镶嵌，
璀璨夺目的红宝石，真是刻意求工。
亚瑟王整装完毕，独自带着他的灰色猎犬，
在广阔的草原上踽踽而行，满心忧伤；
他沿着小径，走过安静的森林边缘，
他在繁华大道上驻足，陷入沉思。
当太阳升起的时候，他远远地看到有人前来，
原来有人朝着去罗马的方向，抄近道从此经过，
那是一个穿着圆斗篷、衣着得体的人；
头戴普通的圆帽子，脚蹬高筒靴；看起来是个普通胖子；
他的身上挂满了小硬币，
他的短裙上挂着许多碎布条条，
他带着钱包，披着披风，还有不少扇贝壳(scallop)[3]，
手上拄着长矛，挥舞着棕榈枝，俨然朝圣者的样子。

那人急忙走向亚瑟王，向他问早安；

---

① 盔甲用来保护胸上部和颈部的部分。
② 盔甲用来保护躯干下半部的部分。
③ 扇贝壳是朝圣者旅途中的徽章，表明佩戴者已经到过孔波斯特拉(Compostella)。

贵气十足的亚瑟王，便用罗马人的语言，
不甚流利的拉丁语，彬彬有礼地说道：
“年轻人啊，你一个人步行要到哪里去啊？
现在到处战火纷飞，险象环生；
在那边的葡萄园，就驻扎着一支军队；
一旦他们发现了你，你可就岌岌可危。
除非你能得到国王本人的庇护，
否则那些士兵便会夺走你的性命，劫掠你的财货；
如果你们选择走大路，他们一样会抓住你，
除非你能立刻得到友善的骑士们的帮助。”

面对亚瑟王，克拉多克爵士(Sir Craddock)回答道：
“如果他们杀死我，在我主的帮助下，我将宽恕他们，
在大地上行走的每个人，都是在我主的眷顾之下，
让属于那位国王的最勇猛的骑士来吧，
我将与他正式决斗，耶稣基督将救赎我的灵魂！
他们既不可能打倒我，也不可能阻止我，
他们只会发现，他们才是真正的懦夫；
任何战斗也无法使我退缩，我将直向圣地而去，
尘世里的任何人，也无法改变我的意志。
我将沿着朝圣之路而去，直到罗马为止，
向教宗陛下恳乞，得到特赦，
免除坠入炼狱的折磨。
然后我将去寻找，至高无上的君主，
拔山盖世的勇士，英格兰的亚瑟王。
因为有勇士告诉我，他现在正在这个帝国，

和他英姿飒爽的骑士们，正在此处纵横驰骋。”

“年轻人啊，你从何处而来，”亚瑟王问道，
“竟认识亚瑟王，以及他麾下的骑士？
当亚瑟王还在英格兰的时候，你是否到过他的宫廷？
你言辞如此恳切，连我听了都深感欣慰；
你能够赶到此地做出如此决定，实在是明智之举，
通过你的言语，我觉得你实在是不列颠的勇士。”

“亚瑟王是我们公认的王，我本就应该认识，
而且我还曾被召去他那宏伟的大厅；
在他的朝廷，我被唤作克拉多克爵士，
在他的统治下，掌管着卡利昂。
我虽尽心尽力，现在却被逐出了领地，
昔日的城堡，已为野蛮人所占领。”

英俊的亚瑟王，将他搂入怀，
摘下他的铁壶帽(kettle-hat)[1]，立刻亲吻他；
说道："欢迎你，克拉多克爵士，愿基督帮助我！
我亲爱的兄弟，你真是让我好生担心。
不列颠现在的情况怎么样，我的那些留守的勇士们又怎么样？
他们是不是也被打败，或者说已经遭遇不测？
快点告诉我，情况到底怎么样？
我不需要任何保证，我知道你句句都是实情。”

---

① 也就是头盔。

“陛下，您安排的护国者，实为奸邪的盗国者，
自陛下去国之日，他便兴风作浪，
他攻占了城池，强夺了您的王位，
霸占了圆桌骑士的所有年金。
而且还随心所欲地划分领地，
大肆赐予蛮夷，把丹麦人封为公爵和伯爵，
让他们到全国各地，烧杀劫掠无所不为；
大片的土地，交给了撒拉逊人和撒克逊人。
他还招募蛮夷武士，集结为军队，
让这些唯利是图的小人，统治瑟金内尔(Surgenale)[1]，
将异教徒的皮克特人(Picts)[2]，也封为骑士，
还有爱尔兰人和阿盖尔(Argyle)[3]人，违律受封；
以上这些蛮荒之地的家伙们，都摇身变作骑士，
他为了讨得他们的欢心，让他们变为爵爷享受封地。
其中有个首领，被叫作查尔德里克(Childeric)[4]骑士；
其人看似文质彬彬，却四处滋扰您的子民。
将虔心信教之人抢劫一空，对静修的修女们淫辱一番；
还与手下的骑士，劫掠身无长物的贫民。
从亨伯河到霍伊克(Hawick)[5]，都已落于其手，
包括整个肯特王国，按照契约，

---

① 可能为今天的南威尔士。
② 不列颠北部的古代居民。
③ 今苏格兰西部。
④ 撒克逊国王。
⑤ 苏格兰南部的一座城市。

那些都属于国王陛下您的，美丽绝伦的城堡，
生机勃勃的松柏和白桦，险峻的峭壁；
那些在昔日，曾属于亨吉斯特和霍萨（Horsa）[①]。
就在南桑普顿的海岸，停着一百四十艘战舰，
满载的都是，凶猛异常、遥远国度的蛮族，
当您在此远征时，他们正在攻打您的部下。
然而我必须告诉您，这还不是最糟的情况：
他还占有了薇艾娜[②]，就像丈夫享用妻子一般地占有她，
他们毗邻西部而居，
而且有人亲眼所看，薇艾娜已怀有身孕。
举国上下的臣民，都希望灾祸降临于他，
因为您指定的护国者，为了霸占您的王后，竟然背信弃义！
莫德雷德骑士，实在天地难容！
所以我才翻山越岭，冒死将实情告诉您。”

原本钢筋铁骨的亚瑟王，闻言气急攻心，
此晴天霹雳，使他顿时面无人色。
“我以耶稣受难十字架起誓，”亚瑟王说道，“我一定要复仇；
他马上就要为他的种种恶行，付出血的代价！”

言毕，亚瑟王返回他的大帐，深深的悲伤让他的心在泣血，
圣明的君主失去了欢乐，唤醒了他的勇士们，
他吹响号角，招来其他诸王及骑士，

---

① 公元五世纪入侵不列颠的两位著名的日耳曼领袖。
② 即桂妮薇。

齐聚共议事，并将事情的始末告知：
“我尽心竭力，招致的却是背叛！
我的一切努力化为乌有；这比一无所有更难以忍受；
他如此辜负我的信任，厄运必将落到他的头上；
只有拿下这个叛贼，我才是真正的王者！
叛贼就是莫德雷德，我曾经最信任的外甥；
他不仅霸占了我的城堡，自封为王，
还抢占了属于我们所有圆桌骑士的领地和财富。
他还将一批卑劣之徒，尽数收归麾下，
将我的国土，瓜分殆尽，
好端端的国土，就沦落于走卒和撒拉逊人之手。
他还占有了薇艾娜，娶其为妻，
更糟糕的事情是，他们乱伦的孩子即将出世。
他们还在海上，集结了一百四十艘战舰，
满载猛士，誓与我们为敌。
因此，返回我们广阔的不列颠，自是理所当然，
要给这一切的始作俑者迎头痛击，将其打倒在地。
只有在驰骋的战马上，才培育得出真正骁勇的骑士，
战火才是真正的考验①，血汗将换回胜利的花朵。
豪威尔爵士和哈多夫(Hardolf)爵士将留守在此，
为此地向我归顺诸民的领主；
他们将密切关注伦巴第，看是否有人存心作乱，
以及托斯卡纳，由我任命代为负责；
周密安排，代收罗马的贡金；

① 在实战中通过了考验的勇士才能成为骑士。

同时带走我们应得[1]，恰如上次罗马人同意让渡，
他们胆敢出尔反尔，便将所有人质，
立即全部高高悬于城墙之外。”

英勇的亚瑟王，率领麾下最英勇的骑士，
奏响号角，打点行装，就此出发；
转经托斯卡纳，稍事停留，
行军经过伦巴第，仅在夜间整休；
行军千万里，攀越群山脉。
迅雷掩耳速，跨过日耳曼；
进入弗兰德斯，和他凶猛的武士。
十五天之内，舰队便汇聚，
亚瑟王毫不迟疑，列队便出海；
扬帆远渡去，借风破白浪；
夜看尽万重涛，抛锚便已至家乡。

但见那些恶徒的战船随波漂浮在港口，
用结实的吊货链连在一起，
船上是欢乐的，甚至彬彬有礼的骑士。
在后面上方，看似只有船舵和船顶，
而下方舱门里的异教徒，才是潜藏在下面的真正危险。
舰船被套上着色傲慢的伪装，
一个接一个，彼此牢牢相连，
个个五大三粗，看起来数量仿佛多了一倍；

[1] 那天在休战协议里达成一致的领地和财物。

这就是机警的丹麦人布置的战船，
它们看起来面对枪林箭雨也会安然无恙。

亚瑟王与他的圆桌骑士们，
身着庄严的红色服装，在战舰上严阵以待。
那日他们正在分配任务，部署兵力；
分到道蒙式战船(dromon)[1]和拖曳船(drag)[2]的，负责投掷石头；
分到船楼上的，可以选择自己擅长的兵器，
有螺旋的弯弓[3]，弓箭的速度如虎添翼。
工匠们专注于改良工具和武器，
箭镞之头乃为黄铜制。
亚瑟王集结全部的兵力，就为对抗敌军，
准备用精钢所造尖头棒和玄铁脚镣(gyves)伺候他们；
装备精良的武士，牢牢立在船舷上；
还有许多持长矛的士兵，站在船楼上；
领主贵族等处于背风处，
身着彩色的护具，以护住全身的大盾牌为掩护；
在后面赫蒂斯(hurdace)[4]护栏上方，站着身着盔甲的武士们。
对着陡峭的山崖，他们发射弹丸，
武士身着精致的披风，宛若他们华丽的丧服。

英勇的亚瑟王驾驶小船，四周巡视，

---

① 一种中世纪的帆船，靠风帆和船桨共同作用而前进。
② 一种木筏或者驳船。
③ 即十字弓(crossbow)。
④ 是一种用树枝或藤条编结而成的栅栏。

因为急着出发尚未戴上头盔，棕海狸色的头发迎风飘扬；
一位骑士替他持着剑和嵌满宝石的头盔，
这头盔附在银色披风上，
其上还有嵌满奇珍异宝的小王冠，
亚瑟王激励各个战船(cog)[1]上的骑士们。
他对着克里奇斯(Cleges)和克莱门德(Cleremond)大声呼喊，
“噢，高文！噢，嘉里隆(Galyron)！为你们而战！”
对着洛特(Lot)和莱昂纳尔(Lionel)，亚瑟王深情地呼唤，
对着湖中骑士兰斯洛(Launcelot)，他庄严地说道：
“海岸就是我们的，让我们一同收复国土，
那边的所有叛徒的鹰犬，根本不堪一击。
让我们将他们打落海中，再放火焚烧他们的战船；
让我们快意而战，斩尽这些异族的村野蛮夫。
我以双手打赌，他们都是些无赖之徒。”

于是亚瑟王重登舰船，抓起船锚，
戴上耀眼的头盔，穿上闪亮的盔甲；
在桅杆上升起绣有纹章的红色大旗，
诸王金色的王冠迎风整齐排列。
红旗的顶部，还有一位圣洁的女子，
怀中所抱的婴孩，就是天之子(Chief of heaven)；
自此以后，这个纹章作为亚瑟王的标志再未改变，
与亚瑟王征战四方，见证他的丰功伟业。

---

① 一种货船，通常也作为战船使用。

遥见旌旗迎风招展，船长和船员都深受鼓舞，
欢欣鼓舞地相互呼喊应答；
用他们独有的暗语，传达消息。
他们扯起风帆(trussel)直至满帆(on treats)，再绑紧风帆，
扬起辅助帆(bonnets)[1]，压紧舱门口；
挥舞着手中的斧钺，吹响了战争的号角；
牢牢站在甲板上，等待着时机来临。
当猛烈的海风从西面吹来之时，
开拔的战船，在碧涛之中掀起一道道白痕，
狂暴的海风阵阵来袭，勇士们的风帆鼓得满满；
一艘重舰撞向另一艘，
舱底和横梁登时碎裂，
船头狠狠砸向船身，
甲板上的货物四散撞击。
就在战舰纷纷相撞时，
他们赶紧抛出定锚[2]，稳住战舰。
接着，支撑桅杆的头绳也被拉断；
此时双方正在激战，战船互相碰撞，
纷纷开足马力，如同离弦之箭；
战舰的船舱大都受创，船上缆绳都被损毁；
双方将士也死伤惨重；
华丽的指挥舱，原本雕花彩绘，
现在被斧钺砍斫得伤痕累累。

---

① 可以铺开的一块额外的帆布，位于主帆的底部以捕捉更多风力。

② 应该是四爪小锚。

战士们往上一看，急忙往后撤去，
因为在战斧一阵猛砍下，桅杆根根摇摇欲坠，
与此同时，上面的战士纷纷跌落，
此番海上恶战，无数勇士血洒碧海。
接着他们调转船头再度阻截；
船上那些身着锁子甲[1]的武士，英勇又狡黠，
来到甲板上，他们以石头为武器，
用石头攻击最精良的骑士，将船舱砸裂；
另一些则用手中的尖头棒，展开攻击。
英勇的武士啊，武器上满是敌人的鲜血。
爱尔兰的弓箭手，射杀敌人最顽强，
他们将箭镞，深深射入敌军的盔甲。
很快，这些蛮夷的战船便左摇右晃，
再无回天之力。
于是敌军也拿起长矛，投入近身战，
此战之残酷激烈，任何言语难以形容，
每位将士，都倾尽全力，
无论身边是任何武器，皆拾起便投入战斗。
英勇的武士们，奋战整日，
直到丹麦人尽数阵亡，沉入汪洋深处。

于是不列颠人挥舞刀剑，享受复仇的喜悦，
这些勇士们，跃上半空；
当所有的蛮夷被投入大海中，

---

① 锁子甲(byrnie)指的是由相连接的金属节或片制成的活动外套，通常无袖。

所有的勇士纵声欢笑。
敌人丢盔弃甲，战船四分五裂，
西班牙残兵连忙跳海逃生；
战争中所有的敌军厉害角色，无论军阶高低，
皆被无情屠杀，弃尸于大海。
他们的从属也挥洒生命之血，
拉起舱板，到达防御位置，
但这七百名兵士，最终还是沉入深深的大海。
德高望重的高文爵士，杀得兴起，
便将所有战舰，交给他的骑士们。
基恩(Geryn)爵士和格里斯沃尔德爵士，和其他诸位骑士，
被高文的剑加路斯(Galuth)，砍掉了脑袋。
因此，敌人的舰队便只能随波逐流，
而那些战舰上的异族人，唯有听天由命。

那岸上的叛国者，与他的心腹骑士们，
骑在马上，吹着号角踱来踱去，
在陡峭的岩岸边，重重盾牌之后若隐若现。
毫不知羞耻为何物，只知藏身高处。
亚瑟王与高文爵士，两人共同，
领兵伐逆贼，总计六万人。
但大军登陆时，正逢潮汐刚落下；
他们在海滩上便陷入了巨大的沼泽之中，
亚瑟王和大军挣扎在海水和泥沙中举步维艰。
亚瑟王在那里停留了片刻，以免失去他的战马。
他不时回首探视身后的骑士们，

看是否有人失去战马、掉队，或是受伤。

德高望重的高文爵士，乘着划艇，
与他麾下的骑士们，滑行至登陆口；
终于顺利到达海滩，他满腔悲愤地率先跳下，
他所围的腰带光华夺目，在人群中分外突出；
他在沙滩上奋力搏杀，大家都看在眼里，
他与骑士们高唱——哀兵必胜！
身后飘舞着绣有他的纹章的旗帜，身着绣有纹章的战袍，
他在岸上四处厮杀，战袍飞舞。
他命令他的旗手：“快跑到那里去，
看见远方的军队了吗？站在那边的岸上。
我向你保证，我将紧跟在你后面，
亲自见证，汝等虽然没有过人的武器，却有着绝不退缩的勇气，
汝等将击败最强大的敌人，今日就是他们的灭亡之日。
面对恬不知耻的敌人，千万不要自愧不如；
在每一场大战中，你都持着我的旗帜；
我们将大败这些不仁不义之徒——魔鬼吞噬了他们的灵魂！
让我们冲进敌军的方阵，那片土地即将属于我们。
一旦我手擒那叛贼，将让他好好见识，
与真正的王者作对，将是何等下场；
偷来的欢愉，不过片刻停留，
等待他的将是正义的最终审判。”

现在，高文爵士和他的骑士们在沙滩上找到了最佳的攻击点，
一与敌军遭遇，便强力出击；

虽然遭遇的敌军，一手执盾牌精光毕露，
另一手执短杆枪矛，寒光闪闪；
他们还是用锋利的长矛给予敌人致命的攻击；
无数军士就此长眠于这阴冷的水中；
公爵和贵族，以及受封的骑士，
全丹麦最英勇的战士，此战消失殆尽。
双方激战，死状都十分悲惨，战甲都被撕裂，
身上的创伤不计其数；
三百个骁勇的战士，一下就被
刺死在地上，尸体堆积成山。

高文爵士，无法遏制自己的悲伤：
他抓起长矛，奔向一人，
穿着猩红长袍，其上绣着银色的纹章[1]；
高文爵士将手中的长矛刺向他的喉头，
对方的宽剑被震落在地，摔得粉碎；
对方无法抵御这重击，当场丧命。
死去的是哥特兰的国王，也是善战的勇士。
见首领落马，敌人的先锋营连忙撤退。
高文爵士和他英勇的战士，此战告捷，
终于与莫德雷德带领的中营相遇。
此方的军队冲向他们，仿若从天而降；
高文爵士占据了绿草如茵的山坡，
他真正赢得了永远的荣耀。

① 这个纹章图样代表的是眼泪或雨滴。

事实上高文爵士，对一切洞察于心，
为了向这场战争的始作俑者、可耻的叛贼复仇，
他与蒙塔古(Montagues)，以及其他伟大的将领，
朝莫德雷德一路杀去。

然后高文爵士，满怀悲愤，
整好长矛，向莫德雷德挑战：
“你这忘恩负义的家伙，早将自己出卖给了魔鬼！
呸，为你和你的所作所为感到可耻！
我要用你的鲜血去祭奠那些因你的暴行而死的兄弟，
如果今天我死在你的剑下，那也是命中注定！”

于是高文爵士的敌人与那些违法犯纪的男爵们蜂拥而上，
与我们最杰出的骑士们展开战斗。
正如叛贼事先设计的那样，
他火速聚集丹麦诸公爵，
埋伏在海滩上的列托(Lettow)诸首领，军团兵马足，
长矛与利剑，将我军团团围住。
雇佣军与撒拉逊人，海外之蛮夷，
陈兵于阵前，足有六万人。
另有一百四十名骑士，
也突然从海滩杀出。

高文爵士灰色的眼睛已为泪水浸透，
不仅是为追随他的这些勇士而悲伤；

更因为他深知他们即使伤痕累累、困乏不堪，也要杀出一条血路；
但此时他心乱如麻，智尽能索。
他深深叹息，泪如雨下：
“现在撒拉逊人从四面八方围攻我们！
我不是为自己而叹息，上帝保佑我吧；
我是想不到出奇制胜的招数，免不了心生忧虑。
今天让我们一鼓作气，拿下对方的头目！
为了我们的主，我们要无所畏惧勇往直前。
结束今天的战斗，我们就是盖世无双的勇士，
与纯洁无瑕的天使们，共赴极乐。
虽然我们之前的不智行为让我们消耗太多，
但在基督耶稣的荣光护佑之下，我们仍将获胜。
我在此立誓，我们将铲除那边的撒拉逊人，
与我们神圣的救世主，在天堂共饮。
在那唯一的真主，众王之王，
与诸先知和诸长老，以及最尊贵的使徒，
在我们众生的创造者，最仁慈的我主面前！
就对那些逆贼而言，
虽然他们身强力壮，不肯伏法，
但他们将永远不得基督的救赎，
他们的灵魂已为撒旦吞噬，永坠地狱！”

严肃的高文爵士提起他的武器，
立刻冲入庞大的敌营；
他快速整理他强大的佩剑的链子，
挥舞着自己的盾牌，他再也无法克制，

一马当先，却有些疯狂与不智。
在他的报复之下，敌军遭到重创，
但凡他所经之处，血流成河。
他虽满心悲伤，行动却毫不迟疑，
他的报复，是为了表达他的君主的愤怒。
他砍杀马匹以及面色凝重的骑士，
那些强壮的人牢牢踏在马镫之上。
他砍断敌人的兵器，斩裂敌人的铠甲，
他已在厮杀中丧失理智，锐不可当。
他怒火攻心，陷入狂暴无法自拔；
他已无法停止战斗，凡是阻挡他的敌人都在他面前倒下。
再没有见过像他这般奋不顾身的勇士。
在整场战斗中，他都是一马当先，
与最顽强的敌人作战；
他就像咆哮的雄狮，他冲入
等待他到来的敌军的将领之中。
高文爵士的悲痛仍未化解，
只是一个劲地消灭敌人，
肆意消耗着自己的体力，
当他的悲痛与意志使他失去理智，
愤怒就像野兽一样难驯，却又如影随形，
高文爵士的身后，血流漂杵；
可是在复仇的时候，更应当保持机警之心。

高文爵士朝骑士们中间的莫德雷德冲击，
他们之间隔着重重盾牌，高文劈开盾牌朝他掷去，

但是莫德雷德往旁边挪动了一点，
高文在他的肋边划开了约手掌宽度的伤口，
莫德雷德拿着矛的手开始颤抖，但他依然朝高文刺去。
鲜血顺着他的大腿往下流，
流得小腿胫骨处也血迹斑斑。
二人你冲我挡，枪来剑往，莫德雷德被击倒在地；
高文正好用手中的矛，刺中了莫德雷德的肩膀，
这一刺穿透身体，留下了可怕的伤口。
高文拿剑指着莫德雷德，他正匍匐在地；
虽然他的怒气高涨，他的运气却没有好转。
高文爵士从银色的剑鞘中，抽出一柄短剑，
他想一剑刺穿莫德雷德的喉咙，可是却没有刺中；
他手中的剑只是斜斜地划过了莫德雷德的盔甲，
狡猾的莫德雷德却趁势滑到在他的身下；
这个叛贼，用一把锋利的刀刺中了他，
穿过了他的头盔与颅骨，正中他的脑髓；
我们德高望重的勇士——高文爵士就这样逝去，
谁都无回天之力，真是莫大的损失；
领导如此多勇士的高文爵士，就这样与我们诀别！
从高尔(Gower)到格恩西(Guernsey)，所有的勇士，
无论是来自格拉摩根，还是来自威尔士，
都陷入了深深的悲痛，再也感觉不到快乐的滋味。

弗里斯兰(Friesland)的弗雷德里克(Frederic)国王，之后小心翼翼地
向忘恩负义的莫德雷德问起，英勇的高文爵士的情况：

"在您如此强大的王国，竟然不知道有如此的勇士？
请您实言以告，他究竟从何方而来。
身着如此华丽的盔甲，镶有黄金狮鹫[1]的纹章，
最后血洒疆场，他究竟是何许人也？
他真是所向披靡，愿主保佑我！
他杀死了我们如此多勇士，真是让我们大伤元气。
他真是我所见过，最为刚毅的猛士，
真是日月星辰为之变色，我们差点全军覆没！"

莫德雷德听后，张嘴如此公正作答：
"照实说来，他确实是举世无双的勇士，
德高望重的高文爵士，最为他人所信任，
也是天地之间，最为仁慈谦和之人，
最勇猛的战士，最快乐的勇者，
也是天底下最彬彬有礼的骑士；
他活着的时候，也是最高贵的领袖。
在各地，他都享有雄狮的美誉。
你可知道，国王啊，在他的国土上，
他的名声，他的身份，还有他的功绩，
他在战场上的英勇和战果，
你这一生都会为他的死而感到悲哀的。"

这个叛贼说话的时候，泪水夺眶而出，
他连忙转过身去，不再说话，

---

① 希腊神话里的怪兽，一半是老鹰，一半是狮子。

他的眼泪止不住地往下流，嘴里诅咒那一刻，
他拔刀杀死高文爵士的那一刻；
他一想起自己杀死了他，心就如同被利剑刺穿。
想到他们也曾是至亲，就忍不住叹息；
这个叛贼也忍不住回忆起往日时光，
在圆桌旁大家曾欢聚一堂。
他放声大哭，为自己的残酷行为深深懊悔，
便与随行骑马而去，一刻也不敢停留，
担心至高无上的亚瑟王，随时会降临。
他折回康沃尔，忐忑不安，
因为他的至亲，都躺在海滩上；
从此之后，他一听到潮汐声便吓得浑身发抖。

从星期二开始，这个叛贼又开始酝酿
新的诡计，准备实施，
于是在泰马河[1]畔，安营扎寨，
随后，再遣使送信给薇艾娜，
信中写道，情况发生变化，
亚瑟王不费吹灰之力就到达海岸，
与他们在海上大战，硬生生地将他们打败；
他命令薇艾娜带着她的孩子，赶快远走高飞。
到时候他会找准时机偷偷溜走，与他们相会，
就在爱尔兰，在那起伏的群山里，
他们将一同在那荒原上共度余生。

① 位于德文郡和康沃尔郡之间的一条河流。

薇艾娜看过信后，在约克的宫殿里痛不欲生，
她泣不成声，泪如雨下，
与她贴身的女侍一起，离开宫殿；
她们乘坐敞篷双轮马车，朝着切斯特(Chester)的方向而去，
她满心悲伤，随时准备赴死。
她先到了卡利昂，找了面纱遮住面容，
因受我主荣光所感召，她穿上了修女服，
这是为了忏悔自己所有的谎言与欺骗，也是因对亚瑟王的恐惧。

当英明的亚瑟王，得知高文爵士已长眠于地下，
悲愤难当，拧紧自己的双手。
他们划动小船，越过浅海区，
他率领着他的骑士们，像雄狮一般登陆。
顾不上腰带还倾斜着，就跳入泥沙水中；
拔剑出鞘，迅速清扫道路，
扬起大旗，随时准备开始战斗。
行走在宽阔的沙滩上，仇恨的怒火却在心间熊熊燃烧。
战场硝烟四起，但见尸横遍野，
此战据实以报，被捕获的叛军骑兵，
足有一万人。
恰如他们摇摇欲坠的统治一般。
我方的损失，只有一百四十骑士。

亚瑟王满怀骄傲地扫视了骑士们和其他人，
非洲的伯爵们，奥斯特里亚的武士们，

还有从阿盖尔和奥克尼来的爱尔兰国王们，
挪威的贵族们，人多势众，
还有丹麦的公爵，部下众多；
那个哥特兰的国王，穿着耀目的盔甲，
躺在地上呻吟，身上千疮百孔。
深情重义的亚瑟王，满怀忧伤和痛苦搜寻，
搜寻他所有的圆桌骑士；
看他们是否，都还在自己的队列里。
就在一堆半死不活的撒拉逊人里，
我们德高望重的高文爵士，身着那件独特的战甲，
面朝下伏在地上，紧紧攥着草。
他那绣着红色纹章的旗帜也都不再飘扬，
他的武器和盾牌，都浸满了鲜血。
从未见到我们的国王，如此心碎的样子，
也从未见到我们的国王，伤心得不知所措。

国王的眼里流露出内心的悲伤，
他泣不成声，泪如泉涌，
跪在高文爵士的遗体旁，抓起他的胳膊，
掀开他的头盔，亲吻他的面庞，
看见他的眼睑，紧紧地闭着，
他的嘴唇已是铅灰色，脸颊也已经僵硬。

尊贵的亚瑟王，仰天长啸：
“亲人啊，你就将我独自留在这里，
我的战争就此结束，从此刻起为你的荣誉而战，

你是我力量和成功的源泉，现在却倒在我的怀里；
一直是你，给我全力支持，与我并肩作战，
一直是你，给我建议，给我安慰，鼓励我坚持！
在我主的世界里，你是当之无愧的勇士之王，
虽然我戴着王冠，但是只有你才配当国王。
在这纷繁的世上，我的幸福与荣誉，
都是来自足智多谋的高文爵士。
哎呀！现在我肝肠寸断！
我拥有如此富饶的国土，可是整个身心都空空如也；
哦，生死如此无常，为何独留我在这世上！
为何让高文去得如此之早？我的心肝都仿佛要裂开！”

亚瑟王抢地呼天，然后晕倒在地。
醒来后又蹒跚地扑到高文身边，依恋地亲吻他，
直到他满脸的胡须，都染满了鲜血，
就如同他捕杀的野兽。
若不是艾文(Ewain)爵士和其他英勇的骑士赶到了，
他英勇的心脏已经因悲伤而爆裂。
“请陛下停止，”一位勇士说道，“继续伤害您自己；
眼下悲伤徒劳无益，应当化悲痛为力量，
光像个女子一样绞手痛哭，实在不是明智之举，
有损陛下尊严。
陛下应当拿出国王的样子，以我们骑士的方式，
以天父博爱之名，不要再做这些无谓的喧哗！”
“血债血偿，”无畏的国王说道，“我绝不会停止，
就算肝脑涂地，身首异处；

我内心的悲伤，也绝不会丝毫减少，
他是我最亲密的兄弟，我的伤痛难以言表；
我的双眼，从未见过如此悲伤的场景。
他无辜受牵连，这一切罪过皆因我而起。”

亚瑟王屈膝跪下，高呼以抒胸臆；
内心的忧伤都写在他的面庞，他说出了如下言辞：
“哦，正义、全能的上帝，请您看看我的悲伤！
如此高贵的鲜血，就挥洒在这片土地之上，
这应该被收藏，供奉于黄金的神龛中，
因为高文爵士是无辜的，请拯救我吧，我主！”
亚瑟王继续跪着，满心虔诚，
用自己洁净的双手，恭敬地将其[1]收集，
置于头盔之中，紧紧地盖好，
再抬起高文爵士的尸身，朝大军驻扎之地行进。
“在此我对天起誓，”亚瑟王说道，
“对弥赛亚和马利亚——天国仁慈的圣母起誓，
我将永不打猎，哪怕是与猎犬出行，
无论是獐鹿还是麋鹿，只要是在原野奔驰的，
就绝不让我的灰猎犬追击，让我的苍鹰叼取，
也不再射落所有用翅膀飞翔的飞禽，
无论是我手中的飞鹰还是小鸟，
还是冰岛大隼，都无法让我喜悦；
也不管什么我的王位，什么我的圆桌，

---

① 这里指代的是高文爵士的鲜血。

直到我至亲的高文爵士，他的大仇得报为止；
只要我一息尚存，所有的痛苦与悲伤就会一直延续，
直到上帝与死亡让杀害高文爵士的凶手血债血偿。”

* * *

于是他去了多赛特(Dorset)，毫不拖延，
内心愤怒，外表悲伤，泣下沾襟；
一路触物伤情，到了康沃尔。
他一路紧紧追赶着，叛贼的行迹，
来到特里恩提斯(Treyntis)的时候，终于寻到叛贼踪迹。
那是星期五，在一座森林里，
亚瑟王一边走一边敏锐观望，
与他的勇士一起，他已占据阵地。

叛贼们从那些密林中出发，
连同那些蛮族人，个个样貌恐怖赛阎罗，
莫德雷德和梅尔布朗奇(Malebranch)，还有众多兵士，
从这座森林向各处推进，
七个军团，阵容齐整，
约有六万人，看起来甚为壮观。
所有这些战士，都是远道而来，
他们以血肉之躯，形成了一道新的屏障。
亚瑟王这边，全部由骑士组成，
总共不过一千八百人，组成环状队形。
与如此众多的敌人兵刃相见，
若无基督的大能，绝难取胜。

* * *

艾文爵士和艾瑞克(Errake)爵士,这些所向披靡的勇士们,
迫不及待地投入战斗;
奥克尼的巨人,还有爱尔兰的国王,
这些叛军拾起地上的长剑,只管使用蛮力大开杀戒;
勇士们挥舞着手中的利器,砍向这些庞然大物,
重重地击垮了这些笨重的身躯。
精钢的盾牌也无法抵挡,肩膀腰腿的分离,
坚韧的锁子甲无法阻止,身躯的四分五裂。
尘世的所有国王,在他们的末日,
都不曾取得如此的辉煌,唯有亚瑟王倒外。
天气无比燥热,战士的心也无比焦灼,
让他们焦灼的不是干渴,而是若不能复仇将终身遗憾!
于是骑士们策马驰骋,冲入敌军阵营之中。

梅尔布朗奇的莫德雷德,率领着众多兵士,
就埋伏在那片密林之中,
还有整个军团在石头与荒地之间,那是更大的危险。
他已将所有战斗尽收眼底,
我们的骑士如何英勇,奋不顾身;
他知道我们的骑士必会拼尽最后一滴血;
与亚瑟王的最终一战,势在必行。
可是这个无耻的胆小鬼,早已改变了自己的纹章;
他已经废弃了圣安德鲁十字(saltire engrailed)①
而采用了三只雄狮,银光耀目,

① 盾牌画有对角线交叉,即X形的十字,盾牌四周是锯齿边。

在紫色的底色上显出直立(passant)[1]的姿态,为诸多宝石所衬托,
可惜我们的国王,尚未觉察他的阴谋诡计。

因为胆怯懦弱,他脱掉了身上的盛装,
但是我们的国王英姿飒爽,深知莫德雷德的习性,
便对卡铎爵士,说了如下一番话:
"我看见那叛贼,正从远处冲过来;
那个拿着雄狮盾牌的家伙,应该就是他了。
只要让我碰到他,我绝不会轻饶,
叫我如何容忍他的欺骗和背叛,我才是这片国土真正的国王!
今天,克莱伦特(Clarent)和卡里伯恩(Caliburn)[2]将在此决斗,
看看是谁的刃更锋利,更坚硬;
通过公平决斗,哪把剑更强立见分晓。
这是我的精美瑰宝,视为最珍贵,
用来为国王们加冕;
当我封爵赐侯时,
我郑重手持闪亮剑柄。
在历场战争中,我都不愿拔出它来,
一直不让鲜血沾染剑刃,是有我自己的原因。
既然我看见克莱伦特已脱鞘,那可是王者之剑,
我已知我在沃林福德(Wallingford)的壁橱已经被毁;
没有其他人知道那个地方,除了薇艾娜一人;
她亲自保管这件兵器,

① 狮子将前爪举起来,朝行走的同一方向凝视。
② 克莱伦特和卡里伯恩分别是莫德雷德与亚瑟王的剑。

以及属于国王的金库，
连同所有的珠宝和金币，还有那象征法兰西王权的权杖，
原本是在弗洛来爵士离世时我所得到的。”

忧郁的玛洛克(Marroke)爵士，撞见莫德雷德，
他挥舞着铁链狼牙棒，重重袭去。
莫德雷德的轻钢盔(basinet)[1]边缘都被震裂，
汩汩鲜血冒出头盔，流到铠甲之上。
他因疼痛而惊惧，意志开始动摇，
但是他仍然像野公猪一样，疯狂反攻。
他拔出随身长剑，剑身精光毕露，
那是曾经属于亚瑟王及其父亲尤瑟王的剑；
以前一直收藏在沃林福德的壁橱之中。
身旁还有一条凶猛的斗犬，不断攻击，
其他人只能退到一旁，手足无措。
可叹玛洛克爵士年事已高，薄寒中人，
而那莫德雷德却正值壮年，孔武有力；
无论是骑士还是其他人，都未敢跨入
那把剑的攻击范围内，以免送命。

我们的国王见此，奋勇上前朝他冲去，
凭一己之力，突然加入他们的战斗，
面对莫德雷德，他厉声喝道：
“过来，你这背信弃义的贼人，报应的时候到了；

---

[1] 一种较小较轻的钢盔。

以伟大的我主之名，我将亲手杀了你，
在这世上再也没有人能救得了你，从我手里，碰都休想碰得到！”

手持卡里伯恩的亚瑟王，如同一名骑士般朝他袭去，
将他闪亮的盾牌边缘，砍得伤痕累累，
在他的肩膀上，留下了一手宽的伤口，
登时血如泉涌，整个铠甲都血迹斑斑。
他痛得颤抖，心生恐惧，不由地后退几步，
然而又迅速地反扑；
这个邪恶之徒挥舞着利剑，疯狂地攻击亚瑟王，
这一击正中亚瑟王，登时血肉四溅，
亚瑟王的罩衣(jupon)[1]和铠甲(jesseraunt)[2]都被穿透。
莫德雷德这一击在亚瑟王身上留下了半尺宽的伤口，
也正是这一击最终要了他[3]的命，再也没有比这更让人悲伤的事情。
这却并非是亚瑟王当死，而是因为上帝的意愿！
此时，亚瑟王手持卡里伯恩，再施以巧妙一击，
莫德雷德举起闪亮的盾牌，将自己防御好；
亚瑟王眼光一扫，将剑换到另外一只手，
他在离肘一寸高的地方砍下，将盾牌击得四分五裂，
只见他[4]被这一剑击昏过去，跌落在地，
这一击穿透精钢的护带(bracer)[5]和闪亮的锁子甲，

[1] 一种穿在铠甲里面贴身的短衬衣。
[2] 一种夹克式的铠甲，外面缝制着金属片用以防护。
[3] 指的是亚瑟王。
[4] 指的是莫德雷德。
[5] 铠甲用来保护胳膊和手腕的部分。

将他的手连同利剑一道砍在地上。
于是那愤怒的人[1]举起盾牌，
以手中那柄剑，穿透他的身躯，
只见他[2]对着王者之剑嚎叫，然后气绝身亡。

“确实，”将死的亚瑟王说道，“我还是十分悲伤，
这个忘恩负义的家伙，落得如此的下场。”

这场战争终于结束，他们赢得了这片土地。
忘恩负义之徒，只能听天由命，
他们逃入森林，辙乱旗靡，
亚瑟王英勇的骑士们，紧紧追赶；
他们对待这些蛮荒之地的莽夫，毫不手软，
莫德雷德的残部，纷纷葬身山野；
那些年轻的贵族，异邦的首领，一个也没能逃脱，
骑士们在追逐的时候，不费吹灰之力便将其尽数剿灭。

当亚瑟王找到艾文爵士之时，
还有友善的艾瑞克，以及其他非凡的领主们，
他小心翼翼地扶起卡铎爵士，
还有克里奇爵士，克莱蒙德爵士，这些声名显赫的勇士，
以及洛斯爵士，莱昂纳尔爵士，兰斯洛爵士以及洛兹爵士，
玛洛克与曼都克，他们浩气长存。

① 指的是亚瑟王。
② 指的是莫德雷德。

痛苦万分中，亚瑟王将他们放在一起躺在这片荒原之上；
望着他们的遗体，他用尽全身的气力呼喊，
如同一个不再欢笑的临终之人；
他跌跌撞撞、神志不清，所有的气力仿佛都被抽离；
他再仰望天空，脸上没有一丝血色，
摇摇晃晃中他重重地摔倒在地。
他挣扎着半跪在地，号啕大哭：
“王权在握又有什么意义呢，就我一人苟活在这世上；
我所有的兄弟，都战死在这土地之上，
是他们带给我荣耀，
是他们的力量，保全我的声名和气概，
使我成为这个世界的主人，这个尘世的统帅。
但在一个悲惨的时刻，最大的不幸就此降临，
我所有忠肝义胆的骑士们都因一个叛徒而死。
这里到处流淌的都是我的圆桌骑士们的高贵的鲜血，
就为了这么一个无耻之徒，付出如此惨重的代价！
在这片荒原上我一无所依，
就像个悲伤的寡妇，渴盼她的亡夫，
我真是五内交萦，回肠九转，忧心百结，
因为我所有的谋臣与勇将，都已化作东流水永不返回。
在我最后时刻与我所有的兄弟作别。
这里不列颠人生命之血，
让今日之战成为我欢乐的终结！”

圆桌骑士聚集起来；
他们都骑上战马，朝亚瑟王奔去；

集合的总共有一百四十名骑士。
他们见到了身负重伤的领袖。

亚瑟王双膝下跪，大声疾呼：
“感谢，我主，感谢你的恩典，你的仁慈，
感谢你赐予我们德行与智慧，才使我们战胜叛军，
感谢你赐予我们胜利，打败了这些勇士！
你从未让我们蒙羞，
总是保佑我们占得上风，无论与谁作战！
我们丝毫不能懈怠，要马上找出那些敌人，
因为那逆贼，已让出我受如此重创。
现在让我们开往格拉斯顿伯里(Glastonbury)，再没有什么可以滋扰我们；
我们可以在那里静静休整、疗伤，直至恢复元气。
今日的功绩，我主也会称道，
我们的生死成败，都是我主的安排与决定。”

大家立刻一致同意了亚瑟王的决定，
以最快的速度行军，开往格拉斯顿伯里；
他们进入了阿瓦隆岛[1]，亚瑟王忽然想到要
走向一个庄园；因为他可能无法再前行了。
一位来自萨勒诺(Salerno)的医生，检查了亚瑟王的伤口；

---

[1] 仙境阿瓦隆岛，纯粹是虚构出来的，被错误地认为位于格拉斯顿伯里，即萨默塞特郡(Somersetshire)的沼泽地中。公元1191年，人们还曾以为在那里找到了亚瑟王的尸骨。

通过检查，亚瑟王深知自己已是无法治愈，
于是他对着忠心不二的骑士们，说出了以下遗言：

“为我把神父招来，将圣体(Christ)带上；
我要尽快领受圣体(housel)[1]，我的大限就要到了。
我的兄弟君士坦丁，将继承我的王位，
只要我主允许，他天生就是要继承大统的。
我为你[2]祈福，你要好生埋葬，
在这场战事中英勇战死的诸位勇士；
在这一切都安排妥当以后，你要把莫德雷德的孩子们
依法处决，再投入水中；
可不能让这罪恶的血脉在这世上贻害；
我警告你，要以你的荣誉起誓，按照我所命令的去做！
以伟大的天父之爱起誓，我原谅薇艾娜的一切过错，
如果她能悔过自新，愿她一切都好！”

他就这样躺着，嘴里念道“我将我的灵魂交在你手里”[3]，
渐渐地失去了意识，不再言语。
不列颠的贵族、主教以及其他人等，
怀着悲痛的心情，赶到格拉斯顿伯里，
来埋葬他们英勇的国王，让他入土为安，
每个人都怀着满腔的崇敬和悲痛，

---

① 也就是接受圣礼(Sacrament)的意思。

② 指的是君士坦丁。

③ 出自《路加福音》(23:46)：“我将我的灵魂交在你手里。”

缓缓地敲着丧钟，默默地哼唱安魂曲，
用悲伤的语调，诵读弥撒曲与晨祷；
神职人员身着斗篷式祭衣，
主教们和高级教士身着华贵的法衣，
公爵和贵族们身着丧服；
伯爵夫人们庄严下跪，扣紧双手，
女士们形容憔悴，悲愁垂涕。
所有人都身着黑色，就连新娘也不例外，
所有参加葬礼的人们都泣不成声。
在那个时代，还从未见过如此悲痛的场景！

亚瑟王就这样离开了尘世，正如作家们所言，
他是赫克托耳的后代，特洛伊王族的后裔，
源自特洛伊末代君主普里阿姆的血脉，为世所称颂；
正如布鲁图的故事所言，他的先辈们，
将族人带到海外的不列颠，才有了今日的不列颠人。

高文爵士与绿衣骑士

I

话说特洛伊城陷落，烽火平息之后，整座城市
化作废墟，到处是焦土与灰烬，
那位武士[①]编织了弥天大谎，
并因此而受审判罪，此事真切无误。

① 这儿的“武士”可能是指安喀赛斯(Anchises)，即埃涅阿斯的父亲。据载特洛伊城沦陷，希腊人撤走之后，安喀赛斯与埃涅阿斯曾接受过自己同胞的审判。

随后高贵的埃涅阿斯及其子孙族人
驰骋疆场，所向无敌，克地称王，
将整个西方诸岛的财富收归己囊。
伟大的罗穆卢斯(Romulus)，直取罗马，
创下辉煌大业，建立不朽城池，
更以其名冠以此城，沿用至今。
提修斯(Ticius)[①]在托斯卡纳大兴土木；
伦巴达(Langobard)在伦巴第建家立业；
而幸运的布鲁图，在与法兰西隔海相望
之不列颠岛，坐拥大好山江
长乐未央。
那战乱、废墟和传奇
轮番上演，变更不定；
因而可喜、可悲之事
循环往复，瞬息交替。

布鲁图奠基不列颠，骁勇善战青史留名，
无数后辈英雄豪杰，相继效仿征战疆场，
一朝功成万事兴，他朝烽火家业摧。无数奇迹
降临在这神奇土地，从建国之初便如是。
就我所知，比其他任何地方都更传奇。
然而不列颠诸王之中，亚瑟王是旷古绝今的传奇；

---

① 是埃涅阿斯的后代；托斯卡纳位于意大利北部，首府为佛罗伦萨。提修斯为托斯卡纳的奠基人这一说并不见经传。史书上提到过的创始人是塔斯喀斯(Tuscus)，以及蒂琉斯(Tirius)。

鄙人之意，便是，讲述这个传奇。
某些坊间流传，已是惊险刺激，
我讲述的是亚瑟王传奇里，最为不可思议之事。
各位看官若想得窥全貌，稍事休息，
且听我说来，那日我在城中，
　　　　有闻必录。
　　丰功伟绩，万古流芳，
　　骁勇善战，才气无双，
　　其言必信，其行必果，
　　普施利物，名满八方。

圣诞节之际，亚瑟王在卡梅洛(Camelot)[1]大摆筵席，
与那些盖世无双、高贵慷慨的勇士们共聚一堂，
圆桌骑士，尽数到场；
八音迭奏，觥筹交错，
君臣无忧无虑，开怀畅饮。
侠肝义胆的骑士们，先是兴致勃勃地舞刀弄枪，
然后在宫廷里载歌载舞(caroles)[2]；如此
欢度佳节，足足半月，
抛开琐事，含哺而熙，鼓腹而游，
笑语欢声，乐以忘忧，
夜夜吹弹歌舞，日日鼓乐齐鸣；

① 应为命名时的讹误，是由卡利恩(Carlion)——威尔士的卡利昂(Caerleon)与卡瓦隆(Cavalon)——阿瓦隆(Avalon)相混淆引起的讹误，以上两个地方都与亚瑟王传奇相关。

② 即圆圈舞。

整个宫廷，一派喜庆
王公贵妇，浅斟低唱，
云合景从，笑逐颜开：
勇士声名显，若泰山北斗，
女眷姿容艳，如春色满园，
绝代亚瑟王，众王中至尊。
诸位高贵且优雅，正值头角峥嵘际，
欢聚一堂。
乐不可支，
陪伴君王，
此等君臣，
盖世无双。

转眼已到新年时，贵族之中后生子，
正襟危坐于高堂，炊金馔玉待君尝，
万众拭目静以待，亚瑟王及其臣将，
鸦雀无声之庙堂，丝竹管弦忽齐鸣；
神职人员与百姓，语笑喧阗同欢庆，
引吭高歌圣诞曲，来回来去几度闻。
亲友新年喜相聚，急急分甘派贺礼，
互赠礼物表心意，人人收受不得闲；
攘来熙往乐陶陶，流星赶月送迎忙。
臻首蛾眉之女眷，开怀笑敖亦谑浪，
飒爽英姿之勇士，拊掌而笑前后仰。
传杯弄盏酒正酣，笑语欢声满室春，
狂欢过后浴与衅，仪表堂堂归原位，

三牲五鼎呈于众，万事俱备欠东风，
战天斗地群雄齐。绝代佳人桂妮薇，
仪静体闲若幽兰，众星捧月居中位，
见伊现身宝座上，众人情悦心振荡：
上好绸缎四周绕，延展飘逸若华盖
绣帷及奇珍异宝，来自鞑靼(Tars)[1]图卢兹(Toulouse)[2]，
罗帐刺绣若天工，坠金镶翠光华耀——
此物价值当连城，若尔欲为其倾囊，
有朝一日。
倾国倾城，
顾盼生辉。
若此之艳，
人间无双。

众人皆入座，亚瑟王方动箸；
他兴高采烈，挥斥方遒，
他生龙活虎，根本不愿
长久安坐高椅，或者横卧床榻，
他热血满腔，好谋善断。
此外亚瑟王，亦乐于遵循惯例，
犹如往年一般，以慷慨激昂的姿态，
在此盛大节日，他绝不宣布开席，
直到他已经历数那些关乎

---

① 即鞑靼地区，中世纪时受蒙古人统治的自东欧至亚洲的广大地区。
② 法国波尔多地区东南部一城市，位于加龙河畔。是中世纪欧洲的文化中心。

功勋、信任之旷世传奇，
国王和骑士们，形形色色的历险；
或者有人恳乞能派遣一骑士
与人一起比武，在危难中，
肉薄骨并，浴血奋战，
如幸运眷顾，终将得功赏。
这就是沿袭至今的传统，亚瑟王就在他的宫廷中，
每逢盛大节日之际，就与群臣一起，
在此高堂。
容光焕发，
巍然屹立，
新年致辞，
与民同庆。

大堂之上，亚瑟王傲然而立，仪表堂堂，
在贵宾席前，与群臣共话家常。
义薄云天的高文爵士，便坐在桂妮薇身旁，
还有阿格拉文(Agravain)爵士，堪称金石之坚，
他们都是真正的勇士，还是亚瑟王姐姐的儿子。
最尊贵的位置上，坐着鲍德温(Baldwin)主教，
在他旁边用餐的，便是尤瑞安的儿子宇文。
高台之上所坐者，尊贵非凡享殊荣；
长桌两侧所坐者，忠肝义胆众骑士。
第一道菜上席的时候，嘹亮的号角响起，
四下登时彩旗飘摇，迎风招展灿若繁星。
接着又铜鼓锵锵，管笛齐鸣；

就连林中的莺燕，也和着回声婉转歌唱，
真是万众一心，集成金声玉振。
只见席间，雕蚶镂蛤，
珍馐美馔，应有尽有，
世间再难寻觅，若此容纳之众，
器具之华美，食物之丰盛，
锦服若此。
无拘无束
翱翔自得；
咀嚼英华，
品味琼浆。

关于这场盛宴，我就不再赘言，
各位只需明晓，一片祥和融洽。
就在突然间，平地惊雷起，
用餐嘉宾，停住勺叉，
钟鼓管弦，戛然而止。
就在这第一道菜，呈上宫廷之时，
但见一彪形大汉，倏地推开宫门，
身形巨大，雄姿英发。
从喉头到大腿，层层肌肉围裹，
而腰腹与四肢，健壮又修长，
大约是巨人的一半身量，堪称凡人体格最强，
高高地骑在马背上，英姿飒爽。
虽然他胸如棕熊般健硕，背如猛虎般厚实，
他的腰身与小腹，却如猎豹般瘦削；

他的体格与举止，优雅又合宜，
干净利落。
众人皆惊，
其面颜色。
神采英拔
通体碧绿。

这位骑士全身绿色，因其身着绿色服装：
绿色外套紧贴他的身侧，笔挺合体；
外面罩以明亮的披风，披风内侧
整整齐齐的皮毛，赏心悦目；
披风的衬里与兜帽，都用了洁白的皮毛，
扣在他的肩头，在身后飘舞，
洁净的长袜，紧紧包裹着他的小腿，
同样是绿色，其下便是金光闪闪的靴刺，
颜色鲜明的饰带，乃是上等真丝所制；
双腿之下，皆为皮革护具。
他的外衣颜色鲜亮，苍翠欲滴，
镶满了各种美丽的宝石，
他的马鞍，绸缎般光滑，
纹样设计，华贵炫目。
言语实在难以描述其万一。
精美的刺绣，就在那翠绿中金光流溢，
百鸟空中翱翔，快乐无比；
他的坐骑的领扣，胸前的垂坠儿，还有固定鞍子的皮带，
以及所有金属所制之物，都闪耀着祖母绿的光芒。

他脚踩的马镫，也是同样的颜色，
就连马鞍头，以及鞍上的钉扣，都是绿光荧荧，
所有绿色的宝石，璀璨夺目。
就连他的坐骑本身，也都是同样的绿色，
的确如此；
高头大马，
桀骜不驯，
手握缰绳，
高踞其上。

这位马上的豪杰，倒也招人喜欢，
他精壮的坐骑，鬃毛飘飘；
而他飘逸的长发，服帖地披在肩上，
他的须髯浓密如灌木，一直垂至胸前。
胡须与头发，仿佛袅绕的云雾，
修剪得非常平整，恰在他的手肘之处，
犹如国王的头罩一般，遮蔽了他整个颈项，
而且他一半的臂膀，也隐匿在须发之中。
他的骏马的长鬃毛，似乎也效仿他的模样，
绿色的鬃毛，经过精心卷曲与梳理，
以金线为装饰，编结成许多小辫，
有的是鬃毛偏线，有的是金线。
坐骑的额发与尾鬃，同样用心保持风格一致。
无一例外，都是那夺目的翠绿。
那骏马的尾鬃，装饰着珍贵的宝石，
还有那缚在骏马身上的皮带，缠结之处，

悬着黄金的铃铛，闪闪发光、叮当作响。
但见此景，厅堂之上无人不感叹，
今世竟有此等骏马，如斯英雄，
行游天下。
目光如炬
过于自信
恐无一人
堪抵一击。

此外这位豪杰既未佩戴头盔，也未身着锁子甲，
身上的装备，仅有胸甲与颈甲，
当作防御武器，用以抵御刺杀。
他一只手执着，一大枝忍冬青，
应为整座树林，最为青翠的那枝，
而另一只手上，持一柄可怕的巨斧，
这寒光闪闪的武器，不得不好生描述一番。
大约人头大小，足有一厄尔码(ell—yard)的长度，
绿色精钢的斧刃，削铁断金；
斧头处相当宽阔，精光毕现，
造型精细合宜，刃若新发于硎。
这位豪杰紧紧攥着，坚韧斧柄——
钢铁缠绕，直至柄头，
柄身处处雕琢，绿色优雅之作。
为了能够纵情疾驰，悦目的缰绳被折起，
在末梢圈成圆环状，沿着把手自然下垂。
那缰绳之上还附着，众多华丽的流苏穗，

翠绿流光的纽扣上，刺绣花纹精美绝伦。
这位豪杰一进大殿，蹄间三寻，
昂然直入讲坛，全无畏惧之色。
不揖不拜，眄视指使，
脱口而出："不知何人
为此盛宴之主人？他应深感荣幸
我将与他当面一谈。"言语间，将从下
至上，
四下环顾，
上下打量；
眼神停至，
至尊之人。

座下所有的贵族，凝视这狷介之士，
人人都急于知道，他究竟意欲何为。
如斯豪杰与骏马，如斯诡谲之色调。
人与马苍翠欲滴，恰如酥润草色，甚至更胜一筹，
各部件交相辉映，赛过绿镶金珐琅。
四下站着的贵族，舌挢不下却移近，
迫不及待想知道，他究竟意欲何为。
他们从未曾遇见，能人异士若今日，
众觉今日之豪杰，更若法术与幻象。
于是大多数勇士，都怯于上前应答，
张口结舌面相觑，身体僵坐如磐石，
但见整个宴会厅，一时间万籁俱寂。
方才的熙来攘往，登时仿佛陷入了，

沉睡之中。
固然出于畏惧，
亦是依照礼制。
谁人接见异士，
众望自有所属。

胆色过人的亚瑟王，当然也是兴致盎然，
坐在宝座上回视，并向这位豪杰致意，
彬彬有礼地说道："阁下，欢迎您的到来，
我，是这里的主人，亚瑟王；
蒙君光临，蓬荜生辉，祈望阁下，
您，稍后，能够明示意图。"
"高座之上的主人，既然如此，请给予我帮助，"豪杰说道，
"我此行叨扰，不过一时半刻；
陛下，您的声名，四海皆知，
您的城池被誉为最雄伟，您的勇士们
纵横沙场，所向披靡，
是世间的男子中，最为勇猛与高尚的，
即使是休闲娱乐，同样是一往无前，
我早有耳闻，此处最高的礼遇——
说真格的，此时，我出现在此便是缘于此。
我相信陛下一定知道，我手中所执的树枝
代表着和平之意，绝无开战之意。
否则，为开战而准备，必带上战友，
出发之前，也肯定身披铠甲，头戴钢盔，
戈矛与盾甲，磨得金光闪耀，其他

让我大展拳脚之武器，我也必定配备齐全。
可是您看，我这血肉之躯未若水草，因为我绝无干戈之意；
而陛下恰如传说所言，有万夫不当之勇，
您必定宽宏大量，让游戏如我所要求，
绝无二致。”
亚瑟王诺许：
“这位豪杰，
意欲干戈，
奉陪到底。”

“不，我绝无此意；陛下，实言以告，
当下之我全然无害，犹如襁褓中婴孩。
我若全副武装，扬鞭驰骋，
在座无人能敌，就连陛下也不及。
我来到陛下的宫廷，就为了圣诞节的游戏，
在这圣诞和新年来临之际，在这勇士齐聚一堂之际；
大堂之内若有人，非比寻常之胆色，
热血沸腾冲斗牛，初生之犊不畏虎，
胆敢昂首挺胸立，任由对手全力击，
长柄战斧旷世宝，吾将诚心赠予其。
此斧轻重随心意，必定使君运自如；
此外吾将宽衣坐，率先承受第一击。
座下诸君若有意，敢于尝试吾所言，
挺身而出与吾对；吾将为君留战斧，
吾将就此弃其权，君可永久享此斧；
吾将静立于此地，承受阁下这一击，

阁下如若许吾求，他日亦应许一击
为今日之报；
暂缓执行，
一年一日。
拭目以待，
谁人应许。”

他出场时，众人惊魂未定，此番言语更是动魄惊心，
无论高下，整个宫廷，鸦雀无声。
绿衣骑士骑着马，高坐于马鞍之上，
红色的眼睛仿佛在喷火，凶神恶煞地四下环顾，
扬起那粗硬的眉毛，闪烁着荧荧绿光，
不时抚弄着胡须，等待有人挺身而出。
依旧没有武士应答，他便高声咳嗽几下，
傲然挺立身躯，张口说道：
“什么！这就是亚瑟王的宫廷，
那个声名远扬的，亚瑟王与他的骑士们的宫廷？
你们的荣誉哪儿去了？你们的战绩哪儿去了？
你们的刚毅、你们的豪言壮语、你们的血性，都到哪儿去了？
现在圆桌骑士们的，荣誉与骄傲，
正在被他人，用不堪的言语践踏，
就因为你们被斩首之邀，吓得瑟瑟发抖。”
绿衣骑士纵声狂笑，亚瑟王忧心如捣，
热血一阵猛冲，涌上他安详的面庞，
因为羞愤，
怒火中烧，

满座皆然。
国王无惧
走向豪杰。

说道："阁下，皇天在上，您的要求委实离奇；
万一您得偿所愿，岂不也是愚蠢万分。
我深知我的骑士们，无人因为您的言辞
惊慌失措。务必，将您的武器交与我，
我将非常荣幸，满足阁下的请求。"
亚瑟王一跃而起，迅速抓住他的胳膊，
而另一位贵族，也气势汹汹地站了起来。
此时亚瑟王已经，抓住了巨斧的长柄，
仿佛随时能抡起巨斧，向绿衣骑士发起攻击。
绿衣骑士径直站在他的面前，仿若雕像，
他的身长高于在座所有人，头颅高高扬起。
他泰然自若，轻抚着自己的胡须，
从容不迫，脱掉外套，
面对亚瑟王高举的巨斧，若无其事，
比坐在宴席上，面对别人端上一大瓶美酒
还要淡定。
坐在桂妮薇身旁的高文
此时向亚瑟王大声要求：
"恳请陛下允许
我代您跟他比试。"

"尊贵的陛下，如果您现在，"高文对亚瑟王说道，

"允许我离开座椅，站到那里，
就是您身旁——这样我也不至于唐突
离席，相信王后陛下也不会反对——
当着您的众臣，我一定不辱使命。
只因臣下真心觉得，陛下此举易遭非议，
所以我在您的宫廷之上，斗胆恳请陛下，
虽然您个人，乐于参与这场游戏，
而且在您的宴席，还坐着众多英勇之士，
我以为，天地之间，在精神上没有人
比他们更高贵，在体格上也没有人比他们更适宜拼杀。
我深知，我不过是草木愚夫，
我的人生，实言以告，也无所谓得失。
我所有的荣幸，也不过因为您是我的舅父；
我唯一的德行，就因为体内流着您的血液。
但是如此鲁莽的事情，实在不合您的身份。请给予
我这个机会，让绿衣骑士寻求的游戏尽快结束，
假使我的言辞不合礼仪，就请在座的诸位，
宽宏大量。"

经过切磋商讨，
骑士众口一词：
国王不宜此举，
高文代为参与。

于是亚瑟王便命令，他的外甥站起身，
高文爵士立即起立，谦恭地向他走去，
在亚瑟王面前下跪，准备来迎接武器。

亚瑟王举起双手来，郑重地递过武器，
赐予他上帝的祝福，并对高文的心智
与体魄都如此强健，由衷地感到欣喜。
“格外小心啊，”亚瑟王说道，“如何开始？毕竟，你这一斧子下去，
我确实以为，你今日如何对付他，
他日你就将承受，他如何对付你。”
高文手执武器，走向绿衣骑士，
那个仅仅站在那里，就让众人惊惧不已的绿衣骑士。
这位绿衣骑士，向高文爵士行礼道：
“在动手之前，让我们先把话说清。
首先，这位骑士，请问您尊姓大名。
您必须如实以告，这样我才能相信您。”
“实言以告，”这位才俊说道，“我是高文爵士，
就是我将给您一斧头，无论发生任何事情，
也是我将承受同样一击，就在十二个月后，
您用这把斧头，回敬给我；如无异议
　　　　　　　　我就开始。”

　　其言如下：
　　“鄙人今生，
　　深感荣幸，
　　受君一击。

上帝为证，”绿衣骑士说道，“高文爵士，我真是大喜过望——
在此，由您亲手，实现我所追寻的一切。
相信我所说的一切，您确实明白也做好准备，
以及我向亚瑟王，在约定里要求的一切；

除此以外，在我们见证，即将开始的奇迹以前，
请您发誓，向我保证，
不是别人而是您，将会在我们约定的日子，
去您认为最有可能找到我的地方，找寻我，
来承受你许诺的，也就是你今日对我所为。”
“我应该去哪里，”高文说道，“去寻找您居住之所呢？
阁下家在何方，在创造了我们的伟大的造物主面前，
我们都是一无所知。阁下，您姓甚名谁？
请告诉我您的头衔，府上何在，
我将竭尽所能，找到去府上的路。
我郑重起誓，我绝不食言。”
“这就足够了。确定在新年之际这就足够了，”
绿衣骑士对高文爵士，彬彬有礼地回应道，
“如果我真的说了，那么你挥斧的力道，
对我而言就无异于轻挠，一旦我现在告诉你
我的姓名和住所以及家乡，你就会
为了我的举止忧虑不堪；可是约定依旧，
若是现在什么也不说，你才能挥洒自如。
无须费力找寻，也许就在你的家乡。
来吧！
使出浑身解数，
让我领教本领。”
扬起他的巨斧，“恭敬，”
高文答道，“不如从命。”

于是绿衣骑士，迅速起身，

将头前伸，露出结实的肌肉，
摘掉王冠，现出光亮的长发，
依照先前的约定，将自己的后颈送上前来。
高文攥紧巨斧，高高抡起；
他将左脚，稍稍前移一步，
手起斧落，正中赤裸的脖子。
吹毛利刃，将颈骨从中劈断，
斧落之处，皮肉立时分两半，
斧刃寒光闪闪，深深扎进地面。
只见英俊的头颅，从脖颈滚落在地，
头颅骨碌碌从这脚滚到那脚，人们又惊又怕。
鲜血从躯干喷薄而出，绿衣染满；
绿衣骑士的伟岸身躯，岿然不动，
继而以坚实的步伐，大踏步而行；
越过目瞪口呆的圆桌骑士们，
径直抓住自己的头颅，高高举起；
然后走回绿马身边，单手抓紧缰绳，
抬脚踏上马蹬，翻身骑上马背，
另一手揪住头颅上的头发，
平心静气地坐在鞍上，
就像头，从不曾脱离身躯，
　　一切都未曾发生。
　他的躯体转来转去，
　鲜血淋漓景象恐怖，
　在座宾客栗栗危惧，
　只得听他把话说完。

他径直将头颅，提在自己手里，
然后将面庞转向，位于讲坛那边的各位。
突然睁开双眼，直视前方，
张嘴开始说话，其言如下：
“高文，到时一定，要如约出发，
真心实意地去寻找我，骑士，直到找到我为止，
在座各位英雄可都见证，你在此郑重起誓。
告诉你，到时候去绿色教堂，领教
和你今日赐我的相同一斧。那可是你起誓承担的，
骑士，记得要准时，就在新年偿还。
说起绿色教堂的骑士，大多数人都认识我；
只要你按照我说的去找，就一定能够找到我；
到时候要么准时赴约，要么就跪地求饶，承认自己是个懦夫。”
说完就猛地一扯缰绳，调转马头，
从大殿正门扬长而去，头颅依旧提在手里，
一切都发生在电光火石间，大家都似乎只见坐骑的马蹄掠过。
没有一个人，看清他消失在何方，
就恰如无人知晓，他究竟从哪里出现一般。

后话如何？

国王与高文，
两人相视笑；
异士与奇景，
四处口相传。

此情此景下，亚瑟王依旧保持威严，虽然心中也十分震撼，

但是外表却丝毫未曾流露，反而转向仙姿玉貌的王后，
温柔体贴，却又中气十足地说道：
“我亲爱的王后，从没受过今日这般的惊吓吧；
如此奇事倒是十分，适合圣诞节的气氛，
让众人轻松一笑，好似那一曲曲
庄严肃穆的颂歌中，一个小小插曲(interlude)[1]。
尽管有趣，但是现在，我还是要去拿点肉来吃；
而且还要承认，刚才的情形确实让人大开眼界。”
亚瑟王看了一眼高文爵士，然后调笑地说道：
“我的骑士，现在收起你的斧子吧；它今天已经砍得够多了。”
于是斧子便被悬挂在讲坛上方，
如此醒目的位置，向人们提醒着今日的奇人，
如此真实的见证，向人们讲述着今日的异事。
当他们两人，返回宴席之时，
面对君王与勇士，大家推襟送抱，
加倍地敬仰与殷勤，他们也确实实至名归，
佳肴美酒，吟咏歌颂。
一整日君臣尽欢，直到夜幕降临
于此。
绿衣言行异，
高文心怵惕，
契约万分险，
起誓不可弃。

① 原意为宴会中间上演的短剧。

Ⅱ

亚瑟王新年伊始，便遭遇咄咄怪事，
昔日年少轻狂时，乐在其中兴盎然。
今居高位言须慎，正襟危坐威仪显，
人在其位谋其政，军机国事手中攥。
幸有高文挺身出，当机立断挑大梁，
倘若结局惊心魄，然则亦不足为奇。
今朝有酒今朝醉，如此良辰须尽欢，
光阴可惜弦吐箭，年光弹指如飞电，
去复去兮如长河，东流赴海不可追。
转眼已过圣诞节，接踵而来又一年，
四时变化而久成，春夏秋冬交相替。
紧随圣诞节而来，还有大斋戒期间，
清淡小菜与鱼肴，替代细脍与荤腥。
恰逢寒冬万物休，唯有狂风天上来，
瀚海飘雪百丈冰，愁云惨淡万里凝；
忽如晴日暖风至，知时好雨从天降，
随风润物细无声，桃李杏樱展娇颜，
佳木葱茏迷人眼，芳草萋萋碧连天；
林间莺燕竞相啼，百啭千声乐逍遥，
淡霭轻飏入夏初，盛春浅夏
最宜人。

万紫千红，
争芳斗艳，
林深蔽日，
莺燕娇啼。

春日柔柔拂袖去，清风习习夏日至，
泽菲若斯(Zephyrus)西风神，饱含怜惜抚新枝。
草木欣欣以向荣，绿荫幽草胜花时，
凉风送爽入林木，华叶焜黄随风落，
夏日艳阳尚惜别，欲留绚烂在人间。
无奈秋日脚步疾，寒风严霜摧草木，
似锦繁花变秋实，累累硕果迎冬寒。
未秋为别已终秋，天干物燥沙尘起，
回风飒飒吹沙尘，直上九天暗云海。
一年一度秋风劲，欲与残日竞苍穹；
碧落秋风吹玉树，百叶飘零归大地；
曾是一年好光景，草色青青柳色浓。
春花秋实有荣歇，转眼凋零四面空；
共惜流年留不得，前头更有萧条物，
四时冬日最凋年，何愁霜雪催寒冬，

米迦勒节至，
晖晖冬日微。
高文心如镜，
歧路终须行。

到了万圣节时，高文禀告亚瑟王已不可再耽搁；
因为高文的缘故，亚瑟王立即召集
所有的圆桌骑士，共聚一堂为他饯行。
风度翩翩的骑士，楚楚动人的仕女，

眼见英雄即将远行，大家不禁心情沉重。
席间大家都装作若无其事，欢声笑语不断，虽然很多
笑话着实冷僻，大家依然强颜欢笑。
用餐过后，高文强忍着悲伤，走向舅父，
开口说起了，自己这趟远行：
“我心目中最英勇的陛下，现在我要向您告辞了。
您深知此事原委，以及我的处境，
也无须我多言，其中的细节。
我必须出发，为了承受那一击明天就走，
去寻找绿衣骑士，上帝将为我指引方向。”
整个城堡高朋满座，鸾翔凤集：
宇文、艾瑞克，诸多英雄豪杰，
狂野的多丁纳尔(Dodinel le Sauvage)——克拉伦萨(Clarence)公爵，
兰斯洛、莱昂纳尔、卢肯，都乃人中骐骥，
鲍斯(Bors)爵士和贝德维尔爵士，二人秀出班行，
珀特的马铎(Mador de la Port)，以及其他贵族。
所有这些超群出众之士，都齐聚在亚瑟王身旁，
全心全意，为高文出谋划策；
庄严沉重的气氛，弥漫在整个厅堂。
大家深知，高文爵士，必须出发，
在经受那可怕的一击，他的宝剑却无用武之地。

高文言凿凿：
“命中既已定，
何需心忌惮？

勇者必守诺。”

那日高文一直留在宫廷，次日清晨他已整装待发。
早先要求的兵器，已经全部准备妥帖。
上好的毛毯，铺陈在地上，
金丝银线精绣而成，富丽堂皇闪闪发光。
壮硕的高文手握精钢巨斧，出现在众人眼前，
他穿着紧身上衣，是昂贵的鞑靼丝绸所制，
上衣顶部紧连的兜帽，简直巧夺天工，
兜帽的边缘，镶嵌着洁白的皮毛。
他脚上的靴子，上好的精钢制成，
环绕在小腿的护胫甲，由同样的精钢所制，
与此紧紧相连的护膝甲，也是熠熠生辉，
关捩处由纯金打造，确保他的膝盖万无一失。
护腿甲也同样精雕细琢，设计奇巧，
通过皮条将护甲，绑在他壮硕的大腿上。
然后高文再穿上，整件护身锁子甲，
锁子甲密织细缝，环环相扣，
他的两只胳膊，也佩戴着锃亮的护臂托，
护肘托和金属手套，皓如明月。
这一身完美无缺的战甲，更是让他如鱼得水、
如虎添翼：

金甲束战袍，
傲气扬鞭去，
挥剑气如虹，
腰带随风飘。

这身昂贵的铠甲十分贴合，衬得高文宛若天神；
没有多余的装饰，唯独闪耀着黄金的光芒。
在弥撒曲伴随下，身披铠甲的高文，
站在祭坛之上，庄重奉上祭品，然后
走向亚瑟王，以及群臣，
与各位仕女与骑士，彬彬有礼地作别；
大家与高文吻别，并祈祷上天庇佑。
格龙高尔(Gringolet)[1]准备就绪，马鞍已经系上；
马鞍以黄金包边，璀璨夺目，
为了此行，所有的铆钉也是全新镶嵌。
毋庸置疑，就连辔头也是纯金打造；
从护胸甲到战袍下摆，从马鞍的凹陷处
直到坐骑绑带，所有的装饰都尽善尽美，
那金光闪闪的铆钉，在红色的底布的衬托下，
犹如晴空艳阳，光芒四射。
高文拿起自己的头盔，匆匆印上一吻；
头盔主体坚固无比，内部填充十分舒适，
高文戴上头盔，从后面扣紧搭扣，
头盔护目罩下面，是轻盈的亚麻面罩，
不仅刺绣精美，而且在真丝的包边上，
还镶嵌着光彩夺目的宝石；那层层叠绣的鸟儿，
那用小嘴儿梳理羽毛的长尾小鹦鹉，犹如彩绘；
象征着真爱情缘的斑鸠，紧紧围绕在四周。

---

① 即高文的坐骑。

这可是城里许多巧手妇人，历经七年时日才
刺绣而成。
无价之宝，
环绕桂冠；
钻石为饰，
日月为怀。

接着众人向高文展示他的盾牌，红色光芒如此璀璨，
上面再用纯金的颜色，绘制出五角星形(pentangle)[①]的图案。
他用肩带把盾牌，绕过脖子斜挂在右肩，
仿佛专为他而定制，英雄盾牌相得益彰。
为何五星图案和神姿高彻的王子如此相配，
我想在此稍作解释，尽管故事的进程略微耽搁。
这个图案，是所罗门王精心设计，
因其古老的渊源，现为真理的象征，
因为这个图案，由五个点所组成；
每一条线都跟另一条，既连接又交叉，
永无止境；所有英国人称它为——
无尽之结(endless knot)，各地都是如此。
五星图案对高文爵士，以及他的纹章最为合适，
因为它从五个方面，时时刻刻，都代表着忠心。
有目共睹高文爵士，德高望重品性胜金，
冰魂雪魄不染瑕疵，德行堪为万世表率，
众所周知。

---

① 即有五个角的星形，由交错的封闭线条组成。

因而这鲜明的五星标志，
盾牌和盔甲上面都可见，
他是心口如一言出必行，
而且骑士风度万中无一。

首先，他的五种才智，完美无缺；
其手五个手指，总是马到成功；
他所有的信仰，效忠于那五处伤口，
位于基督身上，恰如经文所言，在十字架上所遭受。
无论他身在何方，哪怕就在战场中央，
他也心无旁骛，全神贯注于
圣母马利亚从圣婴身上
所感受到的五重欣喜。
正是因为如此，高文才将圣母的面容
镌刻于他的盾牌之上，占据了大部分盾面，
只要看见这盾牌，他的士气就绝不会低迷。
我发现，这些五五准则，高文一应俱全，
他不仅宽宏大量，重情重义，
而且谦恭有礼，忠贞不渝，更是矢志不移，
除此之外，还怀有恻隐怜悯之心。以上五种美德
在高文爵士的身上，世人有目共睹。
千真万确，这五重美德，与高文爵士，
熔于一炉，玄黄难辨，
这种水乳交融的状态，就像紧扣的永恒五点；
每一面都是，既不分隔又不相连，
每一个角度，始终无穷无尽，

而且同样，既是终点又是起点。
这些精致的图案，装饰着举世无双的盾牌，
由赤金锻造在红底之上，华丽无比，
因而大家都称其为，完美五星，
　　　　　　　　恰如其分。
　　长矛在手，
　　英姿勃发；
　　心当永诀，
　　欣然作别。

高文策马扬鞭，毅然踏上征途，
以迅雷不及掩耳之势，绝尘而去。
众人凝望着他远去的背影，深深叹息；
千真万确，人人都传递着同样的话语，
因为大家都心系着远行的英雄："基督耶稣，那真是憾事，
如果我们注定要失去，如此出类拔萃的高文爵士！
世间再难觅得，才德兼备若他之人！
骑士睿智若此，定会朝乾夕惕，
步步为营。有目共睹，
他在这里，就是高瞻远瞩的领袖。
倘若能够回到原点，岂不更好，
在那傲睨一切的，断头骑士出现之前。
究竟哪位国王，会在圣诞节之时，
将如此荒唐的建议来采纳？"
当目送着高文爵士，从城中离去之时，
滚烫的泪水，从他们的眼眶中奔涌而出，

就在那日。
无处可避世，
策马逐征程；
前路阻且艰，
恰如书中言。

策马辞别后，便穿过洛克里(Logres)[①]王国，
高文爵士便知此行，停辛贮苦，山长水远。
踽踽独行，夙兴夜寐。
昔日宫廷美酒佳肴，今日行旅餐风宿露。
除却坐骑相伴，唯有茂林深山；
无人可话心语，唯有天主在上。
最终行至，北威尔士附近，
将安格尔西(Angelsey)诸岛，抛于身后，
越过低岬，跨过浅滩，
终于抵近霍利赫德(Holy Head)岛；于是扬鞭登上大陆，
穿越怀若(Wyral)广袤的荒原。在那里，
居住着少数古道热肠的，上帝虔诚的子民。
高文在旅行途中，遇上人总是询问，
附近是否有人，认识一位巨人，
一位绿衣骑士，被称作绿色教堂的骑士。
所遇之人众口一词，此生从未曾
见过此等异士，如他所描述
一身碧绿。

① 即英格兰亨伯河以南的区域。

前行多歧路，
高文斩荆棘；
未见教堂现，
心中常生疑。

去国怀乡，越百道河千重山；
背亲离友，独在异乡为异客；
此行如蹈汤火，千辛万苦，每当他跋涉
河流或浅滩，总能遇上阻挡的敌手，
丧心病狂，唯有战胜方能继续前行。
一路奇遇，不胜枚举，
尽数道来，唯恐冗长。
沿途数次与蟒蛇、豺狼恶战，
有时遇见树精山怪，居住于陡峭岩石间，
时与牛群为伍，时遇公熊野猪；
另有巨人从天而降，摩拳擦掌滋扰不断。
若非高文千锤百炼，若非天主仁厚庇佑，
任是钢筋铁骨，断然难以生还。
虽然战斗艰苦卓绝，然而天公更不作美，
风刀霜剑，滴水成冰，
天凝地闭，林寒涧肃。
冰天雪地，唯有铁甲御寒，
漫漫冬夜，磐石为床停歇，
夏日飞奔而下、水花四溅的溪流，
如今已是森森冰柱，高悬在高文爵士头顶。
不畏艰难险阻，九死一生，

圣诞前夕，高文爵士已踏遍全国，
　　　　只身一人。
　　高文心澎湃
　　虔心祈圣母，
　　指引前行路，
　　炉火燃烧处。

高文骑马欣然向前，清晨之际进入一座小山。
山中树茂林深，荒凉满目；
两旁都是陡峭的高山，长满了高大挺拔的白橡树，
上百株挤在一起，难以计数。
其间还密密麻麻，间杂着榛子树和山楂树，
蓬松粗皱的苔藓，遍布各处。
许多鸟儿，立在光秃秃的枝头，哀鸣不已，
那尖利的叫声，凄入肝脾。
骑在格龙高尔身上的高文爵士，径直入内，
穿过重重沼泽，越过个个泥潭，
无依无靠，唯恐有辱使命，
不见天主显灵。在圣诞那一夜，
童贞圣母诞下圣子，为了抚平我们的痛苦。
于是高文仰天长叹："主啊，我恳求您，
圣母马利亚，您最慈悲为怀，
我请求，明天，为我找到一落脚之处，
可以让我倾听弥撒，潜心进行晨祷；
我迫切祈求，向天父，与圣母，
　　　　还有信条。"

祈祷且前进，
忏悔不端行；
当胸画十字，
“主佑倍道进”。

画过十字三次之后，高文突然看见
高地密林之后，有一座护城河围绕的宅邸，
占地广阔，掩映在参天古树的
层叠枝叶之中，为护城河所环绕。
这是他有生以来，所见最为壮观的城堡。
护城河边的低洼之地，绿草如茵一望无际，
栅栏齐整有序，坚固无比，
环绕城堡的树木，延绵到两英里以外。
高文爵士停在这边，注视着城堡，
透过密密的橡树林，与通明的灯火；
于是他摘下自己的头盔，满心虔诚
向耶稣和朱利安(Julian)[①]两位致谢，
感谢他们倾听了自己的呼唤，感谢他们的慷慨显灵。
“慷慨的主人，”高文说道，“请容许我叨扰。”
然后一踢后跟闪亮的马刺，敦促格龙高尔起步。
马儿在鞭策之下，径直朝正门奔去，
高文到达吊桥前头，不过是话音
落下未几。

吊桥架金汤，

① 以殷勤好客闻名的圣徒。

门闭若磐石，
高墙赛铜铁，
风暴不可摧。

高文爵士收住缰绳，止步在岸边。
深不见底的两层护城河，环绕在城堡四周。
厚厚的城墙立在水里，愈发显得城高池深，
举头仰望，高不可攀；
由坚硬齐整的巨石建筑的防卫工事，
一直达到檐角，气势磅礴。
风格独特的塔楼，间隔均匀，
视野广阔的众多观察孔，紧紧关闭；
高文爵士未曾见过，比眼前这座更加壮观的城堡，
不禁静观默察起来。上上下下，
高塔矗然而立，墙厚顶尖，
长长的塔尖向天空伸展，
塔尖雕刻着精美的图样，技艺精湛。
他还注意到，有许多灰白色的烟囱
矗立在高塔顶部，闪闪发光。
这样上了色的小尖塔，比比皆是，
还有城堡里的城垛口，团团簇簇，真是
琼楼菌阁纷明媚，驾险凌虚不可窥。
高文爵士骑在马上，一时间感觉亦真亦幻。
如果能够得偿所愿，在圣诞期间，
借宿停留，在此等城堡庭院，
荣幸之至。

门房随叫到，
司职问缘由，
致意于游侠，
言语显恭谦。

高文爵士说道："好心的先生，鄙人漫游四方，
可否借贵府宝地，稍作停留？"
"骑士阁下，圣彼得在上，主人已经吩咐，"门房说道，
"阁下大驾有失远迎，下榻多久悉听尊便。"
门房迅速走上前来，还有其他仆人一道，准备迎接
高文爵士进城堡，一行人彬彬有礼。
他们放下厚重的吊桥，然后急急
迎上前来，双膝下跪，扑倒在冰冷的地上，
用他们认为最隆重的礼仪，来迎接高文爵士；
城堡的大门也完全敞开，等待高文爵士进入。
高文立即请他们起身，然后才骑马过桥。
高文爵士发现，先是一些人卸下了他的马鞍，
然后许多身强力壮的人，将他的马牵到马厩。
紧接着便是，那些血统高贵的骑士们
谦恭有礼地，将他引到大厅。
当高文取下头盔的时候，许多人竞相
去接住他的头盔，竞相为他服务。
还有些人径直，接下了他的盾牌和佩剑。
于是高文爵士彬彬有礼地，问候了每一位骑士；
大家也对能够亲见高文爵士，深感荣幸。
当他们将高文引进大厅，将他团团围住，

因为大厅里温暖明亮，壁炉里燃烧着熊熊火焰。
只见城堡的主人，从房间里走出，
雍容地迎接高文爵士，
说道："欢迎光临寒舍，无须拘礼；
随心所欲任取所需，在此一切任由
阁下。"
"不胜感激，"高文道，
"主佑德善。"
相见甚欢，
主客相拥。

高文注视着眼前的男子，他接待自己优雅持重；
这位城堡主人，面容坚毅，
身材高大强壮，年富力强；
胡须色如海狸，茂盛光亮；
站姿威武挺拔，器宇轩昂；
面色红润如火，谈笑自若。
高文暗自赞叹，坐拥此等城堡如同王侯，
统率众多良才，果然气度不凡。
主人转身面向管家，正色指示他
给高文配备仆人，好生款待；
于是一干人等，立即执行他的指令。
他们将高文爵士引入一间明亮的卧室，床上陈设着精美寝具，
四周悬挂着真丝的帷帐，还装饰着金黄色的褶边。
帷帐顶端，也覆盖着华美的盖布，
花团锦簇，四周还镶嵌洁白的皮毛；

由赤金圆环上的饰带，悬挂而起的窗帘；
来自鞑靼和图卢兹，铺锦列绣悬在墙上；
而脚下的地毯，与帷帐窗帘真是相得益彰。
大家谈笑风生，很快，他们便除去了高文的盔甲，
以及相连的锁子甲和外套；又迅速地跑去，
为他取来昂贵的长袍，当高文拿到之后
方才发觉，这可能是他所选过的最佳衣衫。
当高文穿上，他自己所选衣衫，
与其身份和身材都十分匹配，流溢的裙边，
皮毛的质地，简直就是为他量身打造，
在衣服的衬托下，高文面如冠玉，
风流倜傥，四肢修长。
真是造物主所创，无与伦比的骑士，
众人心忖。
远近驰名，
旷绝古今，
人中龙凤，
勇冠三军。

炭火熊熊燃烧的壁炉旁，已为高文爵士
摆好了座椅、软垫和椅罩，
都是由柔软的布料制成，做工精细。
接着一个男人送来，一件精致的斗篷，
褐色的真丝织成，华丽的刺绣装饰，
不仅外层精美绝伦，内里更是铺设上好皮毛，
那是真正的白貂皮，款式则和当下时尚一样带有兜帽。

高文身着华服，端坐在高背长椅之上；
他的气度，使人如沐春风，如享甘霖。
很快，搁架便被布置成隆重的宴会桌，
桌面铺上桌布，陈设好盐瓶，以及银质汤匙。
期间高文如愿清洁一番，再入座用餐，
诸多佣人一本正经，侍奉他用餐；
一道道炖菜，依据他的口味调理佐料，
各色鱼肉，分量加倍；
有的夹在烘焙好的面包里，有的正在炭火上烧烤，
有的翻滚在热气腾腾的汤锅中，还有些焖在香辣口味的炖菜里；
每种味觉微妙的变化，都让他觉得无比可口。
高文温恭自虚，慷慨言谢，
时时称此为盛宴；宴席其他宾客众口一词，称赞他温柔敦厚。
　　“此行虽苦修，
　　必将得正果。”他们说道。
　　一语四座欢，
　　对酒连夜酣。

主人和宾客，小心谨慎却又不失机智
向高文爵士本人，打听询问起来历，
高文爵士落落大方地回答，自己来自英明伟大的
亚瑟王的宫廷，统率一切的
亚瑟王不仅非常富有，还拥有无比忠诚的圆桌骑士；
而高文爵士本人，正是圆桌骑士中的一员，
圣诞来临，约定将至。

大家听完之后，明白这就是大名鼎鼎的高文爵士，
开怀大笑，直道闻名不如见面。
于是城堡里所有人，都因为此时此刻
高文爵士的驾临，而高兴不已；
因为高文爵士骁勇善战，德行高尚，
闻名遐迩。在众多英雄豪杰之中，
声名最为腾实，深受赞颂。
人人庄重自持，悄声左右言语：
“雅人深致，真是大饱眼福，
字字珠玑，实乃语妙天下；
言近旨远，吾辈受益匪浅，
树德务滋，深得万民敬仰；
我主仁慈，以其荣光赐福，
吾等得拥，高文爵士此等才俊，
天降仁者，欢欣鼓舞颂天浩德。
普天同庆，
才高行厚，
导德齐礼；
见贤思齐，
笙磬同音。”

待到晚餐用毕时，诸位尊贵座上宾，
自是起身道别语，唯恐寂寥夜未央。
先是教士序井然，闲庭信步回教堂，
随后依循惯常为，乐而不淫鸣暮钟，
适逢喜庆之节日，郑重其事念晚祷。

万事俱备主人出，拭目以待夫人现；
千娇百媚无可拟，轻移莲步至座椅。
高文爵士随其后，满面春风脚步疾；
主人轻挽其袖口，亲身领其入座位，
款待之礼非寒暄，直呼其名若故交，
称其为世上仅有，最受欢迎之宾客。
高文由衷表谢意；惺惺相惜再互拥，
整个晚祷仪式中，主客皆正襟危坐。
夫人频频回臻首，暗送秋波与高文。
夫人由仕女陪同，翩若惊鸿离座椅。
明眸善睐颜羞花，仪态万方体轻盈。
肌理细腻骨肉匀，吹弹可破我犹怜；
高文不由暗忖度，姿容更胜桂妮薇。
趋步向前难自抑，雍容大度致问候。
夫人左手一女伴，轻托玉手引伊行，
仔细端详此女伴，长于夫人若干年，
并在宫廷显贵中，深得敬重与推崇。
两位女士差异迥，相互映衬显短长：
一个赛琪花瑶草，一个若枯荷败柳；
夫人粉面若桃花，浅笑足以倾城国，
女伴面颊风与霜，刀刻斧凿皱纹现；
夫人颈项围方巾，翠绕珠围显华贵，
酥胸半露引遐思，脖颈粉白如蝤蛴，
晶莹剔透露凝香，皎若山巅之新雪；
虽有罗巾绕延颈，秀项光润皓质露，
翩翩轻云难蔽月，乌绡之下颌温婉；

额头含春发如丝，绢绸锦绡环云鬓，
珥瑶碧琚首饰华，明珠金翠耀玉躯，
奇服旷世神采扬，修眉联娟芙蓉面，
明眸善睐瑶鼻俏，朱唇半启芳泽璨，
皎若太阳升朝霞，灼若芙蕖出渌波。
叹匏瓜之无匹兮，咏其瑰姿于神前，
风华绝代！
秾纤得衷，
修短合度；
华容婀娜，
令我忘餐。

当高文爵士看到，世上竟然存在如此旖旎的
佳人，便向主人请辞，然后朝她们走去，
先缓缓地弯下腰来，向年长的仕女深深鞠躬，
再用双臂，微微揽夫人入怀，
温文尔雅致以问候，并亲吻。
夫人和仕女对高文青眼有加，高文也迅速表明
只要她们有所吩咐，必是赴汤蹈火在所不辞。
她们一左一右挽着高文，领着他来到
客厅的壁炉旁畅谈；各色美食也径直
按照她们的要求，立即送到他们手中，
与此同时，陈年佳酿自是不可或缺。
彬彬有礼的高文爵士，交谈中手舞足蹈，
频频敦促大家，要及时行乐，
他取下斗篷的兜帽，快乐地把它挂在长矛上，

挥舞着，作为赠予在圣诞期间
给大家带来最大欢乐的人的奖品。
“我以忠诚起誓，在我失去兜帽之前，
在诸位朋友的帮助之下，我将竭尽全力与最优者竞争。”
高文爵士谈笑风生，那一夜，主人
也极尽情谊，高文爵士和大家纵情游戏，
主客尽欢。
灯火通明。
天光之时，
方才离去
卧榻休息。

直到第二日上午，主人和大家方才记起，
今日是为世人而死的我主
降生之日，举世为之欢庆；
因此在这一日，大家要郑重其事：
用餐之时，菜肴需精心烹饪，
参加之人，衣着需格外隆重。
年长的仕女坐在贵宾席位；在她旁边，
我相信，坐着的便是我们热情好客的主人；
夫人和高文爵士，一起坐在正中间，
那个位置，上菜用餐最适宜，
而且也是整个大厅，服侍最为周到之处，
每位宾客，都被安顿在与之身份相当的席位。
馔玉炊金，觥筹交错，欢声雷动，
这场面，就算大笔如椽也难以描绘。

然而我知道，美丽的夫人和高文爵士坐在一起，
双方都说着社交场上令人愉快的
安慰话儿，谦和又体贴；
既不失礼貌，又绝无冒犯。
据实以说，高文爵士待人接物着实了得，
　　　　拿捏有度。
　　鼓乐齐鸣，
　　吹弹歌舞。
　　高文此行，
　　人心所系。

那一日大家尽欢，次日依旧，
紧随的第三日，依旧笑语欢声。
载歌载舞，犹如欢度仲夏节(St. John's day)[1]时，
因为众人知晓，这是最后的节日。
夜幕降临之际，宾客们将要陆续离去，然而，
他们依旧沉醉醇酒，不知已近夜色，
高唱圣诞颂歌，一路翩然起舞。
终于夜色深沉，宾客纷纷告辞，
各位骑士，也开始离席。
高文向主人道谢；好心的主人握着他的手，
将高文引到自己房间，壁炉旁边，

---

① 即圣约翰日，是夏至来临时的庆祝活动。仲夏节是欧洲北部地区居民的重要传统节日，直到今日，在英国巨石阵(古代遗址)等地，人们仍会按当地古老的仪式庆祝仲夏节，亦会在庆祝期间点起巨型的篝火。

将他叫到一旁，特意向他致谢，
感谢大名鼎鼎的高文爵士，在如此佳节
莅临他的城堡，真是蓬荜生辉，
在家里能有他相伴，深感荣幸。
“此生此世，再没有比能够在
我主的节日之际接待高文爵士更好的事情啦。”
“不敢当，”高文说道，“阁下，是托我主的福，
一切的荣耀都是属于您，基督耶稣会保佑您的。
在此我将随时待命，任由您差遣，
无论身在何方，我都会依据约定
　　　　　完成诺言。
　　主人尽力
　　挽留高文；
　　高文回答，
　　恕难从命。

于是主人便小心翼翼，询问起缘由，
何等大事能够促使他，鼓起如此勇气，
在佳节来临之际，离别故土独自远行，
难道非要急在这一时，不能等到欢度佳节之后？
“实不相瞒，”高文爵士说道，“阁下，您总是切中肯綮；
虽然留恋这温暖的炉火，可我此行有要务在身。
我此行的目的，是要找到一个地方，
我不知道究竟在哪里，却又一定要找到的地方。
在新年的第一天，我必须要找到那个地方，
为了洛克里所有的土地，基督耶稣请帮助我吧！

因而，我在此，恳请阁下——您的援手，
请您直截了当告诉我，在您拥有的土地上，
您可曾听说过，关于绿色教堂，
还有它的主人，绿衣骑士的传说。以及
关于我和他之间，立下的庄严约定，
只要我活着，我就一定要在绿色教堂与他见面。
可是现在，新年之约迫在眉睫；
如果上帝保佑，圣子保佑，
无论山高水远，我都将找到绿衣骑士。
因此，承蒙您好意挽留，我却不得不告辞，
因为我现在仅仅，剩下三日时间去找寻。
就是肝脑涂地，我也要不辱使命。"
城堡主人听完，大笑着说道："您还是在我这儿多逗留些时日吧，
期限到达的日子，我将会指引您
去绿色教堂的道路。您无须忧虑；
高文爵士，听我的，就回到您的床上好生
休息一番，等到了新年第一天的早晨，
再精神抖擞地，赶赴您的绿色教堂之约，到时您便
　　　　得偿所愿。
　新年之日，
　整装出发。
　我来引路，
　行程两里。"

如此高文才放下心中大石，开怀大笑起来。
"阁下，对您的感激之情，真是无以言表。

我已经别无他求了；对您的盛情
实在却之不恭，一切就悉听尊便。”
城堡主人便抓起高文的手，拉着他坐在自己身边，
又唤来一群仕女，好生款待高文爵士。
嘘寒问暖，气氛自是轻松愉悦。
高文爵士和蔼可亲，大家相谈甚欢，
从言行举止看起来，主人倒是几乎失态。
他召唤着高文爵士，扯着嗓子叫道：
“你有义务去做，我要求你做的事情。
就在此刻，就在此地，你会信守诺言，对吧？”
“阁下，当然是的，”真正的勇士高文回答道，
“既然我在您的城堡里承诺，一切悉听尊便。”
“你跋山涉水，”城堡主人说道，“远道而来，
我们又一道痛饮狂欢，没有滋养没有休息，
我十分清楚，你完全没有从旅途劳顿中恢复。
现在回到你的房间里，躺在床上好好休息，
直到明天做弥撒的时候，再起来用餐吧。
到时候，在我返回以前，和你在一起的，
只有我的夫人，她可算十分可人的伙伴。
安心住下。
明日早起，
外出打猎。”
高文行礼，
恍然应允。

“此外，”主人继续说道，“让我们做个约定：

无论我在森林里捕获什么猎物，都将属于你；
无论你在这里得到什么，作为交换都将属于我。
爵士，让我们就此发誓，无论命运带来什么，
无论是好还是坏，我们都会以诚相待。”
英勇的高文爵士就此起誓：“以上帝起誓，我同意这个约定。
让您消遣快乐的，也就是让我快活的。”
“当我们喝下这杯酒，我们的约定就此立下。”
城堡的主人如此说道。大家相视而笑莫逆于心，
一饮而尽，然后又继续狂欢作乐，
其他仕女与骑士们，也是浅酌低唱。
最后大家起身话别，依旧风度翩翩，
轻声细语，恰到好处，
亲切吻别，依依离去。
一队队侍从，高举着闪烁的火把
护送每一位宾客，回到卧房，
安顿休息。
离去之前，
宾客常谈，
主人之约，
应属戏言。

Ⅲ

新年一大早，宾客们都已起床，
召集各自的马夫，一派动身前的忙碌景象，
奔前跑后，为马儿架好马鞍，
收拾武器，打点行装，

骑士们精神抖擞，各自的坐骑也准备就绪；
只见个个虎步跃上坐骑，手里牢牢抓住马缰，
每个人都整装待发，就等城堡主人一声令下。
深受爱戴的主人，并非千呼万唤
始出来，一同出现的还有很多随从。当他听到
做弥撒的声音，连忙随便吃了几口食物，
就立即在号角声中，赶赴猎场。
正值破晓之前，尚未天光，
主人便和他的骑士们，龙骧虎视地骑在高头大马之上。
驯犬师们打开犬舍的大门，集结猎犬，
一听到召唤，一只只猎犬便奔出，
号角声震耳欲聋，只奏出三声便罢；
猎犬听见这等声响，纷纷低声吠叫，
有一些调头后退或者走散了，就遭到惩罚。
根据那动静，我猜测狩猎的队伍，足有上百人。

他们集结待发，
驯犬师们，
放犬逐猎。
畋猎之声，
响彻云霄。

一声犬吠，惊起林中禽兽无数。
山谷中的鹿群，吓得没头没脑，四处奔跑，
急急逃向高地，但是还是没能脱逃，
围猎的勇士们，大声吆喝，整齐有序地
将他们圈在中央。除了那些昂首挺胸的成年雄鹿，

当然还有小雄鹿，无论是鹿角已分支或是尚未长出犄角。
因为宅心仁厚的领主，所定的法律已经禁止
任何人在非捕猎季节，猎杀雄鹿。
呼叫呵斥！犬吠马嘶！雌鹿们被团团围住，
在一阵喧嚣声中，雌鹿们又被赶回山谷。
各位可以想象勇士们策马逐鹿，仿若离弦之箭——
森林里只见，勇士们的箭翎飞翔——
深深地射入了雌鹿的身体，以及它们宽阔的头颅。
瞧！在山腰，它们躺在血泊之中，哀鸣，死匸，
而猎犬们，如同饿虎扑羊，紧追在鹿群之后。
勇士们就紧跟在后，吹着号角。
号角声如此嘹亮，仿佛连山谷的峭壁
都会被震裂。所有的漏网之鱼
上山卜水，都被穷追不舍，
直至被赶回到，原本设定的围猎圈；
勇士们游刃有余，将他们赶全低洼之地，
使得猎犬们，能够迅速抓住猎物，
将猎物扑倒拖走，一切都在人们
眼前发生。
兴致勃勃，
策马奔驰，
行猎直至，
深夜之时。

城堡主人已在森林边上酣畅嬉戏时，
我们的高文爵士，正在卧榻休息，

慵懒而卧，直到阳光洒满四面墙壁，
就连被褥和帷幔，都满是明亮的阳光。
就在微睡将醒之际，他听到门边有
轻微的声响，他立即警醒。门开了。
高文爵士连忙起身，伸头套上衣服，
然后从旁边，掀起窗帘的一角，
向外仔细观察，是否发生了什么。
结果发现外面站着，一位最美丽的仕女，
狡黠地，悄悄地，将门从身后关上，
转身朝他的床边走来。我们英勇的骑士，尴尬万分，
只能躺回床上，装作睡着的模样；
他感到她继续走来，轻轻走近他的床，
掀开了床的帷幔，蹑手蹑脚走进来，
就在床边，施施然坐下，
长久凝视着高文沉睡的模样，等待他醒来的那一刻。
而高文爵士也就装睡，一直这样长久地躺着，
在心里暗暗忖度，接下来会发生什么，
这一切意味着什么——简直就像是个奇迹。
于是他告诉自己："是不是应该立刻
问一问她，究竟意欲何为？"
于是他装作从睡梦中起身，一边伸展身躯一边转向她，
眼皮尚未睁开，为的就是要让她相信，
他心中默默划着十字，祈祷起身以后
　　　　　　　　更加安全。
　　颊颌凝香，
　　白里透红，

朱唇轻启，
笑语盈盈。

“高文爵士，早安，”女主人言语含笑，
“您刚才可睡得一点没防备啊，所以我才能够悄悄进来。
可转眼之间您就起身了！如果我们是敌人的话，
我可要将您在床上绑起来呢。”
听了女主人的笑话，两人都笑了起来。
“早安，美丽的夫人，”高文爵士开心地说道，
“夫人有何要求尽管吩咐，那是在下的荣幸，
无比渴望为夫人效劳，随时听候您的差遣，
对在下而言——恨不得立时肝脑涂地！”
高文爵士也用玩笑话回敬，辅以恰到好处的笑声。
“可是如果，尊贵的夫人，您能够准我个假，
松开您的俘虏，允许他起身，
我就将从床上起来，然后穿得体体面面，
才能更加舒适自如，好好陪您聊天。”
“完全不必，尊贵的阁下，”女主人甜甜地说道，
“您千万别从床上起来，我要好生服侍您呢；
就在这儿——还有另一边——我要搂着您，
然后要被我俘获的英雄，和我细细长谈。
现在我只知道，您是高文爵士，
无论走到哪里，都被万民敬仰；
您的厚德高行，心口相传彪炳千古，
不仅在贵族和仕女间，更在所有活着的百姓中。
现在您就在这里，如此真实，此刻就我们孤男寡女二人；

我的丈夫还有他的随从，离我们天遥地远；
其他的奴仆，还有我的侍女，也都还在床上；
门关得严严实实，而且还用牢固的铁扣上闩；
被万人敬仰的英雄，就在我的家里，
我会把握机会，只要还有时间
　　　　　　　可以休憩。
　　君若有意，
　　妾身由君，
　　巫山云雨，
　　一刻成金。”

“实言以告，”高文爵士说道，“实在是莫大的荣幸，
然而此刻的我并不是，夫人口中的英雄，
如同夫人所言及，达到如此显赫声名，
正如自己深知，我不过是个无名之辈。
皇天在上，倘若真如夫人所言，在下非常乐于
一言一行，谨遵夫人所赞；
夫人您的快乐——也是我最大的快乐。”
“恕我直言，高文爵士，”绚丽多姿的女主人回道，
“如若我责备或贬低了，那些让其他所有人
重视的英勇品质和信条，便确实是我失礼。
还有无数名媛淑女，她们现在的快乐是
为了拴住您的心，阁下，就像此刻，我拥有您，
为了那少少欢愉，用最美妙动人的言语，
只为给予她们的心上人儿，抚慰与关怀，
而不是拥有他们所提供的，金银与珠宝。

我赞颂掌管天国的，全能我主，
我愿用我所拥有的一切，换取我愿望实现。”
于是夫人

楚楚动人，
顺祝日安。
针对其言，
对以正心。

高文如此说道：“夫人，圣母马利亚保佑您，
为了您的高贵与忠诚，还有我发现的慷慨。
人们总是从他人身上，找寻行为的典范，
对我而言他们更多是，给予奖赏和赞扬；
而您却是格外礼遇，向我展示仁慈与好意。”
“圣母马利亚在上，”夫人说道，“在我看来并非如此！
即使我比世上所有，活着的女人都高贵，
即使世上所有的财富，都掌握在我手中，
我就会要求，得到一个冠军，
阁下，他拥有我在你身上看到及听到的，
温文尔雅、雍容大度、凤表龙姿，
据我所知，并且是真的，
有您在此，没有人会选择别人。”
“夫人，您其实早已做了，更好的选择；
您对我的谬赞，我万分感激和自豪。
您是我的主宰，我是您的奴仆，
我愿做您忠实的骑士，基督耶稣保佑您。”
他们又聊了甚多，转眼便到了中午。

夫人言行举止，都仿若饱含爱恋，
但是高文言行，不失警惕，又优雅得体。
“虽然我是这世上，最美丽的女人，”夫人暗忖，
“可他最不会接受的，就是爱情。”他在寻找，
心急如焚，

致命一击，
他当承受。
夫人告辞，
高文急许。

于是夫人向高文道了日安，扫了他一眼，笑了。
当她站着的时候，犀利的言辞令高文爵士大吃一惊：
“用一切言语祝福的人，就如此回报款待！
我真是怀疑，您究竟是不是高文爵士。”
“为什么？”高文满腹疑云，连忙问道，
担心自己方才，言语是否有失。
但美丽的女主人恳乞赐福于他，又说了如下话语：
“像高文爵士一般，仁慈高贵之人，
（才高德厚，行为世范）
怎么可能如此之久，与一位女士同处一室，
在一系列微妙的暗示后，依旧如此拘泥，
在故事的结尾，连一个香吻都不索取。”
“可爱的夫人，就让一切随您所愿，”高文说道，
“骑士天生就该为淑女效劳，我将应您所邀吻您，
我最不愿的事就是惹您生气，恳求您不要再生气。”
于是夫人走近，将高文爵士搂入

她的怀里，赞颂他，殷勤地弯下腰来。
他们彼此，热心地将基督赞扬。
然后，夫人并无进一步行动，而朝门口走去，
高文爵士迅速起身，赶忙
召唤侍从，为他选好衣衫，
准备完毕后，飘飘然前去做弥撒。
接着又用餐，菜肴十分丰盛可口，
他一整天都过得十分惬意，直到月亮升起。
无人知晓，
难有骑士，
艳遇二姝：
绿鬓红颜，
接踵而至。

主人仍未归来，依旧在他的领土驰骋，
在贫瘠的荒地，以及后面森林里狩猎。
日出之时，他终于收获甚丰。
各种各样的鹿，数量实在惊人。
狩猎结束之时，人们欢喜奔向，
诸位贵族骑士，以及随行之人，
个个摩拳擦掌，急急欲宰猎物；
按照惯例，收集最为肥美的猎物，
小心翼翼，将它们逐个开膛破肚。
剖开一些猎物之后，方才发现捕获的雌鹿，
即使是最为瘦弱的，脂肪也足有两指厚度。
猎手切开猎物咽喉，再剖开肚子，

用锋利的刀子刮净，再仔细缝合起来；
然后宰杀四只羔羊，去净它们的毛皮；
再剖开它们的腹部，取出它们的肠子，
清空肠道里的脏污，再迅速将其抛弃。
先抓住它们的咽喉，然后再用力撕扯。
只见那气管与食管，都被扯断后丢弃；
吹毛利刃切开猎物，再将它们肩上扛。
穿透之处仅一小洞，猎物就完美切分。
从猎物胸部处下刀，将它们一分为二；
第二刀就从咽喉处，再度开始切与分，
处理猎物目无全牛，不假思索心手相应；
眼明手快去除皮毛，接下来又有条不紊，
将肋骨从肉中剔出，切肉为片一气呵成，
处理完毕随时待用，整齐排在脊骨旁边，
接着再处理腰腿肉，全部利落悬挂起来。
他们拎起这些猎物，就这样将他们砍碎，
剩下那些各式内脏，也是按照同样方式
处理。

斩断鹿股，
收折囊里，
急斩猎物，
分开脊骨。

接着再一步便是，将脖颈和头颅从躯干砍断；
再从脊骨处下刀，自上而下将躯干一分为二；
他们将杂碎扔到枝头，供盘旋的乌鸦享用。

他们在两边躯干厚处的肋骨旁穿洞；
从猎物腰腿的跗关节，将其钩住然后高高挂起。
按照次序和等级，猎人们拿走属于自己的份额。
猎人们再用那猎物皮毛下的，肝脏还有其他内脏，
以及腰腿肉里的筋膜，还有那些浸泡血水的面包，
这些东西搅和在一起，用来喂他们的一大群猎犬。
他们挥霍这些杂碎用作奖赏，猎犬欢喜得嗷嗷直叫。
然后猎人们满载着这些鹿肉，兴高采烈地返回城堡，
好些个猎人还一路吹着号角，声音震耳欲聋。
就在黎明破晓之前，行猎的一行终于回到
高文爵士享尽温柔的逗留之所，金碧辉煌的
城堡之中。

主人归来，
遇见高文，
相见甚欢，
炉火燃烧。

主人将城堡里的所有人，召集到大厅，
在女伴的陪同下，所有仕女也从楼上下来。
当着众人的面，主人命令所有
他的随从，前去取来自己的战利品。
然后他满含笑意，客气地召唤高文爵士，
请他看看这么多生猛猎物，
还请他公道评价，这些猎物的骨肉如何。
“你喜欢这个游戏吗？我的表现你可否满意？
我如此尽心尽力，是否彻底赢得了你的感谢？”

“的的确确，”高文爵士说道，“这个游戏确实是七年以来，
在冬天这个季节，我所见到最公平的。”
“所有的猎物，高文，我都给你，”主人说道，
“因为我们有约定在先，只要你开口就都是你的。”
“确实如此，”高文爵士说道，“我也同样告诉您，
在您的家里，我所赢得的珍贵的东西，
同样我也放弃，无疑就此属于您。”
高文说完便张开双臂，轻轻地搂住他的脖子，
尽可能礼貌地，给予主人一吻。
“我已经给予了我所获得的，除此之外再无他物；
虽然我得到的可能更美妙，但是现已坦率地转赠与您。”
“不错，”慷慨的主人说道，“十分感谢。
虽然你认为，可能你得到的更好。
你可否告知，你在何处赢得这份猎物？”
“这可不在我们的约定之内，”高文说道，“请不要再逼我；
我们彼此的信任完全建立于此，您已经得到
您所应得。”

相视而笑，
词恳意切，
共进晚餐，
八珍玉食。

他们坐在大厅，就在温暖的壁炉旁边，
奴仆不时为他们斟上，加热过的葡萄酒。
他们谈笑风生，约定明天
还要继续他们先前的约定：

无论他们白天得到什么，当晚上再度相遇之时，
都要相互交换，他们得到的新猎物。
当着大厅所有人的面，他们又立下了约定；
然后大家又继续饮酒，相互调笑。
最终二人，礼貌作别，
主人和高文，都倒头便睡。
当雄鸡啼鸣，三次过后，
主人和他的猎手们，便都已经起床。
用毕早餐之后，赶在天亮之前，
一行又浩浩荡荡，心无旁骛地奔赴
森林狩猎。
号角齐鸣，
响彻田间，
穿过荆棘，
追寻猎物。

很快它们追踪着气味，来到沼泽旁边。
猎人们怂恿，最先到达的猎犬追踪
猎物的气味，猎人们尖锐的号令震耳欲聋；
猎犬们听见号令，争先恐后，
四十只猎犬冲向小径，犹如离弦之箭，
它们的吠叫，响彻云霄；
它们的奔跑，飞沙走石。
猎人们用号令和号角，不断地敦促猎犬；
无论是在树林中的池塘，还是充满艰难险阻的悬崖，
都共同进退，最终汇聚一堂。

就在沼泽之旁，在那寸草不生的绝壁之上，
山体凹凸不平，巨石不时从天而降，
它们依旧紧随猎物，勇往直前。
猎人们沿着峭壁而上，在碎石堆中搜索。
这些凶猛异常的猎犬，突然狂吠不止，
毫无疑问，那里隐藏着野兽。
于是猎人们击打着灌木丛，逼迫野兽现身，
野兽在慌乱中，难辨方向，
猛地冲了出来，原来是头巨大的野猪。
它离群独处，虽然毛色花白，老态毕现，
却是硕大无比。
当它犹自哀号之时，猎手们不禁悲从心起，
它第一次冲锋，就撂倒了三个人，
恍若无形，快速无比，但无继续伤害。
猎手们高声吆喝！大声“嗨呦！嗨呦！”
将号角凑到嘴边，使足了劲吹得震天响。
猎人和猎犬，都兴高采烈；
一路高歌，紧紧追杀
　　　　如此巨物。
　　重伤猎犬，
　　已成困兽。
　　众人高喝，
　　扰其心神。

迅速跟上的其他猎人，便径直朝它攻击。
猎人们瞄准野猪，箭犹如雨点般朝它飞去，

但是锋利的箭镞却无法，射进它的身体。
就连箭镞的倒钩，都无法刺穿它老硬的表皮；
而且光滑的箭杆，也被震得四分五裂，
射中的根根箭头，全被反弹回来。
但是猎人们的攻击，激怒了野猪，
它因为疼痛而恼怒，发疯般地冲入人群，
它猛冲之际，狂性大显。
于是众人皆被震慑，因恐惧而不禁后撤；
唯有主人一马当先，朝那野猪奔去，
恰似真正的猎人，吹响号角，
召回众人，策马穿越重重灌木，
追寻野猪的行迹，直至日头高照。
当主人和猎人在外，猎杀野猪之际，
我们的高文爵士，正在城堡之内，
躺在床榻之上那，金碧辉煌
被衾里面。

夫人犹念
比翼温存。
待其起身，
伺机转意。

夫人步履轻盈靠近帷帐，眼角微睇瞟向高文爵士，
高文立刻起身问候，机敏而又合宜。
夫人也无片刻迟疑，向高文爵士问好。
随后便坐在高文爵士身旁，袅袅娜娜，
巧笑倩兮，美目盼兮，朱唇微启：

“如果阁下，您，便是那大名鼎鼎的高文，我想知道，
将一生都奉献给至善的，那位勇士，
是否不应过分，拘泥于繁文缛节，
抑或，就像我曾说过的，应该将它们抛诸脑后？
昨晚我们促膝长谈，我将毕生所知，
倾心相授，您却仿佛充耳不闻。”
“什么？”高文说道，“我确实不知；
如果真如您所言，我理当受罚。”
“虽然我传授了您一些，”美丽的夫人说道，“关于亲吻的事宜；
显然您甚为享受，但是马上又转为
礼貌性的接触，就像其他普通的骑士一样。”
“请不要再说了，亲爱的夫人，”英勇的骑士说道，
“我不是因为害怕被拒绝，而不敢更进一步。
要是我主动献身而遭拒绝，就不妙了。”
“据实以说，任谁能够拒绝您呢，”美丽的夫人说道，
“阁下，只要您愿意，您绝对能够掌控，
有谁会无理到，想去拒绝您呢？”
“皇天在上，是啊，”高文说道，“您太会抚慰人心了；
但是在我所生长的地方，幸运可不是那么容易，
盛意拳拳的礼物，每一个可都不是凭空而降的。
我在此恭候，任凭夫人吩咐；
只要您愿意，可以随时开始，随时结束。”
夫人楚楚可怜，
臻首垂低，
香吻印颊。
爱之愁喜，

促膝谈之。

“我真希望，”夫人说道，“从阁下，您那儿请教，
如果不会触犯您的话，冒昧向您询问缘由，
阁下年少英勇若此，何以现今又
因老成持重，名满天下，
（至关重要，因骑士精神而深受赞扬，
真爱之戏，武器之学，
骑士之道，种种艰辛，恰如
头衔所刻，青史所书，
应为真爱，以身试险，
炽情长存，黯然销魂，
心怀哀伤，胸有仇怨，身负勇气，
放诸怀抱，潜心德行，得主庇佑），
您被当作在世所有骑士之表率，
您的名望与荣誉，处处彰显，
又为何让我身陷两难处境，
在你身旁，听你的心声，
从未出现一丝一毫，事关情爱。
您矢志不移，实践使命与荣誉，
必定也欣然，给予后辈指引，
以及展示与我，真爱之狡计。
什么！荣誉满身的您，竟然对此一无所知？
抑或你认定我驽笨无知，和您的交谈
不合时宜？

只身而至；

唯愿切磋；
夫君远行，
乞君赐智。”

“实言相告，”高文爵士说道，“主必赐福于您；
尊贵若您，移步探视，
如我这等，可怜之人，
您的美貌与对骑士精神之赞颂，
真是让我喜不自胜，难以言表。
但是让我承担起，讲解真爱的重任，
对您这样精通此道的人，
去触碰关于投怀送抱的主题，
当今世上，以及将来，
至少一百五十人，和我不相上下。
以我之见，夫人，那真是错上加错。
职责所在，您的吩咐我一定照做，
我必定竭尽全力，而且永远做您
忠实的仆人，我主为鉴。”
于是美丽的夫人又似往常一般，开始诱惑和考验，
想让高文爵士犯罪——她的脑中有更多计划；
但是他的防御如此恰当，无懈可击，
双方都没有恶念；人人都十分开心，
一天下来，
长久欢愉，
临别轻吻，
欣然别去，

踏上归途。

高文爵士清理思绪，振作精神，
开始为晚餐时间，静心准备；
与女士们的嬉戏，耗费了整整一天。
与此同时，主人正穿过原野，紧追
那头野猪，驰骋在山坡之上。
身后还跟着两只，最好的猎犬。
野猪已走投无路，弓箭手打破了僵局，
他们迫使野猪奔往空旷之地，
猎手们齐聚一堂，一时间箭矛飞掷如同密雨。
尽管有时野猪狂性大发，逼得勇士也不得不退让，
但最终也有力颓之时，再也无法继续奔逃，
它慌不择路，最终跑到那溪水尽头。
巨石之旁，土堆之中有一眼洞穴。
野猪奋力刨土，企图躲在上堆斜坡之后，
负隅顽抗，哪怕丑陋的嘴角都泛起白沫。
野猪龇着森森獠牙，口里发出咄咄声。即使鲁莽之人
也驻足远望，不敢继续激怒，
不敢轻举妄动，在其力竭
之前。

伤痕累累，
狂暴未减，
獠牙锋利，
无人犯险.

直到城堡主人猛催骏马驰来，
眼见野猪就在水畔，猎人们围在它的旁边。
主人身手矫捷，一跃下马，
拔出锋利的佩剑，大踏步前行，
迅速跨过浅滩，走向狂暴野猪所在之地。
野猪一见主人，手握长剑，
登时耸起脊背的鬃毛，“哼哧哼哧”大声喘气，
企图以声势，吓跑眼前这个朝它走来的人。
未见效果，野猪便径直朝他猛冲过去，
于是主人与野猪，便遭遇在这
野地浅滩之中。野猪身处劣势，
因为主人早已瞄准，遭遇之时奋力一击，
锋利的刀刃，正好插入野猪的胸骨，
唯剩刀柄在外，将它的心脏一分为二。
野猪发出尖锐嚎叫，然后迅速后退
　　　　　　　　　穿过溪水。
　　猎犬云集，
　　猛烈攻击；
　　空旷之地，
　　终遭屠戮。

终于杀死了这头巨兽，于是胜利的号角奏响，
诸位勇士在浅滩，大声欢呼。
对巨兽狂吠的猎犬都为驯犬师所令，
经过如此长时间的追捕，实属不易。
有个聪明家伙，精通丛林生存之道，

用最为合宜的方式，将野猪大卸八块。
首先将头斩下，高高挂起；
然后沿着脊背，一分为二。
他掏出野猪的肚肠，放在热炭之上灼烤，
把它们与面包混合，用来犒赏那些猎犬。
接着将上好的精肉，分切成厚片，
再熟练地取出，所有可食的内脏。
一切完毕之后，他将两爿躯干聚集一处，
无比骄傲地，用坚实的棍子穿起来。
载着这野猪，兴冲冲朝着城堡的方向返回。
最前方的主人，高举着野猪的头颅，
因为这狂暴的巨兽，是为其
　　　　　　　　亲手所戮。

　　昨夜之聚，
　　恍如隔世。
　　急欲归家，
　　兑现约定。

主人尽情谈论，纵声欢笑，
当他一看见高文爵士，就兴高采烈地与他交谈起来。
奴仆们各司其位，仕女们已经汇聚厅堂，
主人便向他们展示战果，讲述狩猎的过程。
野猪何其巨大，追踪何其漫长与凶险，
特别是在林中捕捉之时，野猪如何脱逃。
高文爵士评论起此行，不偏不倚，
赞此行为英雄壮举之又一明证。

体力如此非凡，足见勇猛过人，
野猪如此巨大，此生从未见过。
然后他们便处理起这巨兽的头颅；高文爵士
称赞其彰显了主人之无畏与荣誉。
主人说道："现在，高文，这猎物归你了。
我们的约定，你应该知道，虽然短暂却牢不可破。"
"的确如此，"高文爵士说道，"我也会一分不少，如实
将我得到的一切，如我起誓，全部给予你。"
高文搂着主人的脖子，轻轻地亲吻他，
过了片刻，又按照先前的方式，再吻了一次。
高文说道："我们已经完全，履行了我们的约定，
今天晚上我们仍旧，相互至诚
以待。"
"圣吉(Saint Giles)在上，
吾无尔运，
如斯约定，
富甲天下。"

奴仆们撑起支架，搭好桌面，
再铺上桌布；墙面上悬挂的
油灯照得大厅温暖明亮，大厅里侍奉宾客的奴仆
都是心腹之人，个个手执打过蜡的火把。
随着火把燃起，大厅里迸发出巨响，
人们也发出欢呼声，原来按照惯常情形，
晚宴以及之后，都要尽情欢唱，
圣诞序曲、新颂歌，以及各种

耳熟能详的，欢乐之曲。
温文尔雅的高文爵士，还是像以往一样
坐在夫人身旁。夫人仪态万方，
却眸含秋水，狡黠地私下传情。健硕的
高文爵士万分惊诧，心中也颇懊恼，
因为碍于情面实在不能拒绝，
唯有以礼相待，无论如何都力求周全，
结局无论是好是坏，都只能如此。

旋即

游戏落幕，
主人召唤
高文爵士
同入内室。

二人同饮同欢，酒过又一巡后，
除夕夜那日的约定又被提出，
高文爵士恳请主人，希望翌日离开：
约定之时将至，他应赶到那地方。
主人又极力劝说，让高文爵士稍事停留，
说道："我以骑士的名誉起誓，我保证
新年的第一天，高文爵士您，一定能到达绿色教堂，
远不仅如此，您还一定能够完成任务。
尽管留在您的房间，安心休息吧。
我会继续去森林打猎，再和您交换战利品，
按照我们的约定，当我这两次回来的时候，
我都发现，您的确毫无隐瞒。

记着‘第三次才是最好的’，明天上午就是那第三次。
在我们还能享受欢乐的时候，让我们记住这欢乐时刻。
当我们对什么念念不忘之时，它总是很快便降临了。”
得到这样的保证，高文爵士便又留下来；
之后二人自是喝得酣畅淋漓，又是天光之时方才上床休息。

高文爵士

高枕软席，
一夜无忧。
主人行猎，
早起待发。

弥撒过后不久，主人便带上他的随从。
清晨大家都神清气爽，应主人要求一切安排妥当。
随行的骑士们骑在马上，排成整齐的一列，
守候在大厅的门口，随时准备出发。
晨雾尚未散去，被薄雾笼罩的原野犹如梦中仙境；
云雾中透出红色与光亮——太阳升起来，
终于冲破了重重云雾，整个天空都十分明朗。
来到森林毗邻之处，猎人们便放开了手中的猎犬，
嘹亮的号角声似乎，将林中的岩石都震得轰轰作响。
好些个猎犬正循着，狐狸的气味追踪，
这些狡猾的猎物，谙熟迷惑之道。
一只猎犬好奇地舔舐，猎人连忙喝止；
猎犬连忙跟上，拼命嗅来嗅去，
眼见就快追到，狐狸连忙逃跑，
“噌”地从他们眼前蹦出。猎人们很快也跟踪狐狸；

当他们终于发现它，便紧随其后，
怒气冲冲，高声斥责。
狐狸连忙窜进密林，左躲右闪，
不时藏在树篱之后，侧耳倾听；
最终跃过一个小沟，再跳过荆棘丛，
悄无声息地溜到，丛林的边缘藏匿起来。
诡计多端狐狸以为顺利从猎犬包围的森林
逃脱出来；可是哪里知道，又进入了另一个猎点。
猎人们立即，派三条灰色猎犬，
全力追踪。
掉头便逃，
恍若插翅。
心怀忧思，
唯念森林。

猎犬听闻狐狸的动静，欣喜若狂。
紧紧跟随在它后面，难分难解，
眼前只见猎犬，朝它难听咒骂，
就连两旁的峭壁，仿佛都要垮塌
压将下来。而猎人，一看见它，便大叫，
那刺耳的呼喝，排山倒海般地涌向它；
不停地叫它贼，威胁声几乎将它淹没。
尾随其后的猎犬，也是不给它片刻喘息。
猎人和猎犬围追堵截，狐狸一直奔向开阔之地。
狡猾的狐狸，终于又跑到了森林中。
狐狸引诱着主人和猎手，奔跑在泥泞里，

就这样你跑我追，在整个山林中追到正午。
而在城堡之中，寒冷的清晨，尊贵的高文爵士，
正躺在精美的帷帐内，休息养神。
然而一心觅爱的夫人，却辗转难眠，
两次被拒的经历，萦绕在心头挥之不去；
于是她即刻起身，梳妆打扮，
披上华丽的晨缕，裙摆垂至地面，摇曳生姿，
外层的皮草雍容华贵，手工更是精美绝伦。
头上没有佩戴黄金饰物，唯有一个宝石发夹，
二十多颗宝石缠绕而成，颗颗都切割得璀璨夺目。
完美的面庞和滑腻的颈项，都完全显现出来；
就连粉妆玉琢般的酥胸和后背，也是一览无遗。
夫人穿过房门，并随手掩上，
打开窗户，靠近高文爵士，
素手推搡，清喉娇啭，
　　　　撩人心怀。
　“良辰美景，
　怎可贪睡？”
　高文沉睡，
　全然不觉。

梦中高文深陷黑暗，他不禁痛苦地呻吟，
就像一个忧心忡忡的人，时刻担心
厄运来临的那一天，命运将会如何处置自己。
明天早上，他必须在绿色教堂面对那人，
放弃一切反抗，承受板斧砍头一击。

但是当美丽的夫人一进来,他就开始从梦中醒来,
苏醒之时,便立即回应。
娇媚的夫人向他走来,笑靥如花,
朝他英俊的脸俯下身,优雅一吻,
他也施展出骑士风度,笑脸相迎。
但见夫人衣着考究,光艳逼人,
窈窕丰盈娇艳欲滴,粉腮红润,
心中不禁热浪汹涌,喜不自胜。
两人相对而笑,甜蜜又欣慰;
亲密无间,尔侬我侬,
　　　　眉飞色舞。
　　谈笑风生,
　　昭昭在目。
　　危在旦夕,
　　发引千钧。

正直的高文爵士,到了九鼎一丝之时,
眼见就要跳入,夫人的爱情陷阱,
他是会被迫接受,还是继续抵抗,拒绝她?
本是谦谦君子,并非卑鄙小人,
倘若行错一步,声名就此辱没,
便是背叛舅父,国君亚瑟王。
“天地不容,”高文爵士说道,“万万不可!”;
见到高文爵士又有迟疑,夫人嫣然巧笑,
轻启朱唇,嘤然有声。
夫人对他说道:“阁下,如果您连躺在您身边

这样的女子都不爱的话，一定会被怪罪的哦。
我便是世上女子中，最伤心欲绝的那个，
除非您已心有所属，早有更亲密的爱人，
与她山盟海誓在先，坚不可摧，
您也绝不愿放手——那么我就相信。
现在请据实以告，我恳请您；事实上，
人生之中，所有的爱情，绝不能被
狡诈遮掩。”

“圣约翰在上，”
高文含笑，
“忠诚起誓，
绝无真爱。”

“这些话，”夫人说道，“是我听见最糟糕的了；
但是你总算对我说的是真话，也实在叫我伤心。
现在给我轻轻一吻吧，我马上就走；
我真是痛心入骨，肝肠寸断。”
她叹息着弯下腰来，温柔地亲吻他，
然后起身离去，起身时说道：
“现在，亲爱的，临别之际，我是否有幸
得您馈赠一份礼物，比如您的手套，
日后让我回想，也好减轻我的忧伤。”
“我敢保证，”高文爵士说道，“如果我这里有我一定会，
看在您的情面上，我认为，我拥有的最珍贵的
东西，远不能及您应该得到的，实实在在，
只有更加不凡的回报，才值得您时常回味。

爱的誓言才配得上您，无奈我又无法让您如愿。
此时此刻，即使将手套作为高文的礼物赠送，
蒙您不弃，对您的荣誉也毫无裨益。
我背井离乡来此，确是要务在身；
我身无长物，又无奴仆：
那些都是我所摒弃的。夫人，看在爱的份上，现在，
无论对错，请让人随己所愿，
无怨无悔。”
“尊贵骑士，
虽无所得，”
丽人说道，
“有物相赠。”

夫人拿出一只贵气十足的戒指，乃是赤金所制，
戒面还镶嵌着，一颗璀璨的宝石，
闪耀夺目，与日同光；
任谁一看也知道，价值连城。
但是高文爵士，立刻毫不迟疑地拒绝：
“夫人，现在我绝不能接受您的礼物，
我既无付出，断然不能收受。”
无论夫人如何热切，高文始终拒绝，
而且发誓，无论如何都不会接受。
夫人虽然伤心，无奈之下只好说道：
“如果您拒绝收下戒指，是因为它过于贵重，
您可否放低身姿，接受我的好意，
收下我赠送的腰带，那委实算不得什么。”

说罢夫人马上除下，那精美斗篷之下，
环绕在腰间，用来固定上衣的腰带。
那根腰带设计精巧，绿色真丝为底黄金为饰，
除了主体的真金装饰，镶边也流光溢彩。
夫人将腰带递给高文，粉面含春，秀眸似乞
其笑纳，然而高文不为所动，依旧拒绝。
他摆出的姿态，仍然是只要尚未完成任务
结束冒险，得到上帝恩赐的荣耀，
就绝对不能接受，无论是黄金还是珠宝。
“在此，我发誓，我绝非故意让您扫兴，
但我必须拒绝您的请求，因为我无论如何都不会接受。

拳拳之意，
亏欠良多。
愿为奴仆，
冷暖在心。”

“连这也要拒绝，”夫人又说道，
“嫌弃礼物不够分量？看起来确实如此。
瞧！如此微薄，价值更是低廉；
但一旦知道，凝结在腰带里面的不凡天赋，
或许，会认为它价值连城。
你可知从没有男人戴过，这根绿色腰带，
戴上这根腰带的人，会有非凡的改变，
在这世上，再没人能够伤害他，
在这世上，也没有人能够夺走他的性命。”

这番话让高文陷入沉思，一个念头冒了出来：
当他找到绿色教堂，面对斩首之邀，
在那危难之际，腰带不是正显珍贵？
这根腰带，能够让他避开杀戮，简直是雪中送炭。
高文难以抗拒夫人的请求，就让她继续说下去；
夫人自是万般恳求，希望他收下腰带
（高文同意了），夫人好心相赠，
又恳请高文看在她的份上，不要将腰带在人前展示，
特别是，千万不要让她的丈夫知道。高文爵士
答应夫人，绝对不会再让他人知道此事。
　　　于是高文
　表达谢意，
　竭力虔心；
　伊赐高文，
　三个香吻。

于是夫人离去，唯留高文一人在此，
夫人万分愉悦，哪知高文更是欣喜。
夫人一走，高文爵士立即开始穿衣，
起床着装，特别打扮，
夫人赠送的腰带，就放在一边。
他又小心翼翼将腰带，藏到他才知道的地方。
接着，他马上去了教堂，
先悄悄去见神父，向他祈祷
来净化自己的身心，更要他直截了当传授自己，

当他走了以后，应该如何拯救自己的灵魂。
高文历数自己的过错，诚心忏悔，
不管过错大小，都恳乞上帝的恩惠，
然后便向神父，祈求赦免。
神父当然会赦免他，让他变得洁白无瑕，
事实上，他的确表现得仿佛，明天就是审判日。
高文流连于仕女中间，纵情欢愉，
比起以往，过之而无不及，
载歌载舞，直至夜幕降临。
城堡一切，
井井有条。
“自从话别，”众说
“从未见过
君乐若此。”

也许是爱让他驻足于这一场合！
主人正率领着骑士们，徜徉在静静的牧场。
他已经追逐这只狐狸太久，终于将它解决——
当他追逐猎物的时候，策马越过树篱，
听见猎犬，就在身后吠叫不止，
而狐狸就恰好，从浓密的灌木丛中跑出，
正好从他的脚边，冲入了猎人之中。
主人，便小心翼翼盯着猎物，静心等待，
拔出他的利刃，朝着狐狸挥舞过去。
狐狸则从原本逃离的方向，来了个急转向；

但是一只猎犬，在狐狸觉察以前，扑上前去咬住了它；
接着所有的猎犬都扑向它，将它扑在马蹄之旁，
狡猾的狐狸，挣扎着发出惨叫。
主人迅速下马，一把抓住狐狸，
将它从一群饥饿猎犬的利齿中解救出来，
揪住它的脖子，高高举起，高声招呼，
脚下那群凶猛的猎犬，狂吠不已。
于是猎手们便吹响号角，急急赶来，
他们前后呼应，直到看清主人。
当人马全部集结完毕，浩浩荡荡，
于是有号角的猎人，一起吹起号角，
没有号角的其他人，便大声齐吆喝。
这真是迄今为止，最为快乐的曲调。
这是猎杀了狐狸，发自内心的纵情
歌唱。
轻抚犬首，
以示奖赏。
再将死狐
剔除毛皮。

夕阳西下，得胜而归，
嘹亮的号角声，热烈而又久长。
主人终于兴高采烈地，回到了心爱的城堡。
主人就坐在壁炉旁，炉火熊熊，
与此同时，人中龙凤的高文爵士，也喜笑颜开，

因为有众多仕女为伴，怎能不心花怒放？
他穿着一件蓝色长袍，一直垂到地面；
他的外套，由柔软的皮毛制成，简直再适合他不过；
同样颜色的兜帽，垂在他的肩膀之上，
无论是长袍还是兜帽，都镶嵌着雪白的皮毛。
主人，坐在大厅正中，终于和高文爵士相见，
一番寒暄后，便和蔼可亲地说道：
“现在，是不是又该我首先，来履行我们
坚持的约定，无论你收获如何。”
高文爵士搂着主人，给了他三个吻，
三个他所能够给予的，最甜蜜温存的吻。
“天啊，你可真幸福，”主人说道，
“有这样的礼物，你是否会与我讨价还价？”
“我对您给我的毫无要求，”高文爵士连忙回答，
“坦白说来，一直都是我亏欠您太多。”
主人说道：“圣母在上，我的收获比起您的来不值一提。
我今天忙了一整天，结果就得到
这副狐狸皮毛——真是邪神缠身！——
真是不足以和您给予的相提并论。
您给予我的三个吻，如此热切，
回味无穷。”
“言过其实，”高文说道，
“万分感谢！”
促膝而谈，
猎狐惊险。

大块吃肉，大口喝酒，
莺歌燕舞，人间极乐，
（仕女们娇笑嬉闹，燕语莺啼，
主人与高文，乐在其中），
直到宾主，酩酊大醉。
无论是主人还是宾客，俏皮话层出不穷，
欢乐时光总是过得分外快，转眼便到分别时候，
每位骑士都不得不，回房休息。
率先离去的，当然是尊贵的主人。
于是高文爵士，彬彬有礼地道谢：
“吾主一定会恩赐于您，您如此慷慨大方
设宴款待，我在此真是怡然自得。
如果阁下愿意，我愿意誓死效忠。
但是正如您所知，明天我必须前行；
希望您能言出必行，派人为我指明
前往绿色教堂的方向，神也一定希望我，
在新年之际，实现自己的诺言。”
“向来，言出必行，”主人说道，“无论
我做出何种承诺，我都早已准备妥当。”
于是他指定一位仆人，为高文爵士开路，
毫无阻碍地将他带至山峦边，
穿过层层密林，径直到达
　　　　目的之所。

　　盛情款待，

铭感不忘。
欣然作别，
后会有期。

高文虽然依依不舍，但仍与大家亲吻话别，
情真意切，向大家表达谢意；
大家也叹息哽咽，心之眷眷，
都为他身负的使命扼腕叹息。
接着高文爵士彬彬有礼，谢绝大家的陪同，
再次感谢在场的每个人连日的
照顾，对自己连日的叨扰，深表歉意。
大家则把握时机，争先恐后为他效劳。
人人都为与他别离，痛彻心扉，
为能与这样高贵之人同处，而倍感荣幸。
在人群的簇拥下，大家来到他的卧室门口，
床铺早已准备妥帖，以供其休憩；
在此我可不敢保证，高文爵士安枕无忧，
也有可能，高文爵士一夜沉思
直至黎明。
任其安卧，
静观其变。
少安毋躁，
下回分解。

Ⅳ

长夜将逝，新年来临，
依主之愿，黑暗过后，便是那日。
城堡外面，天寒地冻。
但见岭头云似盖，寒气始从北面至，
寒复寒来彻心肝，刺骨锥心透衣衫；
松枝岩下雪如尘，滴水成冰鸟兽困；
烈烈寒风高山下，左右疾冲似刀剑，
卷起山谷千堆雪，迷迷茫茫随风转。
躺在床上的高文爵士，将一切听得真真切切。
他虽然双目紧闭，但却几无睡意；
因为他深知再几声鸡鸣过后，便是约定时间。
破晓时分，他便起身了——
正是太阳升起、阳光洒入他的房间之时；
他呼唤内侍，内侍立即应答，
然后内侍为他准备，衣衫和马鞍。
另一人也起身，为他取来衣衫，
只待更衣完毕，让高文爵士焕然一新。
首先内侍为他穿上，御寒的衣衫，
然后他将其他装备，一一奉上：
高文爵士的锁子甲，已被擦拭得熠熠生辉，
就连其上的每个圆环，都被擦拭得一尘不染，
光亮如新；高文爵士向他们
　　慷慨致谢。

身着战袍，

锃亮如新。
精神焕发，
喝令战马。

然后再为自己，披上华丽的外套，
（他的外套，天鹅绒为底，
上面刺绣着精美的纹章，再点缀和镶嵌
珍贵的宝石，所有缝合处更是绣工非凡，
外套的衬里，全是上等皮毛）
当然他也没有落下，夫人赠送的腰带：
为了自身的安全，也不能忘记系上腰带。
当他把他的佩剑绑在自己粗壮的大腿上时，
他将这件爱情的纪念品，折叠两次后，缠在腰上，
这根绿色的真丝腰带，衬托得他身上那件贵气十足的
红色外套，分外鲜艳。
但是高文佩戴这根腰带，并非因其非凡的价值，
或者是为了搭配服饰，作为装饰来炫耀，
毕竟从头到脚，已是金光闪闪；
只是为了在紧急时刻，当刀斧攻来之时，
能够有还手之力，躲过一劫，
免遭一死。
万事俱备，
只待出发；
千言万语，
感激不尽。

高文爵士的坐骑，骁悍健壮的格龙高尔，
已经从马厩牵出，见到主人后分外兴奋；
这骏马有一些按捺不住，一个劲儿地跳跃撒欢。
高文爵士走向自己的战马，看着它的披挂，
拔出自己的佩剑，郑重说道：
“在贵府叨扰数日，主人白饭青刍，
永世难忘。更加难能可贵，
国色天香的夫人，对在下也是青眼有加。
主人与夫人，如此慷慨待客，
如此恩宠有加，掌管天国至高无上的
上帝一定会赐福于他们，以及诸位。
如果此番大难不死，重见天日，
只要尚存人间，他日一定感恩图报。”
说完踏上马镫，翻身一跃骑上马鞍，
从侍者手里接过他的盾牌，顺手挂在肩头，
双脚一夹，格龙高尔被马刺一激；
便一跃而起，奔跑起来
　　　　不再停留。
　　高文上马，
　　身负武器，
　　直奔教堂，
　　祈愿好运。

吊桥已经放下，城堡大门也
敞开，两扇门页，完全开放。
祝福大家以后，高文爵士策马越过吊桥，

（门房跪在旁边，祈求上帝拯救高文爵士，
高文爵士向他道过日安，又深表感谢）
便踏上征程，只带了一位随从
为他指明方向，去应那斩首之邀
约定之地所在，哪管山高水长。
连翻几座山丘，两人着实不易；
寒气逼人，吐气成冰，他们先是攀越峭壁，
如此险峻，平日高高在上的云朵仿佛触手可及。
寒气笼罩着荒原，以致和山峰已经浑然一体；
山峰更是云雾袅绕，仿佛戴上了帽子斗篷一般。
他们身旁沿山而下的溪流，也是泛着泡沫和白气，
冲刷着两岸，明晃耀眼。
他们沿路而行，穿过整座森林，
终于等到那一刻，太阳从云雾中升腾。
　　　　　　　　　他们已经
　　身处峰巅，
　　白雪皑皑。
　　侍从唤住，
　　高文停步。

“阁下，我只能领您到此，这里，
离您口口声声，一直寻找的
著名之所，已经不远。
阁下，我有话想说，自从我知道
世上有您这等人物，就甚为仰慕。
以下都是肺腑之言，以我之见，

您此番前去，实在危险重重；
在那蛮荒之地，住着世上最为恐怖之人，
他不仅力大无比，而且以杀戮为乐。
恐怕当今世上，无人是他的对手；
他的身形比亚瑟王手下最厉害的四个高手加起来还要大，
甚至是赫克托耳等人，也都敌不过他。
自从他来到，这座教堂，
这里便再无人通过，他只消赤手空拳，
便能置全副武装之人于死地，不费吹灰之力。
而且他心狠手辣，毫无怜悯之心；
但凡从他的教堂经过，无论是乡野村夫，
还是有教养之人，僧侣或神父，
只要他在，就绝不会放过任何人。
所以我敢断言，只要您骑马而去，
就难逃劫难，只要您去，他是不会放过您的；
请相信我吧，在您之前，已经有二十人
命丧黄泉。

长据于此，
滋扰不断。
所向披靡，
非尔能敌。

“尊贵的高文爵士，别去打搅他，
看在上帝的份上，请从另一条路离开吧，
骑马去别的地方，上帝一定会保佑您的。
快走，快回家吧，我保证

我向上帝，以及所有的圣徒起誓，
（我以圣物起誓，我会遵守诺言），
只要您速速离去，关于此事
我会保守秘密，绝不向他人透露半字。”
“十分感谢，”高文说道，又勉强地补充道，
“我知道你是一片好心，愿好运常伴你左右。
我也笃信你会，缄口不言；但试想
假若我真如你所言，因为恐惧
拔腿就逃，即使你保守秘密，
依旧改变不了事实——我是个不可饶恕的懦夫。
无论迎接我的是什么，我都要找到那教堂，
堂堂正正，与那人交涉，
即使百般折磨、伤痕累累，那也是我的命运。
　　　　　　　　　　　虽然那恶棍，
　　难以降服，
　　也要坚守，
　　虔诚信主，
　　定得救赎。”

随从说道：“圣母马利亚在上，话已至此，多言无益。
蚍蜉戴盆，不能上山。
您既决意一死，我也不便久留。
戴上您的头盔，拿起您的长矛，
沿着那块石头旁边的小路，一直往下，
直到行至，凹凸不平的谷底；
在您左手旁边不远处，可以看见块林间空地：

您要找寻的绿色教堂，就坐落在那里，
而那壮硕过人的骑士，就在旁边虎视眈眈。
尊贵的高文爵士，以主之名，我们就此永别！
即使给我全世界的财富，我也不会与您同行，
穿过这座森林，离您的目的地就一步之遥。”
随从言毕，便翻身骑上马，
施尽全力，策马扬鞭而走，
穿过山谷，留下高文爵士
　　　　独自一人。
　　高文发誓，
　　“无泪无悔。
　　遵循主意，
　　主必不弃。”

高文爵士敦促格龙高尔，沿着小路前行；
接着挤进，路边的小树林，
骑下一个崎岖的斜坡，便来到了谷底。
高文爵士环视四周，到处一片荒芜，
并未看见，任何房屋的痕迹，
唯见四周环绕的峭壁，又高又陡，
奇形怪状的岩石，令人望而却步。
被岩石隔断的云朵，诡谲多变阴森恐怖。
就在此时，高文爵士扯住缰绳停下脚步，
东张西望，找寻教堂，
全然不见其踪影；但是很快，他发现奇怪的事情，
在一片林中空地的中间，隐隐约约有一个土丘，

这光滑饱满的圆丘浮现在溪水旁边，
溪水淙淙而流，在其旁而过；
从岸上而观，溪水就像开锅沸水般冒着泡。
高文指示格龙高尔，走进林间空地，
然后轻轻跳下马来，找到一棵盘根错节的大树，
将坐骑格龙高尔，用缰绳拴在树上，
然后径直一人，走上土丘，四下寻觅。
他正琢磨此处究竟为何处，
却见行至尽头，有个入口，到处
绿草如茵，一派欣欣向荣的景象。
这土丘中空，似乎是个古老的洞穴，
或者是峭壁上的缝隙；高文也拿捏不准。
高文爵士说道：

“感谢上苍，
这是教堂？
夜半之时，
恶人祈祷。”

“所言非虚，”高文说道，“此处确实难以捉摸；
绿色教堂竟然如此鄙陋，四处杂草丛生。
与那怪异的绿色骑士，倒也算山鸣谷应，
作为异端之所，常行拂逆之事。
我能感觉到，里面那人定是
以斩首之邀，约我前来的骑士。
这是不详之所，给人带来灾祸！
但是我千方百计，就是为赶到这受诅的教堂！”

戴上头盔，拿稳长矛，
高文爵士走进，鄙陋难测的地方。
就在这时，他突然听到高山上岩石
掉进山边溪流，发出的一声巨响。
听！岩石滚落，撞击峭壁，四分五裂，仿若
人们在磨石之上，磨砺大镰刀的声响。
“唧唧嘎嘎！”犹如磨坊里流水推动磨轮之声；
瞧！终于落地摔得粉碎，那声音真是令人毛骨悚然。
“上帝保佑，事随我愿，”高文爵士说道，
“现在轮到我了，既然注定必须面对，
唯有承担。
若非主意显，
吾身不及此。
常为士卒先，
无畏勇摧陷。”

于是高文爵士，开始大声呼唤：
“此地的主人，是否就是与我约定的骑士？
我就是高文爵士，今日在此赴约。
当日发出斩首之邀，现在就请速速现身；
此时不履约，更待何时；请马上答复。”
就在他的上方，有人答道：“别说了，
你马上就能如愿以偿，得到我承诺给你的东西。”
在这人从上面下来之前，他还没有停止发出
刺耳的噪声，“唧唧嘎嘎”地持续着。
然后他就突然，如同旋风一般，

出现在陡峭的崖壁之上的一个山洞中，手执恐怖的武器，
一柄崭新的宽刃大斧，那便是斩首所用：
斧头非常沉重，从斧刃到斧柄呈弧线造型，
足有四英尺之长，锋利得仿佛刚刚磨砺，
精光毕现，寒气森森。
这位绿衣骑士，装扮得就同初次见面一般，
从头到脚，无论须发，
通体碧绿，威风凛凛，
宝石为饰，大步流星。
来到溪水边的时候，他不是蹚过溪水，
而是拿着巨斧，一跃而过。
广阔的荒原白雪皑皑，他长驱直入
　　　　　　杀气腾腾。
　高文遇他，
　微微欠身，
　“名不虚传，
　一诺千金。”

绿衣骑士说道，“高文，愿上帝保佑你！
尊贵的骑士，光临寒舍，蓬荜生辉。
一路走来，你真不愧是个真正的汉子。
你也知道，你我二人，有约在先；
一年以前，你给我当头一斧，
现在一年之约已到，我也会如约给你一斧。
事实上，现在这山谷之中，就你我二人；
你情我愿，履行诺言。

摘下你的头盔，领受我这一斧吧；
不用多言了，去年你一斧下去，
砍下我脑袋时，我也没有争辩。”
“是，”高文说道，“赐予我力量的上帝，以其之名，
无论发生什么，我都欣然接受。
你这一斧下去，我绝对不可能生还；
只要你想当然可以这么做，而我绝对不会抵挡这致命一击。”

　　高文除衣衫，
　　伸头露颈项。
　　心中虽恐惧，
　　表面显勇敢。

接着绿衣骑士，很快准备就绪，
举起那可怕的武器，向高文砍去；
他用尽全身的气力，将斧头高高举起，
奋力飞抡斧头，做出置之死地的气势。
倘若斧头落将下来，如同瞄准的那样，
我们勇敢的高文爵士，此番必死无疑。
可是当骇人的斧头，呼啸而至时，
高文爵士不禁侧头，瞟了它一眼，
同时他的肩膀，稍微后缩了一点。
对方便在半空，突然停住手中的斧头，
并以傲慢的口吻，严厉地斥责高文：
“你肯定不是高文爵士，他无所畏惧，
无论高山深谷，还是千军万马，他都不怕；

而你现在毫发未损，就畏畏缩缩；
我从不知道，高文爵士竟是懦夫。
阁下，当你砍我时，我并没退缩逃跑，
在亚瑟王的宫廷中，我不曾推诿指摘。
当我的头滚到脚边，都依旧岿然不动，
而你还没沾到斧刃，就已经畏缩不前。
所以你我之间校短量长，毫无疑问我处优占先。”

“曾有怯懦，”高文答道，
“绝无下次，
人头落地，
绝无再生。”

“阁下，请速速准备，我们再来一次；
我的命运如此，唯有欣然接受；
此刻我起誓，我将承受阁下一击，赶紧开始，
我相信就这一斧，不多不少。”
绿衣骑士高举斧头，口中喊道：“吃我一斧！”
他那抡斧的模样，如癫似狂，
可是这猛烈一击，并未砍中高文爵士，
在伤到高文之前，绿衣骑士突然收力。
当高文爵士毫不退缩、静静等待之时，
绿衣骑士就定格站着，如同脚下生根扎入地面，
一动不动，仿若石雕。
然后绿衣骑士，高兴地说起话来：
“现在你是真的准备好了，我理应动手。

但亚瑟王赐你的兜帽阻碍了我，
这样会让你有痊愈可能，快处理好!”
高文听完怒不可遏，高声喝道：
“喂！你这贼人，放马过来；我已经忍耐你太久。
我看你才是那个，真正胆怯之人。”
“坦白说，”绿衣骑士说道，“你出言不逊，
但我不会拖延，也不会阻碍你
　　　　完成使命。”
　　撇嘴扬眉，
　　执斧而立。
　　横眉冷对，
　　不为所动。

绿衣骑士轻轻提起斧头，娴熟地往地上一放，
那阔斧的锋刃，正好就在高文爵士颈旁。
尽管他全力一击，却未伤害太重，
只是轻轻一触，登时划出一道伤口。
这等吹毛利刃，千锤百炼，削铁如泥。
只见高文的肩膀上，血流如注，
鲜血滴溅在白雪上，触目惊心。
高文仿佛离弦之箭，一跃而起，
猛地抓起地上头盔，扣在头上，
将套在肩头的盾牌，挪到胸前，
拔出明晃晃的佩剑，慷慨而言：
（自从他离开母体，降临于世以来
从未像现在这样，感到幸福和愉悦）

“住手吧，老兄；别再打了，
我心甘情愿受你一斧，绝不还手。
但如果你胆敢多加一斧，我可不会任你宰割，
毫无疑问，绝不手软，
讨回公道。
亚瑟王廷，
有约在先，
吃你一斧，
按时兑现！”

绿衣骑士转身回来，先看着地上的斧头，
斧头依旧插在地，斧刃还是锋利逼人，
再看看高文爵士，站在林间空地中央；
只见他傲然挺立，毫无惧色，
英姿飒爽气势强；绿衣骑士心下一阵狂喜。
绿衣骑士喜形于色，对着高文爵士，
声如洪钟，如此说道：
“勇士，何必如此动怒，
按照在亚瑟王的宫廷，我们达成的约定，
我对阁下，可没有失礼之处。
我是保证，一定让你受我一击，
现在你已履约，从此便互不相欠。
如果我动作快一点，只需一击，
就已经对你有所伤害，
但我只是含笑做了下样子，威胁了你，
并未真正伤害你；我行无差池。

因为在第一个晚上，我们立下约定，
而你毫无保留，履行我们的约定，
给我你得到的东西，无愧于你的声名。
我砍你的第二斧，是因为早上
你亲吻我美丽的妻子，晚上又将这亲吻归还于我。
你前两次都信守约定，所以前两次我都是佯攻，
你才无恙。
君子坦荡，
无畏无险。
功亏一篑，
方有一击。

你所佩戴的这根腰带，其实是属于我的，
我如此熟悉，因为它是我夫人一针一线编织而成。
我知道你们亲吻的事情，你和我夫人的一举一动
我都一清二楚；实际上，一切都是我的设计。
我派她前去试探你，就是要看看
你到底是不是天下，最完美无缺的勇士。
真金不怕火炼，鱼目岂能混珠？
你经得起考验，不愧是大名鼎鼎的高文爵士。
只不过你仍有小小的过失，你少了点忠诚，
然而一切只是出于，你对自己生命的热爱，
而非出于爱欲和贪婪，我不对你多加指责。”
高文爵士就怔怔站着，陷入沉思，
喉头阵阵哽咽，恨不得有个地洞容身；
全身的血液，仿佛都涌到脸上。

当绿衣骑士说话的时候，高文自惭形秽、羞愧难当，
好半天才回过神来，从唇间挤出几句话：
“胆怯和贪婪，都该受到诅咒！
一旦让邪恶入侵，美德便不复存在。”
说完他抓住那腰带，将它解开，
然后朝着绿衣骑士，重重地扔过去。
“瞧！这邪恶的化身，让我失去了忠诚！
我变得怯懦，我变得贪婪，
为约定的一击担惊受怕，对生死耿耿于怀，
彻底丧失了骑士本该具备的美德：慷慨和忠诚。
我只担心自己的安全，实在是大错特错，
险些背信弃义；我会时刻警醒，
绝不再犯！
特此忏悔，
以往过错。
承蒙指点，
朝乾夕惕。”

绿色骑士听完后，笑着说道：
“往者不可谏，来者犹可追。
刚才的诚心忏悔，已经洗清了你的罪污，
先前我的斧头，已经惩罚了你。
经过此番，你涤净灵魂，
如同重获新生，完美无瑕。
而且，我要将这镶金边，与我衣服同色的绿色腰带，
赠送给你。高文爵士，当你

和其他的勇士一道，继续征程的时候，
请记着我们的约定与争执，记着这件纪念品，
记着此番绿色教堂之行，记着真正的骑士精神。
在这新年之际，请再次莅临我的城堡，
晚宴之后，让我们尽情狂欢，
　　通宵达旦。”
　主人握高文：
　“鄙人、内子、尔，
　往日乃干戈，
　今日化玉帛。”

“确实不行，”高文说道，说完优雅地
拿起自己的头盔，谢过绿衣骑士，“我已经逗留
太久。诚心祝您好运；祈愿
掌管万物的全能的上帝，赐予阁下一切。
至于您的夫人，尊贵的女士，
翻手为云，覆手为雨，
祝愿她，以及其他仕女，美丽与青春永驻。
被女人的温存，玩弄于股掌之间，
以致伤心欲绝，本就屡见不鲜。
以亚当为例，不就被某个女人所骗，
更不用说所罗门，还有大力士参孙(Samson)；
黛利拉(Delilah)背叛了他；还有大卫
被拔示巴(Bathsheba)欺骗，伤心欲绝。
女人心似海底针，伤人无形获利丰，
骑士应该爱慕女人，却万万不可相信她们。

比起凡尘俗世，芸芸众生，
上述先贤，叱咤风云，尊容富贵；
　　　　　　　　未得幸免，
　　受骗堕落
　　沦为猎物。
　　虽遭欺骗，
　　亦应释怀。”

“但是你的腰带，”高文说道，“却是上帝的恩赐！
让我明白了真意；不是因为它鎏金的镶边，
真丝的质地，也不是因为它精美的装饰，
巧夺天工的技艺，或者声名，或者价值，
而是因为它是我的罪的象征，我会时时警醒自己。
此后的人生无论如何辉煌，我都将铭记教训，
懊悔强健的躯体里，精神曾何其软弱，
轻易就屈服于诱惑，让德行受到玷污；
当我日后因为战功，而得意忘形之时，
这条腰带，便会让我心存敬畏。
如果可以的话，我还有一事相求，
我所站立的这片土地，都属于你的管辖，
你在此备受尊崇(就犹如天父
掌管天庭，至高无上)，
敢问尊姓大名？我再无所求。”
“实言以告，”于是绿衣骑士说道；
“大家叫我，欧德塞城堡的柏希雷克(Bercilak de Hautdesert)。
与我一同居住的，还有仙女摩根(Morgan Le Fay)，

她技艺非凡，精于魔法
（她掌握了梅林的诸多本领，
长期以来，她专注于用爱情
戏弄那些大名鼎鼎、家喻户晓的英雄豪杰
不曾失手。
声名显赫，
出神入化。
桀骜不驯，
无不降服）。

她派我前往，亚瑟王的宫廷，
就是为了考验，声名显赫的圆桌骑士，
传说中的荣耀与美德，是否句句属实。
她使用幻术，扰乱你们的神智，
王后更是被眼前的景象，吓得魂不附体，
见到绿衣骑士，
从桌子上面抓住自己的头颅。
一位传奇的女士，就住在那里；
她是亚瑟王同母的姐姐，也就是你的阿姨，
她的母亲是廷塔杰尔公爵夫人，后来
尤瑟王使其受孕，生下了举世无双的亚瑟王。
因此，我恳请你，去探望一下你的阿姨，
在我的城堡与她欢聚。我的随从们都爱戴你，
阁下，我也同样如此，我保证，
你的光临，是人人期盼的最高荣誉。”
高文拒绝了他的邀请，他从未考虑过再去他的城堡。

二人拥抱亲吻，互相赞不绝口，
真是英雄惜英雄；然后二人在寒风中
依依作别。
高文上马，
赶回王廷；
绿衣骑士，
消失荒野。

高文爵士重获神之恩宠，骑着格龙高尔，
翻山越岭，不畏险阻。
有时投宿人家，有时露宿野外。
奇遇重重，战果辉煌，
我也无意，一一道来。
现在他脖子的伤口，也已经愈合，
脖子上还绕着那条耀眼的绿色腰带，
他只是将它当作饰带，搭在身体一侧，
然后在左臂之下，打结绑紧，
作为警示，提醒自己曾经犯下的过错。
最终高文爵士，安全返回亚瑟王宫廷。
当亚瑟王得知，高文已经回来，
满朝文武欢欣鼓舞——这实在是个好消息。
亚瑟王亲吻高文爵士，王后也亲吻了他，
其余的圆桌骑士，将高文团团围住
问长问短；高文爵士将沿途所遭遇
种种艰难险阻，细细讲述，
还有绿色教堂发生的一切，绿衣骑士的行径，骑士夫人的引诱，以及绿色腰带的来历，巨细靡遗。
他露出脖子，给大家展示，
绿衣骑士因为他的欺骗，作为惩罚的一斧而留下的
那道伤痕。
罪有应得，
面红耳赤，
深感愧疚，
哀伤哽咽。

高文举起绿色腰带，说道："陛下，请看！
这腰带是过错的标志，我的脖颈承受了罪责；
这腰带代表着，我曾经的堕落，
我曾有过怯懦，以及生之贪婪。
这腰带象征着，背信弃义和不可信赖。
只要我活着，就要一直佩戴在身上；
人们可以隐瞒过错，却无法割断罪孽，
所以死结一旦形成，便永远无法解开。"
听完之后，亚瑟王以及其他所有人，都来安慰高文；
大家付之笑谈，并最终一致决定：
隶属于圆桌的，所有骑士和仕女，
每一位圆桌骑士，都必须佩戴腰带，
即在腰间斜挎，一根碧绿的饰带，
用以表示，对高文爵士的崇高敬意。
这根丝带，代表圆桌骑士的荣耀，
从今往后，佩戴腰带就拥有荣誉，
如同流传最广的，传奇故事所言。

亚瑟王世代的，丰功伟绩，
都在布鲁图的故事里，得到见证。
而布鲁图，我们的先祖，最早来到不列颠，
在特洛伊战争的，烽火，
　　　　　　　停止之后。
　往事已矣，
　传奇再起。
　天降仁君，
　庇佑百姓。阿门。

亚瑟王和他的骑士

托马斯·马洛礼　著

梅林、佩里诺尔王和湖中仙女

（卷一，第二十三—二十七章）

亚瑟骑着马缓缓前行，及至天明，忽然看见三个乡野村夫在追赶着梅林，要置之死地。亚瑟连忙纵马追上，喝止他们：“滚开，乡下佬！”三人一见是位骑士，都很害怕，就逃跑了。

“唉！梅林，”亚瑟说道，“如果不是我正好赶来此地，任你有多大本领，也难逃此劫。”

“不，”梅林答道，“那可未必，只要我想救自己，便能救自己；若不是上帝和您做朋友，您会比我死得更早，您已经走上死亡的道路了。”

于是二人边走边谈，不久就来到喷泉边那顶富丽堂皇的帐篷旁。亚瑟看见一个全副武装的骑士坐在椅子上，便上前问道：“骑士先生，除非有人想和您比试，否则是不会有骑士经过此地的；您为什么还要独自守在这里？我劝您还是放弃吧！”

那骑士答道：“不管他人如何非难，我一直遵守这个惯例，今后仍将继续遵守；若是有人对此不满，尽管出来修正好了。”

“那我就来修正它。”亚瑟说道。

“我不许你乱改。”骑士答道。说话之间，他已持盾上马，手执长矛向前冲来，二人交战起来；各用盾牌抵挡，结果双方的矛头都折断了。于是亚瑟拔出佩剑。

“不行，”那骑士立即叫道，“我是不用剑的，为了公平起见，我们重新拿矛再斗一回。”

“只要我还有矛，”亚瑟说道，“我也愿意。”

“我这里有的是矛。”那骑士答道。于是来了一个侍从，送上两支矛，亚瑟伸手选了一支，骑士就拿了剩下的那支。两人又策马大战了几个回合，力道之大，再次互相把对方的矛折断了。于是亚瑟又伸手准备拔剑。

“不可，”那骑士又道，“请再拿出你的好本领吧；你真是我生平所遇最好的对手，看在骑士应有的高贵品质的份上，我们再来比试一回。”

“谨遵君命。”亚瑟说道。

接着侍从又送上两支长矛，两人各取一支在手，彼此刚一交手较量，亚瑟的矛就被击断了。那骑士便瞄准亚瑟的盾心，奋力打去，因为用力过猛，竟把亚瑟连人带马击落在地。亚瑟爬起来，羞愤难当，于是拔剑出鞘，大喊："骑马比武，算我输了；骑士先生，让我们在地上比一比吧。"

"我情愿在马上比试。"那骑士回答道。

亚瑟不禁火冒三丈，一手提剑一手执盾径直冲来。那骑士见此情形，连忙跃下马来，因为他觉得骑在马上去和徒步的人比武，不是骑士应有的品质[①]，所以他跳下马，拾起盾牌来对付亚瑟。这真是一场激战，双方举着利剑，奋力砍斫，将对方的武器震落在地；两人的身上都染着鲜血，比武场的地上也被血迹溅得点点殷红。这一战历时弥久，二人体力不支就下场休息，不多时，又返回比武场开始打斗，恰似两只公羊一般，你撞我冲，一齐跌在地上。到了最后，二人仍旧难分难解，两人的剑也纠缠在一起。那骑士的剑竟把亚瑟的剑劈成两段，亚瑟不禁心下一沉。

只听那骑士对亚瑟说："你是我的手下败将，你是死是活由我说了算；如果你再不承认自己的失败和懦弱，我便要取你的性命。"

"说到死，"亚瑟回答道，"死有何惧，我是不会屈服，不会承认自己是懦夫的；我宁死也不受屈辱。"就在这时，亚瑟忽然跳到佩里诺尔(Pellinore)骑士的身前，拦腰抱住他，将他摔倒在地，除去了他的头盔。这时，那骑士虽不免有些胆寒，但是仗着自己身材魁梧，力大无穷，一个转身便又把亚瑟压在身下，也动手除去亚瑟的头盔，按捺不住险些要动手砍掉亚瑟的脑袋。

这时梅林忽然走过来说道："住手，骑士！如果你杀死这位骑士，这个国家将要遭到旷古未有的浩劫：因为这位可敬的骑士，其高贵远出乎您的意料。"

"为什么？他究竟是谁？"那骑士问道。

---

① 意即在他看来是不光彩的事情。

“他就是亚瑟王。”

然而,唯恐亚瑟因自己要杀他而怀恨在心,那骑士仍然举剑去砍亚瑟,梅林连忙对其施法,那骑士便立刻倒地,呼呼大睡。梅林扶起亚瑟,骑上那骑士的马一同离去。

“天啊!”亚瑟道,“梅林,你做了些什么啊?世上再没有比他更可敬的骑士了;只要能换回他的一条命,我宁愿损失一年的国库收入。”

“您不用担心,”梅林答道,“他比您还更安全呢;他不过在昏睡罢了,三个钟头以后就会醒来的。我告诉过您,”他接着又说道,“他是个怎样的骑士;今天要不是我在,您的性命就断送在他手里了。而且,现在世界上没有比他更强大的骑士,将来他还会效忠于您;他的名字叫作佩里诺尔,以后他会有两个儿子,都是人中龙凤;那时,举世只一个人比他们的武艺更高,生活也更美好,其余的人全及不上他俩——威尔士的帕齐伐尔和威尔士的拉莫若克(Lamorak of Wales);佩里诺尔还将说出您的儿子的名字,就是您同自己姐姐所生的孽子,您的整个王国也将因他而遭到毁灭。”

于是亚瑟和梅林离开此地,前去访晤一位隐士,那位隐士不但品格高尚而且精于医术。隐士仔细检查了亚瑟的全部伤口,然后给伤口敷上药膏;亚瑟便留在这里诊治了三天,直到伤口完全愈合,方才上马告辞。他们骑马而行的时候,亚瑟才忽然说道:“我没有剑啊。”

“不要紧,”梅林答道,“附近有一把属于您的剑,去拿来便是了。”

于是他们又继续骑到湖边,水净波平,淼淼茫茫。亚瑟看见湖心伸出了一只穿白色锦缎的手臂,手里举着一把绝伦的宝剑。

“看呀!”梅林叫道,“那就是我刚才说过的宝剑。”

恰在同时,他们两人又望见一个少女从湖面走来。亚瑟就问:“那女子是谁?”

“她是湖中仙女,”梅林答道,“在那湖中有一座磐石,磐石之上有一处，堪与世上任何胜地媲美之地，宛如仙境；过一会儿那女子就会来看望您，只要您言辞得当，她就会把宝剑送给您。”

不多时，那少女果然来见亚瑟，先向他施礼，他也回礼。“女士，”亚瑟开口，“敢问水面上那手握着的是把什么剑？我因为没有了剑，很想得到那把剑！”

“亚瑟王啊，”少女答道，“那是我的宝剑，只要您在我向您要求礼物的时候，肯随时见赠，您就拿去好了。”

“我以忠诚起誓，”亚瑟说道，“无论您要什么我都一定相赠。”

“好！”少女回答道，“请您登上那只驳舟，划到剑旁，连剑带鞘一同拿出；至于我向您要求的礼物，到时我再来讨还。”

于是亚瑟和梅林都跳下马，将马分别系在两棵树上，一同上船，一直划到伸手就可以握住剑的地方。亚瑟握住剑柄，将剑取出，随身带回，只见那胳膊就缩回水里去了。于是他们返回岸上，仍骑马前行，未几，亚瑟又看见一座华丽的帐篷。

“那是谁的帐篷？”

“那是骑士的帐篷，”梅林答道，“就是上次同您比武的那位骑士——佩里诺尔；他现在外出，不在里边。他曾找过您那位名叫艾格兰姆(Egglame)的骑士的麻烦，他们当然是干了一仗，幸好艾格兰姆大败逃走，否则性命难保；现在他正去追赶艾格兰姆，已快到达卡利昂(Caerleon)，一会儿我们在大路上就可以遇见他了。”

“这下正好，”亚瑟说道，“此刻我有了宝剑，大可向他挑战，一雪前耻了。”

“陛下，我劝您不要，”梅林说道：“他已经战斗和奔跑了一整天，肯定疲倦不堪，如若您去难为他，有失体统；况且，当代在世的骑士当中，没有一人能够轻易比过他；所以我奉劝您，放他一马，不久以后，他就会效忠于您，而且他的儿子们也将效忠于您。还有一点，不久的将来，您会欣然将您的姐姐嫁给他。”

“当我遇见他的时候，我会照你的意思去做。”亚瑟说道。然后抽出宝剑察看一遍，越看越满意。

“宝剑和剑鞘，”梅林问道，“您更喜欢那一样呢?”

“我当然更爱宝剑。”亚瑟回答道。

“您的选择很不明智，”梅林说道，“其实这只剑鞘要抵上十把宝剑，只要您将剑鞘随身携带，不论您遭到怎样重伤，也永不会流一滴血；所以，您应当永远将这把剑鞘随身保存好。”

他们骑马径往卡利昂城，在途中果然遇上了佩里诺尔骑士；然而梅林施了法术叫佩里诺尔认不出亚瑟，只见他一声不响地走了过去。

“好生奇怪，”亚瑟说道，“就这么一言不发地走了。”

“陛下，”梅林说，“他并不曾瞧见您呀，倘使他望见了您，您就别想轻易走啦。”

这时他们已进入了卡利昂，所有的骑士都欢天喜地。他们听了亚瑟的种种冒险奇迹，都为他能不顾个人的安危独自一人到处巡视而表示惊讶。所有的人们都在议论，说国王竟能像穷苦骑士那样单枪匹马地去冒险，能够为这样的领袖效劳，真让人欣慰呢。

* * * * * * *

亚瑟王颁布命令，全国境内只要是领主和贵妇们所生养的孩子，凡是五月一日出生的，要一律送交宫廷；因为梅林曾告诉亚瑟王说，将来要毁灭他的那个人，便是出生在五月一日的。因此，亚瑟王要把这天所生的孩子全部集中，一律处以死刑；其中有许多是领主们的儿子，也都被一齐送到亚瑟王那里，洛特王(King Lot)的夫人也把莫德雷德送来了。他们把这些孩子全部放在船上，向海中漂去，这些孩子有的才刚刚四个星期大小，有的还要小些。这艘船漂到一座城堡脚下就被撞碎，大多数孩子遭到灭顶之灾，幸好莫德雷德被浪卷出，经一个好心肠的人救活，并由他抚养到十四岁，才送回宫廷中去。直到亚瑟王临死之前，这段故事才传开来。

圣杯传奇

（卷十七，第十九—二十二章）

加拉哈德(Galahad)向教友们告辞后便启程；他骑了五天之久，才到达那位残废国王(Maimed King)那里。帕齐伐尔在加拉哈德后面追赶了五天，到处探问加拉哈德的消息；有一个人把罗格里斯(Logris)[①]国度的奇遇讲给他听。有一天，他们走进一片广袤森林，遇见鲍斯骑士独自骑马前行。至于他们三人相遇时的快乐情形，我在这里就不赘言了；鲍斯一见他们就上前施礼，他们各自把自己的家世和历险叙述了一番。

鲍斯说道："在过去一年半的时间里，至少有十次以上，我睡在荒无人烟的森林和山脉，在那里只有上帝给我以安慰。"

他们骑马走了好久，最后达到卡邦耐克(Carbonek)[②]城堡。他们一进到城堡里，佩莱斯(Pelles)国王就认出了他们；城堡里一派欢乐祥和，因为大家已经知道，此番他们返回城堡，那追求圣杯(Saint Greal)[③]的事就算已经完成了。佩莱斯国王的儿子爱里沙(Eliazar)

---

① 即英格兰。

② 这是一个虚构出来的城堡。按照马洛礼的说法，由于发音流变，其源自法语单词"Cor beneit"，意为"神圣的号角"。在最初的传统里，这个城堡所拥有的不仅是圣杯，还是一个神奇的酒杯。这个法语单词被误解为"圣体"("blessed body")，现在已经为"圣饼"所替代。

③ 严格地说起来，"Greal"是个法语单词，意为"相当深的大盘"，而不是"高脚杯"(chalice)。

当着他们的面拿出一把断剑，这乃是从前刺在约瑟夫[①]大腿上所折断的那把。鲍斯将这剑拿在手里，打算把断的地方接合起来，但始终没法接上。他又将剑拿到帕齐伐尔的面前，帕齐伐尔也同鲍斯一样，没有法子。

“倘使世间，”帕齐伐尔对加拉哈德说道，“有人能把这短剑接起，必定非君莫属啦。”

于是加拉哈德将剑的碎块放在一处，只见短剑立马接合，一点断过的痕迹都没有，仿佛新铸成的一般。当他们见证了接剑的奇迹之后，便把剑送给鲍斯，因为他是一个高贵的好骑士，他最适合佩带这把剑。

刚才的这把剑，十分神奇，热气腾腾，甚至吓到了许多人。有一个声音在他们中间说道：“凡是不应坐在基督耶稣桌上的人都要起来，因为现在真正的骑士要进圣餐。”

各人应声离去，除了佩莱斯国王、他的儿子爱里沙——他们两人是圣贤——还有他的侄女三个人留在那里不动；留在桌旁的还有加拉哈德和他的伙伴三人，此外再无他人。不多时，他们看见有几个全副武装的骑士出现在大厅门前，他们先卸下了头盔和武器，然后上前向加拉哈德说道：“骑士，我们急忙赶来这里，希望与您同进圣餐。”

于是加拉哈德说道：“我很欢迎，敢问诸位从何而来？”

有三人说，他们是从高卢来的；有三人说是从爱尔兰来的；再有三人说是从丹麦来的。他们坐下的时候，忽有四个贵妇推来一张树木做成的床；床上面躺着一位生病的善人，头戴金冠；她们把这人抬到大厅的中间放下，然后又离开了。这病人抬头说道：“加拉哈德骑

① 即阿里马西亚(古代巴勒斯坦城镇)的约瑟夫，将耶稣的遗体从十字架上取下来的那个人。

士啊，我真心欢迎您，我已经盼望您好久了，我缠绵床榻已经太久了。主许久以前就已经许诺，现在时候已到，我也就要离开世界，让上帝解除我的痛苦。”

这时忽有一个声音说道：“你们中间有两个人并不是追求圣杯的，因此请你们一定离开。”

于是佩莱斯园王和他的儿子离开大厅。随后，他们好像看见了一个人走来，他穿着主教衣服，手中拿了一个十字架，还有四个天使从天而降；那四个天使将他抬上座椅，再放在一张纯银打造的桌子的前面，而圣杯就在上面；主教的额上写着这几个字：“你们所见的乃是约瑟夫[①]，基督国第一个主教，他在沙拉斯城（Sarras）一个属灵的地方，受过我主的救济（sacred）[②]。”

这些骑士们都惊奇万分，因为这位主教已经过世三百多年了。“喔，骑士们，”他说道，“不用惊奇，我也曾是尘世的凡人呢。”

然后他们听到大厅的门开启的声音，随后又看见很多天使；其中有两位手执点燃的蜡烛，第三位拿着一条毛巾，第四位拿着一支长矛，矛上神奇地流着鲜血，这时从矛上流下三滴血，落到他的另一只手上拿着的盒子里。前两位天使把蜡烛放在桌上，第三位把手巾盖在圣杯上面，第四位则将圣矛笔直插在圣杯之中。那位主教好像在望弥撒的时候分圣餐（sacring）[③]的样子。他拿了一块面包样的圣饼（ubblye）。当他一拿起这饼，突然出现了一个孩子的形象，孩子面色赤红，明亮如火，猛然跳到圣饼当中；这样，他们都看到了，这圣饼就像肉身做成；然后他把这圣饼放进了圣杯，正如祭司在弥撒时所做一

---

① 此处指的是阿里马西亚的约瑟夫的儿子小约瑟夫。

② 即献祭的仪式。

③ 即献祭。

般。随后，他走到加拉哈德身边亲吻了他，并吩咐他照样亲吻他的同伴，加拉哈德依样而做。

“现在，”他说道，“你们各位基督耶稣的仆人，将要在圣台前领受香甜的肉食，其他的骑士可是享受不到的。”

当他说完这话，便消失得无影无踪。于是大家都坐在桌边，满怀敬畏地祈祷起来。接着他们看见圣杯里走出一个人来，鲜血从他的伤口里涌出，看来应该是受难的耶稣基督。他说：“我的骑士，我的仆人，我真正的孩子，你们已从肉身变成灵体，我就不再对你们隐藏，我的秘密和以前隐藏的部分，现在都显现给你们：现在你们可以领受企盼已久的圣餐。”

他随即拿起圣杯，走向加拉哈德；加拉哈德跪下接受他的圣餐，随后其他各人轮流领受；他们认为那美妙的滋味难以言表。然后主又对加拉哈德说：“孩子，你知道我手里抱的是什么东西吗？”

“不知道，”加拉哈德说，“但是您会告诉我的。”

“这是，”主说道，“我在圣星期的礼拜四吃羔羊肉时所用的圣盘。现在你已看到最盼望看到的东西，虽然你还没有完全看清楚；你们到沙拉斯城属灵的地方就能看清楚。所以你们必须带着圣杯，走到那处地方。从今天晚上起，这圣杯将永远离开罗格里斯所辖范围，你们以后在这里再也不会看见它了。你们可知是什么缘故吗？因为在这个国度里，道德沦丧，生活堕落，没有人虔心尊崇圣杯，所以我拿回我从前的赐予。因此，你随身带好这剑和这根奇异腰带，并通知帕齐伐尔和鲍斯两个骑士同行，再也不要带领其他的人了；你们三个人明天到海边去，那里有一艘已经为你们准备好了的船。记着，你用我给你的这根矛上的鲜血去涂抹残废国王的腿和全身，他便能恢复健康。”

“主啊，”加拉哈德说道，“为什么不能让其他的同伴随行呢？”

“原因如下，我才这样分派你们，正如我派遣使徒们各处传道一样：你们中的两个人将会鞠躬尽瘁，而第三个人要回来传递消息。”他为他们赐福之后，就消失得无影无踪了。

加拉哈德走到桌子上面的长矛旁边，伸出手指蘸矛上滴下来的鲜血，走向残废国王为他涂腿。只见残废国王自己穿上衣服，从床上站起来，完全同健全的人一样；他感谢主耶稣基督恢复了他的健康。但他并不想继续做尘世中人，不久以后，他皈依成了白衣僧侣，成为一个完全圣洁的人。

当晚的半夜，一个声音对他们说道：“我的孩子们以及不是我的孩子们，我的朋友以及不属于我的战士，请你们遵照我的嘱咐，一直走到你们最希望要达到的地方去吧。”

“啊，感谢您，我的主，感谢您赐给我们这些罪人以恩典。现在我们要证明我们没失去侍奉您的能力。”

顷刻之间，他们急忙骑马离去。从高卢来的三个骑士，其中一个是克罗德斯(Claudas)国王的儿子，叫克罗丁(Claudine)，另外两个也是身份高贵之人。加拉哈德嘱咐他们三人，倘使到了亚瑟王的宫廷，就烦劳他们问候他的父亲兰斯洛，以及所有圆桌骑士；请他们快到目的地时，也不要忘记自己的嘱托。

于是加拉哈德带上帕齐伐尔和鲍斯，三人一同离开此处；驰行了三日，才达到河边，正如前面所述一般，他们在那里找到了一只船。当他们登上甲板，立刻发现在船的中央有一张银桌，恰恰就是他们留在残废国王那儿的那张，上面放着用红绸遮盖着的圣杯。此行有这样的圣物相随，他们自然都很乐意；于是他们走进船中，对圣杯恭敬祷告；加拉哈德祷告了好久，祈求主让他脱离这个世界。他祈祷得很恳切，直至他听到有个声音对他说话，那声音说：“加拉哈德啊，你将得偿所愿；当你的肉身死去之时，就是你得到灵魂生命之时。”

帕齐伐尔在旁听到了那番话，就以两人的亲密友谊，请求他说出为什么要这样恳求。“我告诉你，”加拉哈德答道，“那天当我亲眼看见圣杯奇迹的时候，我内心的愉快，绝非尘世里享受的愉悦可以比拟。因此我知道，当我的肉体死后，我的灵魂将享受极乐，日日可见神圣的三位一体，以及我主耶稣基督的荣光。”

他们在船里等待了许久，另二人对加拉哈德说道：“依照《圣经》的记载，您应该睡在那张床上。”

他便上床睡了好久；醒来以后发现沙拉斯城就在眼前。当他们正要上岸的时候，望见了帕齐伐尔把他妹妹放入的那艘船。

“我以上帝之名，”帕齐伐尔说道，“郑重起誓，我的妹妹对我们是守约的。”

于是他们从船里抬出银桌，帕齐伐尔和鲍斯走在前面，加拉哈德走在后面。他们向城里走去，在城门外边遇到一个佝偻老者，加拉哈德呼唤他走来，请他帮忙搬运这件沉重的东西。

“请原谅我力不从心，”那老者说道，“十多年来我都要靠拐杖才能行走。”

“不要紧，”加拉哈德说道，“您只要站起来，就能够显出您的诚意啦。”老者慢慢站起的时候，发现自己已经完全恢复了。他一个箭步冲到银桌前，帮助加拉哈德抬另一只桌角。

不多时，那些刚进城的骑士神奇地医好一位跛脚老人的故事传遍大街小巷，全城为之轰动。再后来，三个骑士返回河边，将帕齐伐尔的妹妹抬进宫里，按照公主的礼节隆重下葬。这时沙拉斯城的君王埃斯托罗斯(Estorause)看见他们，便问起他们的来历，以及他们带来的银桌上所放的究竟是何物。于是三位骑士便告诉了他圣杯的真理，以及上帝在它里面所放的大能。谁知这个暴君乃是异教徒的后裔，他立即下令把他们捉起来，囚禁在一个深深的洞内。

他们一被关进牢里，我们的主即差人将圣杯送到监内，靠着圣杯的恩典，他们所需要的东西应有尽有。一年之后，当埃斯托罗斯王病重，觉得自己时日无多的时候，他派人将三位骑士带到自己面前，恳求他们怜恤饶赦自己对他们的所作所为。三位骑士都很宽大地宽恕了他；随后他就死去。君王死后，全城的百姓战战兢兢，不知道谁将成为他们的下一位君王。正当大家商议的时候，忽有一个声音响起，命令他们从三个骑士里挑选一位最年轻的做他们的国王："因为他能保护你们与你们的所有财产。"

于是这座圣城的百姓一致赞成加拉哈德做君王，并愿杀死其他反对者。当加拉哈德来到这城里执政的时候，他做了一只嵌满珍贵宝石的纯金柜子，罩在银祭台的圣杯上面。每天清晨时分，三个骑士先到它的前面祷告。

很快就到加拉哈德继位一周年的日子，他早早起来，与两位伙伴一起来到王宫。一进来就看见一个像主教的人跪在圣杯前面，四周环绕着一群天使，仿佛耶稣基督显现一般；然后这个人起立，对圣母马利亚作弥撒。当他在做完弥撒、用过圣体之后，就对加拉哈德说："过来，基督耶稣的仆人，很快你就能看到你一直想看的一切。"

当他将死的肉体看到属灵的东西，加拉哈德不禁狂喜得战栗不止。然后他朝天举起双手，呼喊道："主啊，感谢您，现在我已经明白长久以来所期盼的是什么。现在，万能的主啊，假若您同意的话，我不愿再活下去啦。"

于是那善人就用两手捧起我们主的身体交给加拉哈德，加拉哈德万分愉快又无比谦卑地接受了。

"现在你知道我是谁吗？"那善人又说道。

"我不知道。"加拉哈德答道。

"我就是小约瑟夫，阿里马西亚的约瑟夫的儿子，我们的主曾经差遣我来到这里与您做伴；您可知道，他为什么没有选派别人而是选派我呢？这是因为您同我有两件事相像，第一是您和我都看到圣杯的玄妙神迹；还有一件，就是您和我一样，迄今仍然保持着童贞之身。"

当他说完了这一番话，加拉哈德就去与帕齐伐尔吻别，将他推荐给主；又到鲍斯那里，与他吻别，也将他推荐给主，同时还说："亲爱的骑士，等你将来遇到家父兰斯洛爵士的时候，请代为问安；并且请你告诉他，要记住这世界是不稳固的。"

然后他跪在祭台边祷告，他的灵魂被一群天使迎接上天堂，送到耶稣基督那里去了，那两个同伴都看得一清二楚。同时，那两个同伴还看见从天上伸出一只手，不过看不见身体。那一只手忽然伸到圣台上，将圣杯连同杯里的长矛拉回天上。从此以后，再没有人胆敢说曾看见过圣杯了。

亚瑟王之死

（卷二十一，第三—七章）

莫德雷德爵士仗着肯特、苏塞克斯、萨里（Surrey）、艾塞克斯（Essex）、萨福克（Suffolk）和诺福克（Norfolk）六处的人民大部分拥护他，便鼓动了伦敦一带的民众造反。著名的骑士里，尽管有的趋附莫德雷德，但也有人支持亚瑟王；不过凡是一向拥戴兰斯洛爵士的骑士，如今都倒向莫德雷德那方去了。到了三一节（Trinity Sunday）的前夕，亚瑟王忽然做了一个怪梦，在梦里，他觉得自己是坐在观礼台（chaflet）[①]的椅子上，椅下与一只轮子连在一起，他身穿着盘金绣花的礼服；可是他认为椅子底下是个无底深渊，满是黑水，恶臭无比，水里满是虫蛇猛兽，种类惊人，面目狰狞；陡然间，亚瑟王又觉得轮子翻

① 原意是脚手架、绞刑台（scaffold）。

转了，自己跌到一群毒蛇中间，所有野兽以饿虎扑羊的神情眈眈而视；惊惶之中，他就在梦里大喊："救命！"近处的骑士和随从将他唤醒，亚瑟王睡眼惺忪似乎仍分不清自己身在何方；一忽儿又阖上眼皮，好像半睡半醒似的。

又一会儿，亚瑟王在恍惚之中看见高文爵士带着一群美丽女子朝他走来。亚瑟王看见高文就说道："外甥啊，欢迎你；我还以为你不在人世了，如今看见你还活着，我真是感谢万能的耶稣基督！亲爱的外甥呀，那跟你同来的这些姑娘是什么人呢？"

"陛下，"高文爵士答道，"当我活在人世间的时候，我数次为仕女们作战，她们就是曾经请我为正义而战的人呀，因为我曾代表她们出战，所以上帝应诺了她们的要求，让她们护送我来拜访您：这是出于上帝的特许，让我警告您；倘使您明天依约去同莫德雷德爵士交战，命中注定，您一定会被他杀死，而且你们双方都损失惨重。请您体念万能耶稣基督对您的宏恩大德，以及他对您的怜悯；果真出战，将有无数英雄豪杰遭到杀戮。上帝特派遣我来到这里，劝告您明天千万不要开战，你们应当订立新约，延期一个月再战；而且明天您一定要给他甜头尝尝，才能如愿将约期拖延。不到一个月，兰斯洛爵士定能率领全部优秀骑士赶来，助您一臂之力，将莫德雷德解决，就连向来拥护他的那些人也一并解决。"

说完这话，高文爵士和这群美女都消失不见了。过了不多时候，亚瑟王便唤来骑士、随从和仆役多人，命令他们迅速把几位胆识过人的骑士和足智多谋的主教请来。他们赶到后，亚瑟王便把梦的预兆，以及高文爵士的警言，劝他在明天不可同莫德雷德爵士交战，否则将要死在对方的手里，统统告诉了他们。这时国王又吩咐主管卢肯爵士，以及他的兄弟贝德维尔爵士，还有两名主教，要他们一同访晤莫德雷德："负责磋商将战期延缓一个月，务必与莫德雷德达成协议；只要你们认为必要，即使赔款割地，也无须吝惜。”于是他们奉命出发，赶到莫德雷德那儿，当时他正集结十万大军。他们恳求莫德雷德将战事延期，最后莫德雷德提出了两个条件：亚瑟王在世之时，割康沃尔和肯特两处给他；及至逝世之后，再割让英格兰全境。如果可以，便同意将战期暂缓一个月。

大家都一致认为，亚瑟王和莫德雷德爵士应当在双方军队的监视之下会晤一次，每人可以随带十四名侍从官员；等待大家决议以后，亚瑟王的代表们就返回向亚瑟王汇报。当亚瑟王听罢说道：“你们达成这桩协议，我很满意。”他立即准备到战场上去与莫德雷德会晤。当他动身的时候，传谕全军，应当时刻警醒是否有刀剑拔出，倘使发现这种情形：“你们必须勇猛赶上前去，把莫德雷德那个逆贼杀掉，因为我根本不相信他。”

与此同时，莫德雷德也警告部下说：“若是你们发现了有任何刀剑挥动，就要急忙奋勇冲上，杀尽面前所有的敌人；我根本不相信那条约，因为我深知，我的生父就是来报仇的呀。”

他们按照约定的日期会晤，对于预先商定的条款，双方都表示完全同意；于是取酒畅饮。就在这时，忽然从石楠树丛里跑出一条毒蛇，张口便咬在一个骑士的脚上，这人低头下望，看见腿边有一条毒蛇在咬，急忙拔剑砍去，绝没想到会引起什么意外。不料双方人员都瞧见了一把挥动的宝剑，顿时角号齐鸣，震耳欲聋。双方的人马都奋勇地冲到一处。亚瑟王只好跳到马上，说道：“唉，今天真倒霉！”然后就赶回自己的阵营。莫德雷德爵士也是如此。在所有基督教的国土上，从没见过这样残酷的战争；看他们手执枪矛，奔驰冲撞，口中还污言秽语，互相对骂；使出浑身解数，招招致命。亚瑟王一直在敌方阵地上奔驰，仿佛出入无人之境，充分表现了雄赳赳气昂昂的君王风度，全无疲惫之色；莫德雷德爵士对其充满敬意，但却让他处于危险之中。

他们这样整日鏖战，未曾停息，很多优秀的骑士都已经躺在冰冷的地上；战到黄昏之时，至少已有十万人战死沙场。亚瑟王亲眼看见自己部下伤亡如此惨重，真是悲愤交加，不知如何是好。亚瑟王放眼四周，他发觉所有战士和优秀骑士都已阵亡，只剩下管家卢肯爵士和他的兄弟贝德维尔爵士两人活着，却都身受重伤。

“慈悲的耶稣基督啊，我的骑士们都到哪里去啦？怎么让我目睹如此悲惨的一天呢！而今，就是我的末日了。恳求上帝的恩典，告诉我，这一切的罪魁祸首——那个逆贼莫德雷德，到底在哪里。”随后亚瑟王便在死人堆里，发现莫德雷德爵士正倚剑而立。“快把我的长矛拿来，”亚瑟王吩咐卢肯爵士，“我看到了那个逆贼，他制造了这一切的灾难，让我杀死他。”

“陛下，放他去吧，”卢肯爵士答道，“他今天也同样不幸呢；您只要度过了今天，今后多的是机会向他复仇。尊敬的陛下，请您记着昨夜的梦兆，还有高文爵士的幽灵给您的忠告；要明白上帝的圣恩是要保全您的性命。因此，为了上帝，陛下，请您放过他吧，上帝已经让我们赢得了这块土地。我们这方还留下三个活人，而莫德雷德那方全军覆没；只要您放过了他，今天这个大凶的日子也就过去了。”

“今日死是死，他朝死也是死，”亚瑟王说道，“现在眼见他独自站在那里，怎能让他从我手上溜走；要想杀他，再没有更好的时机了。”

“那么只有愿上帝保佑您成功。”贝德维尔爵士说道。

这时，亚瑟王双手握紧他的长矛，朝莫德雷德奔去，嘴里高喊着：“逆贼，现在就是你的死期。”莫德雷德听到亚瑟王的咆哮，便拔出宝剑，也朝亚瑟王奔来。亚瑟王将长矛对准莫德雷德的盾牌刺去，长矛刺穿盾牌插入了莫德雷德的身体，深入血肉。莫德雷德感到自己遭此一击必死无疑，便双手扬起宝剑，使尽全力对着生父亚瑟王的头顶砍去，不料竟劈开了他的头盔和天灵盖，莫德雷德一击之后倒地而亡；亚瑟王受伤倒地，陷入了长久的昏厥。

卢肯和贝德维尔两位爵士费了好大工夫才抬起亚瑟王。两人虽然十分虚弱，仍然将亚瑟王送到海滨附近的教堂。当亚瑟王来到这里，感觉舒服多了。忽然这三个人又听见战场上发出一阵喊声。“卢肯爵士啊，你快去看看，”亚瑟王说道，“然后告诉我那边为什么如此喧闹。”

卢肯虽然遍体鳞伤，依旧奉命前去。他一面行走，一面靠着皎洁的月光仔细侦察；原来有大批强盗出现在战场之上，他们正从那些高贵骑士的身上掠夺别针、戒指等贵重的珍宝；有些受伤却还没死的骑士做出抵抗，可是匪徒们为了强夺他们的甲胄和财宝，竟然将他们都杀了。卢肯眼见此景，急忙返回，将所见所闻据实报告了亚瑟王。“依我之见，”卢肯说道，“最好送您到附近城里去修养。”

“这样也好，”亚瑟王答道，“但是我站不起来，头晕得很。兰斯洛爵士啊，”亚瑟王叹息着，“今日我真想念你，哎，过去我一直对付你。虽然高文曾经托梦警告我，如今我还是快要死了。”

卢肯和贝德维尔分别架着亚瑟王的上半身和下半身，可是他被抬起以后，又昏迷不醒了。卢肯爵士由于体力不支晕眩得跌了一跤，不料腹部伤口受到冲击，连肠子也掉了出来，这一摔让亚瑟王的心脏受到冲击。亚瑟王醒了，发现卢肯口吐白沫倒在地上，一部分肠子都拖到了脚边。

“天啊，”亚瑟王悲叹，“我真是罪该万死，如此高贵的公爵竟然因我而死；他比我更需要人来照料，可他反来照料我。天呀，他毫无怨言，一心一意地追随我；慈悲的耶稣呀，求您保佑他的灵魂啊！”贝德维尔也为兄弟卢肯的去世而放声痛哭。

“不要再哀恸流涕，”亚瑟王说道，“哭也无济于事，倘使我能活下去，我会永远追悼他；可是我时日无多了。因此，”接着他又对贝德维尔爵士说道，“请你赶快去拿我的王者之剑——那可是我的宝贝——

你再拿着它走到对面的河边，抵达之后，将剑丢进水里，然后回来把你所看到的情形都告诉给我听。”

“陛下，”贝德维尔爵士答道，“我一定照您的吩咐去做，然后立刻赶回向您报告。”贝德维尔爵士领命出发之后，在途上举着这把宝剑，见剑柄上嵌满了珍贵的宝石，便自言自语道：“将这柄珍贵的宝剑丢到水里，有啥意义，不过徒增损失而已。”

于是他就将王者之剑藏在一棵树下。遂即返回禀奏亚瑟王，说他已经到了河边，并且把剑丢到水里去了。

“你在那里看见了什么？”亚瑟王问道。

“陛下，”他答道，“除了风吹浪起什么也没有。”

“你说的是假话，”亚瑟王说道，“赶快再去，照着我的吩咐去做；既然你很敬爱我，何必吝惜这把剑，把它丢进水里好了。”

于是贝德维尔骑士又返回，把剑握在手里；他依然觉得丢了这件宝物不仅实在可惜，而且还是个罪过，便又把它藏匿起来，然后回到亚瑟王面前说，确实遵命将宝剑丢掉了。

“你在那里看见了什么？”亚瑟王问道。

“陛下，”他答道，“除了波浪起伏什么也没有。”

“啊，你也要做个叛徒吗？”亚瑟王怒道，“你已经欺骗我两次了。有谁会想到，你这个口口声声说敬爱我的人也背叛我呢？你这个声名显赫的高贵骑士，竟然也因为贪恋剑柄上的珠宝而欺骗我呀！你赶快再去一趟，耽延久了，我可会感染风寒，性命堪忧。赶快照我的命令去做，如果你只看重我的宝剑而置我于死地，那么将来我看见你，一定要亲手杀了你。”

于是贝德维尔爵士再次出发，他径自来到放剑的地方，慌忙拿起剑，走到河边；他将腰带系在剑柄上面，用力向河里掷去；水面上登时伸出一只膀臂，张手把剑接着，握得很紧，还挥动了三次，然后就忽然连手带剑，缩进水里，消失得无影无踪。于是，贝德维尔爵士重新回到亚瑟王跟前，将亲身经历，报告给他听。

“啊，”亚瑟王说道，“快把我送到那里，我在此地怕是耽搁得太久了。”

于是贝德维尔背起亚瑟王，走到河边。抵达之后，立刻看见靠岸的地方，泊着一叶小舟，舱里满是美女，但都戴着黑色头巾，其中还有一位王后；她们一看见亚瑟王走近，便痛哭流涕。

“请把我放到船上吧。”亚瑟王说道。于是贝德维尔轻轻地将亚瑟王放上船；有三位王后出来迎接，状极哀恸；各位王后坐定以后，亚瑟王便将头颅，枕在其中一位王后的大腿上。

然后她开口说道：“啊，亲爱的弟弟，你为什么耽搁这么久才到我这里来呢？哎，你头上的伤口已令你感染风寒太久了。”话一说完，大家便摇桨离岸；贝德维尔眼见着所有女子都离他而去。

于是贝德维尔放声大叫：“亚瑟王呀，你们都走了，留下我孤身一人在敌群中，我可怎么办呢？”

“多多安慰自己，”亚瑟王说道，“你自己一定可以克服困难，我已经不能再让你依靠了；我打算到阿维利昂（Avilion）的山谷里去疗伤，若是你今后听不到我的消息，就请你为我的灵魂祈祷吧。”

只听见王后们和贵妇们的号啕痛哭，听得人撕心裂肺。贝德维尔爵士眼见那船消失在视野之中，他一面痛哭，一面跑向森林里；跑了整晚，第二天早晨终于在两片树林中间，发现了一所教堂和一所精舍。

贝德维尔爵士心下一阵欢喜，便向前跑去；待他走进教堂，瞧见了一位隐士，四肢着地，伏在一座新墓的跟前。那隐士望着贝德维尔爵士，觉得面熟；原来不久之前，他还是坎特伯雷的主教，因为受到莫德雷德爵士的威胁，才逃到这里。

“隐士先生，”贝德维尔说道，“请问这里面埋的是什么人，为什么您祈祷的时候要靠得这么近呢?”

“好孩子,”隐士答道,“我不清楚。昨天夜里,半夜时分,忽然来了一群贵妇,抬着一具尸体,求我代葬;她们给我一百支蜡烛,还有一百比桑金币(besants)。”

“天啊,”贝德维尔爵士惊呼,“您说的就是亚瑟王,你把他葬在这教堂里了。”随即便不省人事;待他苏醒之后,便恳求隐士许他住在这教堂里,日日斋戒祈祷。“我愿意永远不再离开此地,”贝德维尔说道,“我愿余生都在此专为亚瑟王祈祷。”

“欢迎之至,”隐士答道,“你恐怕不知道,我对您可是知道得一清二楚。您就是勇敢的贝德维尔,高贵的公爵卢肯爵士就是令兄。”于是贝德维尔把读者在前面看到的情形,统统告诉了隐士。然后他便随这位隐士——前任坎特伯雷的主教一同住下,贝德维尔换上隐修服,十分谦逊地服侍隐士,在这里斋戒祈祷。

关于亚瑟王的事迹,我从没见过有正史上的记载,至于亚瑟王之死,我也从没读过绝对可靠的史实;只知道他曾经跟随三位王后,乘船离去。这三位王后,一位是亚瑟王的姐姐仙女摩根,一位是北卡利斯(Northgalis)的王后,最后一位就是荒地女王。此外,还有妮缪(Nimue),她是湖中仙女的领袖,曾与著名骑士佩莱斯结为夫妇;妮缪对亚瑟王贡献良多。她从不许佩莱斯骑士冒险赴战,所以他们夫妇神仙眷侣,一生逍遥。总之,关于亚瑟王之死,我只见到这群贵妇送葬的记载,再也找不出更多的资料;而葬在这里的人,根据当日在场的隐士——过去曾担任坎特伯雷的主教的意见,他也没法证实这确是亚瑟王的遗体。这段史迹,乃是圆桌骑士贝德维尔爵士所留下的记录。

在英格兰的许多地方,有些人都说亚瑟王并没去世,怀疑他不过遵照耶稣基督的意思到别处去了;还有许多人相信他不久就会返回,并且赢回那座神圣的十字架。孰是孰非很难判断,可是依我之见,亚瑟王在这个世界的生命已经改变了。此外,又有许多人走过他的坟墓,看到这样的诗句:“亚瑟王之遗体,长眠在此乡;生前盖世勇,来世仍称王。”关于贝德维尔爵士与那位隐士的情形,我们暂置不论。那位隐士当时住在格拉斯顿伯里(Glastonbury)附近的教堂里,也就是他的隐修所那里。他们两个虔诚修行,诵经祈祷,斋戒礼拜,实行完全的节欲生活。

后来,桂妮薇王后听到亚瑟王已经逝世,其他著名骑士,包括莫德雷德和他的追随者也都死了,她便弃绝红尘,带着五个侍女,偷偷地来到埃姆斯伯里(Amesbury);她成为修女,只穿戴着黑白两色的装束,苦修忏悔,就和其他普通戴罪修行的妇女无异,世间上再没有任何人可以促动她的欲念;她只知斋戒、祈祷和布施等善事;全国民众发觉她彻底悟改,无不刮目相待。

兰斯洛和桂妮薇的分离

(卷二十一,第九—十章)

后来,甘尼斯(Ganis)的鲍斯爵士来了,他说道:“兰斯洛爵士,您长驱直入来到这个国家,究竟意欲何为?您可要明白,您在这里可没有朋友。”

“算了吧,”兰斯洛答道,“您就守在此地,我独自前进,不必再带侍从。”

再与他争辩也无用,他还是一意孤行向西行去,一共探访了七八天;最后兰斯洛爵士来到了一座女修道院,桂妮薇王后看到兰斯洛走进了女修道院里。她一望见兰斯洛,立时晕厥了三次;所有的仕女还有贵妇急忙把她扶起。

及至她复苏醒转，恢复了说话的能力，便将大家招来并说道："诸位名媛小姐们，你们看见我晕倒，一定万分诧异。实在是，"她停顿一下接着说，"因为我看见了对面站立的那位骑士；请你们招呼他到我这里来。"

当兰斯洛爵士被带到她的面前，桂妮薇王后向全体贵妇们说道："就是这人和我酿成了一场战祸，害得世界上最优秀的骑士全部死亡；因为我俩之间的爱情，我的丈夫——最高贵的国王也被杀害了。因此，兰斯洛爵士，您要明白啊，现在我发誓要来医治我的灵魂；我祈求上帝的恩典，在我死后，允许我看见耶稣圣洁的面庞；并且在末日审判那天，让我坐在耶稣的右边，因为天堂的众圣，往日也像我一样曾经有罪。兰斯洛爵士啊，我真心求您明了，正是由于我俩往日的恩爱，您今后将永远不能再见到我；我请求您，看在上帝的份上，不要再同我做伴，请速速回国，将国家治理太平，切勿轻言用兵、涂炭生灵。因为我曾经深爱过您，所以内心里又不希望见您如此，何况你我两人曾毁灭了王国之中的杰出人才，以及骑士里的翘楚；因此，兰斯洛骑士呀，回到您的国土，娶妻成家，安享快乐美满的生活；我会热诚地为您祈祷，为您向我主祈祷，以弥补我过去的过失。"

"现在，亲爱的夫人，"兰斯洛爵士答道，"您真的要我回国去结婚吗？不，夫人，我永远不会结婚，我怎么能把向您许诺的话儿全部背弃呢；我一定选择同样的命运，我要循着您的道路，去侍奉耶稣，将来我要一直专门为您祈祷。"

"如果您有心侍奉上帝，"王后说道，"那就照您的话去做吧，不过我怀疑不久以后您又会重返红尘。"

"好吧，夫人，"他说道，"您尽管批判吧，不过我从不曾食言，如果我的信心不坚，重新返回红尘，上帝也不应许我！再说以前追寻圣杯的时候，若不是因为您的缘故，我那时就抛弃这空虚的尘世了。倘若当时我抛弃了尘世，全心全意去追寻圣杯，那么除了我的儿子加拉哈德以外，恐怕没有任何骑士可以同我相比呢。夫人，既然您修行到了圆满的境界，我也应当做到圆满。上帝可以为我作证，您已让我享尽了人间欢愉；但是早知今日，我应当老早接您去我的王国。我现在看到您已经将心交付给主，我真诚向您保证，今后我要一心去修行了，只要我能找到一位愿意收留我的隐士，无论是灰衣还是白衣，我愿把余下的岁月用于祈祷。所以，夫人，请您最后同我亲吻一次吧，仅此一次。"

"不可以，"王后答道，"我绝不会同意的，您永远都不要再这样想。"说罢他们就此离别了。即使一个心肠最硬的人见到这幅悲惨的景象，也要为他们掬一把同情的热泪；他们的悲哀与伤痛，就好像内心被长矛刺穿似的；他们昏厥了好多次，于是各位侍女们把王后抬进了卧室。

兰斯洛爵士醒转之后，上马骑行，整日整夜地在森林里奔驰，泪如雨下。最后他在两面悬崖的当中，发现了一座小教堂和一所隐修所；他听到催人弥撒的钟声，便骑到近堂前下了马，把马拴在门边，自去倾听弥撒。原来领导诵诗祈祷的是坎特伯雷的主教。主教和贝德维尔骑士两人都认识兰斯洛骑士，所以在弥撒之后，大家便坐下谈心了。当贝德维尔将已往的经历全部说出来后，兰斯洛心如刀绞，张开双臂说道："天呀，还会有什么人相信这个空虚的世界呢?"说罢，双膝下跪，祈求主教垂听他的忏悔，好使他的罪孽得到赦免，同时他还恳求主教收留他在此修行。主教连声道："我非常乐意。"随即取来一袭修袍，披在兰斯洛爵士的身上，从此他便敬奉上帝，祈祷斋戒，不分昼夜。

图书在版编目(CIP)数据

崔斯坦和伊索尔德:中世纪传奇文学亚瑟王系列精选 / 余友辉,罗斯年编译. —杭州:浙江大学出版社,2016.6

ISBN 978-7-308-15817-6

Ⅰ.①崔… Ⅱ.①余…②罗… Ⅲ.①文学—作品综合集—英国—中世纪 Ⅳ.①I561.13

中国版本图书馆 CIP 数据核字(2016)第 095812 号

崔斯坦和伊索尔德——中世纪传奇文学亚瑟王系列精选

余友辉　罗斯年　编译

责任编辑　谢　焕
责任校对　张一弛
封面设计　周　灵
出版发行　浙江大学出版社
(杭州市天目山路 148 号　邮政编码 310007)
(网址:http://www.zjupress.com)
排　　版　浙江时代出版服务有限公司
印　　刷　浙江印刷集团有限公司
开　　本　880mm×1230mm　1/32
印　　张　13.125
字　　数　317 千
版 印 次　2016 年 6 月第 1 版　2016 年 6 月第 1 次印刷
书　　号　ISBN 978-7-308-15817-6
定　　价　45.00 元

浙江大学出版社发行中心联系方式:(0571)88925591;http://zjdxcbs@tmall.com